十二金錢鏢

諸徒再聚首，密信湖底撈鏢銀

白羽 著

相聚千萬里、時隔三十年……丁門師兄弟再度聚首！

當日一場「以武會友」因官兵包圍而破局，
與官面約定之期已過，又追丟豹黨蹤跡……
奪回鏢銀眼看無望，卻在此時江湖好友薛兆前來相助，
這最後一搏的機會，俞鏢頭一夥人究竟能否成功取回鏢銀？

目錄

目錄

第四十三章
馬振倫避嫌疑急脫遁　肖守備探掌門揭謎底

　　黃烈文的住處不遠，即日找到門前，見了面，具述來意，並請他同去找謝振宗。黃烈文乍見俞夫人丁雲秀，少不了寒暄數語道：「久仰十二金錢俞鏢頭賢伉儷的威名，今日承勞先施，理當效勞。不過令師弟謝振宗謝八爺早不在此處，已經上直隸省去了。他倒說過，兩個月以後，還要回家，必到舍下歇腳。快馬袁究竟在何處，鄙人並不知道。謝八爺的落腳處，這裡倒是留下地名了。等他回來也可以，由我寫信催他速回也可以。」

　　胡振業道：「謝老八跟我一樣，也蒙在鼓裡呢。只道劫鏢是劫鏢，失鏢是失鏢，和袁老二進關是兩樁事呢。他若曉得劫俞三哥的鏢的就是袁老二，他也不能脫心靜了。黃先生，你就費心寫信，催他趕快回來吧。可是的，三嫂子，催謝老八上哪裡跟咱們見面呢？」

　　俞夫人躊躇不能立決，海州、阜寧，全是尋鏢人約定接頭之處。不過現在聽俞劍平已從苦水鋪轉赴寶應去了。因問黃烈文和肖國英，海州、阜寧、寶應三處，應指定何處相宜。

　　肖國英道：「師姐不是接到豹子的畫束，上面不是提到寶應湖、洪澤湖、大縱湖三個地名麼？袁老二多半就在這三湖附近。我們還是約定在寶應聚會吧！」黃烈文道：「肖老爺卓見很對，我就這麼寫信吧。貴同門馬振倫馬六爺住在草橋鎮，離駱馬湖不遠，沿運河南下就到；上寶應縣，恰好順路。」

　　黃烈文急忙寫好了信，俞夫人命弟子石璞，轉赴附近鏢局，火速發出

去。第二步就該找馬振倫了。胡振業道：「黃先生，你跟我們馬六弟也認識，索性也有你一份，咱們全陪著三嫂子同去一趟。」黃烈文面對肖國英說道：「馬六爺的府上，我倒去過。不過這一樁事，乃是你們太極門門內起了爭端，我一個外人，摻在裡面，恐怕說話不便。我看，還是由我領到馬宅門口，單由俞夫人和肖老爺、胡五爺，你們三位進去，同他開誠布公地說，煩他出頭了事，他或者不至於推託……」

肖國英道：「黃先生，我們一見如故，有高見盡請明白指示。你以為他要推託麼？」胡振業道：「黃先生說的很對，馬六弟如今娶妻生子，安居樂業，他也許想著多一事，不如少一事。我們陪著三嫂子，先去探望他；再給他老婆孩子帶點禮物，咱們也學袁老二那一手。彼此都是同門，俞三哥可是掌門師兄，又是失鏢受窘的人，他總得向著掌門師兄。他難道放著掌門師兄不幫，還要暗幫當年負氣出師、今日劫鏢犯法的袁老二不成？咱們走吧！」黃烈文因胡振業堅辭敦促，也慨然答應了，說道：「我們先找找馬六爺試試看。」大家立刻分乘轎馬，又由魯南十字路集，前往蘇北草橋鎮。

馬振倫是住在江蘇新安縣草橋鎮鎮南，距駱馬湖不遠。這駱馬湖昔年也是水寇潛伏淵藪，後來被漕督痛剿，近年才告肅清。馬振倫自出師門，沒幹鏢行，他和謝振宗各走一條路。中年以後，北遊冀魯，觀光燕市，不久發了財，甫逾中年，就歸家務農，在駱馬湖邊買下數頃稻田。有妻有子，有家有業，已然成為當地士紳了。

當年他在師門和二師兄袁振武交情最深。後來大師兄被逐，師門突有廢立之舉，俞劍平以三師兄持掌門戶，繼承薪傳；袁二師兄怒出師門，飄然遠行。他當時曾加勸慰，袁振武沉默無言；終於藉故出走，從此一別三十年，聲息不聞。

直到今春袁振武猝然登門相訪，只帶著一個青年攜來不少禮物。人事

變遷，兩人抵面幾不相識，及至通了姓名，這一對老朋友方才感慨相認，互訴別情。不過談起話來，袁振武總是少談近事，多敘舊情。自承是在關外混了些年，如今說不上衣錦榮歸，只是年老思鄉，苦憶少時舊伴。跟著打聽師門人才，又打聽俞劍平夫妻近年的生涯，又打聽江南武林後起之輩都有什麼人。盤桓數日，袁振武就告辭走了。

馬振倫久游冀北，不熟悉江南武林情形；乍與老友重逢，只想到彼此念舊罷了。就是袁振武留下的禮物過於豐厚，在他想來，這是關東土產，也不算什麼。但是不久江北突然傳說，有一豹頭大盜出現，此人年約六旬，遼東口音。馬振倫聽了，不覺愕然。跟著豹頭大盜邀劫二十萬鹽鏢的事又喧騰起來，馬振倫心中又是一動。不過他住的地方較僻，只知被劫的鏢銀是海州鐵牌手胡孟剛承保的，還不曉得與俞劍平有關。

直到月前馬振倫因事赴淮，與同門師弟謝振宗相遇。馬振倫說起當年的師兄袁振武久傳已死，現在突又出世。謝振宗就說起掌門師兄俞劍平鏢局久收，鏢旗突又被拔。兩人起初詫為奇聞，並未深想。

謝振宗忍不住向馬振倫打聽袁振武的近況和落腳地點，又問馬振倫可知劫鏢拔旗的豹頭大盜的來路麼？把兩件事捏在一起問，問者無心，聽者不由一驚。馬振倫忙說道：「不曉得，不曉得！我久已不在外邊混了。」他急急察看謝振宗的臉色。

哪知謝振宗此刻正有急事纏身，要馳赴直隸。他雖有心助俞，只是分不出空來。他現在不過帶口問一問，教馬振倫多留點神，好給本門師兄幫個忙。

馬振倫也是久涉江湖的人了，心中著實吃驚，表面神氣不露；和謝振宗談了一陣，告別各去。回到家來，謝絕交遊，把妻子家人全囑咐了一遍。只隔了一個多月，丁雲秀和胡振業、肖國英便登門相訪來了。

胡振業、肖國英兩個男賓騎馬先到，上前叩門。一個長工迎出來，把

名帖接過一看，也不往裡回稟，便說：「二位老爺，我們當家的上北京去了。」胡振業道：「怎麼，他多咱進京的？」長工道：「走了好些日子了。」肖國英就說：「管家，我告訴你，我們是你主人的老朋友、盟兄弟，你把名帖拿進去。主人不在家，少爺可在家吧？少爺不在家，就見你們大奶奶。你們大奶奶是我的六嫂，你明白了？」長工呆頭呆腦，恪遵主命，仍不肯回稟。胡振業生起氣來，嚷道：「馬老六好大的譜兒！」正要逼長工回稟，女客丁雲秀坐著轎也到了。

客人一定要進去，長工一定不回稟。胡振業怒極，要打長工，連肖國英也很動氣，把長工一推，硬往裡闖，回頭對丁雲秀說：「三嫂不是見過六嫂的麼？索性一直往裡走就完了。想不到馬六爺府上，比王府規矩還嚴。管家，莫非你想要門包麼？」男女客一擁而入。丁雲秀明知失禮，也無可奈何。

胡、肖二人闖進二門，就大聲喊馬振倫的名字，裡面已經聽見吵嚷，長工攔不住，也跑進去回稟。馬振倫的長子馬元良，是十七八歲的少年。他急忙迎出來，一見丁雲秀夫人，忙又抽身，喊他母親：「媽媽，媽媽，客人來了！」

馬振倫之妻朱氏是個很老實的婦人，也慌忙迎出來。胡振業和肖國英站在庭心，讓丁雲秀在前，俞門弟子石璞提禮物跟隨在後。朱氏道：「哎喲，這不是俞三嫂子麼？你老從哪裡來？」胡、肖就拱手搶著叫六嫂、六弟妹，邁步直往裡走。忽從堂屋跑出一個小孩道：「媽媽，我姐姐說，把客人讓到客廳吧。」

胡、肖二人不聽那一套，還是往堂屋走。馬元良已猜知來客是誰，忙迎面攔住，作揖請安，叫了聲：「師叔！」胡振業道：「好小子，我是你五師伯，你不認得我麼？」

母子二人幸虧迎接得快，把客人擋住了。往客廳裡讓，已然不行，忙

往東廂房讓。進了東廂房，馬元良母子先致歉意，說是：「鄉僕無禮，不知回話；也因為村居少客，一見來了這些客人，主人又沒在家，他就糊塗了。」

胡、肖大笑道：「我說呢，我哥倆陪著三嫂，大遠地專程來看望六爺，怎麼竟擋駕不見呢。六爺是真的沒在家麼？多咱出門的？」朱氏道：「他走了一個多月了。」馬元良道：「家父走了三十多天了，是一個朋友邀出去的，上北京去了，回來的日子還不一定。」

母子二人各答各話，被丁雲秀和胡、肖二友隔別詢問，起初答的還對碴。等到獻過茶，坐久了，越談越深，越問越多，可就答對得不一致了。但是話苶儘管不盡相符，話頭落到終結，全都說馬振倫早已離家，歸期無定。

丁、胡茫然相顧，怦然動疑；更向他母子打聽袁振武春來相訪的事，和留下重禮的話。這母子二人登時變色，一齊否認，都說：「倒聽說有位姓袁的朋友來過。眼生得很，我們都不認識。他只來了一趟，談了半天就走了；倒留下點水禮，也不值錢。」胡振業對馬元良道：「小子，這姓袁的客人，就是你從前的二師伯，我不信你爹爹沒給你引見麼？」馬元良道：「沒有引見。那天趕巧我沒在家，我一點都不知道。」胡振業道：「六弟妹，你總知道吧？」朱氏忙道：「我也不知道，他的事一向不告訴家裡人的。……三嫂子大遠地來了，家裡留下誰看家了？」母子極力往旁處扯，但也不問俞劍平失鏢的事，好像還不曉得。禮貌還很周到，談了一會兒，買來許多茶點。男女三客套問良久，不得邊際。

胡振業尋思了一回，正想揭開了明問，肖國英已先發話道：「既然六爺不在家，現在天不早了，我們哥倆先回店。三嫂子，你老就住在這裡好了。我說六嫂子，我們來了這些人，恐怕家裡住不開。我們住店去，你給三嫂子騰個住處；你們是老姐們了，可以多談談。」說著就站起來，拍著

馬元良道：「老賢侄，這兒哪裡有店房？」

石璞也站起來說：「五叔、九叔，我留在這裡吧。六嬸子、馬大哥，你不用費事，只給我師娘預備一個床就行。我不要緊，哪裡都能一躺。」母子二人不覺抓瞎，但不能把女客推出去。胡振業看著肖國英，忍不住又怒又笑。怒的是馬振倫不顧師門誼氣，怎麼竟避不見面；笑的是肖國英守備正顏厲色地使壞主意，擠兌小孩子、老娘們。丁雲秀在旁邊聽著不得勁，又見朱氏窘得臉紅，忙攔道：「六嬸，你不要張羅，我們是因為旁的事路過這裡。家裡若是不方便，我到外頭找店去吧。」朱氏更沒了主意，連話都不知怎麼答對好，只看著兒子發怔。馬元良又是個年輕孩子，也不會說客氣話。丁雲秀和胡、肖全站起來告辭，朱氏這才說道：「三嫂子，吃了飯再走吧！」

丁雲秀上了轎，胡、肖等上了馬，徑回店房。黃烈文已在店中坐候，忙問：「見著馬振倫沒有？」胡振業道：「沒在家。他躲了！」

丁雲秀低頭思索，這一來竟出她意料之外。明知馬振倫與袁師兄相厚，但那一面早離師門，自己這一面乃是太極門掌門戶的人；彼此厚薄之間，馬振倫似乎不該袖手坐視本門挫辱，反倒幫助劫盜。可是他現在竟躲出去了，莫非存著坐山觀虎鬥的心麼？丁雲秀是個很機智的人，此時當局者迷，竟沒猜出馬振倫的心理。馬振倫唯恐別人疑他與飛豹同謀，他真要赴北京，不過今日還沒有成行。數人在店中議論，還是黃烈文猜測一會兒，對胡振業道：「馬六爺在本地已是士紳了，我看他不是忘舊，實是畏禍。此刻他也許躲在家裡，也許藏在朋友家中。不知二位登門，可曾明述來意麼？」

胡、肖道：「我們只見了一個糊塗老娘兒們，一個小屎蛋孩子。他們一個勁地往外推，一問三不知，可教我們對他說什麼？」黃烈文笑了，對丁雲秀道：「本來這話不是說給六爺的家眷聽，是教他傳給六爺本人聽。

我看俞夫人應該再去一趟，把來意透透澈澈說明；打算怎樣煩馬六爺出面，也該開誠布公，一字一板說周全了。回頭馬六爺一思索，是煩他說合人，不是教他賣底，他自然無須避不見面了。」

胡、肖一齊沉吟道：「這話固然有理，可是我跟他同門多年，他並不是怕事的人呀！我猜他一定暗向著袁老二。」黃烈文道：「所以呀，你們是至近的同學，還這麼猜度。他是個聰明人，也這麼一反想，自然更要潛蹤匿跡，設法逃出漩渦了。這不是小事，這是二十萬官帑的重大劫案。在快馬袁固然不怕，一出關便是他的天下。馬六爺如今乃是安善良民，他豈肯坐守在家，等著打掛誤官司？你們疑心他通匪，他自然受不了；你們不疑心，快馬袁疑心他賣底，他也受不了。替他設想越躲得遠越好。但如你們打開窗戶說亮話，懇切請他說和，不逼他賣底，也不擠他幫拳。他自然為顧全兩方情面，會很高興地出頭了事了。」

丁雲秀聽罷，首先讚揚道：「黃先生推測人情，真很細微。馬六弟在師門，也很承先父喜愛；他素日和外子交情也很好；我真想不到他會規避。如今經黃先生這一解說，真是洞若觀火。五弟、九弟，我想馬六弟也絕不會翻過來幫著袁師兄的，他只是誰也不願幫，誰也不敢幫罷了；黃先生說得很對。這麼辦，現在天色尚早，我自己再折回去一趟，跟馬奶奶開誠布公說一說。不過我看馬奶奶是老實人，必定膽小怕事；馬六弟就算在家，她也不肯改口了。這可怎麼好？我們又不能在此久耗。」

胡振業說：「三嫂你再去一趟。如果仍無結果，就煩九弟今夜探馬家大院，裝賊縱火，把馬老六嚇出來。咱們在旁邊等著，只要他一露面救火拿賊，三嫂子就上前揪住他，教他出頭說合。黃先生，你說這主意好不好？」

黃烈文笑道：「好自然是夠好的，只怕肖老爺一位現任武職官員……」
胡振業道：「哎呀，我忘了這個了。九爺，你現在是都司游擊、四品大員

了，怎麼著，你肯替本門師兄，再裝一回賊麼？」

　　肖國英臉上一紅，哈哈大笑道：「五哥真會挖苦我，我也是朝廷命官，你教我夜入民宅，我還在官場混不混？五哥出這高招，你怎麼不來一手？」胡振業笑說：「我倒想去，你看我這條腿，可怎麼辦呢？」

　　丁雲秀道：「五弟不要教九弟為難了，那不成了笑話了。我先去一趟，回來看情形，再想第二步辦法。」遂吩咐五弟子石璞，重叫來小轎，立即重赴馬府，石璞仍然跟隨。……這一去，直隔過兩個多時辰，店房已經掌上燈，丁雲秀方才回來，面上怏怏不快。任憑她開誠布公地說，馬奶奶母子仍然堅持說馬振倫確已離家，確是歸期無定。

　　丁雲秀告訴了胡、肖。胡、肖道：「也許是真不湊巧，真出門了。」石璞道：「不太像，弟子這回跟師娘重去，馬家的人更顯得驚疑。他家那個長工也嘀嘀咕咕，聽他跟那個小姑娘搗鬼，口氣上似乎馬六叔不但沒出門，還在宅裡潛伏著呢。」因道：「師娘，我看我們今夜真該去踩探一下。」

　　胡振業大喜道：「石璞，你真有這份膽量麼？」石璞道：「只要師母准我去，我一個人去都行，不過得請五師叔、九師叔在外面給我打接應。」胡振業把跛腿一拍道：「好小子，你師父沒白疼你！你九叔怕失官體，不敢去，咱爺倆去，黃先生，你怎麼樣？」黃烈文道：「探是可以探，不過探的結果，只使咱們心上明白而已，用處一點沒有。馬六爺既不願出頭，你們就是看見他，也沒法強人所難呀。」

　　胡振業怒道：「那倒不見得，掌門師兄有難，同門諸友該出頭幫拳。他敢說個不字，由我胡老五說起，那就不行！我胡老五就要替俞三哥行家法。」

　　胡振業大發脾氣，鬧了一陣，就跟石璞盤算；要教石璞假扮強人，夜入馬宅；馬振倫如果在家，勢必挾技捕盜。把他誘出來，胡振業就趁勢上

前質問他，強迫他出頭了事。因說：「這樣辦很穩當，九老爺總可以跟我去吧？」

轉瞬入夜，胡振業催促石璞，換夜行衣，背刀出店。丁雲秀覺得不妥，一時沒法攔阻。黃烈文忽然發話道：「五爺，你先歇一會兒，您先教我去一趟，行不行？我跟馬六爺也是熟人，我又是局外人，他見了我或無疑慮。」丁雲秀忙道：「黃先生能言善辯，您就辛苦一趟吧。五爺，您回頭再去打接應。」

胡振業道：「三嫂子不願我去，我就不去。不過黃先生肯去，也總得教石璞陪著；一來給你領道，二來也教他看看這位六師叔夠多大架子！」

黃烈文微笑道：「好，就是這樣，石老弟，咱們走。」與石璞長衣出店，走到暗隅，把長衣脫下包好，背在背後，施展飛騰術馳奔馬宅。耗近三更，從鄰宅上房往內偷看。哪知此時馬振倫家早有了防備。

丁雲秀這次登門，來得突兀，正把馬振倫堵在家中，故此馬的妻、子俱各惶遽。等到丁雲秀二次親訪，馬振倫備知來意，忙忙地避出本宅，藏在鄰舍。天晚客去，他跳牆進家，把長子馬元良、次女馬元芳都密囑許多話；自己竟出離本鎮，投奔他鄉。他仍然不放心，半夜又溜回來，登高遠眺。黃烈文、石璞跟著就來窺探了，馬振倫暗暗不悅：「自己一清二白，怎麼三師嫂竟來踩探我？」

這時候，馬元良和馬元芳兄妹二人，預遵父囑，更換短裝，各持兵刃，站立在庭心。庭院四角，立著四盞戳燈；兄妹一個挺花槍，一個掄雙刀，打在一起，似係白日習文，燈下習武。馬元芳是個小姑娘，武功還沒有門徑，和馬元良本非對手；如今一招一式，打得很慢。而且心不在焉，身手儘管施展，兩人四隻眼，四只耳朵都張皇著四面。馬元良也只十七八歲，江湖道的事，夜行人的規矩，也不很懂，現在只是照計而行。天方入夜，他們便把街門上鎖，又在內宅立了一架木梯，兄妹輪流著巡視前後

院。他的小弟弟馬元彤也跟著忙，他的母親也把各房的燈都點著了，將全宅照了個通明。人們若來偷看，可以不必費事。

黃烈文與石璞從鄰舍上房，本來聲音很輕，但可以瞞外行，不能瞞內家；可以瞞不留神的人，不能瞞正注意的人。這兩人逼近馬宅，剛一探頭，犬吠聲便起；原來馬振倫家將兩條大狗全放出來了，項上都拖著長鏈。馬氏兄妹正在中庭，一刀一槍打得欲罷不能，十分膩煩；忽然聽後院狗吠，登時精神一振。兩個孩子住了手，互相告訴道：「你聽後院狗又鬧了。」上房中的母親朱氏也聽見了，和尋常人家夜聞犬吠一樣，重重咳了數聲，跟著當門叫道：「元良、元芳，怎麼你倆還玩哪？你們聽聽，後院狗叫了。你爹爹沒在家，門戶得小心點，後門上鎖沒有？你們看看去。」

馬元良提著花槍，馬元芳抱著雙刀，答應了一聲，往後院走；好像小孩膽怯，只到角門，探頭看了一眼，把狗吆喝了數聲，就大聲對母親說：「媽，這兩隻狗準是長工沒給牠放食水，餓得亂叫。」朱氏道：「放了半盆剩飯呢，你們看看街門吧。」

朱氏一勁地催這兄妹，這兩個孩子說什麼也不肯去。朱氏罵道：「這麼大的小子，那麼點的膽子。」氣憤憤地從上房出來，順手提一盞燈，直奔後院。兩個小孩吐舌縮頭的笑，也跟隨過來。

朱氏到了後門，忽然大喊了一聲道：「哎喲，不好，誰出去了，怎麼沒上門？」登時嘩噪起來，把長工也喊出，催著驗看各處。驗到前門，前門已加閂上鎖，朱氏放下心；忙又率家眾，重到後院；後門洞開，門扇半掩，實在有點懸虛。朱氏力逼長工出去查看。元良、元芳一看人多，似又膽大起來，催長工提燈；這小兄妹綽槍的綽槍，提刀的提刀，一直往後巷搜去了。家中只留朱氏和元彤。元彤害怕，直說：「媽媽，他們全走了，只剩咱倆了，咱倆進屋吧。」朱氏怒斥道：「這後門大開著，害怕又怎麼樣呢？」拉住無彤的手腕，提燈守著後門，等候長兒、次女及長工。但是迷

迷糊糊的一個長工和稚氣未除的兩個兒女，竟像煞有介事地鬧騰起來；又像真追賊似的，三人順後巷往前追，竟一去沒影了。

元彤仍鬧著要回屋，朱氏似乎又害怕、又生氣，申斥罵道：「難道真追著賊不成？你哥你姐是小渾蛋，怎麼長工也這麼糊塗？把個空宅子丟下，光顧追賊，把家倒不要了。」朱氏一面罵，一面領著膽小的馬元彤，站在後門外，喊叫元良、元芳的名字。夜靜了，連喊數次，不聞應聲，朱氏連連頓足說：「不好！你爹沒在家，這兩個孩子別是真遇上賊了吧？不好，不好，賊要是追急了，就要拚命的！」朱氏越發沉不住氣，領著小兒子，往後巷一步一步尋叫過去。

當此之時，馬宅前庭中院已成了「空城」。潛伏房頭的黃烈文早已看清一切，不禁搖頭。俞門五弟子石璞低聲說：「黃老師，我下去看看，你老替我著點。」黃烈文道：「用不著看，這都明擺在眼前了。」話聲中，石璞忍耐不得，早如饑鷹攫兔，一側身，掠空下跳，落到前庭牆隅，一挺身，張目四瞥，急奔正房。正房無人；抽身外竄，撲向兩廂，破窗一窺，明燈輝煌，一目瞭然，各廂房並無一人。石璞就風馳電掣般改撲他舍，或穴窗側目，或昂然入室。急搜急尋，片刻之間，把全宅三進院落，火速勘完兩進；連跨院、內廁、廚房、柴棚以至囤米貯物的空舍全都勘完；又鼓勇搜到後院，後院更是空空。石璞抽身重到中院，細搜臥堂。臥室也搜完了，在桌上抓了一把。躡足進了耳房，卻有一個奶母正乳著小孩盹睡；此外再沒人了。「六師叔原來真出了門，真是沒在家？」石璞思索著，仍自不甘心，這邊亂探，那邊亂翻，以為還有許多細微處沒有搜完，急得黃烈文已然口發胡哨催他速走；石璞仍不管不顧，又進了廂房。

外面已聞履聲，黃烈文很著急，忙飛身下躥，把石璞捉手臂揪出來，上房走去。正是這一揪，也好也不好。馬元良兄妹已經回來，再遲一步，就要碰上。可是廂房有一道夾壁牆，再遲一會兒就被石璞尋出破綻。

朱氏和元彤、元良、元芳跟那個長工，施施然一聲不響，走進後門。一入內院，話聲始縱；朱氏不住抱怨元良，元良不肯認錯。黃、石二人剛退到鄰房，忙又蹭過來聽；影影綽綽聽那口氣，似有一個人影險被元良追上，元良還險些挨了一暗器。朱氏母子嘮叨著，把後門上閂加鎖，提燈將各處照看了一遍，全都進了屋。黃烈文饒有心計，竟沒看出真偽。元良母子早在各處門檻過道，人通行處，一一留下暗記，旁人摸黑一走，立刻改樣留痕。馬元良急入上房，往桌上一看，悄對母親說：「睡吧，媽媽。」朱氏往桌上一看，也點頭會意；女人膽怯，竟不敢睡，馬元彤才十三歲，膽子並不小，竟要出來看看；被哥哥攔住，強按著上了床。那長工也回轉門房，就枕大睡。

馬宅一家子全睡下了，黃烈文和石璞窺望良久，抽身回走，出了小巷，石璞把黃烈文扯了一把，從衣囊內掏出一物，說道：「黃師傅，我們這趟沒白來。」黃烈文低頭看道：「是什麼？」街頭黑暗無光，看不出字來，用手摸索，知道是一封信，兩張信籤。石璞道：「這東西就在正房桌上放著。」

兩人亟欲一觀內容，忙找一僻靜處，掏出火摺子一晃。俯身借光，還沒等看明；那邊啪嗒響了一聲，有兩個人影一閃。石璞忙將火摺子收起，與黃烈文奔尋過去。前面人影低哨了一聲，原來是跛子胡振業和武官肖國英在店中等得不耐煩，也溜出來了。

石璞道：「我一猜就知道是師叔。」胡振業一晃一晃地湊過來，問道：「你們搗什麼鬼？到底馬老六在家藏著沒有？」石璞道：「大概沒在家。」肖國英道：「你們看準了麼？」

黃烈文笑道：「你這位令師侄硬闖進人家，把人家搜了一個夠，你問他吧。不過，這事情我總覺著古怪。」石璞道：「我搜著一封信，是馬六叔給家裡人寫的，我們還沒顧得細看呢。」肖國英道：「那麼，咱們快回店，

看看信上怎麼說吧。」四個人舉步同往回走。忽有一條人影，從鄰巷出
現，只一閃往南走去了，胡、肖全沒留神，黃烈文瞥見了，欲言又止。當
下石璞隨眾回店，把偷來的信，呈給師母看。信封標著「煩駕寄至草橋鎮
青石坊馬元良親拆，外附樂善堂虎皮膏二十帖」。信籤確是馬振倫親筆，
說的儘是些家常瑣務和催租納糧等事。口氣像是第二封信，內囑元良約束
妹弟用功，勿受佃戶欺愚等語。末尾才提到歸期：「此間事頗費周折，歸
期須緩。如有妥便之人，可再捎銀五十兩，以資盤費……」丁雲秀爽然失
望道：「馬六弟沒有日子回來，我們只好不等他了。」

　　大家傳觀此信，齊勸丁雲秀寫一封客氣信，給馬宅送去。詳述來意，
敦請他重念同門之雅，出頭說和。同時定規下明日登程。丁雲秀便請黃烈
文代筆，黃烈文依言寫完，唸給大家聽，跟著伸臂一笑。

　　胡振業道：「黃大哥，你怎麼總笑呢？莫非這裡頭還有什麼把戲麼？」
黃烈文道：「那倒不是。也許是我多疑，我思索這封信，總覺其中有詐，
我猜馬六爺並沒出門。」

　　眾人問道：「他有什麼詐？」黃烈文道：「也許他料到我們必來搜他，
他便將計就計，故留此信，教我們睹信斷望，催我們速離此地。」胡振業
道：「有理！」把眼光又落到信上，搔頭問道：「到底你們探宅，還看出別
的破綻來沒有？」石璞道：「我們窺望時，他們後宅門忽然拔閂脫鎖，他們
說是有賊，一家子全都追出去了。這一點似乎可疑。」

　　大家又亂猜起來，有的又要不走，打算重探；胡振業犯了脾氣，要跟
馬振倫死耗，看他躲到幾時。俞夫人是個女中豪傑，素執謙和，可是內蘊
烈性，丁雲秀微微一笑，對石璞道：「你五叔發脾氣，你也發脾氣？五弟，
九弟，黃先生，我看此事不必強求。馬六弟跟我們夫婦縱然同學，人家既
不願意幫忙，我們何必強人所難？我們明天還是趕緊上寶應縣去吧。」

　　胡振業道：「去倒好去，馬老六膽敢在掌門師兄面前擺閉門羹，我不

能跟他算完！黃大哥，有什麼高招沒有？請你儘管拿出來。肖老九，你別一言不發。你把你那官勢掏出來，施展施展；就說他是飛豹子的同夥，給他暗當窩主。」

肖國英只是笑。黃烈文道：「胡五哥別生氣，你也得原諒他。二十萬大劫案，誰聽見也嚇一跳。馬六爺又不知我們的來意，又不知來的都是誰，更怕得罪了那一頭；退一步想，他自然要躲一躲，先聽聽風聲。便是，看人須往長處看，別看一時。這件事若講善罷，還得由五爺、九爺和馬六爺，你們哥幾個一同出頭私了。馬六爺若準知道我們這樣的打算，他樂得給兩家說和，誰放著面子事不做呢？」

胡振業笑道：「黃大哥真會說！這事誰都知道私了好，無奈馬老六這東西怕事裝鬆，藏起來不露面，這又該怎麼辦呢？」

丁雲秀道：「黃先生體貼人情入微，您既說到這裡，想必另有高見，就請您費心指教吧。」

黃烈文笑道：「我也沒有別的好主意。胡五爺大概忘了，我在此地還有兩個熟人，內中一個還是親戚。我們不妨托他們二位，就近替咱們暗地訪察馬六爺的行止。我們明天走我們的。除這封信由俞鏢頭賢伉儷出名，另外再留下一封信，由五爺、九爺出名，措辭說得危急厲害一點，彷彿劫鏢一案，袁、俞之爭，馬六爺再不出頭，那就越鬧禍害越大，越沒法收拾。不但俞鏢頭傾家辱名，要一敗塗地，就是飛豹子，也要大禍臨身，罪無可逃。如今雙方勢成騎虎，欲罷不能；正盼著有人出頭和解，好借此下臺。如此一說，馬六爺看著現成的人情，也許肯出頭一做。」

黃烈文默體世情，說出此策，只是留為後圖。大家都說有理，立刻這樣辦了。第二天黃烈文拿著信去託人；丁雲秀坐轎往馬宅辭行，依計再向馬氏母子懇切談了一遍，然後告別回店。立即由店房動身，離開駱馬湖草橋鎮，直赴淮安府。到了淮安，向鏢店同行打聽；俞、胡已由此處，往南

踏訪下去，現時大概已到寶應。俞夫人遂由淮安赴寶應，由寶應又趕到高良澗北三河地方，夫妻倆才得相會……

當下，俞夫人和胡、肖二友，把前情對俞劍平和在場群雄一一細說。俞劍平一聽，飛豹子業與師弟馬振倫先期會面，馬振倫竟避不出頭，對自己這個掌門師兄，擺出袖手旁觀的樣子來，在師門誼氣上，實在說不過去。俞鏢頭口雖不說，心中著實不悅。

倒是胡、肖二友十分熱誠，見俞劍平劍眉微蹙，似透愁容。

胡振業首先說道：「三哥，你不必過於懼敵！你別聽那麼說，什麼善者不來，來者不善，袁老二那點玩意兒誰不知道！說真格的，他比三哥差遠啦。要不，咱們老師怎會不要他呢。趕明天咱們跟他見面，三哥你裝好人，跟他客客氣氣的，由我和肖九弟來抵面問他。咱們先跟他講面子，敘交情，以禮討鏢。他若識趣，順坡而下，就此善罷甘休。當真他犯渾蛋，恃強抗法，不顧交情；三哥你放心，咱們也用不著借仗官勢，咱們只把咱們太極門的門規拿出來。他侮辱掌門師兄，就是侮辱太極門師法；我和肖九爺定要跟他講個真章。」

這是胡振業的主張，他卻忘了一節，飛豹子早已改換門戶，早不是太極門中人物了。但是，明朝與豹相會，脫不開講江湖的誼氣，論武林的門規，就明知情懇無用，也須姑備一說。智囊姜羽沖、霹靂手童冠英等，也都道：「軟硬不妨全試試。」

第四十三章　馬振倫避嫌疑急脫遁　肖守備探掌門揭謎底

第四十四章
賢伉儷踐約會群雄　師兄弟強敘師門情

明天就是雙方會見之期。俞夫人趁空打聽飛豹子近日的動靜。俞劍平知她懸念，也把近情略說了一遍。智囊忙道：「時候不早，刻不容緩了，我們趕緊商量，好生歇一歇，明天免不了要大動唇舌。」胡孟剛道：「還得大動身手哩！」智囊道：「正是這個意思，我們快定規吧。」

這日的天氣特別悶熱，就在院中佈下桌椅，大家全到院中落座。俞氏夫妻與兩個師弟，和智囊姜羽沖幾個主謀的人，連同當事人胡孟剛聚坐在一處；大家都小聲說話。因即商定，有出頭的，有幫話的，有勸和的，有爭理的，有備戰的，有巡風的；有的專對付子母神梭武勝文，有的專對付飛豹子。

議到歸結，還是「看事做事」。看飛豹子怎麼說，就怎麼對付。在座群雄多有主張以武力較技賭鏢的，因為事已至此，空口必不能討回鏢來。跛子胡振業就不信這話：「我不信二十幾年沒見面，袁老二竟會比別人多長出兩個腦袋、四支犄角來；他還真要造反不成！」

大家未免各獻各策，俞劍平和俞夫人到底把椅子挨著椅子，夫妻倆並坐在一起，低聲地講究。霹靂手童冠英看著要笑，向蘇建明努嘴低聲道：「你看，兩口子一月沒見面，就說體己話；偌大年紀，一點也忍不住，比小兩口兒還黏纏哩！」

蘇建明推他一把道：「商量正事吧！人家夫妻乃是同學兄妹，現在劫鏢的又是他們從前的二師兄，人家自然有些機密情形，不願明白出口。你看，人家胡五爺、肖九爺，不是也湊過去了？童老兄，我勸你暫免開玩笑

吧。」果然聽俞夫人叫了一聲五弟、九弟，把胡、肖二人都叫過去了。同門四人反覆議論飛豹子的脾性，該如何對付，才能把事了結，彼此面子不傷。

俞劍平嘆了口氣，聽俞夫人道：「這實在怨我們老爺子當年種下的錯，現在臨到你我頭上了。沒別的，九弟你可多勸著五弟一點，教他別跟袁師兄翻臉才好。五弟，這不是你三哥怕事懼敵；這沒有辦法。誰教當年把他折辱得太甚了呢。」胡振業哼了一聲道：「是，我是幫拳幫話來的。教我說，我就說，不教我說，我不說；絕不能由我再生出枝節來……」

議論片時，然後由俞劍平把夫妻的打算對大眾說出來。大家聽了，有的以為然，有的不以為然。可是大家全都佩服俞鏢頭有容讓，能忍人所不能忍。霹靂手童冠英道：「我們看俞爺的吧。我先說一句放在你這裡，你能那麼屈己從人，只怕人家並不容讓你！」

事機緊迫，光陰過得分外快，轉瞬到了三更。智囊姜羽沖仍管派兵遣將，把各人擔當的事情派定，遂催大家作速睡眠，養精蓄銳，好準備明天竭力對付飛豹子。俞夫人由屠炳烈引見，到房主那邊，借了一間房歇息。不久就雞叫了。在房上和巷口梭巡的壯士，已經換過兩班。此刻都撤了回來，都說：這一夜特別消停，敵人那邊一點動靜也沒有，也沒有來窺伺。

那子母神梭武勝文寄寓之所，並未隱匿，鏢行群雄已經探明。但人家既未來窺看自己，自己這邊為保持江湖道上的氣度，自然也不能私窺人家。只由鏢行高的人遠遠望去，見那子母神梭借寓之處，在前半夜確曾有一些人出入；一過子時，便即關門閉戶，不見人蹤了。正不知飛豹子是否潛身在內，也不知飛豹子這次是否準到。好在此次訂約會全由子母神梭出面，一切都衝著他說了。

天色大明，眾人梳洗。俞夫人丁雲秀從房東那邊過來，大家忙進早點，預備出發。那武宅管事賀元昆，忽又陪同一個面生的人，騎馬持帖，

登門促駕。俞劍平、胡孟剛和智囊姜羽沖，忙迎出來。

　　賀元昆先致寒暄，隨傳主命：「敝東聽說俞鏢頭邀來觀場的朋友很多，地方小了，怕容納不下。現在覓妥龍王廟這個空場子，就在北三河河岔三角洲地段。這龍王廟一年只開兩回廟，現在正好是空期。廟裡地方很寬綽，有多少朋友，都可以裝得下；只是房子太壞了，俞鏢頭不嫌屈尊，就請前往；如嫌不相宜，還可以另換地方。」

　　俞劍平笑道：「武莊主太客氣。其實武莊主指定哪裡，就是哪裡；我這裡敬候示下，何必去看？」智囊姜羽沖接聲道：「地點日期，我們毫無成見，全聽武莊主指揮。不過地方總是嚴密一點好，不然，教附近居民看見了，還當我們要械鬥呢！倘因此驚動了地面，可不是鏢行之過。」

　　賀元昆和那面生的人一齊答道：「地方很嚴密，盡請放心。既然俞鏢頭那樣說，現在時候也不早了，不知俞鏢頭預備好了沒有？如已預備整齊，就請起駕吧。」俞、胡、姜三人道：「好吧，謝謝你受累，請你上復貴東，我們即刻就到。但不知那位朋友來了沒有？」這話暗指飛豹子。賀元昆不肯直答，信口說：「敝東的朋友到的很多。你老只一去，就知道了。」

　　霹靂手童冠英走過來說道：「朋友，你們貴東不是已經上龍王廟去了麼？索性就煩你領我們一塊去吧。」賀元昆忙答道：「對不住，我們還有別的事，我們還得催請別位武林朋友去呢。好在您這邊魏廉魏爺和程岳程爺，全都認得龍王廟的，就請他二位偏勞吧。」說時，施一禮，抽身告退，上馬就走。卻不取原路，竟帶著那個面生的人，投到一個人家，一直進去。旋又一同出來，並馬連鑾，徑回火雲莊去了。

　　鏢行群雄穿上長衣，潛藏暗器；手使的刀劍，教門徒晚輩代拿著。由黑鷹程岳、沒影兒魏廉引路立即動身。此地騎馬不便，大家全改步行。俞夫人丁雲秀仍乘小轎，由弟子石璞跟隨後行。北三河水道縱橫，稻田竹塘很多，地勢一層層起伏不平。那龍王廟就築在水渠交錯的河岔子口上，因

水陸錯雜，交通不便，此廟雖大，荒廢已甚。距北三河鎮甸，不過十里地，恰在西南；但若走起來，有沿路一片片水田間隔，竹塘掩阻，地勢忽高忽低，須走十一二里方到。

十二金錢俞劍平、鐵牌手胡孟剛、智囊姜羽沖一行大眾，連同新來的黃烈文、胡振業、肖國英守備，共分兩撥，各搖紙扇，大步徐行，直奔西南；連跨兩道小渠，前有竹林擋路。繞過竹林，竹枝搖曳，沙沙作響；忽閃出兩個人來，迎頭叫道：「來的可是鏢行朋友嗎？」

俞劍平抬頭一看，一個長衫男子、一個短衫壯士，都空著手，抱拳阻路，打量眾人。這頭一撥人，乃是黑鷹程岳在前引道，忙上前答話道：「足下可是武莊主宅內派來的人麼？」那人一笑道：「不是。」

霹靂手童冠英大聲道：「既不是子母神梭手下的人，一定是飛豹子竿上的朋友了。朋友你貴姓，你們瓢把子到了沒有？」

來人拿眼橫著一掃眾人，似點人數。短衫壯士一聲不響，只注意俞、胡諸老。長衫男子怪聲一笑道：「你老兄不要錯看了人，在下也是武莊主邀來觀場的朋友。聽說有武莊主的朋友，要以武會友，會會高賢，在下特意大遠地趕來看熱鬧。我們久仰十二金錢俞三勝俞老鏢頭，以拳、劍、鏢三絕技稱雄武林。在下是抱著開開眼竅的心來的。不知諸位哪一位姓俞？莫非就是閣下麼？」霹靂手童冠英道：「你要想認認俞鏢頭麼？那很容易，那就要看看你的眼力了。我不姓俞，我姓童，名冠英，有個匪號，叫做霹靂手童冠英的，那就是我。我也和閣下一樣，是這邊俞鏢頭的朋友，特意觀禮來的。不過不是衝著令友武莊主來的，是衝著飛豹子來的……」

俞劍平恐童冠英越說越不好聽，忙出來要答話。來人毫不理會，反倒說：「原來諸位正是鏢行，好極了。武莊主煩我在這裡迎駕，請往這邊走吧。」又道：「怎麼才來了這麼幾位，聽說不是有四十多位麼？」黑鷹程岳道：「這些位全是候教的，還有幾位觀禮的，隨後就到。朋友，我們謝你

引路。不過這裡的路，我在下還認識。我們自己走，還不致走錯。」

　　長衫男子轉身一指，笑道：「你是不是想往南走，跨過這條小河，就快到了是不是？但是，您可不知道，那條小河過不去了，那裡的竹橋忽然斷了；又沒有擺渡，武莊主怕你們幾位走不過去，又未必認得別的道路，所以煩我來給諸位指示一條捷徑。現在這麼說，諸位一定過得去，我就不必費事了。」側身一閃，又一拱手道：「請吧！」

　　說話時，竹林後面簌簌作響，還有兩個人沒有露面。俞鏢頭不用看，便已猜出，他們點清了鏢客人數，潛往送信去了；遂微微含笑，向長衫男子道：「朋友，我們先說一句，我們來的人全是鏢店同行、武林同道；這裡面沒有鷹爪，我敢擔保。在下我就是十二金錢俞劍平，這一位是鐵牌手胡孟剛。我們是特承子母神梭武勝文莊主的美意寵召，要引見我和另一位武林朋友會面來的，倒不是淨為以武會友。若是朋友看得起我，一定教我獻醜，我也不敢藏拙；可是那絕不是我的本意。」俞鏢頭的話依然是軟中硬。

　　長衫男子叫道：「哦，閣下就是十二金錢俞鏢頭，久仰久仰，幸會幸會！您也太客氣了，我們武莊主久慕您的大名；還有他的幾位朋友，都是久仰你的雙拳一劍十二錢鏢。俞鏢頭真是信人，既然如期到場，一定不吝指教，要大展絕技，教我們一飽眼福的了。現在武莊主和他的朋友都來齊了……」

　　鐵牌手胡孟剛搶著問道：「令友飛豹子，他來了沒有？」長衫男子笑道：「諸位願見的朋友，該來的都早來了，全在龍王廟恭候著呢。您就放心，請吧！」一側身，做出讓路的樣子。

　　那短衣壯士始終未發一言，把俞劍平盯了兩眼，暗扯長衫男子一把，說了聲：「咱們前邊廟裡見！」兩人縮身退入竹林後，竹林後簌簌地發響，又有兩個人抹著竹塘邊，飛奔西南而去。黑鷹程岳追蹤往林後一看，剛才

答話的兩人仍藏在竹塘後，在一塊青石上坐著，似正伸頭探腦地巡風。和黑鷹一對盤，齊齜牙一笑，站起來說道：「您是引路的吧？前邊竹橋有點不大好走，您若是不願繞道，我們哥倆可以把你們諸位伴送過去，這邊有斜道可走呢。」

黑鷹程岳冷笑道：「不勞費心，斜道總不如直道好走吧！天底下的路全不難走，只要生著腿。你們二位在這裡還有貴幹呢，我們不好奉擾。您值公吧。」程岳抽身回來，仍按昨天探的道引領鏢行群雄，越竹塘水田前進，且行且對俞、胡、姜三老說道：「他們在前邊不知又弄什麼詭計。前面本有一道竹橋，剛才兩個點子說，這橋不好走了。」

俞劍平道：「走著看，小心一點罷了。剛才那兩個人不過是看一看我們來了多少人，有官面沒有。真把人看扁了，我們要報官面，何至今天？」正說著，武進老拳師三江夜遊神蘇建明哎呀一聲道：「可不是，你們看，他們把橋拆了！」這座竹橋只剩了八對立柱，竹竿編的橋面全拆除了。這本是築在岸面，只容兩人並行的小橋；溪面一丈不足，本來可以跨過，只是兩岸並非直接旱地，還有淺灘，亂生蘆荻；當中只有一溝清波，深才過腹。連淺灘通算起來，寬度竟達兩丈一二。

霹靂手童冠英走過來一看，不禁冷笑道：「這有什麼用？能阻擋什麼人呢？也無非彆扭小腳老娘兒們罷了；連我們俞三嫂也難不住，對不對？」插紙扇，撩起長袍，踴身一躍，拔起七八尺高，斜飛如鳥，輕飄飄躍登對岸。蛇焰箭岳俊超也道：「這有何難？」一個箭步，也跨過去了。

三江夜遊神蘇建明有梅花樁的功夫，就不肯飛縱。他走到竹橋斷柱前，邀著青松道人、無明和尚和奎金牛金文穆，說道：「你我四人恰好是僧道回漢四色人物，咱們就這麼一步一根柱，渡過去也罷了。」說時眼往四面一看。

此時大眾都聚到橋邊察看。奎金牛聽了這話，臉上一紅，有點畏難之

色。他身形偉壯，前次登坡，已上大當。唯恐這斷柱被人暗暗刨活動了，一個登不好，落下水去，未免當眾丟人。青松道人恐失出家人身分，敬謝不敏。肖國英守備服官數十年，專習弓馬，把輕功夫久已擱下，胡振業一足殘廢，更不能單腿跳遠。這師兄弟二人都是俞鏢頭的同門，都有點怕出醜。

智囊姜羽沖含笑說道：「蘇老前輩，你老上當了。人家故弄這一手，要考較考較咱們。咱們就這麼聽話；學臺沒來，自己就投考麼？」

蘇建明忙張目遠望，隔岸恰有樹林，林端似有人物，哈哈一笑道：「可不是！」智囊道：「怎麼樣，林子裡就真有考官監場，拿冷眼盯著咱們呢！」

俞劍平俯察斷橋，平視對岸，綽鬚微微一笑。胡孟剛又罵起來，大聲道：「真他娘的什麼東西，弄這不要臉的鬼見識，當了什麼？」忽想起飛豹子已經訪實，是俞劍平的師兄，又不禁啞然，拍手打掌地說：「難道咱們再繞回去不成麼？」俞劍平笑道：「我們使個笨招吧。也不用跳，也不用繞，我們不會現搭浮橋麼？」群雄哈哈大笑道：「對！」好在竹林現成，觸處皆是；抽刀削竹，略加束縛，編成一條窄筏，浮放在橋柱上。俞鏢頭和蘇建明都會梅花樁的功夫，立刻試渡一回，橋柱當流有兩根岌岌動搖，轉囑大家小心踐渡。雖已造橋，大家走過時，不過借這橋一墊腳罷了。竟為這斷橋，耽誤了一會兒工夫。龍王廟殿脊上，正有人攏目光，盯視眾鏢客的舉動。看他們全都渡過來，就互相傳呼了一聲：「預備，托線過來了！頭一撥二十多個，後一撥就到，倒是真沒有鷹爪。後面還有一乘小轎，哦！到河邊了，出來了；是個女子，也繞過來了。」所說的這個女子，自然就是俞夫人丁雲秀，然而飛豹子已經認不得她了。一來路遠看不清，二來年久容貌改，早不是三十年前的如花美眷的小姑娘了！

於是十二金錢俞劍平率第一撥人，來到龍王廟門口。那金剛般的大

漢、子母神梭武勝文莊主，衣冠楚楚，同著十幾個長袍馬褂的壯士，遠遠迎出。廟門大開，廟貌破舊；廟內本已遍生荒草，昨夜一夕之間，已被芟除得乾乾淨淨，露出土地。大殿佛像已無，供桌垂朽，廟廡門窗木格全落，裡面自不免深積灰塵；此時也撣拂得清清潔潔。縱無禪床坐褥，卻放著數十條白茬長凳。廟中的佈置，是把東廡上首讓給鏢行，武勝文和飛豹子的朋友自據西廡。那正殿和廟門對面的戲臺，就是預備較量拳技的鬥場了。

廟很大，也有幾層，山門內外路口，早有人把守。鏢行一到，武勝文就客客氣氣往裡讓。鏢客都想看看全廟的形勢，探探豹黨的人數，並欲一窺劫鏢大盜飛豹子本人；就是胡、肖二友也同具此心；胡跛子更為心急，直往前擠。俞、胡二鏢頭見對手已出，再想繞廟一巡，已不得便，立刻向武勝文拱手還禮，叫了一聲：「武莊主，諸位！」霹靂手童冠英猝然發話道：「武莊主真是信人，不曉得你那令友袁朋友來到了沒有？」

武勝文微微笑道：「哦，這個，諸位早來了。」在他肩下，那個貌若女子的青年，穿長衫，搖灑金扇，用朗若銀鈴的聲音，從旁代答道：「俞鏢頭真是信人，居然準時到場了。還引來這些武林名輩一同見顧，不才和敝友同深榮感。」這青年又一側身，目望童冠英道：「敝友久慕高賢，渴盼承教；他們要來的焉有不到之理？他們老早地來了，都在這裡面恭候著哩。」胡孟剛大聲說道：「好！」

武勝文就側身舉臂相讓道：「借的地方，不恭之至；諸位英雄惠然光臨，真是群賢畢至的了，諸位都在這裡麼？後面還有別位沒有？」

俞劍平道：「武莊主，不才遵約而來，該來的如數來了，不該來的一個外人也沒有。剛才前邊有一座小橋，不知哪位行家腳步重，給踩坍了。路途生，時限迫，小弟唯恐延誤，有勞久待，我們幾個人就胡亂渡過來了。我們還有幾位觀禮的朋友，截在後面，沒有過來。小弟打算在廟外留

下一兩個人，不為別的，好接引落後的人平安過來。武莊主想必允准吧？程岳，你陪岳師叔在外頭，不要往遠近去，不要東張西望。此處雖是一座廟，究竟是武莊主費心覓借的，我們要當心守規矩。」

說完立刻把黑鷹程岳和蛇焰箭岳俊超，留在廟外，明為候人，實兼巡風。

武勝文不能拒絕，順口說道：「俞鏢頭真是細心，我剛才已經聽說了，橋斷不要緊，我們已經煩人前去搭板了。請釋尊念，令友一定平穩渡過來的。」在他背後，一個黃面漢子大聲說：「我們武爺專做修橋補路的善舉，除非不睜眼的人，才猜疑他過河拆橋。」武勝文拍他一下道：「別嚷嚷了，鏢行朋友已到，立談不便，請往裡面走吧。」

老拳師三江夜遊神蘇建明、奎金牛金文穆、智囊姜羽沖、霹靂手童冠英等，簇擁著十二金錢俞劍平、鐵牌手胡孟剛，與武勝文等十數人，相遜相讓，走進了山門。沒影兒魏廉引領眾人，把廟中情形急急地辨認一回，便又出來，跟孟廣洪二人，把蛇焰箭岳俊超、黑鷹程岳替換進去。子母神梭武勝文這邊的人，或在西廊內坐著，或在別院蹓躂，都不聚在一處，也不藏在暗處；散散落落，此出彼入，衣履也很不整齊。廟內備有兩座兵器架，都擺在明處。那飛豹子還沒露面。武勝文把鏢行讓到東廊，請大家在長凳上坐，又請寬長衫：「這裡可沒有衣架，請搭在兵器架上吧。」立刻又過來雄糾糾氣昂昂的兩個青年壯漢，提大瓷壺、大茶碗、木桶、滿桶冷水，給鏢行一人斟一碗。姜羽沖、俞劍平齊說：「不敢當，不敢當！彼此都是過客，都算主人。武莊主和諸位如此照應，教我們太不安了。」遂吩咐年輕的鏢客，也幫著斟茶。

智囊姜羽沖和漢陽郝穎先心上不能無疑；舉杯嗅茶，辨香試氣。莫看是臨時借來，給佃戶傭工用的大粗碗，可是茶色碧澄，香氣清芬，乃是頂上的綠茶。郝穎先試將銀扳指投入茶碗裡，唯恐茶中有毒。敵人要施詭

計，或者放下蒙藥，教鏢行當場出醜，也是有的。子母神梭似乎早已防到，最後親從茶桶中，撈出四只銀杯；即用銀杯盛茶，獻給俞、胡二鏢頭，抱歉說道：「茶杯不夠用，這四隻銀甌子，請俞老前輩、胡老鏢頭對付用吧。還有這兩杯，哪位喝，就請端吧。」茶確是無毒的，十二金錢俞劍平依然涓滴不肯輕飲。

雙方坐下，說了幾句酬酢話。鏢行群雄冷眼打量這武莊主，豪邁之氣依然逼人，只眉目之間似流露不安，又似有難心的事。在他身旁的人，也出來進去，好像懷著什麼鬼祟。

俞、胡二鏢頭並不懼怕意外，只擔心飛豹子再不出面。他們向姜羽沖施一眼色，按預商的步驟，由姜羽沖抱拳發話道：「武莊主不必張羅，彼此全是同道，無須客氣。我們大家的來意，是想會會令友。令友既有意指教，我們俞鏢頭也很想獻拙；令友還要幫忙找鏢，這更是求之不得。我們這幾人按照江湖道上的規矩，前來踐約，敢說以武會友，決鬧不出笑話來。但本地官面未必知道，他們看見咱們陡聚大眾，他們非聾非啞，也許要出頭攔阻。他們辦的是公事，我們鏢行倒無所謂，也無法攔他。只是武莊主乃是當地士紳，倘或摻在裡頭，受了誤會，未免顯著不合適。所以，我們既已如時到場，最好請把令友即刻陪來，當面一會，越快越好。省得睡久夢長。弄不好教官面察覺了，倒像是我們鏢行勾引出來的，豈不負了武莊主給兩家好意引見的盛情？」武莊主站起身來笑道：「足下是怕給我找出麻煩來吧？但我們彼此都是朋友，獻技求教，不是比武；幫忙尋鏢，不是與賊通氣，斷斷不會出錯。本地官面和在下也有點小來往，我想他們總得給我留面。就是今日之會，也關照他們了，請諸位不必擔心。倒怕外府來的尋鏢官人，跟蹤尋來打攪，那可就惹出麻煩，不干我的事了。敝友現已到場，剛才囑我重問一句，貴鏢行可驚動官面沒有？」

胡孟剛道：「武莊主不要小覷我們。我們照約行事，錯了轍，你只管

交江湖道公論。」童冠英道：「我說武莊主，我也是觀禮來的朋友，讓我保一句吧；俞、胡二位久在江湖上混，絕不會做出鬼鬼祟祟的事來，教江湖不齒。你們貴友也在外面安著樁呢，請問我們這一夥，暗中帶著不相干的人沒有？您請放心好了。」

武勝文道：「如此很好，我們雙方都照約行事，誰也不許錯了轍。敝友早已來到，我這就陪他過來。不過話先說明，他是專心先來請教的，後事如何，那就全看諸位怎樣對待人家了。諸位請稍候。」向鏢行一抱拳，轉身出離東廂。其餘十幾個壯士一齊跟了出去。東廂只剩下鏢行，老拳師蘇建明道：「這怎麼講，他忽然又叮問一句，可是又要變卦？」俞劍平搖頭道：「隨他鬧去，我們有一定之規。我們迎出去吧！」

鏢行群雄舉步到廂下，對方的人已從西廂及別處出來，利俐落落，共有二三十人，和鏢行人數正相當。與子母神梭武勝文並肩前行的，一共七個人，其餘稍稍落後，雁行而來。這七人自然是領袖人物了，內中一個豹頭虎目，赤紅臉，黑鬍鬚，穿長衫，持鐵煙袋，正是劫鏢大盜飛豹子，也就是俞劍平當年的師兄，如今昂然出現了。胡孟剛也和黑鷹程岳、九股煙喬茂登時認出，急急關照俞、姜及群雄道：「就是他！」

俞劍平、胡孟剛、姜羽沖、蘇建明、童冠英與青松道人、無明和尚，凝眸打量對方。這七位有老有少，多半是尋常身材，只有三個人較高，頂數武勝文魁偉。豹頭虎目的老人和武勝文比肩並立，恰好一般高，一般雄壯。鏢行眼光盯視這草野七雄，這草野七雄齊盯視鏢客。但只一掠而過，幾對目光終於都落在十二金錢俞劍平和豹頭老人的身上。

十二金錢俞劍平，五十四歲年紀，穿米色綢長衫，黑色紗馬褂，衣冠楚楚，如見大賓；皓顏劍眉，額橫皺紋，氣度如此地謙敬、沉穆，毫不似武夫，更不似踐約赴鬥。睜著朗星般的雙眸，尋看來人；他只是這麼抬眼一看罷了，並沒有透出橫目直盼的神色。

　　這一邊，飛豹子挺然直立，六十歲以內的年紀，虎目灼灼閃光，豹頭似籠深霧，只穿一件肥袖短襟的綢袍，高腰襪，福字履，純然武林打扮。天雖熱，手不揮扇，頭不出汗，右手只輕輕提弄著那管鐵桿煙袋。一出西廂，目光遠射，早早地看見俞劍平了。

　　雙雄此日對面相逢，已在師門分袂三十年後了。兩人全覺得心血沸騰往上一撞，但立刻都按下去。兩人不由得流露出錯愕之容。光陰荏苒，挾著恩怨悲歡，匆匆逝去，好像一霎眼間，已度過一世三十年。此日重逢，兩人心目中都想像著對方年貌必變，卻想不出究竟變成什麼樣。

　　二人心目中，都有一個二十幾歲的少年壯士，浮現音容；而此刻抵面相看的，竟是齾鏫一叟；把懸擬之相，拿來與對面的活人相印證，彷彿一幅白描人物畫，塗上一層風塵蒼黃之色，原形輪廓依稀可見，神情可太差了。

　　昔日的俞振綱是個口訥心熱、內剛外和的小夥子，今日成了練達人情的老鏢客了。昔日袁振武剛勁精悍之氣逼人，今日另換上堅忍不拔的草莽豪風。不對了，兩人全改樣了！即使面貌猶昔，氣度早截然不同。三十年光陰如電掃，把兩人全改了；若不是指名相會，陌路相逢，實在誰也認不得誰。在鬼門關前，二人本已秉夜交鬥過，但那時竟沒有看清。如今，在光天化日下，四目相對，不禁百感交集。兩個人都心中暗想：「他原來這樣了！」

　　武勝文在旁介紹道：「俞鏢頭，這位就是敝友。二哥，這位就是俞鏢頭。你們二位多多親近！……」介紹人這樣說，兩人竟忘其所以，呆然止步，忘了說話；只不知不覺，循俗禮向對面抱拳一揖；四目射出英光，你看我，我看你，打量、端詳、回憶前情。

　　這時候九股煙喬茂躲在人背後，湊到跛子胡振業身邊，嘀嘀咕咕說道：「胡五爺你瞧，這位大瞪眼、赤紅臉、大高個兒老頭子，就是劫我們

鏢的那個飛豹子。你老仔細對對盤，到底是你們師兄麼？那天當場劫鏢，把我們胡鏢頭打敗的，可就是他。他可會拿鐵煙袋桿點穴。」

胡振業和肖國英肖守備，早已盯住對面出來的七個人，並已看出誰是飛豹子來了。暗加指點道：「怎麼樣，這就是他！你瞧那嘴角往下耷拉著，虎腦門，大眼睛，分毫不差。」胡振業見袁、俞相對錯愕，他就把九師弟肖國英一拖道：「你我先上前。」一瘸一拐，拉著肖國英的手，其實是肖國英攙著他的臂，突越眾人當先，直抵飛豹子面前。雙拳一抱，大聲叫道：「袁師兄，三十年沒見，你還認得小弟麼？」

飛豹子不禁一側臉，旁睨鏢行群雄，人才濟濟。卻從側面，突然轉過來一個滿面笑容的跛子，臉黃肌瘦，頹然衰羸。胡振業早已喪失了當年的英姿，如今只剩了病後殘骸，連身量高矮都差了，如今好像矮了半尺多。飛豹子一點也認他不出，心中猜疑：「這是哪一宗派的人物，他會認得我？」江湖異人不可以貌相，一個跛子敢越眾上前，倒不可忽視。飛豹子猝問道：「哦哦！朋友，未領教您貴姓？」

胡振業立時耳根通紅，發惱道：「他不認我了！」在他身旁稍後的肖國英肖守備，雙拳高舉，也要招呼；一見此狀，搖了搖頭，不肯魯莽，登時改口道：「你閣下可是當年在太極丁門下，那位樂亭縣袁家莊的袁二爺麼？」

飛豹子又一側身道：「哦，你閣下……」肖國英往前邁了半步，雙眸直盯著飛豹子的雙眸。四目對視，不錯眼珠，肖國英嘴角上浮出假笑。飛豹子眼往下一看，又往上一看，忽然似有所悟，用手一指，失聲道：「哦，你貴姓？閣下可是姓肖麼？官印可是振傑？」

肖國英的模樣，比胡振業改變得還厲害。當年他一派天真孩氣，現在儼然是一位中年的精幹軍官。面容發胖，唇上生了短鬚，身量也高了，只面龐還彷彿罷了。可是飛豹子竟忘了當年在師門極其活躍的胡五師弟，偏

偏想起這九師弟肖振傑楞九。肖國英不由一鬆勁，得意的人大抵願與老友話舊，就歡然叫道：「袁師兄還沒忘了我，小弟我就是肖振傑。袁師兄，多年沒見，把我們想煞、悶煞了。」

飛豹子道：「這這這，你真發福了，我一點都認不得你了！」胡振業退後一步，越發不悅，在旁大聲道：「好麼，我說袁師兄，你好大的眼眶子。你只認得做官的師弟，就不認得我這倒楣半死還剩一口氣的胡老五了麼？」

飛豹子袁振武聞聲又一扭頭，道：「呀，你是胡振業五弟麼？多年未見，你怎麼瘦得這樣了？我的眼真該挖，可不是我眼眶子大；五弟，你的相貌變得太厲害了，我哪裡認得出來呀？」口說著，眼光往鏢行群雄這邊搜尋，看還有熟人沒有。

他心中卻在作念：「俞老三這傢伙居然把舊日同門找尋出來，哼，你若想拿面子局我，你做夢吧！」

飛豹子立刻裝出面孔來，像很念舊似的，和胡、肖二友懇切周旋。把鏢行群雄丟在一邊，毫不敷衍；俞劍平緊站在旁邊，他連看也不看。

袁振武拉著胡、肖的手道：「二位老弟，我們三十年沒見，你們想必都很得意吧！我在下可是混得丟盔卸甲，簡直是死裡重生的人了。我學無一技之長，在師門乃是不成器的笨貨，我有自知之明。我就曉得江北魯南中原一帶，沒有我插足之地。我一頭鑽到荒林窮山僻角落裡，跟人家看宅護院，好歹混一口飯吃。不想人到老了，就會想家；我犯了思鄉病，忽然回來了。我本是武林棄材，我不認得人，人也不認得我。我順腳瞎闖，從直隸摸到江南，連半個熟人也沒遇上。哪知道今天會遇見你們二位，最難得你們二位還在一起，這真是幸事了。二位老弟，咱們是老朋友了，總算都是武林一脈，我也不知二位如今貴幹。我在下可是沒出息，越混越往下去溜，我現在居然做起無本生意，跟人家當踩盤子小夥計了；卻也是有一搭，沒一搭，三七分帳，沒生意就閒著。二位別見笑，我實在不行；誰教

我當年學藝不精，不能繼承師門絕技呢！我最近才聽說江南鏢行出了一兩位能人，我拜託武莊主給我引見引見，要跟這位能人會會，也好學兩招。別看我人老，心不老，求學的心還是很熱。就在今天，就在此地，我們要見面。哪知二位也來了，這真是他鄉遇故知了。好吧，二位，回頭你二位跟著看看熱鬧吧，我還要跟這位鏢行名人請教請教高招哩！」

他只對胡、肖滔滔說話，眼角掃著俞劍平；聲色言辭分明拒人千里之外。只跟胡、肖敘舊，把這抱拳打躬的三師弟俞劍平拋開不理，他的來意果然不善！

胡振業連搶兩次話，未得搶上，此刻忙大聲道：「袁二哥，你別發牢騷了，你說這話可該受罰！你說你倒運，我比你更倒運。咱們丟開過去，講現在的吧。二哥，你訂約會，要找的那個十二金錢俞劍平鏢頭，不是別人，也是咱們的同學。你看就是這位，他就是咱們的三師兄俞振綱，俞劍平乃是他的號。我說，俞三哥……」

飛豹子故作不聞，急忙打岔道：「胡五弟，且慢。我告訴你，我是以武會友，專誠踐約來的。我這回倒不是專為訪友敘舊，乃是特為慕名求教來的。」霍地轉身，對武勝文道：「武莊主，給我引見引見吧。我們老朋友光顧說話了，倒讓十二金錢俞老英雄久等了。」武勝文便道：「俞鏢頭，我再引見一回，這位朋友就是敝友……」

十二金錢俞劍平見此光景，臉色微微一變，心中似旋風一轉：「他瞪著眼裝生人！」肖國英到底比胡振業心路快，忙趕上一步，硬給袁、俞二人拉合道：「俞三哥，這就是袁二哥。袁二哥，這就是俞三哥。你們二位全很老了，大概認不得了吧？你們都成了老英雄了。」

俞劍平立刻往前湊了一步，滿面賠笑，高舉雙拳，大聲說：「袁師兄！我猜想是你，真格的果然是你！這還用武莊主介紹麼，你我三十多年的交情，三十年沒見面了，可想煞小弟了。小弟我俞振綱，今日幸得與師兄相會，真

是萬千之喜。胡賢弟、肖賢弟這邊來，師兄請上，小弟俞振綱拜見！」

俞劍平當著眾人，要向飛豹子屈身下拜。飛豹子竟往旁一閃身道：「不不不，這可不敢當。俞鏢頭，你老不要認錯了人。我和閣下從前是慕名已久，今天才是初會。你怎麼跟我來這個？」鏢行群雄不知何人冷然說道：「好詞，想不到堂堂好漢會裝傻？」

飛豹子立刻應道：「那一點不假！在下素來就不聰明，我今天的來意，就是要拿我這個傻貨，會一會智勇雙全、聰明無匹的十二金錢俞老鏢頭。我說武莊主，咱們的話，您不是都對俞鏢頭講過了麼？」

武勝文在旁答道：「早已講過了，也承俞鏢頭慨許了。」飛豹子把手一張道：「著啊！俞鏢頭，你的來意是尋鏢，我的意思是求教。這裡頭委曲宛轉用不著細描，反正彼此明白。咱們現在照約行事，二句話沒有……」

鐵牌手胡孟剛哼了一聲，人家分明把挑戰的話當面提明了。俞劍平仍不動聲色道：「袁師兄說的是，小弟一定遵命。不過，你我從十幾歲就同師學藝，相處有年，親如骨肉。到後來師兄因母老歸養，我和胡師弟親自給你送行，直追到船上，只差一步，沒有趕上。從此你我闊別，一晃三十年，今天你我老友重逢，請想舊日同門健在的還有幾人？師兄，我們何妨先敍舊情，然後再談正事？這不是胡、肖二弟也在這裡了，師兄請邀令友到這邊坐。不知師嫂是否健在，你膝下有幾位師侄了？」

飛豹子搖頭笑道：「不怕俞鏢頭見笑，在下流落江湖，一身一口，斷子絕孫，太不值提起了。哪能比得俞鏢頭，妻財子祿，名立功成！我久仰俞鏢頭一劍雙拳十二錢鏢，威震江湖。我在下竭誠而來，非為敍舊，實在求教。武林道做事，是講到哪裡，做到哪裡。彼此又邀來這些朋友，哪能一味淨講空話？早知那樣，又何必驚動大家。我們還是先辦正事，哪怕完了事，由我袁某擺幾桌酒席，恭請諸位高賢，暢懷一敍，也是應該的。現在似乎不必。我說，武莊主，請你費心，給鋪排鋪排吧。」

第四十五章
飛豹子負怒斷情絕義　丁雲秀委婉巽辭求鏢

飛豹子袁振武本和子母神梭武勝文商定：一到鬥場，唯恐俞劍平輾轉託出人來，請求私了。飛豹子不打算與俞劍平面談，退到一邊。另由武勝文引幾個生人出頭，直等到動手，飛豹子再上前。哪知一到廟內，胡、肖二友直衝飛豹子敘舊，俞劍平不嫌挫辱，也當眾拜認師兄，把飛豹子所佈置的章法全攪亂了。

飛豹子急忙向同伴示意，武勝文猶豫未進，那胖、瘦二老人和那美貌青年一擁上前，把袁、俞二人隔開。發話道：「這件事不是說話辦得了的。敝友此來，專為求教；至於幫忙尋鏢，要等到過完招之後，敝友一定照辦。敝友早對我們言明，萬一生了枝節，或者硬有人出頭勸解，敝友可就敬謝不敏了。說句不客氣的話，他可是要走。」

其餘豹黨也起鬨道：「對呀，別淨說話了，我們專為觀場來的，請二位英雄寬衣服上場吧。我們久慕威名，是專程來觀光的，俞鏢頭別教我們失望。」

智囊姜羽沖忙與霹靂手童冠英奮身攔道：「諸位朋友慢著！我們不是淨為打群架來的，這也不是打架的事。就是打架，也得先禮後兵，把話說開了。像諸位這麼著急，過完了招，到底怎麼樣呢？」草野群豪仍催著登場，一味嚷：「照約辦事。」

童冠英含怒尋到武勝文面前道：「前天是我們幾個人，替他們二位訂約的，現在請武莊主費心，把別位大駕暫且攔一攔。咱們幫忙的朋友，總該替他們兩位當事人安排好了，不要亂嚷才對。」

武勝文笑道：「那樣很好，那正是敵友求之不得的。」智囊道：「好！咱們可以先商量一下。」

雙方的中間人立刻湊到一處。此時胡、肖二友伺隙解圍，突然拉住飛豹子的手，向俞劍平道：「俞師兄請這邊來。袁師兄，你我乃是從小的弟兄，不說假話。今天群雄相會，自然有個講究。我聽說雙方不過是要比量武功，又聽說還賭著一支鏢，這個我小弟全不過問。事有事在，現有中間人，可請他們幾位商量；該怎麼樣，就怎麼樣。咱們弟兄可是三十年沒見了，咱們同門師兄弟一共九個人；現在只剩下我們幾個，難得今天我們四個人居然湊到一處了。我說袁師兄、俞師兄，我們談我們的；我們真該親近親近了，同門師兄弟就是骨肉手足。」

胡跛子拉著飛豹子袁振武，肖國英拉著俞劍平，硬往一塊捏湊。草野群豪一見此景，深恐飛豹子不是拘於情面，就是得罪故舊，事難兩全，必墜僵局。那瘦老人和那名叫許應麟的壯漢，忙出言譏諷，仍要把飛豹子攔住。豹黨更有一個青年大聲狂笑道：「這是什麼事，跑到戰場上認親來了？當家的可留神，咱們要真的。」

胡跛子一翻眼，抗聲道：「朋友！……」想含而不露，反唇相譏，一時想不出辭來。肖國英忙接聲道：「袁師兄，這位是你什麼人？可是徒弟麼！還是子侄呢？喂，少年，你不要擔心，你們師父是老江湖，不會上當。我們是嫡親師兄弟，也不會給你師父當上的。」

飛豹子微微一笑，也大聲說：「戰場上認親，又有何妨；你不要把師父看小了。你看我可是輕易受好話哄的麼？」對胡跛子道：「五弟，你不要硬揪我，我現在跟江南名鏢頭小小有點說頭；回頭完了事，咱們哥們再講交情。我還要敬陪二位，多盤桓幾天。我已經混砸了，還要懇求二位給我點事情做哩！現在對不起，我很忙……」說時，拔身前湊。肖國英已將俞劍平拉了過來，連叫：「袁師兄，自己老兄弟，不要這樣子呀！」

飛豹子仰面而笑，不肯搭茬。

俞劍平很有涵養，一躬到地，笑道：「師兄現在很發福。前幾天武莊主說，有一位武林朋友要見小弟；聽說那神情意思，我猜著必是師兄。今天見面，果然不錯。三十年久別，今天真是幸會！你我是同門老弟兄，我們用不著繞彎……」

胡、肖道：「著哇！自己哥們有什麼不痛快，當面講最好。」袁振武仍不接話。俞劍平道：「師兄，那二十萬鹽鏢，不是小弟親保的，乃是小弟鏢店同行鐵牌手胡孟剛胡鏢頭一手承攬的；他不過借小弟的鏢旗用用，壯壯聲勢罷了。這裡面詳細情形，料也瞞不了師兄。不幸這一票鹽鏢，不借小弟的鏢旗還好，這一借索性整個全丟；連小弟的鏢旗也被拔去。小弟托朋友尋找多日，直到近時，始知留鏢銀、拔鏢旗乃是師兄手下人所為。師兄你我同門學藝多年，親如骨肉。小弟年輕時，糊塗痴呆，口訥面嫩，常恐無意中惹得師兄生氣。現在師兄不吝指教，我叨居師弟之位，理應尊師敬長。師兄既肯加責，小弟敢不拜領？不過這鏢實是胡鏢頭保的，他的家眷已因此事押監勒賠，保家催賠又一天緊似一天。胡鏢頭無端被累，以致入獄，傾家喪業，情形太已可憐。只求師兄顧念無辜，先把鏢銀擲還。然後師兄願意怎樣處罰我，就怎樣處罰我；小弟必甘心拜領，誓不皺眉。」

就到此往旁一看，夏氏三傑立刻把胡孟剛引過來。俞劍平道：「師兄，這位就是胡鏢頭。胡鏢頭，這位就是一手劫取二十萬鹽鏢的飛豹子袁老英雄，實在就是我的師兄。」

胡孟剛蘊著怒，向飛豹子拱了拱手，說道：「這位就是袁老英雄，我早就領教過了，還不止一次。袁老英雄，您是俞大哥的師兄，我是他的盟弟；您就是老大哥，我得給您行全禮。」隨往下彎了彎腰。

飛豹子登時退身搖頭道：「不不不，我可不敢高攀，我是山窪裡的俗人，怎麼會是俞鏢頭的師兄？」

胡孟剛道：「這個……袁老英雄，剛才您師弟的話，您總聽明白了。這號鏢是我在下保的，我和閣下實是初會，從前沒有共過事，自然也無恩無怨。那天在范公堤，您也親口說過，不是衝著我的鐵牌鏢旗來的，今天你閣下挺身出面，足見大丈夫做事磊落光明；我們有話講在當面，再好不過。你閣下是久闖江湖的老前輩，沒有看不開的，也沒有不開面的。不怕你老見笑，刻下官面催尋催陪，急如星火，我在下現時就教兩個捕快押著。可是，我們俞大哥自從探明劫鏢的事是你老兄所為，他就謹守武林門規，沒敢聲張；只求面見情求，絕沒有旁的打算。是的，袁老英雄，這可是官帑，我們只想情求；這也瞞不了你老兄和武莊主諸位，您只管打聽。這回事若說是我在下得罪了人，我胡孟剛和閣下是陌生朋友，連這回才見過三回。若說您的師弟得罪了您，可沒有我的事。這號鏢實是我一人承保的，金錢鏢旗不過是借來助威；這裡頭沒有您師弟的事，也瞞不過您。若說我們開罪別位英雄了，您是替朋友找場，我們又真不曉得從哪裡受病。現三方抵面，話已講明，我先跟您道歉。您有什麼不痛快，請儘管明挑出來；我們一定按江湖道，給朋友圓面子順氣。」

胡孟剛又抱拳向到場的豹黨群豪作了個羅圈揖，說道：「諸位英雄，我叫胡孟剛，丟鏢的就是我；我今天特來賠不是求鏢。諸位都是給朋友幫忙來的，請眾位費心給圓說圓說。今天的約會，別看袁老英雄說是要試招，我可不敢，我們俞鏢頭更不敢。袁老英雄是師兄，是老前輩，我們今天實在是借這一機會，撒帖子，邀朋友，專誠給劫鏢的武林朋友拜山賠情來的。」

這招兒是軟的，是昨夜預定的；由姜羽沖授辭，教胡孟剛當場說出，好讓在場群豪聽聽是非曲直。胡孟剛是直脖老虎，經他枝枝節節一說，憤火中燒，話中未免帶刺。

飛豹子把虎目一翻，發出詫異之聲道：「這話滿擰了。俞鏢頭、胡鏢

頭，你們二位不要把事看錯。今天這一會，到底怎麼個講究？難道武莊主和諸位沒講明白麼？……喂！我說武莊主，這兩位說的話怎麼全不對碴了！劫鏢找鏢是一檔事，今天踐約求教又是一檔事，二位不要攪在一起；若是這麼講，越扯越遠，越掰不開了。」

飛豹子把煙桿一提，比劃著說：「胡鏢頭，你我素不相識，一點不假。今天我竭誠而來，專找俞鏢頭獻拙求教。若照你這麼看法，你我簡直過不著話了。」又一轉臉對俞劍平說：「俞鏢頭，我老實講，我和閣下是天南海北，你不要冒認了人。我袁某一生淪落，當倒楣時，一個朋友也沒有；今天我還沒有轉運，怎的就有人來攀親近、套交情，認起同門師兄弟來了？請問我是哪一門的！我的師父又是誰？哪年哪月出師的？這不是太可笑了？」

飛豹子縱聲大笑了幾聲，把煙葉裝在鐵煙袋銅鍋裡，打鐮點火，小作噴吐，更橫目一尋。武勝文正與胖、瘦二老，和鏢行這邊的智囊姜羽沖、夜遊神蘇建明、漢陽郝穎先等，抵面開談。他們高一聲，低一聲，忽又笑了，忽又繃起面孔，料到也正在爭執。飛豹子遂對那美貌青年說：「喂，賢弟（他不肯明叫出姓名來），那天訂約，不是也有你麼？你看，這二位一個勁地衝我敘舊講情，我又臉皮薄，受不了，好像他二位就忘了今天一會的本意。時候不早了，賢弟快替我釘一句，還是那句話，該怎麼著，就怎麼著。我早等不及了。若再講閒篇，磨時候，我對不起，我要溜！」

面色一正，咄咄逼人；飛豹子是翻了臉，才好較量。他到底是飽經世故的老英雄，說出口的話可往桌面擺；他只否認與俞劍平同門，並不否認劫鏢，也不率直擔承。他說：「照約行事，專心求教。只要鏢行肯照辦，彼此一試身手，那二十萬鏢銀，我自然想法雙手奉上。」後催那美青年，替自己向鏢行即刻索鬥。

那美青年立刻說：「俞鏢頭、胡鏢頭，敝友的本意堅不可移，沒有二

句話可說。就請招呼朋友們一聲，可該預備了。請看那邊，就在那邊試招，好麼？……武莊主，你請過來。」

武勝文、胖瘦二老和智囊姜羽冲、夜遊神蘇建明、漢陽郝穎先等都裝出笑臉，各替自己的朋友幫忙。草野群豪自然力促鏢行照約獻技，一決勝負。只一過招，不論誰勝誰敗，飛豹子一定幫忙把鏢尋回。武勝文說：「鏢雖不是飛豹子剪的，可是他有法子代討。」這自然是假話，拿來當真話說，鏢客這邊就揭開假面，直說本根。

夜遊神蘇建明年輩最長，和武勝文又有一面之緣，此刻綽鬚說道：「武莊主，你我當年也會過面，彼此都是朋友。咱們今天到場，是給他們兩家了事的，絕不願激事。你閣下既然出頭，他兩家的事，想必你也深知。他二位年輕時本是同學，大概有點小意見。可是他們少時氣盛，如今已有三十年了，全老了！老朋友、老同學於今健在的還有幾人？像我們這大年紀，還有幾年活頭？真是親近還來不及，何必再找舊帳？找舊帳又有什麼意思？我們不曉得武莊主是怎麼個看法？我們一起初真不曉得他二位是舊日同門；我們只想為了江湖上的義氣、鏢店的行規，朋友失了鏢，我們應當幫忙拜山情討；討出來更好，討不出來就當場比拳，也算不了什麼，這都是道理的常情。所以前日武莊主一提見面比武，我們都說這也不錯。只是今天可不行了，我們昨天才曉得他二位是舊同學；不管他們當年情感如何，我們做朋友的斷沒有眼看著他們二位同門鬩牆之理。我們無論如何，也得給他們二位化解化解。如要不然，一旦傳出去，我們做朋友的豈不是不能了事，反倒激事了？你說對不對，武莊主？」

智囊姜羽冲又接著說：「武莊主，我們再說句私話；他們二位的武功到今日已經登峰造極。他二位若一動手過招，必分勝敗。他二位如今都是成了名的人，手下都有徒子徒孫；真個誰栽了，也都受不住；只許兩和，不許分上下的。只一分上下，請往後想吧，擠來擠去，必落到兩敗俱傷，

還怕不完。他二位誰肯甘心認輸呢？誰沒有朋友幫忙，誰不再找二次場呢？我再說句私話，這裡面關聯著二十萬官帑，官面焉肯放過？錢不是少數，還關聯著地方官的考成。光棍鬥力不鬥勢，鬥民不鬥官，這話我不便說。我只衝武莊主講，武莊主不要錯想。飛豹子是關裡人，可是在遼東成名創業的；他現在遼東落戶了，我們都已訪明。這件事鬧大了，憑飛豹子的武功，絕不怕激出事來；就激出差錯，他甩袖子一走，一到寒邊圍，就是他的天下，他自然有恃無恐。可是你我都是江南人，有身家的呀！我們為朋友，兩肋插刀，死都不怕，還怕連累不成？只是得分什麼事，明明可以善了，明明可以杯酒解嫌，我們樂得給朋友講和。現在敝友俞鏢頭仍以當年舊情為重，情願給師兄擺宴賠禮。他偌大年紀，功成名立的人，肯如此屈己從人，我想諸位很可以勸勸令友，順坡而下；面子也圓了，事情也完了，當著江南這些武林，何等光耀？若一定抵面較技，勝者為榮，敗者為辱，又是一番結果了。我們為朋友，絕不願把事激大。」說罷，聽武勝文回答。武勝文果然一動，無奈他欠過飛豹子的情，他沒法子怕連累。遂答道：「二位說到這裡，我們索性開誠布公講吧。這事不很簡單，敝友自有敝友的意思。我武某如怕連累，也就不出頭了。敝友要和俞鏢頭一較絕技，存此心已有三十年，恐怕不是空話解得開的。俞鏢頭真肯當眾磕頭麼？」

說時眼望胖瘦二老，二老是飛豹子的死黨，大笑道：「俞鏢頭肯磕頭，飛豹子還不敢受頭呢！飛豹子渴欲求教，存心三十年，奔波兩千里，來到這裡；諸位，你教他只憑一杯酒、兩句話，就夾著尾巴跑回家麼？倘真個如此，敝友也有約法三章。」

姜、蘇二人忙道：「令友有什麼意思？只管明說。」胖瘦二老王文奎、魏松申道：「說出來，二位別挑眼。敝友的意思是：第一是求俞鏢頭不再走鏢，把鏢旗送給敝友。第二是求俞鏢頭不再授徒，從此退出武林，不要

再拿太極門三絕技的威名，震嚇我們綠林道……」

姜、蘇立刻雙眸大張，轉瞬又換了笑容，道：「還有第三件呢？」

胖瘦二老笑道：「我剛才說了，二位別挑眼。第三件是只還胡孟剛名下保的那十萬鹽鏢；至於俞鏢頭名下那十萬鹽鏢，敝友說了，只能退還一半，得留下一半……」

蘇、姜道：「這怎麼講，飛豹子要用麼？」

胖瘦二老道：「不然！敝友說，退還胡鏢頭名下十萬、俞鏢頭名下五萬；留下這五萬銀子，請俞鏢頭掏腰包補出來，普請天下豪傑，當場說明此事。然後大宴數日，共圖一醉；把剩下的懸為賭注，請天下豪傑各獻絕技，共奪錦標；誰的武功好，誰把銀子拿去。不過，只限於少年英雄，成名的不算。這也是獎勵後進之道，又與設擂臺相仿，可是取義不同。敝友就是這個主意，定而不可移。至於磕頭賠禮，當眾道歉，敝友說得好，經多見廣，不稀罕那三個頭，可以免了。」

夜遊神蘇建明聽完此話，哈哈大笑道：「好條件，一件比一件有勁。令友沒打聽這五萬銀子到底是誰的麼？」

二老說：「敝友也講到了，不管誰的，請俞鏢頭慷慨這一回吧！料想俞鏢頭人緣極廣，財大勢大；區區一點銀子，還不至於墊不出來。就拿這五萬銀子，交了朋友，也不是不值。」

蘇建明仰面大笑，姜羽沖也很不悅。兩邊說和的朋友越說聲音越大，眼看也要吵起來。那邊飛豹子板著冷面孔，和俞鏢頭相對，也是一點謙讓的意思都沒有。鏢行群雄早已看出此事必非口舌所能解決，不過在動手之前，仍盼望拿情面話，拿將來的後患，試著說合一下。俞門五師弟跛子胡振業，看不慣飛豹子的驕豪神情，早有發作之意；被肖國英守備攔住，勸他稍忍須臾。兩邊曉曉不休，廊外忽有一陣腳步聲，雙方在場的人都張目

外看。鏢行所設巡風的人沒影兒魏廉，急急走進來，到俞劍平耳畔，低聲回報導：「三叔，我們三嬸到了。」子母神梭武勝文所派的卡子，也奔進來兩人報導：「一群鏢客和一乘小轎已然繞道過來了。」

鏢客都知道來的是後一撥人。子母神梭和飛豹子明明曉得是踐約的鏢行朋友，只裝作不知，故意問道：「這又是哪位朋友來了？」邊說邊吩咐手下人趕快迎接。俞劍平忙道：「不必費心，教他們自己進來吧。」吩咐魏廉領他們進來。

這後到的鏢客，有馬氏雙雄等人，也是被斷橋阻住。不過，俞、胡等人能借竹楨木板，現搭浮橋，空身渡過；他們末一撥因有俞夫人一乘轎，只可繞過，所以落後一步。繞小溪來到廟前，俞夫人下轎，劈頭看見黑鷹程岳和魏廉，忙問見面情形如何。程岳答道：「師父已跟飛豹子對面搭話了，看情形很僵。這飛豹子確是從前的袁師伯。」俞夫人道：「哦！」忙與馬氏雙雄等，一齊往廟中走來。

剛進山門，山門左右侍立的豹黨，頭報已經進去；第二報把俞夫人盯了一眼，抽身也往裡走，低聲報導：「當家的，武莊主，他們的人又到了。」武勝文道：「我們知道了。」豹黨道：「裡頭還有一位堂客呢。四十多歲，不知是誰？」飛豹子聽了，渾身一動，衝口說道：「哦，她真來了！」忙向子母神梭打一招呼。子母神梭武勝文站起來，對俞劍平道：「俞鏢頭，我們聽說你還邀來女客，估摸是您夫人吧？久仰俞夫人是女中豪傑，我們禮當恭迎。」與飛豹子一齊抓起長衫，披在身上。俞劍平縱然老練，也覺得耳輪一熱，忙說：「袁師兄，您請坐，這是您的師妹……」飛豹子早已走到殿前了。

俞夫人恰好走進來，與飛豹子袁振武在院心甬道上迎面相遇。黑鷹程岳隨侍師母，微微用手一指道：「師母，這就是飛豹子，袁師伯。」飛豹子旁邊也有一黑面青年，悄告道：「當家的，這就是俞某之妻。」

　　師兄妹分別近三十年，此日此地重逢。俞夫人丁雲秀張眼一巡出迎的群豪，唯有飛豹子身高。丁雲秀停眸一看，豹頭虎目，形容魁偉，依稀可憶當年；只老態已呈，鬚眉如戟，額紋很深，身量好像更高了一些，輪廓意氣大致不異。

　　飛豹子虎目橫盼，先打量這後進來的一群鏢客。眼光一巡，二十多位高高矮矮，老老少少，個個都不熟識。最惹他注目的，還是俞夫人丁雲秀。飛豹子向眾舉手道：「諸位剛來，失迎！失迎！請往裡邊坐！」眼角旁睨，重掃到人群中稍稍落後的丁雲秀，陡然生出奇異之感：「這就是她？……她這樣了！」

　　在他心目中，丁雲秀本是一個嬌小玲瓏，穿鵝黃衫，繫長裙的十八九歲的少女。身量略矮，瓜子臉，櫻紅唇，皓齒明眸，梳著長長的髮辮。一別近三十年，據聞她的兒女已經長成，想像著她必很老。

　　飛豹子自在腦中塑造了另一幅景象：矮矮的一個老婆婆兒，雞皮皺面，腰背微俯。而今對面相逢，竟跟他的想像不相同；可也跟他的記憶全不似。果然女大十八變，何況三十年？

　　飛豹子僅增老態，丁雲秀不但年華已增，又已從閨閣少女變為少婦，又由少婦變為兒女成行的中年婦人，不但姿容體態全變，就是風度，一切都與飛豹子夢想多年的模樣神情相去懸殊了。

　　她從前是七分閨秀豐姿、三分武林英氣。有時她處事決斷，頗見明敏；有時她又脈脈含笑，流露出小女兒的痴態。看待自己，跟同胞兄妹一樣，向不見外，倍有親情。現在她可就大相逕庭了，這不是一個精明幹練的主婦麼？三十年前的她，怎麼一點也不留痕跡了！

　　只見她一看飛豹子，臉上也帶出憶舊之情；雙眸凝定，頗露悵惘。但只一愣神罷了。轉眼間，她臉上現出莊嚴、敏練的微笑出來，先哦了一聲，又叫了一聲：「哦！袁師兄，三十年沒見，您上哪兒去了？我們常掃

聽您，一點消息得不著。您比以前更壯碩了！」上前斂衽，深深一福，辭氣似很親近，態度上有著更多的謙恭，而且帶出點世故。

飛豹子悵然了，情不自禁，也把雙拳一抱，道：「師妹，你……你好啊！」他把瞪眼不認帳的話全忘了，不由衝口吐出真情。飛豹子心上有些亂亂的了，頓憶前情，不勝感喟：「這是當年戴珊瑚耳墜、穿鵝黃衫的那個垂髻小女娃麼？這是管我一口一個『袁二哥』，叫個不住的那個雲秀師妹麼？」現在，立在迎面，向他含笑斂衽的，乃是一個中年灑脫婦人；窄袖長裙，削肩纖足，氣度很謙和，禮貌很周至，儼然是大家主婦。

當年那個嬌痴小女孩哪裡去了？「變了，人全變了！」飛豹子心上感到莫名其妙的淒涼，眼光旁掃，看到了俞劍平，騰地一股熱氣往心上一撞。他登時想起三十年前的深憾。這時丁雲秀妹子很懇切地問候他，他又驀地想起自己三十年前，自從姜大師兄被逐以後，自己在丁門代師掌教，丁雲秀師妹也跟自己學拳。自從師父太極丁的愛子夭亡以後，自己更替師主持家門瑣事，不時出入內宅，和雲秀師妹見面接談。自己彼時在丁門，儼然是掌門師兄，又儼然是當家大哥。師父師母看待自己，如親兒子一樣，這小師妹也把自己看成親骨肉，有了事就要找自己辦。甚至買花粉，也專找自己，不用長工；嫌長工蠢笨，買的不好。一天不知聽她叫幾回「袁二哥！」她跟從自己練拳，丁老師也命自己給師妹領招、墊招。自己那時每天見她梳兩個小辮，或垂著雙髻，把頭一擺，那耳垂的珊瑚墜子便打鞦韆似的亂晃。她小時整天在箭園玩耍，她輸了招，就嚷：「哎喲，二哥，你瞧你夠多愣呀！」她贏了自己，就咯咯地笑，管自己叫「傻袁二哥。」如此同堂學藝，直到她十六歲及笄之後，方才形跡稍疏，可也免不了天天見上幾次面……

突然，飛豹子又把俞劍平瞪了一眼，想道：「突然俞振綱這小子帶藝投師來了，拿著郭三先生的信，進門就磕頭。丁老師竟會收下他；他這小

子單會使的這一股軟勁，不言不語，悶著頭苦用功；教什麼，練什麼。說他笨，一教他就會；說他詭，又一錐子扎不出血來。跟別的同學也不很來往，可是胡振業他們全喜歡他；說他性子隨和，沒有架子。看他很瘟，不知怎的，竟會跟丁老師投了緣。我卻不會這套，我代師父傳藝，很認真地教他們，一點也不藏私；他們倒全怵我，說我比老師還厲害！我受累不討好，我也不管，我只求良心上過得去，我替老師辦事，盡心盡力，我也不是為買好。哪知，結果弄了個廢長立幼，把我刷了；把姓俞的拔上去了。我有好心沒好報！我一想，拔腿就走；出離丁門，另行創業。他們全說我性子暴，不能成事；說我沒有堅忍性，哼！我如今竟忍了三十年！……」

　　飛豹子年老健忘，獨於師門廢立一事，是生平最深的隱恨，一點忘不下，半點丟不開。一想起廢立，就跟著想起俞劍平和丁雲秀師妹。雲秀的倩影不時在他心中打轉，而今丁雲秀本人立在他面前了，可是不對，這不像當年那個師妹！飛豹子在遼東創業，娶了快馬韓的愛女昭第姑娘；並且承接了快馬韓的基業，把它擴大起來。他已與昭第生了一女。現在他面對雲秀師妹，又想起這遼東之妻韓昭第：「昭第這娘兒們，當初我也真愛她，她也真可愛。」

　　昭第二十幾歲時，辦事很麻利，說話很脆，生得又不醜，長身量，大眼睛，桃腮朱唇，頗富頎美；就是旗裝大腳，飛豹子好像對她這腳有點芥蒂，因為他是關裡人，又不在旗。然而昭第很知疼愛丈夫，性子很倔強，對丈夫竟能百依百順。飛豹子和她伉儷之情很深，或者說甚於原配。只是近幾年，昭第娘子上了年紀，有點不修邊幅了，光腳不穿襪，說話嗓音又粗，脾氣越來越近男性，一味闖奢，似乎漸漸缺失了女性的柔美。夫妻倆每一拌嘴，飛豹子就不禁想起了丁雲秀師妹；別看是武師之女，身會拳技，到底是名門閨秀，另有一種風韻。記得她未語先低頭，說話先紅臉，凝睇掩笑，似嬌羞，非嬌羞，另有一種醉人的風度。她實是大家小姐。丁

老師本是山東富豪，累世簪纓，家教好，閨訓嚴；不說別的，她嗓門先比昭第柔細，她又身子骨很嬌小，非常婉媚。

昭第這娘兒們，人並不醜，可是她近來的嗓門真是討厭極了。女人真怪，幾年就變，今日的昭第不是初嫁的昭第了。還有那個紅衣女俠高紅錦，又是一種派頭了。……飛豹子忽又想起了高紅錦。高紅錦是他生平所遇三女子的第二人。

高紅錦是個女俠，曾和飛豹子在鷹爪王家，邂逅一會。這個少女本比袁振武年歲小，卻慣裝大姐，把袁振武看作小弟弟。袁振武幸入王門，紅錦女俠頗有助力。不幸她既嫁而亡其夫，犯了案，劫財逃罪出關，開黑店，做女賊，和飛豹子重逢。豹子因事出門，中宵宿店，誤住在紅錦女俠所開的賊店裡。紅錦施熏香，暗算飛豹子未成，反遭飛豹子暗算，把她活活擒住。

他倆已不相識，飛豹子恨她殺人不眨眼，竟把她捆上，剝去衣服，捆在曠野林中，教她不再害人。如不被狼吃，算你女賊走運。忽然間天明，彼此相認。紅錦女俠本於飛豹子有恩，飛豹子忙放了她，叩頭賠罪。紅錦羞憤，就要自殺。飛豹子跪求不已，二人後來終成膩友。可是這一來，發生事故了。昭第娘子吃起醋來，找上門打架。兩個女子對罵，不留餘地。飛豹子左右做人難。這是以往的事了。飛豹子重遇當年師妹，此時不由把他生平所遇這三個女子，做一比較。

他的妻昭第娘子生長遼東，完全變成旗下婦人了。紅錦女俠卻是豪情逸致，放浪不羈；雖然孀居，偏好修飾，她也四十多歲了，姿容本美，打扮起來，淨往少俊上裝飾，輕描淡抹，渾身噴香；另有一種迷人的性格，忽嗔忽喜，不即不離，形跡上滿不在乎。故意招惹昭第捻酸，她才笑得前仰後合。她是很放肆，可又惹不得；突然挑起過節來，又凜若冰霜。

飛豹子未嘗不笑她狂，也暗嫌她裝蒜裝蔥；可是唯其她這麼裝蒜裝

蔥，才特別襯出她的特殊風格來。她實在是個尤物，放誕自喜，夭矯絕倫，難斷她為貞為淫。於是飛豹子情不自禁，未免又回憶到這個師妹身上。固然使君有婦，羅敷有夫，但這少時的記憶苦難磨滅。他自想：還是大家女兒，全不見半點輕狂；淡而不厭，令人神往。

飛豹子悠然存想，直到入關，還懷著這樣的痴想。而今抵面相逢，咦！丁雲秀整個人全變了；面龐依稀猶昔，儀態早換了另一韻調。他就恍然自失，爽然自笑；四十多歲的婦人，再有嬌羞，豈不可笑？可是他記得最清切的，正是那個垂髫少女的嬌笑！……

飛豹子腦海如風車似的旋轉，登時把舊夢揭破，片片皆空。丁雲秀很謙虛地敘禮，問好，賠笑叫著師兄。問師兄：「多早晚進關的？二師嫂可好？小孩都大了吧？您跟前有幾位令郎？都有多大了？」意氣殷殷懇懇，且不談討鏢的話；只向俞劍平望了一眼，微含叩問之意，似乎說：「你們面談的情形怎麼樣？」這時候夫妻自不便私談，但察言觀色，已經揣想過半。

丁雲秀看了看飛豹子，又看了看自己的丈夫。飛豹子板著臉，右手平舉鐵煙袋，一袋一袋地吸旱煙。俞劍平又像平時，面籠著和光，吻含著謙笑；可是劍眉微鎖，從眉心豎起兩三道深紋，知道他正在強捺怒火。飛豹子口噴煙霧，昂立如僵石，瞪目似望洋。丁雲秀忍不住，向自己丈夫招呼：「劍平，你見過袁師兄了？你過來。……師兄，我們就在這兒給您請安吧。」

俞劍平往前邁了半步，夫妻倆丁字形和飛豹子對面。鏢行群雄有的就搖頭，一群豹黨鴉雀無聲，聽他們交涉；今見俞氏夫妻又要雙雙行禮，就把眼珠子齊盯著俞劍平。俞劍平又將雙拳當胸一抱道：「我跟師兄談過一會兒。」似乎一彎腰，飛豹子撤身退到一邊道：「這可不敢當！」不再搭理俞氏夫妻，卻一仰面，對著剛進來的鏢行群雄，很恭敬很謙虛地長揖到地：「諸位才來，我很失迎。這裡不好請教，請上大殿吧。」側身抬手一指

迎面大殿，他自己先走進去了。俞夫人雖早已料到袁師兄的為人，到此時究竟不免臉色微變。子母神梭武勝文從旁幫腔道：「諸位，這大殿很荒廢，小弟勉強教人收拾了一回，還可以坐談。俞鏢頭、俞夫人，就請令友到這裡邊來吧。」

丁雲秀忙說：「那很好，我們謝謝！您閣下貴姓？是我們袁師兄的令友武莊主麼？」回答道：「不敢，在下武勝文，是本地人。我們這位袁朋友他久慕俞鏢頭的拳、劍、鏢三絕技。現在天已不早，人已來齊，就請指教吧。」旁邊一個豹黨道：「比試場子就在這邊。」

霹靂手童冠英且怒且笑，插言道：「俞奶奶，您請上殿吧。剛才人家已經明點出條款來了，我們中間人還沒顧得對俞鏢頭說呢。……諸位到場的英雄，我們江南鏢行既然冒昧前來觀禮，諸位就請放心。別忙，含糊不了。」

鏢行大眾全進了大殿，豹黨群雄也絡繹進去。俞氏夫妻和胡、肖二友都想找到飛豹子跟前，當面愷切一說。霹靂手童冠英和夜遊神蘇建明，恨豹黨驕狂無禮，一進大殿，竟大聲把那三條條款當眾描說出來；扣留鏢旗，不准再走鏢；勒令閉門，不許再收徒；最甚的是末一條，鏢銀只退還十五萬，硬扣下五萬，逼俞劍平賠補出來，設宴普請江南武林；又要懸錦標，設擂臺較技，誰得勝，誰把這幾萬銀子拿走。這簡直折人折到底，又擰兩道彎！

鐵牌手胡孟剛、奎金牛金文穆、蛇焰箭岳俊超首先動容，發出咄嗟之聲；胡孟剛跳起身來，就要大嚷；十二金錢俞劍平顏色微變；俞夫人丁雲秀剛剛來到，驟聞此說，也不由愕然：「袁師兄就折人折到這樣！一點舊情誼也沒有了麼？」遂也欠身，要向豹子發話：「師兄真格地開這大玩笑麼？」可是還沒容她說出來，他們那兩個師弟胡振業和肖國英，早已朗然遞話了。

第四十五章

飛豹子負怒斷情絕義　丁雲秀委婉巽辭求鏢

第四十六章
約法三章以武會友　胡跛憤怒拔刀擲豹

　　跛子胡振業直搶到飛豹子的面前，深深地作了一個揖，面向群雄一望，大聲說道：「諸位師傅別嚷嚷，請聽我胡某一言。我叫胡振業，是山東太極丁丁老師門下第五個劣徒；這位肖老爺是我們師弟。諸位聽明白了，這位俞鏢頭現在是我們太極門掌門師兄，這位袁當家也是我們的師兄。我們四個人從小同學。他們袁、俞二位今天這場事，由何而起，當然有個說辭，可是我全不管。現在，我和肖九弟只知道您袁二哥也是師兄，俞三哥也是師兄。師兄跟師兄要是有點小過節，我們做師弟的不能袖手。袁師兄，我可不講理，我可不論誰是誰非，誰錯誰對；我就知道咱們的舊交情得維持住了，大事把它化小，小事把它化無。袁師兄，咱們全是五六十歲的人了，老同學沒有幾個了，我們還忍得慪氣麼？同門兄弟就是骨肉手足，你不看金面看佛面，咱們丁老師待咱們不錯……」

　　飛豹子哼了一聲。胡跛子忙道：「你不看我和肖九弟的面子上，你也看在我這條腿上。我一個倒運害病死半截的人，特意趕來，央求你們二位，給你二位了事。二位師哥，你就看寬一步，現當著這些朋友，什麼細節不用抒了。咱們來個哈哈一笑，天大的事，今天也得了啦！你就衝著我跛子了。我跛子是您的師弟，袁二哥總得給跛子留臉。」

　　說到這裡，胡振業向肖國英招手道：「我說來吧，肖九弟，你請俞三哥、俞三嫂子，我請袁二哥。喂，你過來，給咱們袁二哥作個揖，行個禮兒。咱們大家一樂，就完。回頭袁二哥把鏢交出來，這不是這位胡鏢頭也在這裡了。我說胡鏢頭，當家子，您也過來吧。我們袁二哥最熱腸，最好交朋友，您二位早先是沒見過。……二哥，你把鏢銀交給人家，回頭我和

肖九弟還請二位老哥哥，和在場諸位朋友，到飯館⋯⋯這裡也沒有好飯館。索性咱們馬上加鞭，立刻全回寶應縣；咱們大吃大喝，大樂三五天。咱們三十多年沒見面，也該親熱親熱了。況且還有這些武林好友，咱們都聚會聚會，給二哥慶賀江南揚名；您這一手邀劫二十萬鹽鏢，在武林道足可留名。您又只憑跛子三言兩語，一手交還人家，往後江湖傳說出來，誰不誇飛豹子膽大包天，義氣干雲？你這回劫鏢、還鏢太露臉了。您說啦，千軍萬馬全不怕，我全衝著老同學一個跛子。你瞧，我也跟著露臉了⋯⋯」

胡振業說著，哈哈地笑了起來，催他們快來見禮。俞劍平、俞夫人全過來了。胡孟剛趙趑著也湊上來，心中總覺未必這麼容易，眼睛不由盯著豹子的臉。肖國英守備也直看豹子的神色。果然，豹子直挨到俞氏夫妻一個抱拳、一個斂衽，全都過來，他忽然叫了一聲：「慢來！」身子往後一挫，手往背後一背，向武勝文、美青年叫道：「喂，他們這一套又來了！」

武勝文橫到胡跛子面前，笑說道：「這位胡爺，您先慢著。⋯⋯」剛要委婉地說調侃話，那美青年忍耐不住，仰面狂笑了數聲，道：「朋友，今天聚了這些人，大概他們不是淨為聽閣下高論的；敝友的來意純然是以武會友。你閣下他鄉遇故知，要想敘舊，未嘗不可；只是我們都等不及了。俞鏢頭，我在下要先領教您的拳、劍、鏢三絕技，您請寬去大衣服，我們前面去吧。」

俞氏夫妻面面相覷，有心搭腔。胡跛子勃然震怒，喝道：「咍，小朋友，我不認得你呀！我是和你們當家的說話；你們當家的是我的師兄。你少插嘴接舌！」他明知青年必是豹子之友，故意大聲道：「袁二哥！我說，你我兄弟講話，請你少聽別人的挑撥。你知道人家安著什麼心，是不是坐山觀虎鬥？二哥，咱們哥四個眼看三十年的交情了，我也說了一會兒子了，俞三哥也給你作了好幾次揖了。二哥，咱們是自家人，咱們別扯到外

圈上去。咱們別聽別人的僵火。二哥，我剛才的話，你總得賞個面。」

　　飛豹子虎目連翻，已看出自己若不說決裂的話，胡跛子勢必黏纏不已，而且師妹丁雲秀既已到場，也必有一番話；今日之事，若不翻臉，就不免雲消霧散，落個虎頭蛇尾了。想罷，竟哂然一笑道：「對不住，胡爺，剛才我稱您賢弟，是我忘情高攀了。我是何如人也？我怎能跟你們哥幾位論起同門來？我跟您哥幾個敘舊，我也得配？我是太極門的人麼？老實說一句，不怕得罪你。我是山窟子裡的野人，我和你，和肖老爺還可以說是熟識人，我和這位大名鼎鼎的俞鏢頭，隔著門戶，離得很遠，身分更差得多。我這趟來，專為慕名求教。胡五爺，肖九爺，當年的事，你們總不能忘了吧。我是誰？俞爺是誰？你二位又是誰？你們怎麼跟我論起同門來了。胡五爺，你知道我的受業恩師是何姓何名？你可曉得我會哪一門的功夫麼？我不會太極劍，我不會太極拳，我不會十二金錢鏢。我使的是這傢伙！鐵煙袋桿！要鑿鑿『劉海灑金錢』的法寶。閒話少講，敘舊等明天再說！」

　　飛豹子公然揭起舊帳。雖然含著笑，悻悻之態未露，悻悻之聲已溢於言表。胡跛子登時瞪了眼。「果然他還是記恨廢立那樁事，這可怎麼措辭解說呢？越次傳宗，氣走了袁師兄；今日的袁師兄，早已不在太極門了……」胡跛子也是怒氣太盛，只氣得發哼道：「好，你不認我這個師弟了！我且問你，你是太極丁的徒弟不是？你管太極丁叫什麼？是不是叫老師？一日為師，終身為父。你真格地翻臉不認帳？」

　　胡跛子翻了，肖國英連忙搶過來說：「袁師兄不要說笑話了！你是丁老師的門徒，你在師門最長最久，你身受師恩，比我們後學還重。你縱然因故沒有出師，太極門仍有你的名。袁師兄，天地君親師，五常大義無所逃於天地之間。小弟服官半生，只知事君以忠，交友以誠。不幸師兄和俞師兄有這意外一舉，我論交情，論……」

飛豹子勃然道：「你跟我論王法麼？你是官，你儘管把我拿下。」

肖國英大笑道：「豈有此理？我和袁師兄論的是師誼。論師誼，你我四人仍是三十年老同學。今天的事，胡五哥向您情懇好半天。袁師兄你無論如何，也念在師門當年……」

袁振武不耐煩道：「又是念在當年，念在當年什麼？」

胡振業大聲說：「念在什麼？念在當年丁老師待你到底不錯，沒拿你當親兒子一樣看待麼？你對他的女婿女兒，該怎麼照應？你就居然瞪眼不認人？」

飛豹子大怒，狂笑道：「好！我本不願提當年，你們偏要提。我本不是太極丁門中人了，你們偏說我是。好了，我的確在丁門混過七八年，我的確深受師恩；丁老師的確拿我當兒子看待過。可是後來怎樣？饒用盡苦心，竭盡子弟之職；八月二十六日那天，大庭廣眾之下，把我送忤逆了！舊事請你們不要提吧，提起來不值一笑。你們也想一想八月二十六那天！」說這話時，面對胡、肖怒氣洶洶，卻不敢覷丁雲秀一眼。

丁雲秀攔住二友，暗掣俞劍平，斂衽上前；賠笑道：「袁師兄，你說得很對；想當年實在是先父做錯了，很對不起師兄。可是師兄，我夫妻在師兄面前，沒有錯了一步啊！」

丁雲秀道：「記得我先兄天夭以後，舍下裡裡外外，全都倚仗師兄。先母不是拍著你的肩膀，含淚說『有這個二徒弟，比親兒子還得繼』麼？那時二哥也不見外，事事替先父操心；我不知二哥心裡怎樣，我們是拿二哥當親骨肉一般看待的。不幸先父過於看重師訓，為要發揚金錢鏢法，這才越次傳宗，把你俞三弟提為掌門戶的人；也不過教他代教肖九弟他們哥幾個罷了。名分上，仍把二哥當大師兄看；還要把二哥轉到三門左氏雙雄門下。先父這一舉，我們都覺得失當，但是你可記得……」

丁雲秀手指俞劍平道：「他是何等惶恐不敢當？我又是何等替你著急發話？就是胡、肖二弟，又是何等代你扼腕？所謂公道自在人心，先父已經把事做錯了；二哥外面失去掌門戶的名分，骨子裡先父還是處處倚仗你，教你當大師兄。不幸二哥因母病還鄉，他們哥三個想奉師命，親去送行，不過沒趕上罷了。自從二哥別後，我們哪一天不在懸念？各處訪問，音訊毫無。今日故舊重逢，我丁雲秀父兄早歿，更沒有骨肉親丁，只剩二哥你一人了。二哥，你不看俞劍平素日敬事你的意思，你也不能難為小妹我啊！」

丁雲秀的話轉為淒涼的聲調。飛豹子的怒焰漸下挫，也不禁失聲一喟。他的眼神仍不敢正看丁雲秀，心血直沸；前情舊怨，纏在一處。

丁雲秀仍往下說：「我們三十年的舊誼，請二哥看寬一步吧。從前的錯處，果然有教人下不去的地方，現在也無須細談；我夫妻今天當著群雄諸友，特來賠罪。二哥，你務必接受我夫妻這番歉疚之情。我可以說一方替劍平道歉，一方替先父追悔。二哥總是給我留有餘地。至於鏢銀的話，悉聽師兄尊裁，教我怎樣辦，我就怎樣辦。事情總有一個了局，我們絕不敢違拗師兄的吩咐。常言說得好，有師從師，無師從兄，現在只有二哥了。二哥有話，只管說。」說罷，重複施禮。

飛豹子惶然了。飛豹子是個倔強漢子，軟硬都不吃。然而現在，人家是夫妻倆雙雙抵面，一口一個師哥，再三作揖打躬，道歉賠禮。人家已經自認「不是」了，而這「不是」又不儘是他夫妻本身的；自己再要深究，就是遷怒。飛豹子有點招架不開了。把旱煙袋吸了又吸，沉默不答。

那美青年和那姓熊的壯漢，忙替豹子解圍道：「俞鏢頭、俞夫人！剛才我們提出三條，你們賢伉儷都聽清楚了罷？那就是袁爺的意思，那就是袁爺的話，您何必再問？再問還是那三句話。我們武林做事，貴有決斷；斬頭瀝血的漢子，並不是硬拿面子軟拘的。到底怎麼看，別人的話不能作

準，我們只請問俞鏢頭你自己。還有童鏢頭、竇鏢頭、姜鏢頭，你們幾位是中間人，別忘了前天約定的事。」丁雲秀一聽此言，秀眉一挑，耳根通紅；不由得一轉身，衝美青年和壯漢凝眸，從這人臉，看到那人臉。俞劍平微微一笑，很快地發話道：「朋友，我們師兄弟重逢，免不得敘敘當年。朋友，少安毋躁。我們和袁師兄談的是三十年前老話，和這二十萬鹽鏢是兩件事。」壯漢道：「那很好，你們談你們三十年前；我們不妨辦我們的二十萬。」

美青年和這壯漢直尋到姜羽沖等，大聲說著，往外走去；越逼越緊，立等動手。那個姓霍的陪客，始終沒有發言；只雙眸炯炯，打量鏢客，此時忽然大笑道：「好哇！人家願意磕頭告饒，我姓霍的看不慣這個，也不能跟著胡參與。我的來意是看比拳，鏢行諸位可以不吝賜教，一試身手麼？」

霹靂手童冠英、鐵牌手胡孟剛也都憤怒；年輕的鏢客紛紛站起來，甩衣衫，待動手。登時大殿上起了一片呶呶之聲，眼看要亂。智囊姜羽沖趨至飛豹子、武勝文面前，道：「二位請看，快攔一攔吧！就是要動手，也要有條有理呀！」

飛豹子忙教子母神梭武勝文，向自己人這邊吆喝了一聲，暫把喧聲止住。鏢行中人也把自己的人約束住，重新落座。

飛豹子乘這一亂，遏住擾動的心情，向俞氏夫妻很客氣地說道：「二位太客氣了。袁某何人，絕不敢當。二位跟我敘舊，可惜舊事不堪回想，至少在我這一面是這樣。至於道歉，更談不到。你二位全誤會我了，你當我還介意丁老師麼？那可太差了！我至今感激丁老師還感激不過來呢。丁老師不但成全了你們諸位好徒弟，連在下我這不材子，也很承他不屑教誨的教誨。我袁某得有今日，我頭一個就感激太極丁。不過，你們四位全是太極門，你們全在這裡；這裡可沒有我，我不是太極門啊！想當年我本是

太極門不屑要的劣徒，丁老師給人留臉，沒把我開除。雖沒把我開除，我已在太極門存身不住。我不得已，拜受著丁老師不屑教誨的教誨，便告退出走；我就別走歧途，另覓門路，我也學了一兩年粗拳笨招。太極門最講究的是雙拳、一劍、十二錢鏢，那叫三絕技。我呢，一絕也沒有，太極門把我拋出去了。今日，我們幸會，旁的話不用說，我是太極門門外漢，我是外門的狂徒；我定要請太極門掌門戶的大師兄俞三勝俞老鏢頭，不吝賜教。當年丁老師也許有心成全我，我也許不負丁老師所望，略有成就；那麼今天借此一試，不管誰勝誰敗，總可告慰丁老師在天之靈。一看到今天，也許欣然含笑道：『好，我最器重最喜愛的門徒，已有成就了。我最看不起的狂徒，被我一激，也有一點成就了。他們二人比一比，居然全不錯。』要麼我今天就教俞鏢頭打敗了，也是雖敗猶榮，而且更證實了丁老師當年老眼無花。萬一我僥倖竟不輸招呢，這自然是萬不會有的事了。比方萬一會有呢，更證實了丁老師當年苦心，會成全人了。所以，無論如何，還是比一比好了。倘若俞鏢頭一定不肯賜教，那麼，你豈不太辱沒了太極丁丁老師當年的英名，也辜負了丁老師當年的熱望，我想總不至於吧？況且又當著這些人，真格的，就憑三言兩語，說和了，我也嫌害臊。話說到此為止，別的交情話，請您暫且免說。說了，我也聽不入，倒惹得大家等得不耐煩……」

飛豹子信手抄起一隻茶杯，噹啷的一聲，摔在地上，卻滿面含笑說道：「現在一定懇求俞鏢頭賞臉比較比較。誰再跟我軟磨，硬拿面子局我，誰就是罵我袁振武沒有骨氣，那麼老大的個子，禁不住幾句好話！」於是，他哈哈一笑，順手緩緩地脫衣服、登鞋、勒腰帶、抄鐵煙袋桿，又懶洋洋地打了一個呵欠，向俞劍平夫妻一拱手道：「對不起，俞鏢頭，我先上場了。」

這態度，這話聲，把俞夫人丁雲秀羞了個白面通紅；俞劍平縱能忍

耐，也覺難堪了。可是飛豹子說這些話，始終是面對著俞劍平，始終不敢看丁雲秀一眼；因為一看她，他的話就無形被禁住，說不出口。

俞夫人丁雲秀氣得嘴唇顫顫直動，憤欲發話，忍了又忍地忍住。俞劍平到底沉著，見飛豹子舉步欲出，他就急一橫身，攔在面前，仍然納住氣，好言答對道：「師兄，您的意思，我已經聽明白了。三十年前，咱們老師做的錯事，現在已是不能挽回了。師兄總該記得，當日傳宗贈劍，小弟是多麼惶恐推辭；就在事後，小弟也曾替師兄扼腕，跟老師說了多次。無奈老師過於看重祖師的遺訓，到底拗不過去。」

說到此，俞劍平見飛豹子意思怫然，急忙變轉語氣道：「師兄，這都是舊事，不用提了，小弟現在總給師兄順過氣來。師兄有命，小弟一概謹遵。師兄不是教我退出鏢行麼，我早已歇馬了，我可以再向鏢行宣布一回。小弟的鏢旗，師兄要留下麼？好，您已拿去一桿，還有四桿，我一併奉上。師兄還教我退出武林，小弟蒲柳之姿，久存退志，我立刻從命，封劍閉門；不但退出武林，我還立刻遣散群徒，把太極門長門的門戶閉了，從此沒有俞門拳了。師兄的約法三章，我一一照辦，只剩末一條了。師兄教我拿出五萬銀子來，普請武林同道，再擺擂臺⋯⋯」

俞劍平忽然臉堆笑容，提高嗓音，向群雄一瞥，接著說道：「可惜擺擂臺這件事，小弟沒有這份膽量。況且師兄既命小弟退出武林，小弟就已成門外之人，怎好再擺擂臺？師兄試一回想，恐怕也覺不對吧。還有這五萬銀子，數雖不多，攤在小弟一個鏢客身上，罄其所有，也值不了許多，這可怎好呢？師兄還有別的法子，放寬一步，教小弟可以走得過去的麼？」約法三章條條嚴苛，俞劍平在表面上，居然要全盤接收。跛子胡振業第一個聽著不憤，狠狠哼了一聲；肖國英守備一臉的冷笑；其餘鏢行也譁然不平。有的說：「俞鏢頭怎麼真怕他師兄？」獨有丁雲秀俞夫人卻已聽出俞劍平著惱了。姜羽沖和蘇建明暗暗說道：「別看飛豹子聲色俱厲，到

底還是俞三勝不好惹。你聽他的話夠多軟，細思索又夠多硬！你聽聽，看看飛豹子怎麼接聲？」

但是飛豹子並沒接聲，竟仰面哈哈大笑起來。笑罷，一揮手，講道：「什麼約法三章，那是閒扯淡。俞鏢頭，咱們說正格的，我山窪子的人，不會繞脖子，我只請求俞鏢頭一件事，就是賞臉，賜教！您只管掉文，你可別忘了，我大遠地來了，又驚動了這些位好朋友。您真教我聽兩句高論，就吹嗚嘟嘟，夾尾巴往回跑麼？……不用客氣，走吧，您啦！」

飛豹子說完了，仍要往外闖。姜羽沖暗暗點頭，對蘇建明說：「這傢伙也有兩下子！」蘇建明道：「哼，也不大好惹！我看我們該說話了。」

兩個人才要發話，十二金錢俞劍平已然攔阻道：「師兄，慢著！原來師兄的約法三章是和小弟開玩笑？」

美青年道：「那也不見得！說真就真，說假就假，那全看俞鏢頭賞臉不賞臉了。」

俞劍平道：「真也罷，假也罷，袁師兄一定要我獻拙，那麼長者之命，我俞劍平也不敢固辭。」

姓熊的大漢道：「那麼說，好極了，您就請吧。」童冠英道：「你們先別打岔，行不行？」

俞劍平道：「……不過獻拙是一件事，尋鏢又是一件事，我還盼師兄把兩件事分開了看。師兄，這二十萬鹽鏢，情實並非小弟所保，可是人家胡孟剛胡鏢頭竟受了池魚之殃。現在我求師兄看在江湖義氣上，先把鏢銀賞還了胡鏢頭；然後您教我怎麼樣，就怎麼樣，我絕不推辭。師兄定要把兩件事串到一起，那就是逼小弟賭技討鏢了；那無論如何，小弟也不敢從命。莫說是師兄你，就擱在列位合字身上，小弟也不敢這麼無禮。我們武林道全憑義氣當先，誰也不敢挾著微末技能，硬討強索。」

飛豹子聽了，嗤之以鼻。那黃面漢子也軒渠高笑道：「俞鏢頭一口一個師兄，叫得真響，怎麼拿師兄當小孩子耍？還了鏢，再賭拳，誰肯相信啊？」那美青年也道：「況且這裡也不是敍舊的地方，俞鏢頭要認師兄，不妨換個日子。」飛豹子道：「著啊！戰場上認親的，不是沒有，可惜不是我。俞鏢頭，您的高論，我已領教了，你還有說的沒有？若沒有說的了；咱們該上場子了。我竭誠要領教的，到底還是你的拳、劍、鏢。」一挺腰板，一指中庭。

俞劍平臉色一變一變的，已到了忍無可忍的地步了，他仍然抱拳當前，還要說話。飛豹子赫然發怒道：「咳，俞鏢頭！你橫遮在面前，你逼我就在這裡請教麼？」鐵煙袋桿一插，抬雙臂往外一揮。俞劍平劍眉一挑，丁雲秀橫身上前，銳聲叫道：「袁師兄！」

飛豹子不禁退回一步，臉上微現窘容。忽然，那美青年見勢狀，忙上前解圍道：「俞夫人，您別著急。我不才久仰女英雄的大名，您可否不吝賜教！」他這話非為索鬥，是故意打岔。

俞夫人丁雲秀氣得秀眉一鎖道：「你是哪位？」霹靂手童冠英、智囊姜羽沖看透這步棋局，終不免鬧翻，也奔過來，對美青年說：「朋友，我也久仰閣下的英名，你可否賜教？」美青年一翻身，凝視二人道：「不敢當，咱們外面請。」童冠英道：「好極了，我先請教。我在下有個匪號叫做霹靂手童冠英，沒領教您怎麼個稱呼？」

雙方的賓友、助拳的人，紛紛講起過招的話來。鏢客中有路明、梁孚生二位，和子母神梭邀來的兩個中年人，也嘖嘖地答了話。紛亂中看不出他們是素不相識，還是舊仇相逢；可是他們四個人都相邀著退出大殿，跑到外面去了。美青年雄娘子凌雲燕和霹靂手童冠英，也正正經經地叫起板眼，各甩脫長衣，邁步往外走。在場餘眾也都騷然，好像已到爆發點，不打不成了。

唯有飛豹子本人和俞劍平夫妻，還在殿中忍怒舌辯。飛豹子身量本高，蹺足往外一瞥，忽然閉住口，躲著俞夫人丁雲秀，往殿外走。俞夫人依然橫身攔阻，由情懇帶出詰責的聲吻。飛豹子走不出去，就切齒轉身，奔到俞劍平面前，厲聲道：「俞鏢頭，你別耗著！」雙臂霍地一分，一探，似要抓俞劍平。俞劍平凝眸不動。

忽聽有人厲聲叫道：「袁師兄！」胡跛子和肖守備突從背後轉過來，一左一右，來攔飛豹子的雙掌。飛豹子連頭也不回，只將雙臂一振，手腕一翻，倏地扭住胡、肖的手腕。只一抖，肖國英守備倏地往右栽去，胡振業倏地往左栽去。

肖國英猝出不意，搶出兩三步，被旁邊人扶住，登時聽見四面起了一陣嘩笑。肖國英大怒，登時變臉，喝道：「袁振武，你好大膽！拿你當師兄，你偏往賊道上走。……王德勝，來呀！」他的馬弁忙應了一聲，帶著腰刀走過來。

飛豹子也是一股猛勁，轉身一看，不覺愕然。肖國英奮身抽刀。飛豹子冷笑道：「也好，咱們有誰算誰！肖老爺，對不起，咱們別在這裡，外面去！」

丁雲秀一伸腕子，把肖守備捉住，按住他的手，道：「九弟，你等等，你犯不上。」肖國英猶往前掙，俞劍平急忙橫在前面。就在同時，按下這裡，掀起那面。突聞一聲暴喊，跛子胡振業綽兩把匕首，從人叢中鑽過來。

飛豹子這一掄，肖國英恰當右首，胡跛子恰當左首。敵人的左首，正是自己的右手，右手好用力；胡跛子驟被一掄，他只一擰身，跛著單腿，居然借勢破勢，只搶出一步，便凝然立定。他早已慍怒，枯黃的臉籠罩紅雲，倏地一伏腰，拔出兩把匕首，大罵道：「姓袁的，你王八蛋，你混帳，你幾個腦袋，連勸架的也打？」

旁邊人忙攔他，他瘦小的身材只一扭，就撲過來；亂嚷道：「這不是姓俞的事。這是姓胡的事！袁老二，你媽的是賊，胡太爺是混混，你扎死我？我扎死你！」狠拍胸口，擺出「賣味」的架勢。飛豹子是比武；胡跛子要拚命。兩把匕首，一把自握，一把照飛豹子劈面擲去。

飛豹子探爪來抄，不防俞劍平、子母神梭武勝文都往前一邁步，奔匕首綽來。子母神梭身高臂長，立身處又近，眼看被他接到手；忽從側面襲來銳風，不由得身往旁閃。俞劍平一步爭先，把匕首抄了去，遞給鏢客。

子母神梭憤然四顧，原來是三江夜遊神蘇建明那個老頭子，長袍馬褂，晃徘徊悠，往這邊一衝，滿面笑容道：「咳，自己哥們兒，別來這個呀！」

子母神梭吃了啞巴虧；飛豹子認為「輸招」，衝胡跛子喝道：「胡老五，你會罵街！就憑你還要給人拔闖？」一拍胸口道：「你縶縶試試！」

胡跛子雙眼一瞪，像獅子搔頭般一晃，把匕首順在腕下，一抬腕，猛身而進，直刺飛豹，飛豹子握起鐵煙管，往外一削。噹的一聲，胡跛子吃了一驚，匕首幸而握得緊，幾乎脫手。俞劍平忙把胡跛子拖住。丁雲秀叫道：「豈有此理！袁二哥，胡五弟是病人，你不能跟他鬧！」肖國英揚起刀來，也被阻住。殿裡殿外聚滿了人，胡、肖這一拔刀，頓時大亂。俞劍平大失所望，說合人已經翻了臉，善罷已不能夠。但他仍不願從自己口中說出動手的話。他攔住胡跛子，教他丟下匕首。豹黨中那個黃面大漢發了話：「怎麼講得好好的，動起刀子來？要動刀，上外面來呀！」

俞劍平覺得「輸口」，連忙遞過話去：「袁二哥、胡五弟，你們不要為了我，傷了和氣呀！」智囊姜羽沖、三江夜遊神蘇建明合聲說道：「二位，二位！你們自己師兄弟，不要這樣，教外人笑話。事有事在，別惱啊！」松江三傑更單衝飛豹子說：「胡五爺是有病的人，袁爺就把他摔倒，也不算本領；袁爺，索性咱哥倆過過招吧！」這話本是挖苦飛豹子的，胡跛子

竟不愛聽，吼了一聲，罵道：「我不錯只有一條腿，飛豹子，姓袁的，我偏要鬥鬥你，你給我滾出來！」掙脫了俞劍平的手，提匕首往外闖；肖國英守備也怒指飛豹，身往外走。

丁雲秀低聲道：「九弟，你犯不上跟他鬧。」說時又急叫俞劍平道：「我看今天，口說已經不行了。快找姜五爺，跟他們定規吧。」

俞劍平早知不免，急尋智囊姜羽沖、霹靂手童冠英、義成鏢頭竇煥如三人，教他轉向子母神梭說話。此時說合人童冠英，已跟豹黨那邊的雄娘子凌雲燕出殿尋鬥。只剩下姜、竇二人，他們忙向子母神梭過話：「今天這事，我們不能看著決裂。朋友，也該攔攔呀！」

子母神梭搖手道：「你那邊那位跛爺給攪局了。敝友本意完全不是這樣。這不怪我們，是貴鏢行硬插進兩個說合人，徒逞口舌，方才鬧翻了臉。」

智囊姜羽沖道：「不然！從前閣下瞞著飛豹子的名姓，只說是個生人，要會俞鏢頭。現在俞鏢頭既知飛豹子是他的師兄，當然情形有變。他們同門弟兄吵起來，與鏢行無干。這不是鏢行違約。……說句得罪的話吧，是閣下隱瞞真相，是令友飛豹子不夠師兄氣派。」

子母神梭蹙眉瞪眼道：「我怎麼知道他們是同門師兄弟？敝友比賽的心非常堅決，現在用不著多講話，到底你們鏢行怎麼樣？」

馬氏雙雄和鐵牌手立刻說道：「要鬥又有何難？也得請閣下約束令友，分撥前赴鬥場就完了。」子母神梭緩和面色道：「那個容易。竇爺，姜爺！我們各安排各自的人。」

子母神梭武勝文與姜、竇二鏢客，忙約束眾人，不要亂竄，快排起來分赴鬥場。正在安排，外面人喊道：「你們快點吧，他們外頭早打起來了。」姜、武忙奔出來，向自己人大聲疾呼：「諸位，諸位！咱們按部就班地來。

你們快分幾個人，把他們動手的人攔住吧。」喊了幾聲，立刻由胖瘦二老率領豹黨，貼右邊往鬥場走去。這一邊由黑鷹程岳、沒影兒魏廉，當先引路，由松江三傑、馬氏雙雄，率同一班鏢客，貼左邊也往鬥場走去。

那跛子胡振業已先一步跳在殿前甬路上，面衝大殿，比手劃腳，叫罵飛豹子，等他出來鬥鬥。俞劍平向青年鏢客孟廣洪揮手授意；孟廣洪奔出來，勸阻胡跛子道：「胡五爺，您別著急，事到如今，打是打定了；可是咱們得跟他有裡有面。」用好言相勸，胡跛子怒氣勃勃，道：「我不罵了，我就在這裡等著他。」只是不肯挪地方。馬氏雙雄走來，一拍肩膀道：「五哥，咱們上鬥場，跟他打個痛快。走走，咱們別在這裡。」那肖國英守備拔出佩刀來，也被俞門弟子左夢雲攔住，低叫道：「九師叔，您快把刀收起來吧。我師娘教我託付您，她說胡五叔腿腳不得力，有殘疾的人肝火旺，動手太不釘對。他在氣頭上，別人攔不住，非得九叔才能哄住他。九叔，您快把五叔勸住了吧。」肖國英一時負怒，轉瞬便回過味來，笑了笑，點頭會意；插刀歸鞘，走到甬路邊，把胡跛子拖住，硬往鬥場扯。說道：「五哥，走！等一會兒咱哥倆挨個跟袁老二鬥鬥。」

當下胡、肖二友齊往廟前戲臺走去。大殿上只剩下俞氏夫妻和智囊姜羽沖、鐵牌手胡孟剛幾人。對面也只剩下飛豹子和子母神梭武勝文跟那姓霍的、姓尹的。俞氏夫妻面面相覷，以目示意。丁雲秀見飛豹子，軒眉張目，氣焰咄咄逼人，分明有恃無恐，論年紀他已約六旬，看氣魄實在不可輕視，深恐自己的丈夫未必是他的敵手。

丁雲秀心中疑慮，乘著眾人紛紛外走，忙貼近俞劍平，低聲叩問：「鬧得這麼僵，怎麼辦？真個下場子，你到底有沒有把握？」

俞劍平微籲一口氣道：「跟他對付著看，弄到哪裡，算哪裡。你只管放心，就勝不了，也未必敗。」俞夫人又看了飛豹子一眼，又看了俞劍平一眼；一個劍拔弩張，躍然欲動；一個凝神攝氣，坦然而待，正是難分軒輊。

丁雲秀雙眉微攣，乘著敵友多撤，舔了舔嘴唇，又叫了一聲：「袁二哥，我說……這當兒沒外人了，我再問問您。你真格的非跟劍平動手不可麼？到底劍平從哪一點上得罪了您？您可以說出來麼？他得罪了您，您就不能衝著小妹寬恕他一過麼？」說著衝飛豹子走來，面對面地凝視著飛豹子。

飛豹子袁振武不由往後倒退，他實在怕這個師妹當面情求。他在丁門時，不但以掌門弟子代師授業，更替老師料理家務。前院有什麼事，用什麼東西，往往由袁振武到內宅接洽。他可以直入內室，面見師父、師母。有時不驚動師父、師母，就單找丁雲秀這個師妹。他可以說，眼看這個師妹從十一二歲長大，以至及笄之年。他和丁雲秀儼如胞兄弱妹一樣；師母待他更好，宛如母子似的。

有一年太極丁患病，飛豹子親侍湯藥，忙裡忙外；師母曾經感激落淚，對飛豹子說：「你師父老運不好，把個大兒子死了。往後你老師和我全指望你了。」說得飛豹子感激動情，也掉下淚來。後來俞劍平挾技投師，初來時還不怎樣。直等到太極丁續收徒弟越多，飛豹子代師傳藝，一時手重，把四弟子石振英打傷；太極丁當時看見，意很不悅。若沒有俞劍平比著，還不甚顯；偏偏俞劍平這人當時口訥臉熱，和藹可親，小師弟們全都喜歡找他，他居然很有人緣。他又很知自愛，極肯用功。這樣，漸漸獲得老師器重。

不幸後來師母死了，丁雲秀也大了，飛豹子在師門代傳技藝，代主家務，偶有幾件事，露出獨斷獨行、剛愎脾氣來，招得太極丁表面容讓，暗地心中不怡。日積月累，終有廢立之舉。廢立一舉所以激成，可以說多半起因於四弟子石振英。石振英跟飛豹子不和，兩人吵起架來；回頭石振英就辭師而去。

別個同學也很有懼怕飛豹子甚於師父的。太極丁看到自己年已衰老，為了將來門戶計，到底一狠心，越次傳宗，立了俞劍平。

當時丁雲秀很替飛豹子抱委屈，勸過父親多次，又私自安慰過飛豹子。飛豹子對丁老師可說有怨，對俞劍平也可說有隙；獨對這師妹，卻不能道個不字。因為這師妹一向對待他比對兄妹還親。而現在，丁雲秀又來說話了，二哥二哥的叫著，面對面問他：「你不看同門，不看著劍平他，你難道不給小妹留點情面麼？」

飛豹子可以明譏俞劍平，可以軟逗胡、肖，獨對這個師妹，未免束手無計，張口無話。丁雲秀的妙齡倩影，在他腦中浮沉三十年，如今一旦抵面，縱然聲容已變，卻是舊情宛在。

飛豹子不知怎麼好了。

飛豹子到底是有經驗的人，縱不能抵面招架，他就拿出了躲閃的招數；急急地一轉身，對子母神梭說：「怎麼樣，外面不是安排好了麼？咱們快看看去。」側著臉，眼望旁處，答對丁雲秀道：「師妹，我萬分對不住。我剛才說過了，這不是我搗亂，實在是我要跟俞師兄比一比功夫，好教咱們老師在天之靈看一看。師妹，等著比完了，哪怕我擺酒宴，給師妹賠罪都行。我還保一句話，我們只比不鬥，只許他傷我，我絕不傷他。師妹，請放心吧。」說完立刻掙扎著往外走。

丁雲秀很怒，滿面通紅，要責備飛豹子。俞劍平向她施一眼色，教她不用說了。丁雲秀仍不甘心，飛豹子在前面走，已然急急的走出大殿。丁雲秀立刻追來，俞劍平也趕緊跟出來，極力勸阻自己的妻子：「你不要再說了，平白招他奚落，當不了事。」鏢行群雄和草野群豪此刻都出來了，分批趨奔廟前看臺。在看臺四周，雙方都派人把守著，凡是附近采薪牧牲的村童，都被驅逐開。這半頹的戲臺，果然已有數人在上面比劃起來。飛豹子望臺上一看，立刻吼了一聲，飛奔過去。戲臺上的雄娘子凌雲燕和霹靂手童冠英真個交起手來。那路明和梁孚生二鏢師，竟與豹黨中的二客，相偕而出，不知何往；忙亂中無人查問，眾人只顧看臺上打架的。

第四十七章
霹靂童辣手搏燕攖靴　雄娘子唧恨戕師遭疑

　　雄娘子凌雲燕就是那個貌如美女、身材苗條的青年。他此時甩去長衫，露出一身月白色短衫緊褲，腰繫著絲巾，腳穿著淺靴，和童冠英一拳一腳，往來比鬥。臺上除了他兩人，旁邊一邊一個，還站著一個鏢行、一個豹黨，好像是監場人。飛豹子、俞氏夫妻等趕到，兩人已然過了六七招。

　　這個美青年身手很靈活，年紀盡輕，武功竟不可侮。只是他生得貌美唇紅，很帶女相，體態輕盈，又像女子；就是他說話時那種輕柔脆嫩的嗓音，也不大像男子。看臺下鏢行群雄起初不甚理會；這時登臺動手，眾目睽睽，都聚在他一人身上，可就人人起了疑心，喁喁地私議。多半猜疑他是女子改妝，或者不是飛豹子之女，就是侄男甥女；再不然，老夫少妻，是豹子的姬妾。殊不知雄娘子凌雲燕是新創出名頭的江南綠林，鏢行什九沒見過他，也不知他的底細。他又行蹤飄忽，出沒難測；盧山真面目隱藏很嚴。能曉得他的綽號姓名的，也只有兩三個人，別的更說不上了。

　　鏢客們說道：「這傢伙真敢和霹靂手動手，膽量可不算小！咱們看著他的吧，他要真是女人，可就要當場出醜了。童老英雄對付仇敵，一向是要毀就毀到底，絕不留情面！」

　　這話是真的，霹靂手童冠英是老英雄了，武功已到爐火純青之候；他的五毒鐵砂掌又黑又狠，真是舉手不留情的。其實他練的就是這門功夫，想留情也不行。他用一種惡作劇、假客氣的口吻；三言兩語，把敵人激出來，相邀著上了這廟前的大戲臺。很有禮似的雙拳一抱道：「朋友，請，別客氣，發招吧！咱們都是為朋友的，自然過拳不過刀的嘍！」凌雲燕抗

聲道：「要過兵刃，也隨閣下的便。」旁立的那一個鏢行道：「還是先過拳吧。」

兩人甩衣交手。剛剛邁行門，走過步，霹靂手童冠英忽然也動了疑。就上上下下，把敵人盯了幾眼；然後眼光一抹，居然丟開敵人的眼光和手腳，漫不監防，反而窺定敵人的胸坎，偷偷凝視他的乳際，看到底胸前隆起了沒有。雄娘子的腰肢這樣細，身材這樣小，容貌又這樣美好，腳下偏又穿著這樣一雙淺靴，女子相已然十足。獨獨他的胸際，竟這麼一往平坦；毫不帶雞頭圓起之狀。童冠英暗暗納悶：「這傢伙到底是男是女；莫非帶著抹胸了？那總得稍微凸出一點來呀！」此時正是夏天，穿著單衣，可是仍看不出來。童冠英暗笑道：「不管他，且給他一下子！」

霹靂手童冠英將他這練過的手爪，倏然一伸一屈。腰本俯著繞場而行，此刻突然一直，喝聲：「朋友，看招！」粗如巨籮的手指張開來，身往前一躍，照雄娘子胸口抓下去，一按一撮。雄娘子早防備到，身軀很輕巧地一扭，便閃過了；頭一擺，眉一挑，應招還式，握起粉團似的雙拳，倏地照童冠英後背搗去，卻是斜搗。童冠英也微微一閃，轉身來，把練過鐵砂掌的雙手一錯，又照敵人胸膛抓去；只抓不打，撮著人身，便要受暗傷。

雄娘子凌雲燕不愧燕子之名，輕靈的手又輕輕一躲。跟著趁敵人還未收招，右臂虛晃，突飛起一腳，照霹靂手肋下踢去。霹靂手往後一退，突伸左手，來抓雄娘子的飛腳。雄娘子急忙收回腿來；就勢改招進攻，也伸二指，上取敵人雙瞳。童冠英「獅子擺頭」，這手掌來捋敵腕；那手掌掄起往下猛切，切是假，撮點是真。雄娘子連忙收招。

童冠英猛然想起：「我何不看看他的耳垂？」倏地往前一撲，由「黃鶯托嗉」改「雙風貫耳」，照雄娘子疾攻來。攻勢很猛，欺敵過甚，竟像是拚命硬衝。雄娘子慌忙往下一伏腰，從霹靂手肋下疾衝過去。卻運肘往後一

搗，運腿往旁一絆，雖然避攻，仍就勢攻敵。霹靂手童冠英也急急地一轉，避開敵人的拳腳；趁勢一瞥，早看清敵人的雙耳。圓如貝殼，潤如玉勺。咦，右邊耳輪居然像穿著耳眼，用粉脂什麼的塗塞住了。

又急急看他左耳，左耳也像有粉痕穿孔；粉顆堵得盡嚴，耳眼穿得縱小，到底瞞不過武師銳利的眼睛，只一瞬便全看清。「這無疑了！」童冠英忍不住一哼。嬌寵的男孩子，父母怕他不長命，倒也有扎耳眼的；卻只能扎一個，斷無雙穿耳輪的。這雄娘子居然穿了雙耳，莫非他竟是女子麼？「雄娘子」的綽號又怎麼講？莫非只當男妝的女子講麼？

霹靂手起了疑心，覺得犯不上了。眼帶詫異，面現輕薄，口角上含著侮視的笑容；不肯更下辣手，突然把身手鬆懈下來；眼睛依然不閒著，上上下下思索對手，故意引逗雄娘子迸跳，故意地上取兩腮，中搗乳房，下踩腳尖。

雄娘子驟然覺察，從耳根泛起紅雲，往後一退，喝道：「童老英雄，莫非看我不才，不屑指教麼？」

童冠英往前趕了一步，往後退了兩步，答道：「哪裡，哪裡。承您賞臉，童某敢不竭力給您接招？怎麼您還嫌我沒上勁麼？」雄娘子怒斥道：「我雲某不喜跟人遊鬥，更不喜鼓弄唇舌。童老英雄這麼敷衍我，就是瞧不起我；我可要對不住了！」

霹靂手童冠英哈哈一笑道：「別價別價，您年紀輕輕的，別趕碴我。您嫌我不解氣吧？我偌大年紀，絕不能怎麼著，也就是對付。您沒聽說，男不跟女鬥，老不跟少鬥麼。我老了，沒勁了；您別嫌惡我，咱倆對付著瞧。您把我揍下去，回頭我再給你換年輕的。」

雄娘子凌雲燕滿面含嗔，星眼一瞪，銳聲喝道：「我看你是成名的前輩，以禮相待；你瞎了眼，拿我當什麼人了？雲大爺今天不客氣……」話未說完，跳上去唰的一拳，直取童冠英的上盤。人似美女，身手迅捷。霹

靂手童冠英應招還式，把雄娘子的右掌一格。雄娘子早已掣回右掌，左臂一削，來切霹靂手的手腕。兩人登時又打起來。

童冠英連架數招，看出敵手把很好的一手六合掌，如狂風暴雨似的施展出來，一味有攻無守，專找要害。童冠英兀自對付著，眼往臺下尋找，叫道：「俞大嫂請來吧！這一位我鬥不了；俞大哥還是快請俞大嫂替我來吧。咱們以武會友，得按著各人的身分來。」

凌雲燕越憤，拳擊越狠。旁邊監場的那個豹黨，恨霹靂手驕狂，也吆喝道：「剛才不是童老英雄單挑的我們這位麼？你賣味別這麼賣法。你年紀老，沒人硬把你拋上臺來。」鏢行監場的人立刻代答道：「朋友，咱們是比拳，不是比話。等著童老英雄跟雲爺比完了，您有話再講，也不為遲。」

兩人口角起來，此時比鬥的兩人漸緊急起來。童冠英連連兩次險招，這才激起鬥志。這似男似女的凌雲燕原來真有兩手。童冠英喝一聲：「好鬥！」往後一退身，雙臂往下一垂，往外一分，又突然一拳；陡聽骨節格格地一陣響。再伸直看時，他那一對粗壯的手掌突然變色，十個手指頭全像小蘿蔔似的粗紅，大指小指竟似無別了，骨節依然格格地發響。身勢也為之一變，腿蹣跚若熊，腰傴僂似猿，進趨驟顯遲鈍，進攻驟顯直挺。兩眼那麼樣瞪視著，虎似的欺敵，鷹似的伸右爪，照敵人手臂就抓。

霹靂手露出怪相，臺下驀地驚呼：「這是紅砂掌！」雄娘子凌雲燕前所未見，愕然卻步，注視敵情。霹靂手似周身氣力都貫注在兩臂，下盤移動無形中透慢，只見他往前一跨步，頓地有聲；往前再跨步，頓地有聲，立刻逼到雄娘子面前，探臂揚掌又這麼一抓。

雄娘子凝全神備戰，急擰身往旁一退；突覺一股勁風，隨敵掌一掠而過。雄娘子打了一個寒噤，面上隨現嚴重之容；冷笑一聲，捏起粉團似的拳頭，唰的立掌欺身，趁敵手還未收式，唰的削下去。

這一掌是驗看敵招。霹靂手果然不掣腕，不躲閃，反迎招往上一翻腕；掌心朝天，五爪箕張，就勢來抄雄娘子的脈門。臺下登時有人喊道：「留神，別碰上！」

雄娘子早已覺出敵人的辣手，正是前所未見，聞所未聞。倏展開迅疾的身法，以十分快，敵十分強；右手急急掣回，一旋身，左臂也進搗童老的前胸乳下幽門穴。不等童老招架，迅如飄風，將輕盈的身腰伏轉，突掩到背後，唰的一拳，拳出腰直，直照童老的後腦玉枕穴摑去。

童冠英走了空招，似很費力地一提氣，一轉身，恰迎著雄娘子；他左臂護腦外磕，右爪攻敵外揚，照雄娘子的手臂抓去，骨節格格地作響。雄娘子又迅似飄風，退竄開一兩丈外；止步凝身，回眸瞥敵。童冠英已拔步跟過來，兩臂錯張，像隻巨蠍。

雄娘子把嘴唇一咬，伏身作勢，迎敵猛進，心說：「我還怕你不成？」如飛隼般從童老左側衝過去；揚腕一扇，猛擊童老的面門。童老攘臂前迎，「白蛇吐信」，來抓雄娘子的臂膀。

雄娘子腕取上盤，只是虛晃一招；一進一退，腳早凌空而起，照童老上盤猛蹬。這是借伏躥之勢，用全身之力，猛起疾蹴。

童老不慌不忙，身形移動似慢，兩只巨靈之掌運用極活；竟一個腰，容這雄娘子憑空踢到，他就哼了一聲：「抓！」將身掣轉，把手探出。

臺下重起驚呼。鏢行、豹黨紛然騷動。飛豹子大吼一聲，撥開眾人。

雄娘子凌雲燕奮力踢空，一發難收；霹靂手迎頭攫物，手到擒來。刮的一聲響，雄娘子一雙淺靴被敵捋住，靴腰碎在霹靂手的掌心。凌雲燕一步失著，縮足一褪，右腳急抽出來；果然如凌雲飛燕一般，在一眨眼間，左腳借勢一蹬敵臂，唰的掠空再起，直射出一丈多高、一兩丈外，輕飄飄斜落；距地三尺，似旋風貼地一捲，拔身站住。借退為攻，轉敗為勝，到

底把童老踏了一下。童老捉著那隻碎靴，巋然不動，看了看臂上那塊塵痕，歡然一笑道：「年輕人真不容易。」

可是凌雲燕很羞愧，恨恨說道：「我又不是李太白，你閣下何必給我捧靴？」

霹靂手大笑道：「我雖然不是高力士，可得了楊娘娘的一鉤羅襪。」說著，一舉破靴，靴中塞著不少棉絮；又一指雄娘子的腳。這右腳淺靴已失，竟露出瘦窄的複履來。軟底軟幫，鞋樣尖瘦，很像女子的鞋。雄娘子哎呀一聲，雙頰緋紅，張皇地覓路欲走。

臺下儘是雙方的賓友，他就情不自禁掩面奔到後臺門去了。臺下譁然道：「女英雄，女英雄！」

這邊鏢行群雄什九詫異，豹黨這邊除了子母神梭及江北群豪外，凡是跟從飛豹一同進關的人也很覺奇怪。起初飛豹率友南下，苦無居停；承子母神梭武勝文引見，得與江北新出手的奇俠白娘子凌霄燕、紅娘子凌雲燕姊弟二人相會。即借紅娘子的巢穴做豹子潛蹤之所。這紅娘子就是雄娘子的音訛。

紅娘子凌雲燕實是男子，幼時出身於跑馬賣解的繩妓。白娘子確是女子，是他的師姊；紅娘子是師弟。他二人身世顛沛離奇，幼遭掠賣。他們的師父郎雙石、師母大金鳳是江湖浪人，收下男徒女徒數人，跑馬賣藝，不走正路。未幾，郎雙石的大徒弟玉面丁郎改邪歸正，棄師逃走；臨行還拐走了一個女徒，就是那個真的紅娘子凌風燕。

馬戲班中女的只剩白娘子一人，無法扮戲。郎雙石和大金鳳就硬把雄娘子凌雲燕穿耳、纏足、蓄髮、改妝，強逼他冒替了紅娘子的身分，與二師姊白娘子走繩賣藝；兩個女子做上下手，才能聳動觀眾。他們的師父和師母，並不是尋常賣藝人，實是大盜。往往到富家賣藝，得機會就偷竊；而且拐賣人口，配賣蒙藥，無所不為。可也因這個，凌雲燕不僅學會了鑽

刀踏繩的技藝，也真學會了技擊飛走的武功。

　　後來他師父作惡多端，對外得罪了仇人，在內又對俊徒潛起不良之心；逼得白娘子凌霄燕、雄娘子凌雲燕，為全貞拒虐，把師父郎雙石刺殺了，逃出虎口。（就是他那師母大金鳳，當年也是他們的大師姊，以後被威逼利誘，嫁了郎雙石，甘心為虎作倀。）

　　紅、白二燕起初懾於淫威，不敢支吾；嗣見大師兄和紅娘子雙雙潛逃，他二人心中不能無動。等到武功練成，人大膽大，終於拔身而出。卻有一樣，他們還有師叔，那個師母也不答應，要替夫報仇。

　　他二人幸逃惡魔之窟，卻沒地存身，也沒法改做良民。人人看見這逃亡的女妝二人，就起疑怪，都認為是大家的逃妾逃婢。有的宵小，就巧言誘引二人，或者恃強威嚇二人，要霸占他倆。這一來，橫生枝節，二燕一方防備師母的追尋，一方應付旅途客棧的光棍，真個是寸步難行，苦無立足之地了。

　　兩人大哭，就自居下流，割據荒山，做了強盜。雄娘子凌雲燕本是男子，又生得俊秀。當他逃命時，遇見許多色鬼，百般調戲他，他怒極，愧極！與師姊白娘子得到安身之處，便及謀改妝。無奈他幼被女化，舉止行動時露婦容，走路尤其難看。而且足骨已損，解放為難，索性不去改裝了。故意扮成女裝，勾引貪色之徒；一犯到他手，均被誅辱。他拿一般俗物泄憤，拿一般人當了他的師父。每見他眉毛一挑，櫻唇一笑，他就要下辣手，誅淫徒。

　　白娘子凌霄燕是女子，究是和善些，苦口勸他恢復男妝，不要無故殺人。雄娘子凌雲燕聽了師姊的話，脾氣漸改柔和。只是恢復男妝大非容易。他從八九歲便被拐賣，十一二歲便被殘酷的師父郎雙石慫恿師母大金鳳給他纏足穿耳。現在要想解放纏足，反覺舉步艱難。

　　雄娘子以此俯仰自恨。他自己所以不能改做良民，也就因為自己這奇

形怪態，不但被市井宵小侮視，也被官府捕役打量。當那時，又剛鬧過菊部人妖王紫稼那一案，雄娘子偏偏與王紫稼相同。王紫稼已被捕拿，和一個妖僧同斃在杖下。雄娘子凌雲燕為了全身遠害，已然不再殺人，卻仍得隱跡在盜藪。

凌雲燕的為人很豪俠，並且疾惡如仇，以此頗為江湖人所諒。他竊據山寨以後，頗得眾心。他又擅自修飾，忽弁忽釵，除了幾個親信人物以外，旁的人竟不知他的廬山真面目。有時人們認不清，就把他當作了白娘子凌霄燕；在他男妝時，人們又把他當作三寨主玉飛鈴王苓。他的行蹤十分詭異，他的武功苦苦修煉，也很有進境。不久他的黨羽越聚越多，只是沒有一準的巢穴，忽分忽合，聚散不定。

江湖上盛傳著玉飛鈴三盜，說是全夥共有二女一男；是紅白二女盜，和一個十八九歲的粉孩兒，可是他們內部的真相，誰也捉摸不透。這就因為他聚著成百的黨羽，從不攔路打劫，仍採他師父郎雙石舊日的行徑；偷而不搶，也不在準地方作案，故此引不起官府過分地注意。凌雲燕的為人又很機警，自知己短，束身很嚴；絕沒有淫掠的惡行，又做些殺富濟貧的事情。以此江湖上就有大俠知道他的根底的人，也都惋惜他，矜恤他，不肯算計他。

他和子母神梭武勝文起初相識，也是由於無意中的盜案牽涉。雄娘子凌雲燕的部下，誤剪了子母神梭兩個舊同伴的買賣，掀起了風波。那時子母神梭剛剛洗手，由北方歸家；他的舊夥伴廖鵝錢青和虎頭老舅，突然登門來找。說是到口的肥肉，教人奪去；請武勝文無論如何，也得出頭，替老朋友爭回面子來。子母神梭皺著眉，打聽兩人到底怎樣被剪的，出在什麼地方？廖鵝錢青把細情說了。

原因子母神梭洗手之後，他們那一夥已經散了幫。廖鵝錢青跟虎頭老舅，結伴要奔九江，改投白沙幫入夥。二人在半道上，無心中拾了一票過

路油水；雖然不夠過下半輩，卻是儻來的飛財，至少也夠嚼用三兩年。兩人很喜歡，立刻趁夜改道改裝，扮作迷路的行販，到芒碭山附近民家借宿。

不意「得的容易，丟的模糊」，竟在快天亮時，中了薰香，也許是蒙藥，原包油水被別的行家轉挖了去。這不過是兩個小包，已經兩人拆包改裝過，全是細軟，毫不露形，臨睡時，兩人又都把它枕在頭下。並且兩人又都是道裡人，竟想不出何時被人看破，怎樣被人抵盜。原包如故，變成殘磚亂草。抵盜的人一點也不客氣，居然在包中留下了「雙燕凌空共銜玉鈴」的記號，似有意嘲笑虎頭、麼鵝的無能。

狼叨來，狗搶去，未免欺人太甚！二人焉肯甘休，在當地翻來覆去踏訪；吃虧人地生疏，綠林同道又多不熟識，連訪數日，終不知凌雲雙燕是何如人也，別的更不用講了。虎頭老舅這才說：「咱們再麻煩武大哥去吧。」於是乎撲到火雲莊，給子母神梭添膩來了。

子母神梭不能推辭，只得出頭代訪，一晃十來天，也苦無蹤跡可尋。那時雄娘子凌雲燕也是剛剛竄到江北，開山立櫃不久，知他根底的幾乎無人。但經武勝文輾轉託人掃聽，燕蹤未得，倒教凌雲燕先一步得悉風聲了。

凌雲燕一聽說「凌風雙燕」的記號，立刻盤詰部下，方知是第三支椿一個小頭目，名叫包和光的惹出來的麻煩。這事辱人太甚；現在子母神梭還不曉得真相，可是棉花裡包不住火，遲早終不免揭穿。似這等劫贓留名，實在有失綠林義氣。別的還是小事，單這「凌空雙燕」的標記，十足透出挑釁的意味，坐實了自己人的沒理。尤其不該的是，包和光轉挖的這票油水，不過七八千金；他居然瞞心昧己，匿未交櫃。所謂盜亦有道，這舉動更違背了山規。

雄娘子大怒，和師姊白娘子凌霄燕商議，立刻飛傳金鈴，邀集各支的

領袖，計共九個人，齊到第三支椿上開議。白娘子居正座，雄娘子居左，飛鈴王苓居右，與包和光等九個頭目，坐在一處。飲酒數巡，由白娘子首先發問。起初好好地盤詰他，為什麼轉劫同道，還留名號？為什麼撞採獲財，匿不交櫃？包和光面含愧色，支吾不對。

白娘子轉問掌金頭目：「你事先一點也不知道麼？」又問第三椿的副頭目：「你們都商量好的麼？」副頭目不敢說不曉得，也不敢說曉得，不由囁嚅起來。

那掌金頭目說道：「當家的寬容包六哥這一節吧，其實是怪他疏忽了。可是他也有不得已，他實在要用這筆錢，辦一椿好事。東山下打獵的蔡家遭難，包六爺打算抓一筆錢救救他，也是當家的素日容許的。不過六爺一時怕您怪罪，遲遲疑疑把事辦了，總沒得對您提。他托我了，我給忘了。這都怨我。」

掌金頭目引咎分謗，替包六卸責，可是雄娘子不信。揮手命掌金頭目歸座，正色道：「按照咱們公議的山規，弟兄們奉命出去打草穀，得到了彩，照例拿七成交櫃，外留三成給出力的人提興。要是弟兄們撞彩得紅，那算外快，一向可照四六批帳，或五五對分。包六哥你是老手了，難道還不明白？你怎麼竟瞞起來？就這幾個錢，就買得你壞了義氣？再說我們作案留名，不是為出風頭，是為教官廳知道咱們，省得牽害良民。你怎麼就打劫同道，一點義氣也不顧？怎麼還留下雙燕的記號，是怕人家不罵咱們麼？還是教人家跟我姊弟結仇呢？你想想你犯了幾過，你自己說該怎麼辦。」

雄娘子屬聲詰責，自然是一不該劫同道，二不該留名，三不該匿藏。

包和光起初默然聽著，到了末幾句，有點承受不住了，憤然說：「我錯了，我認！當家的這麼說，好像我居心不良故意陷害瓢把子了。我這裡擎著，您還問我一個心服口服麼？」滿面通紅，站起來了。

凌雲燕喝道：「你往哪裡去？你還不服麼？抓回來！」意思要請山規，責打包六。包六也發怒道：「裝得夠像了，大家你捧我、我捧你罷了。真個的當強盜本就犯法，咱們把官牌子趁早免了吧。何必拍桌子瞪眼，嚇唬貓！」

包六羞惱硬抗，雄娘子怒火愈熾，必欲加刑。白娘子為維持山規，也申斥包六道：「包六哥，你不等說完，就跳起來吵，你太不像話了！你有錯沒有！快給我待著！」

雄娘子凌雲燕一迭聲喝命拿出山規來，包六犯了牛性，竟出口惡聲，醜言相詆。千不該，萬不該，說了一句錯話，指著雄娘子道：「男不男，女不女；官不官，賊不賊！美不噴噴的，歇個鳥的吧。你當是唱戲打黃蓋哩！」說罷掉頭往外走。

雄娘子滿面通紅，銳聲喝道：「好你個畜生！」突然竄起，往包六這邊截來。包六回罵道：「好說你個畜生，你兔小子，太爺不幹了！」

壞了！一句穢語罵著了雄娘子最惱恨的話頭上了。「不男不女」一語，已辱他很深；「兔小子」一語更觸大忌。雄娘子順手推翻了坐具，伸手來抓包六，還想按倒地，教他受刑。包六誤會此意，抖手打出一鏢；白娘子急急地一長身，把鏢接住，喝道：「包六，你怎麼動手？」

旁邊的人齊來攔勸。哪知雄娘子凌雲燕身手靈活異常，早從人叢中撲過來。包六急抓起一把椅子打去。雄娘子左手奪過，右手猛掣出短劍。眾人驚呼：「別價，別價！」已經晚了。一聲驚叫，血濺宴間，包六剛剛拔出一把匕首，剛剛一揮，劍已劈到，咔嚓的一聲，半隻手臂掉落地上，掌中還握著那把匕首。整個身子立刻往旁一栽，臥倒在血泊中了。

白娘子凌霄燕跳過來抓雄娘子，只趕了一個後尾；僅僅抱住凌雲燕，奪過了短劍，卻沒有救得包六。劍猛傷重，包六已然昏死過去。雄娘子狠狠往旁一退，身上濺了許多血點。部下八個首領，面面相覷。白娘子頓足

嚷道：「雲兄弟，你怎麼這樣手快？他罵，罵他的去；我們要評的是理。你們快看看，快救救吧！」八個頭領忙來救治包六，拿藥的，找布的，忙做一團。白娘子為安慰眾心，親給裹傷敷治；先把包六搭到一邊，撥人服侍；又派一個親信頭領陪伴安慰。一面仍召集部下，問這事該怎麼辦？二當家固然手急了些，包六的嘴也未免太難。

那第五位頭領忙道：「這事的起因自然是包六哥犯規，剛才這一場也是他先動的手，這就教犯規抗上。這不能怨二當家的。」白娘子看著眾人的神色，點頭說道：「論理兒當然是這麼講了，不過自相殘殺，總怨二弟不會御從。二十幾歲的人，連幾句罵都挨不起麼？」

群盜經白娘子這樣說，多半心平氣和，遂又議到善後之計。第七位頭領說：「包六哥總算犯了條規，在本幫不能待了。我們等他養好傷，湊點養廉，把他好好送走吧。」復經群盜共議，都說只可這樣。

還有對外這一面，凌雲燕即將包六處刑，交師姊白娘子辦理後；第二步自己立刻趕辦還贓。竟將包六的斷腕和原盜的贓物，金珠未動，現銀照賠，拿來打做一包。他親自改裝，送到子母神梭武勝文的別墅。只叩門投入，便飄然走開，他和子母神梭竟沒見面。

子母神梭代友尋贓不得，兩個舊夥伴住在他家，實已無計可施。忽然夜聞剝喙之聲，未容開戶尋視，便投進東西來。子母神梭提刀急追，未見人影；打開包一看，是一隻人手和細軟金珠，還留著名帖，畫著「凌空雙燕」，內說：「失察部下，得罪同道，已加薄懲，追贓返璧。特自登門道歉，三揖遙拜，後會有期。慕名友叩，名正肅。」子母神梭反覆看這留柬，初猶詫異，終則欣然大悅。對同伴說：「你看，你二位丟的東西找回來了。我這點薄面，在這裡還吃得開！」這就叫面子，這就叫義氣。子母神梭道：「這一對燕子還瞧得起我。」二友得贓，就打聽到底飛燕是誰，這贓怎麼找回來的。子母神梭道：「你二位就別管了，反正是慕名朋友罷

了。」催勸二友趕快回家。從此子母神梭記住了凌雲燕的名字。

　　那包六斬腕之後，已死復生。在養傷時，引咎自責：「實在怨我不對。應該受刑，受刑不屈。」等到傷痛稍定，向看護他的人，尋找自己那隻斷腕。斬腕早送給子母神梭用以示威市惠了。看護人權詞以答，包六苦笑了一聲，不再索討。又養了好些天，群盜慰解他，竟要資遣他；他竟潛謀私走。哪裡走得開？早被白娘子防備了，虛打他一暗器，略示儆戒。隨即用好言切實勸了一頓，把他送走。大家都明白本幫種下仇人了，可是全誇白娘子辦得厚道。白娘子又把「好」移到凌雲燕身上，對眾人說：「這不是我的主意，這還是二弟教我代辦的。你們不曉得他麼？年紀輕，臉皮熱，做錯了事，很後悔。他現在就是不能對包六賠不是罷了。」

　　話雖如此，終埋隱患。雄娘子行法以保威信，固然維持住同道的義氣，到底結怨於本幫。包六所傷是在右臂，他最惱的是：「砍一下子，不算回事，我本來有錯。這小子最不該拿我的半條胳臂，送給外人買好。」他竟一面苦練左手兵刃，一面要暗算凌雲燕。

　　包六給凌雲燕造謠，誣他是採花淫賊，是桑衝、王紫稼一流，慣於喬扮女子，奸汙良家閨秀。他知根知底，他造的謠特別能惑眾。一再煽動武林豪俠，慫恿他們捉拿採花淫賊，替屈死的貞魂雪冤，替綠林道剔除敗類。言之鑿鑿，有他一句，勝人十句。雄娘子凌雲燕穿耳纏足，男人女妝，形跡本來可疑；自聽惡謠，他俯仰愧恨，後悔難追。他遂改穿男服，力學武夫步履，又極力地檢點形骸，教手下人替自己闢謠。又想自己的巢穴，包六備知什九，忙與白娘子商計，剋日遷場，重尋祕窟；索性連準窩也沒有了，改採流浪做法。部下只有那八個頭領，能見他的真面目；其餘小嘍囉統由飛鈴王苓和白娘子出頭率領，雄娘子僅在暗中操縱。他用盡心機，回護己短，終被包六專心跟尋，掀起了禍難。

　　一天，凌雲燕隻身跨驢，暫改女裝，偕一個小嘍囉，出離了密巢；竟

與仇人狹路相逢，正在夜深時間。凌雲燕久不女妝，這一次為要作案探道，才易妝宵行。包六單等的就是這時候，呼嘯一聲，猝然率眾把凌雲燕圍上。包六佈置狡獪，自知力不能敵，藏在暗影中，只遠遠指揮。卻不知他從何處勾結來兩個武功迅猛的劍客，是兄弟二人，受師門規誡，深恨淫賊，定要制凌雲燕的死命。仇人相逢，恰在林邊。

凌雲燕策驢前進，忽聞林中葉瑟瑟發異響，急忙勒韁審視。火光一閃，響箭陡發；兩個劍客仗劍齊出。包六掩在樹後，啞著嗓子說：「就是他，男扮女裝，就是他！打！」喊一聲打，箭如雨下，先抄後路。

凌雲燕身後隨行的那個飛行小盜，剛要報字號借道，忽見情狀有異，喊一聲急往回跑。被包六同黨集中放箭，定要射死他，以剪斷援兵。這小飛賊竟帶箭逃走，包六撥人急追。但凌雲燕潛出密巢，距此已遠，呼救竟來不及。凌雲燕下驢拔劍，還想動問；二劍客都很莽撞，舉火一照，認定了面貌打扮，就一聲不響，揮劍上前狠打。

凌雲燕揮劍格架，且退且問：「是合字，是鷹爪？是辦案，是尋仇？」屢問不應，最後才說：「你是凌雲燕麼？」答說：「是。」對方哈哈笑道：「是就沒錯！小燕，你到底是男人？是女人？憑你這打扮，只要不是女人，一準不是好貨！」

兩劍客奮勇進攻，凌雲燕出力招架，心中未免惶惑。再三詰問：素不相識，因何動武？二劍客同聲大笑：「燕姑娘，你少要嘮叨！咱們手底下明白，捉住你，再告訴你不晚，準教你臨死落個明白。你要是想得開，快束手就縛，教二太爺驗驗你，就完。」又笑罵道：「你是唱花旦的，還是唱武旦的？」

二劍客的話聲帶著侮蔑，劍術既精且快。若單打獨鬥，凌雲燕還可抵禦；如今雙戰，自覺不敵。凌雲燕不願糊糊塗塗地栽了，仍要窮詰敵情；敵人竟醜罵起來。凌雲燕有些瞧科，忙將包六的名字喝出來。包六不肯應

聲出頭，一味唆眾包圍凌雲燕。凌雲燕漸感不支，急思退逃，已經不能夠。轉眼之間，外面合圍，當中仍由二劍客狠攻不休。兩把長劍反覆攻擊他，左右有人拿孔明燈上下照看他。他要認一認二劍客的面目，二劍客背著黑影，一點也看不出來。凌雲燕眼看要遭擒，林中伏敵更喊出醜惡的話來，要活捉他，不要傷他；安心要羞辱他，要剝驗他是男是女。

凌雲燕陷於危敗之局，再過半頓飯時，就要受辱。忽然絕處逢生，子母神梭武勝文邀著朋友，路過此地，聽見了打鬥聲，尋蹤過來偷看。望影聽聲，這兩個劍客竟是武勝文的舊相識。武勝文不由挑燈策馬，上前搭話，掏出他的子母神梭來，要幫助劍客，擒拿凌雲燕。等到繞林近前，訊名問故，兩個劍客說：「這就是新出手有名的採花淫賊凌雲燕。」

凌雲燕孤掌難鳴，已被趕碰得喘不成聲。聞對方斥罵，急欲自辯，可惜身世曲折，一言難盡。不意還未容他自表，那邊子母神梭武勝文已先發話了，對兩個劍客說：「這裡面怕有差錯吧，凌雲燕這個人和我也是慕名的朋友。他這人很義氣，沒聽說他有什麼不端的行止啊！」

當場勸住了雙方，慨任魯仲連，高舉氣死風燈，詢問啟釁的緣由，並替凌雲燕保證人品。兩個劍客還在遲疑，忙到林邊，尋找包六；不想包六一聽見子母神梭自報姓名，他立刻覺著壞事，早繞林溜走了。

兩劍客盯著凌雲燕，連連搖頭，把子母神梭拉到一邊，低聲說道：「這人真是你的朋友麼？這人一定是淫賊，你仔細瞧瞧他，到底是男是女。」

子母神梭因為是初會，也很起疑，想了想道：「二位先回去。這凌雲燕和我有過來往；我把他邀回去，仔細問問。你二位也找那姓包的，再仔細問問。」

二劍客道：「萬一他真是淫賊，他要是跑了呢？」子母神梭拍胸膛道：「二位全交給我，他真是淫賊，我也不能容他。咱們明天見面！」

就這樣私議了一回，武勝文翻身賠笑，找到凌雲燕這邊。

武勝文未即說話，借火亮先打量一回。見這凌雲燕實是女子，心中也不能無動；遂也不稱呼，只拱手道：「請了！在下就是子母神梭。從前多承你閣下幫忙，我感激不盡。舍下在此不遠，我打算請你過去談談。」

凌雲燕很乖覺，料到他們剛才必是侮蔑自己，現在即欲脫身，勢必不行。遂慨然說：「多謝武君解圍，我也有許多話，要向江湖前輩表白一番呢。」

子母神梭把凌雲燕邀到附近朋友家，燈光照耀下，凌雲燕全身穿著女裝；又穿著鐵尖弓鞋，蓄留長髮，頂梳雲髻。子母神梭越看得仔細，心中越發玄虛起來。但是凌雲燕面無怍容，眉蹙怒氣，很坦然地坐了。武勝文倒不疑心他是女裝的男賊，反疑他真是女盜了。無如這話不好當面致詰；子母神梭武勝文和他的朋友，讓座獻茶之後，一時猶豫無言。

凌雲燕倒不介意，索手巾拭面，端茶來解渴，略微歇息，便發出銀鈴似的嗓音，先將自己與包六結仇的事說出，然後又說：「我這一生非常不幸。我本是良家子，遇著繼母，落在宵小手內，竟把我當女孩子，硬給我穿耳纏足，逼我學習馬戲繩技和打彈弓、耍刀劍的本領，給他鋪場子賺錢，並暗地偷盜人家。因我不肯，飽受折磨。年歲小，抗不了他，一直苦混了將近十年。後來我歲數稍長，又幸逢俠士，幫我擺脫了馬戲班；東逃西躲，好容易才脫開毒手。可是我已經無家可歸，肢體又已殘毀。武莊主你看，像我這個模樣，走到民間，半步也行不開，簡直沒法做良民了。我這才和我同時逃出來的一個難友，隱遁在綠林中，苟全性命。我也不敢自誇行俠，人為名，樹的影；你可以打聽打聽去，可聽誰說『凌雲雙燕』做過不義的案子沒有？我更因為身上的缺恨，處處自加檢點；我至今沒有娶親，我還是童子身。你可以驗看我的功夫，就可以明白，我練的是童子功。我對綠林同道，也不合夥通氣，也不得罪；我在線上，又算是在線

外。直到近來，我才得罪了人。這回得罪人，偏巧就是由武莊主你閣下而起。我手下有一個姓包的夥計，也領著一竿子人，十一二位，他竟貪財敗義，背著本窯劫了令友；我一怒將他斷臂驅逐幫外。我曾把原贓追出來，親自送到你閣下府上，並留書道歉。大概你總接到了吧。我是隔門拋過去的。」

武勝文欠身謝道：「哦！收到了，我真得謝謝你，給我的面子很不小。」

凌雲燕揮手道：「小事一端，不必提了。可是我竟因這事，結下了仇人；包六不自悔過，恨我到極處，已經接連算計我兩三次。我已為他遷場數次，並且輕易也不出門。本月實在有迫不得已的事，非我出來不可，我這才化妝夜行，路過此地。哼！偏偏就狹路相逢，遇上這事！不怕你閣下見笑，我自逃出馬戲班主的毒手以後，早想改裝。無奈我自幼落在拐騙手裡，像這樣打扮，差不多已經十年，有點習慣成自然了；穿上男子冠履，竟走不上道來，那樣子更難看，特別扎眼。人家看見了，往往疑心我是女人改裝男子。可是我還照舊打扮，人家又挖苦我是人妖。我一生不幸，都結因於馬戲班！我跟包六翻臉，固然是被事情擠住的，也因他罵我的話太刺耳。剛才那兩位使劍的朋友，不用說，又是包六調唆出來的。這兩位朋友不容人張嘴，就好像我跟他有奪妻之仇、殺父之恨似的，真不曉得包六對他們講了些什麼……」凌雲燕又道：「現在，我已將詳情說明，我謝謝你給我解圍。只是，我聽那兩位話裡話外，還是不能原諒我。我的事本來曲折太多。我想他二位臨走時，大概託付你閣下審問我，監視我了吧？武莊主，你說怎麼辦？我如今是狹路逢仇，人落單了。你我是馬上一笑而別呢？還是你問完了，仍得聽聽他們那邊的話呢？還是把我再交給他們呢？咱們是道裡的人，有話儘管講在當面，你不必為難。我自知年紀輕，出身又卑賤，我也不敢高攀，請你給我一句爽快的話。我反正不能坐受他們的

侮辱，一刀一劍，殺剮存留都可以。要是想寒磣我，我可不能受包六的。」

凌雲燕侃侃而談，玉面暈紅，辭意慷慨。遂引杯連喝三盅茶；站起身來，拍拍身上的土，又跺了跺腳。話雖激昂，態度上總似乎有點顧盼自惜，不脫脂粉氣。子母神梭武勝文和他那位朋友都聽愣了。那位朋友姓盧，叫盧天葆，插言說：「凌朋友，你說那馬戲班的班主，可是名叫郎雙石麼？」凌雲燕答道：「正是他，是他毀害了我一生，教我不能明面見人！」一提起來，凌雲燕就恨得切齒，一口白牙咬得吱吱地響。盧天葆轉面對武勝文道：「是了，這話一點不假。郎雙石這東西實在萬惡！我早年聽家父講過，他的確常常拐賣人口，把小姑娘小子長得漂亮的……」說到這裡，見凌雲燕有些難為情，連忙改口道：「我很知道他。他把男孩子強扮成女子，把人賣了。他明著跑馬賣藝，暗中配賣蒙藥，罪惡滔天。凌朋友這麼說，你也是受他的害了。我聽說他早在十年前，遭了天報，被叛徒勾結過路的武林俠客把他殺了，他的巢穴黨羽也全剿滅了。凌朋友，這件事你想必很知內情的了。可是真有其事麼？」

凌雲燕帶出難過的樣子，半晌才說：「那就是我和我的一位師姊辦的。我沒有得著武林俠客的幫助，只是巧藉著地方上一個土豪的力量；裡外一鬧，我們才得逃出魔手。郎雙石的巢穴是起內亂散了的，不是剿滅的，他的黨羽也只有幾個人落網。郎雙石的妻子，當時算是我們的師母，她還要替夫報仇，勾結同門，極力搜尋我們兩人的蹤跡。郎雙石死了，首級被人割去，我們那位師母疑心是我倆殺的。其實我倆只求逃出火坑，哪裡還敢動手戕師？殺郎雙石的乃是別人。我們師母不依不饒，認定是我和師姊所為，把我們趕得走投無路；直逃到浙南，才遇上九莽大俠林青皓，靠他一擋，我們方才得了生路。」說著，他又喟嘆一聲道：「盧君既然知道我的下情，足見我不是扯謊，足見我不是害人的，實是受害的。話已說明，武莊主請看著辦吧！」

子母神梭武勝文目視他的朋友，乍聞怪事，如夢初覺，也不禁嘆詫道：「我在下久闖河北，這裡的事一點也沒聽說過。凌仁兄出於淤泥而不染，真不愧是火中金蓮。既然這樣⋯⋯」拱一拱手道：「凌仁兄如有緊急貴幹，你就先請吧。剛才那兩位使劍的朋友，您就不用管了，我自然有法子對答他；他們的確是有話。凌仁兄不但品行高潔，武功超絕，而且見事也真快。他們二位是親兄弟倆，那個黑的叫彭朝翼那個矮的叫彭朝翔，果然是受了姓包的蠱惑了。臨走的時候，還一再叮嚀，教我別上了凌兄的當。」

凌雲燕哼了一聲；忙問那包六呢？子母神梭道：「那姓包的多半沒有到場，我全看了。他們來了十多個人，沒有短胳臂的。」凌雲燕道：「他一定到場了，他大概藏在林中。」

子母神梭道：「也許，也許。姓包的如果在場，這可是冤家路窄，咱們三方一見面，看他怎講。凌兄跟這位包爺結仇，本就是為朋友，由我身上所起，現在還落在我身上完，倒是正對勁。凌兄要是抽得出工夫來，何妨在這裡多盤桓一兩天，索性跟他見見，咱們可以撕扯清楚了。」

凌雲燕臉色一沉，道：「武莊主若還有所猜疑，我自然可以等等，索性見過了彭氏弟兄。」

子母神梭忙笑道：「凌兄你這可是多疑了，你的行事我實在佩服。由打上次起，我渴望跟您訂交，盼了不止一天了。這樣辦，由我起，由我落，我一個人找他們去。凌兄有事，請先行一步；哪一天得閒，你賞一個信，我們可以訂期多盤桓幾天。」

子母神梭實欲與凌雲燕訂交，凌雲燕今天實不能留。又談了一會兒，凌雲燕告別。子母神梭武勝文備馬親送出來。笑對凌雲燕說：「凌兄，咱們不可不防備，我還怕包六在外面等著你呢。」

凌雲燕冷笑道：「好吧！我倒是真想見見他，只怕他未必肯出頭；因

為我們已經交過話了，他的戲法不好變了。我想此時外面倒真許有人等著
我，只是等著我的保管不是他。」子母神梭笑道：「他自然不肯在近處出
頭，也許同著別位，藏在遠處，要暗算凌兄哩！凌仁兄，不管怎樣，我總
得送送。」武凌兩人和那盧天葆，一同出來。子母神梭沒有猜著，凌雲燕
猜著了。走出七八里地，便遇上了大批的埋伏，不是包六，不是彭氏昆
仲，是白娘子凌霄燕得到警耗，特引眾救應師弟來了。

那個小嘍囉身中一箭，捨命奔逃，竟奔回巢穴見了白娘子，報說二當
家的中途遇事，被人圍上了。又說不像鷹爪，也不像線上。白娘子霄燕大
怒，想了想在肇事的地方附近，並沒有什麼出名的綠林，心中便有些嘀
咕。急急地點齊部下；部下本散在各處，就近湊集了二十幾個人，半騎半
步，火速地踏尋過來。到了交鬥的所在，搜遍林隅，渺無人影。白娘子把
部下散漫開，往返地窮搜。

子母神梭陪著雄娘子凌雲燕，從狹路荒徑走上大道，突然撞在網上。
響箭陡發，白娘子率眾出來，把道擋住。子母神梭還當是包六出現。凌雲
燕搖頭笑道：「不是，不是！這是我們的人尋我來了。」他已經聽出響箭暗
號來，忙策馬上前，也發出暗號。白娘子凌霄燕慌忙過來，下馬問道：
「師弟，怎麼樣了？」雄娘子凌雲燕忙說：「先遇上仇人，現在又遇上朋友
了。」

忙與子母神梭引見，子母神梭自此又認識了這位白娘子。白娘子凌霄
燕是二十幾歲的姑娘，比凌雲燕大。他們兩人的關係，也是一謎。兩人始
終是師姊、師弟，不是夫妻。便白娘子不嫁，紅娘子（雄娘子）不娶，兩
人相敬如賓。所可惜者，是白娘子比凌雲燕大了三四歲。兩人各有著沉痛
的經歷、淒涼的身世。兩人同病相憐，都想嫁娶。但男的娶誰、女的嫁誰
呢？白娘子想給雄娘子攜一個少女為妻，雄娘子淒嘆不允。

雄娘子勸白娘子擇婿，白娘子也只低頭流淚，臉紅紅地看著雄娘子，

嘆道：「姐姐這一輩子完了！」兩人各有說不出的苦惱，坐令韶光似水地流去。

當下問明原委，白娘子方知師弟受了委屈，險些受辱殞命。白娘子勃然大怒道：「這包六太可惡了，那時倒不如依著師弟，把他廢了，也就完了。現在他到處誣衊我們。武莊主，像這樣暗算我們，動刀動槍，還是好漢子所為。您不知道他，他竟學村婦罵街，信口作賤人。不行！我得找他去！他現在在哪裡？」

凌雲燕因為子母神梭在場，忙把師姊勸住。最後仍由子母神梭去找彭氏昆仲，要把這樁事徹底解決，請附近綠林給評評理。但是彭氏弟兄竟栽了跟頭！

那包六當場聽到武勝文報名，就知要敗露；他果然不辭而別，一溜不見了。彭氏昆仲還要找他細問原委，好像攛人上牆頭，半路上撒手不管了。彭氏昆仲氣得大嚷：「上當了，上當了！」他二人卻不肯虎頭蛇尾，縱然栽跟頭，也不能避不見面；竟找到子母神梭，拍手打掌，細說丟人之事，又作揖打躬地說：「我們太冒失了，得罪了這位凌雲燕了。武大哥，沒別的，替我們表說表說吧。」

彭氏老大很客氣；彭氏老二仍說：「我們情實是魯莽了，可是這位凌雲燕的打扮跟女人一樣，也未免惹人動疑。」武勝文道：「我不是說了嗎？他的身世太離奇、太慘苦！」

二彭要面見凌雲燕道歉，子母神梭代為辭謝了。這場戲就這樣揭過去。凌雲燕自然要找包六，無奈斷臂包六藏匿不見，只好罷手。

自經此變，凌雲燕和武勝文成了好朋友，武勝文勸他改裝，練習男人行止。不久，飛豹子袁振武率領大眾，到江南尋隙。因無地可以棲眾，便由子母神梭引見，借了凌雲燕的密巢，還借重了不少的人力。

　　現在，凌雲燕和霹靂手童冠英登臺比拳，凌雲燕一身輕巧的武功，卻非霹靂手的毒砂掌的對手。凌雲燕凌空一縱，被霹靂手童冠英運氣功，探爪一抓，刮的一聲響，把淺靴抓碎，露出了復履，窄窄如鉤。臺下譁然。凌雲燕面色一紅，扭頭就走。霹靂手哈哈大笑，也要下臺；飛豹子奮聲喝道：「別走！我來請教！」

第四十八章
黑鷹程岳戰平對手　九頭獅子攘臂爭名

　　飛豹子在臺下，看出霹靂手的毒砂掌，凌雲燕必無法應付，他就奮身要上前。他的朋友早跳上一人，向霹靂手請教。鏢行群雄忙看這人，就是七個陪客之一，那位姓許的。胡孟剛打聽同伴：「認識這人不？」漢陽郝穎先、夜遊神蘇建明、馬氏雙雄、夏氏三傑等，都說不認得。

　　東臺武師歐聯奎道：「這位名叫許應麟，好像是穎州潘佑穆的門下。」胡孟剛道：「他敵得過童二爺麼？」歐聯奎道：「他也是練五毒紅砂掌的，初生犢兒不怕虎！他敢上臺，必有把握。咱們往下看。」鏢行在臺下竊竊私議，臺上的人已然甩衣裳，預備動手了。

　　這許應麟正當壯年，約有三十八九歲；躍上這殘破的舊戲臺，長衫一脫，露出一身米色短裝。他大眼睛，高鼻梁，圓顱黑髮，氣象很沉穆，兩臂很粗；令人一看外表，覺得不可輕敵。他把衣袖一挽，衝童老抱拳道：「童老前輩，在下久仰您的掌法，家師也常稱道過。今天我來上場，非為比武，實為請教。童老前輩，請您不吝指點！」霹靂手童冠英正容斂笑，拱手還禮道：「客氣客氣！閣下貴姓？令師是哪一位？」

　　許應麟答道：「在下姓許，名叫許應麟，家師是穎州潘。」

　　童冠英道：「哦，令師是穎州潘佑穆潘七爺麼？那不是外人。」

　　許應麟道：「是的，我在下只想求老前輩指教，絕不是比試，請老前輩手下多多涵讓。」

　　童冠英笑道：「你太客氣了，我是老朽無能的人。你正當壯年，還盼您手下多多容讓。」兩人說完客氣話，立刻一湊，準備動手。

　　忽然臺下飛躍上一人，橫身一隔道：「且慢！童老英雄，咱們得按規矩走。咱們鏢行承人家看得起，邀來以武會友。咱們應該挨著個兒來，不能總教您一個人釘。剛才您已經跟那位凌爺比試過了。這一位許爺，我傾慕已久，就由我給接接招吧。」這人是南路壯年鏢頭孟廣洪。許應麟把孟廣洪打量了一眼，看他不過二十八九歲，好像北方人，生著微黑的面貌，通臂長爪，兩眼炯炯有神，額角有一塊很深的刀疤，從前是沒有會過的。兩個人通名拱手，走行門過步，說一聲請，立刻開了招。

　　霹靂手童冠英含笑下場，幾位鏢客圍上來，跟他說話，問他這凌雲燕到底是男是女。童冠英說：「我可不敢保，你們問子母神梭去吧！」

　　那破戲臺上，鏢客孟廣洪展開了他的「八卦游身掌」的招數，在臺上像紡車似的亂轉。那許應麟展開了他的鐵砂掌，就如老牛破車似的，以遲鈍的辣手，應付孟廣洪的飛速拳招。正是一快一慢，看著令人吃驚。

　　忽見孟鏢師旋身一轉，左臂虛晃，右掌斜穿，唰的照許應麟打去。許應麟微微一側臉，雙掌一伸，也格格地發響，也虛冒了一招，進步欺身；突然「惡虎掏心」，照孟廣洪打去。孟廣洪急用「斜掛罩鞭」往外一削，硬磕敵人的手腕，故意要給他一個硬碰硬。

　　許應麟一招走空，早又收回，卻將左掌發出，「金龍探爪」往起一直腰，出二指猛點敵人的雙眼。鏢客孟廣洪似旋風般伏腰一轉，側身前進，左跨一步，破招進招，飛掌橫擊敵肋。未容得許應麟招架，他就一偏身，踢出一腿。許應麟連忙後退，揮毒砂掌往下一切，照敵手的膝蓋切去。孟鏢師縮腿不及，索性一登勁，全身像箭似的斜射出一丈以外，輕飄飄點地站住。

　　許應麟蛤蟆似的橫身追來。孟廣洪旋身一轉，又遊走起來。兩人連過了二十餘招，許應麟竟撈不著孟廣洪。孟廣洪的八卦游身掌功夫很熟，抱定主意，要遛乏了敵手，再乘機取勝。往來攻守，總是鏢客躲閃，許應麟

追逐，和剛才童、凌的鬥法如出一轍。可是相形之下，孟鏢師不如凌雲燕的輕快，許應麟更不及童老的招數猛練。

臺下的人料到二人半斤八兩，一時勝負難分；且有珠玉當前，看著不甚起勁。那九股煙就對人說：「孟爺何必露這一鼻子，不過如此呀！」馬氏雙雄也低聲對蘇建明說：「我們不要一味跟他們打，我們得跟他們講好了；見幾陣勝負，勝了該怎樣，敗了該怎樣？說好了，再打，才能打出二十萬鏢銀來。」

蘇建明道：「剛才你沒聽見麼？姜五爺和飛豹子、子母神梭很咬了一陣子呢。那飛豹子一味要先跟十二金錢動手，他說別人打了不算。他一定要考較考較俞爺的雙拳、一劍、十二錢鏢，必得這三樣全請教完了，他立刻把鏢銀奉還。他的大話是這樣說著，依我想，很可以答應他。只是人家俞氏夫妻倆總說服軟的話，人家是同門師兄弟。咱們看吧，看他們講到底，也脫不了這頓打。」

蘇、馬三人在臺下議論。孟、許二人在臺上動手，又走了數合，還是不分勝負。忽然，鏢行這面由智囊姜羽沖，豹黨這面由子母神梭，分開人群，走上破戲臺，把兩個比拳的勸住。

然後，由武、姜二人面衝臺下，向大家宣佈道：「諸位賓朋，諸位全是為朋友，為江湖上的義氣來的。今天這事，本是鏢行和線上朋友常有的事，較拳討鏢，也是老套子。不過這一回事稍有不同，因為俞、袁二位早年乃是老同學。我們不願為這小事，教他們二位傷了同門的義氣，總想盡力給他們解開，不比試才好。不過雙方的意思，想到既勞動了這些朋友，也想借這機會，大家湊湊，就便考較考較門裡的功夫。現在我們兩面接頭的人，已然替他們二位講好。是先請袁、俞二位的門弟子或邀來的朋友，認準了對手，挨個比試一回。再請俞、袁各試身手，請大家看看。言明只見十陣，只許較藝，不許傷人。比試完了，不論誰勝誰敗，袁老英雄情願

將鹽鏢二十萬，放在自己肩上，即時設法代找出來。這是我們接頭的人，剛才商量好的，現在再問問當事人，可是這樣？」

俞劍平、飛豹子分從左右，登上擂臺，向大家一舉手道：「就是這樣，我先謝謝諸位朋友賞臉幫忙。」兩人說完，互相看了一眼，走下臺去。遂由姜羽沖、武勝文，分派頭一陣的人。先問孟、許，二人自覺沒有勝敵的把握，知難而退，就此住手。武勝文向鏢行這邊看了看，私和豹黨商量，派出那姓唐的陪客，對姜羽沖道：「貴鏢行有一位飛狐孟震洋孟爺，和我們曾有一面之識。現在我們這位唐爺，很羨慕他的武功，意思要請孟爺先來指教。」

智囊姜羽沖很詫異地打量這姓唐的，年約三四十歲，也像個鏢客，只不曉得他和孟震洋有何碴口。忙說道：「考較武技，也得估量對手，也得求對方同意，我先問問我們孟爺。」飛狐孟震洋已然聽見，笑對智囊和俞劍平說：「我認識這位，他的名字叫唐開，這還是上次我在火雲莊留下的那點過節。他們疑心我是奸細，他們頭一個就邀我。很好，我奉陪他走一趟。過兵刃，過拳腳，都行！」

子母神梭和唐開一齊說道：「我們是考較功夫，誰跟誰也沒仇，自然用不著動刀。」飛狐道：「隨您的便。」解下寶劍、暗器，脫去長衣，走了過來。唐開也忙扎綁俐落，老早地上臺等候孟飛狐。

孟震洋對子母神梭道：「武莊主，我們久違了。上次我遊學路過寶莊，深蒙款待，我先謝謝。這一次是我屠朋友引見我來觀光，我和雙方都是朋友，沒偏沒向。武莊主和令友既要指教我，索性請武莊主親自登臺，倒顯得直爽，何必又驚動唐爺呢？」

子母神梭笑道：「孟爺會錯了意了，我久仰孟爺的拳學，不用比試，我就心折。剛才雙方講好辦法，這一回先由敝友這邊挑出人來，再邀請貴鏢行。下回就該你們鏢行點名挑選對手了。我是中間人，不好由我破例。

孟爺要想指教我，請容下次。」

　　孟震洋道：「那麼我們回頭見。」他分開眾人，從左邊走上戲臺，和豹黨唐開抵面。飛狐孟震洋先用猴拳開招，後改醉八仙。這唐開身高氣雄，展開了純熟的劈掛掌，和飛狐對招。走了十數合，飛狐又改了猴拳，往前一撲，探爪照敵人面前一抓。被唐開閃身一躲，用劈掛掌一掛，竟挾住孟震洋的手腕，疾發右掌，照飛狐劈去。飛狐忙一翻腕，反扭住敵腕。剛剛用力一扣寸關尺，見敵掌劈到；忙將左臂從下一翻，往上一格，把敵招破開了。兩人分往兩邊一錯，唐開陡如旋風一轉，抹轉身來，振臂往外一劈，飛狐橫肘急架；唐開唰的橫腿，照飛狐一蹴。飛狐孟震洋疾急後退一步，伏身作勢，往前進搏。

　　子母神梭陡然大聲喝住，哈哈笑道：「承讓，承讓！唐五哥，請下臺歇歇吧。這回該由鏢行派人了。」唐開也昂頭一笑，飛身竄下臺去。

　　飛狐孟震洋氣得雙眼直豎，說道：「這是怎麼講？難道勝敗已分了麼？」

　　子母神梭武勝文大笑道：「我們又不是報仇拚命，又不是奪彩打擂臺；這不過是點到為止，難道非分個誰死誰活不成麼？這麼著很好，功夫也考較出來了，面子也不傷。剛才童老英雄勝了我們一位，現在孟爺又讓了一招。兩邊八兩半斤不輸不贏，正好相抵。現在該著貴鏢行派人了。」

　　孟震洋憤憤不平。智囊姜羽沖、夜遊神蘇建明忙將飛狐勸下擂臺，低聲附耳勸了幾句。智囊早與俞、胡安派好了下撥鬥拳的人。鏢行志在了事討鏢，不在求勝；命人把俞門大弟子黑鷹程岳替換進來。程岳短衣登臺，抱拳施禮，往旁一站。智囊代說道：「這位是俞門弟子，我們特意換他上臺，請師伯指教。」

　　程岳立刻報名道：「弟子我叫黑鷹程岳，早先我原實不知是袁師伯，現在知道了。據弟子拙想，袁師伯和家師都是成名的老前輩，真格的還教

兩位老人家上場麼？有事弟子服其勞，請袁師伯隨便派一位師兄，由弟子陪著走幾招；師伯和家師可以含笑一觀，指正我們。」

飛豹子正在凝眸觀戰。廟內外佈置著嚴密的卡子，隨時防備意外。他見俞門弟子登場，忙與子母神梭低議。由子母神梭代說：「這位黑鷹程爺，據敝友說，前已領教過了，不必再賜教了。俞鏢頭如願教弟子上場，可否另換一位？」當場把黑鷹撅下來，顯與剛剛定的鬥法不合。

胡孟剛要詰責，俞劍平皺眉道：「隨他們的便。夢雲，你上去替你大師兄。」蛇焰箭岳俊超、沒影兒魏廉一齊憤然說道：「我們上去，我們就說是您的弟子。」俞鏢頭搖頭道：「不用，等一會兒二位再上。」

二弟子左夢雲領命登臺，替下黑鷹來，抱拳施禮，叫了聲：「諸位師傅！弟子左夢雲，是家師的第二個門人，年幼學疏，恐老師們見笑。袁師伯既然不教我們的程大師兄出頭，只可由我來獻醜。袁師伯，請念弟子年幼無知，多多包涵，請您隨便派哪位師兄來吧。」

豹黨立刻派出一個很臉生的人出來。左夢雲才二十三歲，此人足夠四十五六，黑面長頰，濃眉大口，毛氃氃的臉，氣如項羽，猛似張飛。此人便是遼東一豹三熊的第一熊。這人名叫熊伯達，武功堅實，膂力剛強。從前在關東，和族弟熊季遂、好友顧夢熊，霸據長白山金場，威震一時；在寧古塔一帶，有名叫做金沙三熊。等到飛豹子崛起寒邊圍，收買金場，金場三熊抗拒絕準入境。飛豹子以武力決鬥，比拳爭金場，由飛豹子將三人戰敗收服，聯成一家，認為師徒。

這次飛豹子入關劫鏢，熊伯達也擔著一路卡子，所以未與鐵牌手遇上。今天他是初次露面，甩衣上場，氣象赳赳，瞬眼往前面一望；龐大的身形，比左夢雲高半頭。眾鏢客看到左夢雲細瘦的身材，不由寒心。三江夜遊神蘇建明忙勸俞劍平：「把令徒叫回來吧。比武較拳，必須量力，這一位個兒太壯了。」

俞劍平也不無惴惴，但是不願輸口。智囊姜羽沖也知不敵，正要提出換人。左夢雲把腰一挺道：「打不贏，還打不輸麼？」熊伯達早已看準對手，抱拳道：「在下熊伯達，我是袁老師的一個不成器的徒弟。今天願跟十二金錢俞鏢頭的高足請教請教！」竟往前撲一步，發拳打起來。左夢雲並不懼敵，潛存戒心，連忙上掌，出力應敵。

熊伯達來勢很猛，竟將左夢雲衝退一步。左夢雲急急一伏腰，欺敵還搏。熊伯達用的是少林拳；左夢雲用的是太極拳；剛柔相碰，迭見險招。熊伯達疾如飄風，衝突上來，被左夢雲軟軟地破開。飛豹子看著兩人搏鬥，不住搖頭：「這麼個小孩子，也會有這一套。不信俞振綱這傢伙門下一個弱手也沒有！」

兩人臺上疾鬥十數招，忽然熊伯達一個「蟒翻身」，展開「大摔碑手」，照左夢雲胸腹擊去。左夢雲忙退一步，用「斜掛單鞭」，猛切熊伯達的脈門。

熊伯達往上猛一抬腕，硬架硬碰，往外一磕；突又一拳，照左夢雲胸坎搗去。左夢雲倏然閃身避開，倏地又一扭身，「十字擺蓮」，踢到敵人下盤。熊伯達吃了一驚，這一腿來得好快；忙移身換步，閃開左夢雲右腿；兩人成了背對背的樣式。熊伯達就勢進身，展「雙陽塌手」，猛往外一推。眾鏢客失聲道：「呀！」左夢雲識得厲害，一個「倒轉七星步」，閃開了敵人這一招。左夢雲忙扭身反腕，噗的把熊伯達的腕力刁住。太極拳借力打力往外一帶，熊伯達一個跟蹌。豹黨不禁齊驚。但是，陡出意外，起了一陣喧呼。熊伯達雖敗未亂，反腕一扭，倒抓住了左夢雲的手，往下拋，喝一聲：「倒！」

熊伯達直竄出三四步，摔身站住了。左夢雲飛擲出六七尺，竟至於搖搖欲倒，單腿拿樁，方才站住。左夢雲登時夾耳通紅，忙翻身回來尋敵。子母神梭一聲斷喝道：「住！」他又認為勝負已見，不必再打了。

鏢客認為這樣判斷法不公。俞劍平搖頭道：「小徒持久了，終不是這位熊爺的對手。我們認輸吧。」他遂向左夢雲點首。

左夢雲負怒帶愧，走下臺來。

三江夜遊神蘇建明說：「這回算輸，剛才飛狐孟震洋那回可不能算輸，姜五爺得跟他們再講講。」智囊姜羽沖忙和子母神梭當面說定，判斷勝敗，須由兩家各推局外朋友公議。

武勝文替飛豹子答應了。鏢行公推三江夜遊神蘇建明、九頭獅子殷懷亮公斷勝敗。豹黨到殿後請出兩位面生的老人來。

頭一位是遼東有名的武師，叫做「半趟長拳震遼東」神拳沙金鵬；他還帶著兩個徒弟，乃是飛豹子上月才特約來，入關幫拳的。這老人黑面濃眉，年當耆艾，神情威猛，很顯得腰粗手重，料想外功必然很強。

次一個，人矮而胖，比沙金鵬更黑，又穿著黑綢衫，渾身似一塊黑炭。這人名叫啞巴尚克朗，乃是子母神梭特邀的朋友，是冀南的拳師。他嗓音瘖啞，武功純熟，在河北武林頗有名望。馬氏雙雄、智囊姜羽沖等全認識他。胡孟剛也曉得此人，忙問俞劍平：「怎麼啞巴老尚也跟飛豹子摻和到一塊了。」

俞劍平劍眉緊皺道：「我和他沒碴，想不到他是為何而來。我們不必管他，打到哪裡，算到哪裡就是了。」

說話間，子母神梭給雙方首要人物引見了。神拳沙金鵬毫不客氣，舉步登臺，向鏢行拱手道：「我在下名叫沙金鵬，匪號是半趟長拳震遼東。現在承兩邊的朋友不棄，推我跟尚老兄陪同鏢行蘇、殷二位，給兩家公斷輸贏。其實高低強弱，是有目共見的事。我們四個人總得一秉大公，沒偏沒向，斷出理來，不能教朋友口服心不服。可是我年老眼花，難保有斷不清、看不明白的地方，還請諸位指正我。」說罷，一閃身。那啞巴尚克朗

也啞著喉嚨，嘶嘶地說了幾句謙辭，也往旁一閃身。

　　然後三江夜遊神蘇建明、九頭獅子殷懷亮，也相推相讓上了臺，故意地做給豹黨看。殷懷亮請蘇建明發話，蘇建明請殷懷亮發話，分外客氣。然後殷懷亮咳嗽了一聲，抱拳說道：「在下殷懷亮，這一位敝友蘇建明，承雙方朋友推我等做見證。我們自問學藝不精，所見不廣，只怕斷不出好歹來。好在已有沙、尚二位在前罩著，我們斷的是與不是，諸位多多指正。」

　　和蘇建明向臺下深深一揖，隨往臺邊一站。沙金鵬拿眼看了他一眼，搖了搖頭，手團一對鐵球，嘩楞楞地響。這邊九頭獅子殷懷亮，也手提一串珊瑚念珠，一個子一個子的捻著。蘇建明湊到啞巴尚克朗面前，很客氣了幾句，又商量公斷之法。四個人異口同聲說：「不一定非見勝敗不可，只是點到為止才好。」

　　那熊伯達憑恃臂力，較短了俞門二弟子左夢雲，他心中明白左夢雲這小夥子也不太好對付，遂又抱拳道：「剛才這位左爺承讓了，鏢行還有哪位來指教在下？」

　　黑鷹程岳忍耐不得，忙請示俞鏢頭：「老師，弟子要替左師弟掙回面子來。」俞劍平道：「你忙什麼？早得很呢，只怕他們不教你登臺。」

　　黑鷹程岳怒道：「哪能淨由著他們？弟子要上去試試。」竟一甩衣緊行數步，躥上戲臺。程岳先向沙金鵬、尚克朗施禮，跟著說：「這位熊師兄乃是我們袁師伯最得意的高足，剛才我們那個小師弟實在不知自量。熊師兄還在叫陣，我請老前輩准許我跟熊師兄接接招。」轉身又向熊伯達連說：「熊師兄，我叫黑鷹程岳。」

　　熊伯達張口笑道：「我久仰鐵掌黑鷹的大名，前次在范公堤，我的二師弟、三師弟已經領教過了。還好，真是名下無虛。」黑鷹程岳怒道：「不錯，令師弟是賜教過了，我還沒有領教你閣下的拳法。你若是不嫌勞累，

不嫌棄我在下，我很願意奉陪高賢，走上幾招。」黃色的鷹眸一瞪，炯炯發光。

大熊未及答話，兩邊見證神拳沙金鵬和九頭獅子殷懷亮，一齊搶話。沙金鵬道：「程師兄，話不是這樣講，剛才咱們有言在先，一人只見一陣。……」殷懷亮道：「好好好，這位熊朋友既然叫陣，必然沒累著，你們二位少說話，快動手。」

神拳沙金鵬不悅，提高調門道：「我的話還沒說完呢。我們有言在先，一個跟一個，就是贏了，也不能兩打一。熊師兄，你一個人要跟俞門兩位高足比試，你這不是瞧不起人麼？你可以請下去歇歇，換上別位來。哪怕隔過一位，你再上場，那就沒說的了。我說蘇老英雄、殷老英雄，這樣辦可是對麼？」九頭獅子殷懷亮倉促答不上來，三江夜遊神蘇建明最能說，立刻道：「程師兄，你聽見了嗎？兩打一，就累著了。兩打一，那叫做兵法乘勞。我們比拳，以武會友，可不能把人較短了。你別看熊爺不下臺，直叫陣，那叫做餘勇可賈。許人家示威，不許我們認真。沙老英雄，我們這邊程爺是上臺了，請你點派另一位上來賜教吧。哪位都行，可得要年輩相當，功夫深淺差不離的，我們不能教一個末學跟您已成名的老英雄打對手。像剛才熊、左二位，就差池些，他二人年歲差大半截呢！」

啞巴尚克朗憤然說：「哪裡是比拳，簡直是鬥口！」

到底還是熊伯達退下，黑鷹程岳在臺上生氣等候。豹黨竟挑出一個勁手上場；此人姓霍，名叫霍君普，就是剛才七個陪客之一。年約四旬開外，神旺氣張，微帶世俗之態，穿一身短裝，一躍登臺。俞劍平、胡孟剛只在那次桌面上跟他會過，以前素不相識。松江三傑夏建侯、夏靖侯、谷紹光，卻知此人的底細；他是白沙幫九江幫的幫頭，只聽說他在水路潛有勢力，還沒聽說他會技擊。哪知此人的形意拳在幫中未遇過對手。

霍君普和黑鷹程岳抵面，雙拳一抱道：「程師傅，我們前天見過面了。

我名叫霍君普。我和武爺、袁爺都是新交；我和令師俞鏢頭也是慕名的朋友。我這回出場，純為羨慕貴派的太極拳，要想請教三招兩式，此外別無他意。程師傅，你我點到為止。請開招吧！」程岳道：「豈敢，弟子乃是末學後進，請霍師傅多多指教！」說完門面話，立刻交手。

這霍君普手法非常敏捷，拳發出去，嗖嗖有風，一招一式既沉著，又有力，並且迅速。黑鷹程岳因二師弟敗在敵手，潛抱決心，必求一勝。太極拳本是以靜制動，他卻凝神一志，一面應敵，一面找漏，想用進手的招數，把敵人打下臺去，一洗門戶之憤；更可將范公堤的一敗，借此找回。兩人打得很猛，一開招，彼此都以守為攻，暫觀敵人的路數。走過十幾個回合，彼此漸漸越走越快。等到鬥過二十幾招，黑鷹程岳貪勝過甚，竟連逢兩次險招。臺下鏢行都替程岳捏一把汗。

鐵牌手胡孟剛走過來問俞劍平：「大哥，你看程岳形勢上不大得利，我們把他替換下來吧。」俞劍平躊躇道：「這孩子素日沉著，今天他這是怎麼的了？臨敵換人是不行的，我們袁師兄又該得理了。」馬氏雙雄道：「他大概是有點怯敵吧？在眾目睽睽之下，一個沉不住氣，就難免失著。」東臺武師歐聯奎聽見了，忙湊來說道：「我看程岳是太貪功了，求勝心切，難免吃虧。」

馬氏雙雄又看了一會兒，搔頭道：「程岳準要糟，我看我們本來就吃著虧呢。我們的人先上，他們後上；他們先看準了咱們的對手，然後再挑合適的人上臺。這樣的比法，我們非敗不可。我得找姜五爺去，他上了當了。」忙找到智囊姜羽沖。

智囊也看出豹黨取巧來，正和子母神梭發話，從下次起，要輪流先登臺。不能一味教鏢行先上，那一來，鏢行淨成了挨揍的了，未免太欠公道。子母神梭笑著答應道：「對不起，我們沒想到這一點。」

又走了幾招，十二金錢俞劍平眉心緊皺，凝視臺上；忽然放下心，深

呼一口氣道：「還罷了，這孩子的確是求勝心切；現在他已知道敵人不是垂手可敗的，他已然改走穩招了。」青松道人、無明和尚也在那裡議論：「年輕人跟中年人不同，總是開招猛，貪功切。現在好了，這位程高足越打越沉靜了，不致有大閃失了。」

黑鷹程岳果不出眾人所料，一起頭恨不得一下子，把敵人打下臺去。心一浮，氣一動，未得乘敵，反被敵人連找他的漏招。他至此方曉得這個四十幾歲粗俗的漢子並不是軟手。自知急求一逞，已然不行，他立刻改變鬥法。不求有功，先求無過和敵人對耗起來了。

霍君普素知太極拳專好「以靜制動」，因此暗懷戒心，反得連搶先著，有一次險些把程岳踢著。程岳改走穩招，與敵相持。兩人來來往往，又走了十數招，霍君普漸覺不支。霍本來功夫很好，可惜貪色戕身，沒有程岳健實；耗時稍久，漸漸頭上見汗。鏢行至此放下心來，豹黨倒提起心來了。

忽然間，霍君普使一手「玉女穿梭」，往前一攻，又由「抽梁換柱」改為「白猿獻果」，上奔敵人胸坎打來。黑鷹程岳微微一閃，讓開正鋒，「懷中抱月」，進步前黏，卻是個虛招。

霍君普改招反攻，側一側身，倏又「惡虎掏心」，欺敵猛進。

黑鷹程岳嗖的一縱步，「野馬跳澗」，飛躍到前方。「大蟒翻身」，霍地一轉，掩至敵人背後；趁敵人招式未收，力上加力，運雙拳照敵人後背，「順水推舟」往外一推。

霍君普覺到銳風貼身而進，要往前躥，怕太極拳就招趕招，再推一下，那麼自己必然被推倒；旁躥也恐被黏上。就在這電光石火的一剎那，他立刻「旋轉乾坤」，轉身迎敵，竟不救招，反取攻勢。左掌向外一掛，右拳翻起，惡狠狠照程岳面門打來。程岳「登山跨虎」，斜身錯步，閃開來，攻上去。霍君普也一扭身，避開去，撲上前；兩個人幾乎肩碰肩，正

應了拳家那話，「對招如親嘴」。

黑鷹程岳急用太極拳招，不閃不退，依然黏敵前進，乘虛上招。這霍君普也和程岳一樣心思，不退而進，奮力爭先，倏然打出一拳。程岳以毒攻毒，也打出一拳。

兩人來勢都猛，不由各往旁一錯；夠著用腳的時候了，兩人全都是雙拳一晃。程岳偏身用力，右腿飛起，使橫勁一踢。霍君普用直踢，右腿也登空蹴起。忽然撲登一聲，兩人同時踢空，同時救招進招，回臂把敵人一推。兩人同時跌出去，背對背栽在硬地上。兩人倏地滿面通紅，一滾身竄起。

兩人用的力都很猛，都以為自己遭敵突擊，以致慘敗；低頭認輸，無以自容。又聽見臺下亂喊起好來，兩人越發愧憤，就要擁身下臺。臺下嘩成一片，好久不歇。兩人忍愧用眼角一掃；程岳看見滿面通紅的霍君普，霍君普看見滿面通紅的程岳。兩人這才曉得自己跌倒，敵人也跌倒了。雙方的中證沙金鵬和殷懷亮一齊笑說：「好！二位勢均力敵，不分勝敗。」

程岳、霍君普一齊失笑，才把難看之情轉過來。拂塵止步，相對抱拳道：「承讓，承讓！」三江夜遊神蘇建明捋鬚笑道：「沒輸沒贏，二位全栽了。哈哈哈，你二位不打不成相識，倒要多親多近。」

黑鷹程岳和霍君普各致敬意，先後下臺。飛豹子慰勞霍君普，心中卻在轉念：這位霍朋友連俞劍平的大徒弟還戰不敗，何必露這一手？因為是武勝文的朋友，只好捧著說。黑鷹到師父十二金錢俞劍平面前說道：「弟子給老師丟臉了。」俞劍平安慰道：「這就不錯。你剛上臺，求勝心太切了！」俞夫人丁雲秀也說：「我們這裡直替你著急，你一開頭太慌了，咱們太極拳要持穩。」

頭一場凌雲燕和霹靂手那場比鬥不算數，到此刻共已鬥過四場。第五場由鏢行請豹黨先登。飛豹子袁振武和子母神梭推定一個臉生的人，姓湯

名西銘。生得顴高頭大，獅鼻黃牙，本籍鐵山嶺，初次進關。原是飛豹子新交的朋友，現替飛豹子管著一座金場。因他鼻短貌醜，綽號扭頭獅子。

上臺報名，扭頭獅子抱拳叫陣：「我湯西銘是山窪子裡的人，頭一回來到江南，要見見江南的老師傅們。我在下學會幾手五行拳，很想陪著咱們五行拳本派的前輩走幾招，一來考較考較南北的手法，二來也認認本門別支的人物。」

俞、姜等連忙酌派人物。鏢行中會打五行拳的倒有七八位，正在爭先恐後地擬議。九頭獅子殷懷亮，人老心不老，興致仍然很高，聽見「扭頭獅子」自報其名，又看了看湯西銘的長相，竟忍不住了。他忙向對方的中證人神拳沙金鵬、啞巴尚克朗說道：「二位，我要陪這位湯爺走兩招，可以換一位替我當見證吧。」遂經俞劍平、飛豹子兩方同意，請松江三傑的夏建侯登臺代證。

九頭獅子脫下長衣，交給徒弟，把腰帶緊了緊，重複上臺。鏢行因他年高，有的勸止他，竟勸不住。豹黨不知九頭獅子的來歷，也就不知他上場的用意。子母神梭是曉得的，可是沒法推卸，只得暗暗告訴飛豹子：「這位姓殷的老頭子是江南成名的人物，不大好惹。咱們這位湯爺的武功到底怎麼樣？」

飛豹子說：「對付吧，我們不能說了不算。」

鏢行這邊霹靂手童冠英對郝穎先說：「郝師傅你看吧，殷老九一定是嫌這位姓湯的犯了他的聖諱了。他外號叫九頭獅子，就再不許別人重了他的外號。」郝穎先笑了笑說：「我也聽人說過。」童冠英道：「他的別號是他包下的。當年有位外號叫玉獅子卓馨桐的，又有位叫九頭獅子桑洪基的，他老人家都找了去尋隙，他若打勝了，一定逼人家改號。」

霹靂手的話並不假，九頭獅子殷懷亮卻是衝著「扭頭獅子」的外號來的。他的專攻並不是五行拳，湯西銘點名要會的是五行拳。這老兒就收起

自己專擅的拳技，拿出年輕時兼學的五行拳來，和湯西銘對招。抖擻老精神，走到扭頭獅子湯西銘面前，雙拳一抱，兩眼笑得沒了縫，說道：「湯師傅，在下姓殷，叫殷懷亮，我可不會五行拳，只懂得一點，您多指教。不敢承問令師是哪位？您的大號是叫扭頭獅子麼？您這大號是怎麼個取義？」

湯西銘哪曉得話裡還有故事？挺胸說道：「我們老師也是咱們關裡人，直隸省的，姓黨，我是我們黨老師的小徒弟。我這外號是朋友改著我玩，硬給我安上的；您看我這鼻子，我這脖梗子。」湯西銘生的是獅鼻，又是滿頭黃髮。殷懷亮瞧他的脖頸，確乎有點向右傾。殷懷亮哈哈一笑道：「原來如此！獅子本是獸中王，您老兄一定也是五行拳的拳王了。您那老師我也聞名，不是大號叫做五行陰陽擋不住麼？」湯西銘道：「不差，我們老師是文武不擋。」

湯西銘不知殷懷亮這老頭子正是陰損他；他還是正正經經回答，挺著胸口，很不在乎。豹黨證人沙金鵬也弄不清楚關裡的武林情形，但剛才已同殷懷亮互訊姓名，登時猜出來，發話道：「湯師傅，您趁早下臺吧。人家這位老英雄是江湖上聞名的九頭獅子殷老師。您這扭頭獅子鬥不過人家九頭獅子。您要知道，您跟人家重了字號了。」

湯西銘道：「哦！」雙眼一瞪，重把九頭獅子一打量，這才注意到殷懷亮額上纍纍有幾個大包。湯西銘怒了，說道：「我好心好意拿你當老前輩，您問一句，我答一句，您怎麼改我呀？來吧，我這扭頭獅子要領教領教您這九頭獅子。」殷懷亮笑道：「豈敢，豈敢！我這大年紀，就是不會改人。您叫扭頭獅子，我也不能隨便改您。不過，等一會兒咱們分了勝敗，可得重講講。」

兩人動起手來。兩人鬥口時，臺下聽不見。只有霹靂手童冠英和郝穎先，湊到臺根留神聽，就聽了個清清切切。兩人全都失笑，相視會心，於

是凝神盯著雙獅的交鬥。

九頭獅子殷懷亮精神矍鑠，老有幼工；而且深通拳法精義，已到貫通神化的地步。五行拳縱非當行素習，運用起來，也不會太差。扭頭獅子湯西銘是一勇之夫，拳招很熟，熟能生巧。一開招，猛力進搏，要把老頭子打得爬不起來。五行拳的拳招，全取攻勢，一招才發，二招又到，一刻也不容緩，要使敵人手忙腳亂。他運用劈、崩、攢、炮、橫，五行生剋，疾如狂風。剛和敵手一接觸，湯西銘便突然發一拳，用「劈」拳，五行屬金。殷懷亮忙用「橫」拳來蓋這手劈拳，橫拳屬土。湯西銘立刻改用「攢」拳，上擊敵面；攢拳屬水，在長拳叫做衝天炮。炮打上盤，九頭獅子殷懷亮急忙「獅子搖頭」一閃，躲招還招，用「崩」拳往外一崩。

兩人閃展騰挪，挨幫擠靠，都採取上手招，硬往上攻。此拆彼架，此打彼擊；縱然是一個老手，一個壯年，行起招來，渾如生龍活虎，猛勇異常；和太極拳的持穩、黏纏，截然兩樣。九頭獅子卻知自己年長，不宜持久，還是迅速取勝，最為上算。打定主意，故賣一招，用五行拳，往敵手面前一攻。未容還招，陡轉敗式，往旁退下去。倏然地翻身一擰，不知不覺，施少林外功彈腿，疾如駭電，照湯西銘肋下踢去。湯西銘跟蹤進招，微微一讓，直撲到敵手身邊，展炮拳猛打。被九頭獅子殷懷亮暗運內功，借力打力，趁湯西銘猛勇進襲，側身讓招，雙拳順送，照湯西銘背後一推。如倒了半堵牆似的，湯西銘隨手前栽，轟然摔倒。

九頭獅子殷懷亮哈哈一笑，旋轉身軀，面對臺下，道：「承讓了，承讓了！這位扭頭獅子湯西銘湯爺拳術上很高，可惜年輕貪功，到底比我這九頭獅子差點。可是用心學下去，一定可以成名。」又對扭頭獅子湯西銘說：「湯爺，您瞧我這九頭獅子，比您這扭頭獅子怎麼樣？我用這外號夠三十年了，不信閣下會不知道？依我看，這不是好名頭，是栽跟頭的名頭。我就是這樣。我勸您老兄趁早廢了這個外號吧，這外號糟透了。」扭

頭獅子湯西銘負慚躍起，瞪眼把九頭獅子看了又看，雙拳交握，發狠道：「我領教過了，改日我一定再來請教。不過我不服氣，剛才你是用什麼拳招，把我打倒的？」

　　沙金鵬也代湯西銘評理：「你二位講的是用五行拳，殷老英雄可是外功、內功，全拿出來了。您這雜樣拳，無怪這位湯爺不懂。」夜遊神蘇建明忙道：「定規的是比拳，沒定下比什麼拳。沙爺若這麼競爭，就沒意思了。」飛豹子憤然道：「記著這一場！」

第四十八章

黑鷹程岳戰平對手 九頭獅子攘臂爭名

第四十九章
無明僧地趟拳鬥大鵬　俞劍平太極劍戰飛豹

　　九頭獅子和扭頭獅子一笑一怒，走下臺來。九頭獅子仍對扭頭獅子說：「您再用這個外號時，不要忘了今天這一場：江南還有個九頭獅子呢。」遂穿上長衫，要把夏建侯替回。豹黨發話，這不能隨便換來換去。九頭獅子笑道：「好好好，咱就不換，夏大爺多偏勞吧。」

　　下一次該由鏢客這邊先撥人上場。十二金錢俞劍平、智囊姜羽沖都知豹黨慍怒，忙選硬手上場。選了一回，竟找不出妥善的人來。因為這一場既由鏢客先登，豹黨便可量敵而進，針鋒相對，專挑克敵的好手來鬥。所以鏢客的武功即使精妙，若偏擅一技，也必吃虧。須要挑選技搏而能精的人物，才能左宜右有，不管豹黨教哪一派的人物上來，全能接得住。俞劍平很為難，意欲求青松道人、無明和尚上場。這兩個出家人全想看到最後，方才出頭。姜羽沖想請松江三傑的第二人夏靖侯出頭，夏靖侯負傷未癒，俞劍平以為不可。因為夏氏已是成名的人物，自己邀人家出來幫忙，絕不應教人家栽兩回跟頭。

　　俞、胡、姜三人看了看這位，又看了看那位，心中著急。年輕的鏢客倒願搶先，只是不敢憑信他們；成名的人物又有這些難處。俞劍平道：「索性我上去。」馬氏雙雄道：「不行，俞大哥你還得接後場呢。要不然，我弟兄上吧。」俞劍平又因二馬兵器最精，拳技知道的不博，也怕他應付不來，有累盛名。

　　最後漢陽郝穎先道：「俞仁兄，不必為難，小弟不才，可以對付這第六場。」郝穎先脫去長衫，悠然緩步，走上比武的破戲臺。俞劍平才放了心，知道郝穎先拳精學博，哪一派的武功全都懂得，不會應付不下來。

鏢客這邊幾費躊躇，始定人選；豹黨那邊也是一理。雖然是比拳，好似押寶一樣；而且勝負一分，兩方同下，要換一個硬手，來報復一下，都不能夠。這樣子一對一，比過就罷，固然可免紛爭纏鬥，可也教敗者找不回場來。勝者獲勝而退，對方看著乾生氣，因此雙方挑選對手，越發審慎。

郝穎先來到證人面前，報名求教。飛豹子在臺下一看，道：「哦，是他！」就要親自出頭，與郝一戰。郝穎先在探莊時，已在暗中與豹黨伸量過。此時明白出頭，凡會過他的人，都要來會。飛豹子的左輔右弼，那胖瘦二老王少奎和魏松申，也想鬥鬥這漢陽打穴名家。子母神梭對飛豹子說：「我們先讓讓外邀的朋友。」話未說完，走出一個方面大耳的人物，是子母神梭代邀的一個過路綠林，姓侯名敬綽，向飛豹子和子母神梭說道：「久聞郝某打穴的工夫很有名；現在我們是空手比拳，郝某總不會私帶點穴鏢，暗算徒手的人。你們二位何必犯斟酌？簡直的由我小弟上去，會一會這位。」

飛豹子不知此人實力如何，面衝子母神梭，露出叩問的神氣。子母神梭道：「侯二哥要去，一定可以。不過，你要跟他快鬥，不要跟他久耗。」侯敬綽道：「行，要別的我沒有，要急三槍，我會。對付他們打穴點穴的人物，我有的是招。」說罷，灑然登臺，迅如猛虎，到鏢行證人的面前報了名，次對郝穎先抱拳通名，預備開招。

十二金錢俞劍平一見此人出頭，愕然說道：「西川八臂來了！我們袁師兄從哪裡搜尋來的？這事越鋪展越大了！」白彥倫道：「西川八臂又是何等人物？」俞劍平道：「他們一共哥四個，又是合字，又是幫會，很不好惹。」他要湊近戲臺，關照郝穎先，又嫌太露形。沒影兒魏廉忙說：「俞老叔，您交給我。」魏廉湊近叫道：「郝師傅，這位是朋友，您多……喂，這位是朋友。」這一喊引得人人探頭。臺上的郝穎先早已展開行門過步，容

得侯敬綽一拳打到，立刻開招。沒影兒吆喝的話，他已聽明。

這侯敬綽也看了魏廉一眼，心中納悶：「你們要套交情麼？」當下不遑理論，故意藏拙，連發了三招，意欲先看看那郝穎先的拳法。郝穎先以虛應虛，連讓三招，方才還手。侯敬綽誤認郝穎先是太極門，也就由第六招起，展開本門心法，把雙拳驟如狂風般打來。郝穎先文縐縐的，見招應招，有點應付不暇；一面招架，一面退閃。

侯敬綽且打且攻，欺敵猛進；果然是四川名手，招數不俗。只十數招，便搶招得勢，把郝穎先逼到戲臺邊上。再要進搏，郝武師就沒有迴旋餘步了。侯敬綽突然衝天一炮，照郝武師打去；卻暗防他旋身旁閃，兩眼盯住那郝武師的動勢。果然，郝穎先見招側身，順力一推，倏然伏身，要往左躥；侯敬綽軒眉一笑，拳勢不收，反往旁轉。倏地單腳用力一捻，身如陀螺一轉，恰好遮住郝武師的前路；單拳也隨身改勢，打到郝武師的上盤。郝穎先右腕一繞，微微往上一格，似要一托一捋。

忽然腳下用力，也這樣一撙，要往右轉。侯敬綽一下腰喝道：「呔！」用足十成力，錯腳開掌，照郝穎先狠狠一推。他把全身做成了側立的弓形，這兩掌平推如箭，力猛如山，倘若用實，郝穎先必要栽下臺去。

哪知郝穎先預料敵招，一旋身，似把背後交給敵人；又伏腰一撙，突然往上長身，輕飄飄拔高而起。不曉得怎樣用力，會拔高斜射，倏然越過侯敬綽的背後。侯敬綽急忙旋身，探臂來抓；又一長身，跟蹤進步，早已撲了空。郝武師箭似的跳落到臺心了。

郝穎先撙身回顧，微微冷笑；剛才魏廉喊這位是朋友，既是朋友，為何下毒手？起初郝穎先竟誤會了意，至此方才拿出勝敵之招。那邊侯敬綽始終沒把郝武師放在眼裡，一招未勝，他就霍然疾進，又衝郝武師追來。

郝武師蓄意以待，兩人重新交手。又經過二十幾招，突然聽臺上證人哼了一聲，臺下飛豹子也呀的一聲。眼看雙雄倏然一合，倏然一分，各退

出一丈以外，一點聲音也沒有，兩人俱各住了手。

郝穎先往旁一站，拱手道：「承教承教！」侯敬綽也往旁一站，臉向臺裡，一言不發；口咬嘴唇，側目瞪著敵人。好半晌，才一轉身，往臺下側目一瞥，突然轉身，跳下臺去了。郝穎先又微微一笑，向證人一拱手致敬，徐步走下戲臺。

兩人停鬥，似乎勝敗已分，臺下很有些人沒有看明白。但雙方證人已然瞧透。子母神梭武勝文忙迎問侯敬綽：「二哥，怎麼樣了？」侯敬綽搖手不答，直趨殿內。王少奎、魏松申跟了過來，不好問他受傷沒有，只問道：「侯二哥辛苦了，怎麼樣？」

侯敬綽突然蹲身俯腰，一張嘴吐出一攤血和兩隻牙。原來他受了郝穎先的迎面一拳，強忍著閉口無聲，才免得當場露形，只是瞞不住兩邊的明眼人罷了。他拭去口血，幸無內傷，心中又愧又怒。飛豹子在臺下早已看見，也忙進來慰問。侯敬綽的盟兄郝敬恆發怒道：「好好好，打得好，我得會會這位漢陽名家！」立刻出殿，奔赴戲臺。

戲臺鬥場已賭到第七場，應該豹黨先登。飛豹子追出來，也要登臺單挑俞劍平。子母神梭忙攔住飛豹子：「袁二哥，你等一等。」又拉住郝敬恆的手，勸他別忙。郝敬恆已經含嗔脫衣，必欲一鬥；大聲說：「我們西川八臂早要會會江南鏢行，我得再請郝武師指教指教。」

郝敬恆正在怒吼，不意豹黨證人沙金鵬也等不及了。十場決鬥，已過了六場，還得給袁、俞二人留一場，那麼只剩下三場了。這「半趟長拳震遼東」沙金鵬往破戲臺口前行幾步，面對臺下大聲說：「鏢行諸位朋友，我在下叫沙金鵬，我要會會咱們江南武林人物。我說喂，武莊主、袁老兄！這個證人我先不當，請二位另煩一位朋友替我來吧。人家殷武師剛才不也是這麼來著，我也學學人家；我當證人的也要請教。」沙金鵬說著，不等人來代替，就脫衣側立，向鏢行叫陣。子母神梭這才鬆手，對郝敬恆說：

「得了，郁大哥你別生氣，有人給咱們找場。這位沙師傅經多見識廣，拳術厲害極了，打人只憑三招，你瞧吧。」

沙老白鬚飄灑，意氣軒昂，當戲臺一站，等候鏢客。豹黨忙推上一位黑矮老頭兒，替沙老做證人。這人姓胡名朝棟，外號黑胡狐，早年是當鋪老闆，因好拳腳，混丟了飯碗，如今也是江湖上有名的人物了。

胡朝棟替沙金鵬發話：「鏢行諸位好友，哪位上來賜教？」鏢行群雄紛紛議論，料這位金鵬氣度矍鑠，必不好惹。馬氏雙雄告訴眾人：「這位沙金鵬生平專擅一手長拳，練得膂力極強；一拳搗出，緊跟著又是一拳。換手不換招，力量足，招數快；聽說很不容易破解，也不好躲閃。他倒沒有什麼出奇不測的絕招，就是一股子丹田罡氣，有進無退。你別看他老，氣度安閒；可是一開招，準是拚命。我看柔能克剛，俞三哥！要破他這手長拳，非得你親自出馬不可。」

十二金錢俞劍平凝神端詳沙老，確有一派英銳之氣，暗藏在穆然的態度之中。回頭環視鏢行，青松道人仍沒有踴躍上場的意思，無明和尚眼望別處，似正尋視豹黨中的一個中年人。

俞劍平說道：「我就上去。」俞夫人很關切地說：「臺上這位別看上了年紀，你看他那眼神和手臂，再看他的下盤，足夠火候的了。劍平，你要上去，你可估量著；跟這個人動手，絕不是三招兩式的事；你還得盯著袁二師兄哩。我看莫如煩夏二哥辛苦一趟吧！」

松江三傑連忙應道：「大嫂放心，我替俞三哥去。」夏靖侯、谷紹光二人，你爭我讓。青松道人輕輕一拍無明和尚，說道：「明師兄，你看什麼？」無明和尚矍然回頭道：「我看那邊東看臺根下，站在人群中的那位豹黨很面熟，好像是駱定求。……不能，不能，他不會出頭露面，我跟他有約在先。」

說時又看，看對了臉，方才說道：「真奇怪，這人不是駱定求，或者

許是他的哥們，模樣太像了。」

青松道人道：「算了吧，你不要在這地方訪友啦！現在這遼東沙金鵬正在叫陣，夏檀樾賢昆仲還在謙讓，明師兄，你拿出你的羅漢拳，上去會會這神拳老沙吧。」

無明和尚往臺上瞥了一眼，笑道：「我也未必是人家的對手哩，人家半趟長拳震遼東；我這朽僧笨拳一上去，必然挨打。松道友，還是你當先。」

青松道人笑道：「我才真不是人家的對手哩。我學的這門功夫，正好受人家的克制，久聞此老在遼東，半月之間連敗十八家武林名手，連踢六座場子，實在威震長白。只有明師兄的羅漢拳和崩拳、地趟拳，三拳歸一，足可應付得了。這人唯一的辣手，就是迎門三不過，三拳加一腿。無明師兄你拿出你那三禪加一滾，準能把他克住，萬不會輸給他。」松江三傑見無明和尚面露得意色，一齊慫恿：「明師父，教我弟兄瞻仰瞻仰吧！」

無明僧赤面禿頂，胖矮如缸；聽了大家的話，把肚子一腆說：「你們是要看我出家人出醜，好好，我就出一回醜。」脫去僧袍，束上腰帶，從人群中走到臺邊；只一伸腰，便躍登高臺。眾目睽睽，一齊喝彩。豹黨尤其驚異；震遼東沙金鵬也吃了一驚，迎上一步，抱拳問道：「大師傅怎麼稱呼？」

無明和尚哈哈笑道：「好說沙老師傅，僧人無明，在揚州因明寺出家。自不學好，教師父趕逐出來，從此遊蕩江湖，濫交些打把式的朋友，胡亂也學了幾手笨拳。他們……」回手一指臺下：「他們說沙師傅的長拳打遍遼東無敵手，他們教我上來承招，其實就是教我挨揍。沙師傅手下多多照應，請你發招吧。」

沙金鵬聽了一怔，久聞揚州無明和尚的威名，不料今日在此相會，不禁又把無明打量了一眼。單看外表，竟看不出他有多大能為來；就只剛才

登臺一躍，顯得身子很重，身法很輕罷了。殊不知這無明和尚性如烈火，手勁猛烈；生平好吃好喝，好交朋友。唯有一樣短處，是喜怒不定，翻臉就打人；在南北江湖上很馳名，也是武林名僧了。現在他拉開架子，要跟半趟長拳震遼東沙金鵬動手。鏢行群雄都曉得他，不由嬉笑私議：「我們多留神，看一看大鵬抓禿頭，禿頭鬥大鵬吧。準有熱鬧看！」

兩人站好腳步，謙讓了幾句，說一聲請，倏然開招。震遼東沙金鵬最厲害的拳招，就是身手極猛極快，力量極強。剛剛一亮招，這老人白鬚一飄，身形一側，左手護身，右手嗖的當胸搗出。無明和尚早已防備著，見來勢太猛，當即伸臂一格；唰的一聲，僅僅撥開。沙金鵬第二拳突又穿肘打到。一股寒風直撲面門，先天力和功力均有，其剛無比。果然人言不虛。

無明和尚登時覺得難以硬搪，忙一虛架，提一口丹田之氣，突然半轉身，一側肩頭；唰的一下，老拳打在無明的左肩臂上面，這是硬挨。無明霍地轉身，雙拳錯出，要乘勢還攻敵人。哪知沙金鵬的手真快，上盤不動，下盤一換，把無明和尚的拳一架；連架帶攻，唰的一聲，第三招又挾銳風打到。無明和尚忙又一轉，未容招架；果然沙老是「三拳加一腿」，登的一聲，無明和尚左胯幸躲開一踢，到底左肩臂又重重挨了一拳。震遼東三拳一踢，無明只架住一拳，硬搪了兩拳。這兩拳足有二三百斤的猛勁，換一個旁人，早已應手倒地；可是無明和尚居然能硬挨。豹黨不由出聲道：「這和尚許會金剛力吧？」旁觀者看無明好像沒事人一般。無明早已大嚷道：「好哇，真棒啊！」往後疾一退，捻拳還攻上前。

沙金鵬一聲不響，把敵人一看，拳行如風，不容敵人進招，第四招、第五拳穿梭打出去。無明和尚似招架不迭，又倒步一退，虛身一讓，立刻挺身上前；唰的一聲，疾如駭電，拳打敵胸；未容得沙金鵬招架，又霍地一退。沙金鵬拳已發出，被無明偏身一讓，拳搗一空。無明軒眉繞掌，似

要抓拿沙金鵬的右手腕寸關尺。沙金鵬哼了一聲，見招破招，將計就計；左掌往下疾劈，右手一繞，反咬無明右手。也就是彼此的手剛剛挨著，無明疾右掌一收招，左掌又穿肘抓來。沙金鵬忙收回右掌，改招進捋；左掌竟很快地反挽住無明的右臂，立刻往外一撑，要教他左臂不能相救；再伸右腿一絆，逼住無明的下身。這樣只輕輕一放，便可放倒無明。臺下譁然道：「和尚輸了！」

一言未畢，無明用「老僧擺袖」、「雙環套月」一翻，奪出手來；立刻一栽身，胖矮身體似皮球般，滾落臺上，一點聲音也沒有。沙金鵬竟倒退了兩步。臺下全沒看清無明怎樣破的招，怎樣倒的地。無明和尚竟展開了地趟招。他全身骨碌碌一陣翻滾，肘、腰、臀、肩齊用力；雙腿突伸，似夾剪一般，翻翻滾滾，剪到沙金鵬面前。沙金鵬內力外力混為一氣的拳法，竟無用武之地。鏢客至此噓了一口氣道：「明師傅一準贏了！」

沙金鵬畢竟是斫輪老手，縱沒有制服地趟招的絕技，也會想法子護身防敗。他忙收起自己嫻熟的拳術，改用猴拳，彎腰探爪，來破無明飛蹬掃踹的腿法。沙金鵬身材很長，白鬚白髮飄飄；這一改招，居然縮成一團，和青年人一樣靈活。

兩個人在臺上骨骨碌碌，盤旋繞鬥。地趟招不利於久戰，飛豹子和子母神梭等見沙金鵬只有退閃，不能進攻，還盼望他能持久。哪曉得只走了十幾招，沙金鵬連挨了好幾腿。幸仗他長於救敗，會打人，也善會挨打；縱被踢著，吃虧還不重。饒這樣，這老頭子已經恚怒。一世威名，想不到千里迢迢，跑到江北，敗給禿頭。他恨叫了一聲，竟收起猴拳，改用譚腿，來和無明和尚硬拚。翻翻滾滾，苦鬥二十餘招。當此之時，十二金錢俞劍平忙對智囊姜羽沖說：「兩虎相爭，必有一敗。我看這位沙老師傅也是久已成名的英雄；我們家門之爭，何必跟外人結怨。姜五哥，我打算上去，把他們勸開，你看好不好？」

姜羽沖道：「好倒是好，只怕你一登臺，你那位令師兄立刻要跟你較量。你想立刻跟他比試比試麼？」俞劍平道：「這個……」一時沉吟無語，臺上無明和尚與沙金鵬迭見險招，愈鬥愈烈。

俞劍平道：「不好！」剛要上前，陡見半趙長拳震遼東沙金鵬與無明和尚托地一跳，各往後一退。沙老的兩個門徒如飛地躍上臺來，把沙老扶住。沙老一聲不響，面目變色。無明和尚滾成土球一般，敵手才退，便立刻挺身躍起，哈哈地怪笑了幾聲，拍手拂塵，剛說了一句：「承讓！」竟又撲登地坐下了。兩個人大概已經兩敗俱傷。

飛豹子怒吼一聲，飛躍上臺把沙老一看。鏢行這邊見豹黨連上去三四人，也忙得各不相問，連躍上青松道人、夏氏雙傑；俞劍平也隨後躍上臺去。飛豹子忙命人將沙老攙扶下臺，慢慢攪遛；俞劍平也忙看無明和尚。

無明和尚已經立腳不牢，所幸年紀不甚老，又是童工，尚能鎮得住；說道：「青師兄，俞鏢頭！咱們沒輸。」青松道人忙扶著他，暗問是否受了內傷，無明強支著說：「不礙，沒傷。」但是一條腿瘸了。

沙金鵬的弟子個個怒喊：「和尚別走，我們還要請教請教你呢！」青松道人正攙著無明和尚下臺，這幾個弟子截住不讓走。鏢客道：「這是什麼道理？公證人還不給說句話麼？」

三江夜遊神蘇建明、夏建侯一齊向豹黨證人發話。啞巴尚克朗澀著喉嚨叫道：「別亂！朋友，還是按規矩來！」蘇建明大聲道：「沙老師，你快把你的門徒攔攔吧，這可滿不像那回事了。」喊聲未畢，沙金鵬的大弟子婁延慶和四師弟周金鶴，已經前撲到無明和尚的背後，截在無明和尚的面前，捻掌抖袖，就要下手，又似要圈住無明和尚不放。

青松道人雙目一挑，喝道：「豈有此理？閃開！」一手攙無明，一手指敵，往前一上步。沙門大弟子婁延慶道：「別走！」把雙拳一提，橫身擋住了僧道。如箭在弦上，不得不發。青松道人叫了一聲：「師兄，站住了！」

雙拳一錯，立刻斜趨開道。

婁延慶立刻虛掩一拳，往旁一躥，撲到無明身邊。無明和尚立不住腳，正搖搖欲倒，看敵拳已到，唸了一聲：「阿彌陀佛！」單腿一跳，預備迎敵；青松道人早倏然抄過來。婁延慶轉身一拳，青松一架；沙門四師弟周金鶴乘虛而至，猛地一撲，拳照無明打去。

鏢客譁然。飛豹子勃然變色，忙叫：「周四哥，使不得！」如飛般奔來攔阻。情形吃緊，十二金錢俞劍平一股急勁，也飛躍過來，從側面一衝，把周金鶴格開。周金鶴翻身一拳，俞劍平滑步微讓，竟順勢一黏，把周金鶴的手臂托住。未容緩招改式，只往外一送，周金鶴不由斜退出數步。

俞劍平叫道：「對不住！我們要過招，請上臺來，正正經經地⋯⋯」「挨個比試」四字沒說出口，背後冷冷應道：「對！挨著個來，俞鏢頭請這邊來！」一股寒風襲到，其猛無比。俞劍平大驚，未敢回頭，霍地急往開處橫身飛躍。後面果然是負怒尋仇的二師兄飛豹子，很快地掩來；手指上探，要提俞鏢頭的衣領。那邊智囊姜羽沖、夏氏雙傑，急忙奔來攔擋。俞劍平忙退步叫了一聲：「師兄！」飛豹子傲然答道：「什麼師兄！俞鏢頭，咱們也無須比十陣八陣，教朋友們比半天，當不了什麼。還是我來請教！」

袁、俞雙雄對面叫陣，自有鏢客把無明和尚救回，同時豹黨也叫回沙門弟子，把沙老攙入內殿，派人去救護。本是兩敗，沙金鵬獨覺愧忿異常；無明和尚跛著一條腿，倒很得意。

俞門五師傅跛子胡振業說道：「得了，明師傅跟我一樣，成了單腿虎了！」無明和尚道：「那不見得。五師傅，你別說閒話了，快看看你們俞師兄吧，他跟豹子動手了。」跛子胡振業忙叫著九師弟肖振傑，一同奔到臺前。

十二金錢俞劍平已被飛豹子逼上擂臺。飛豹子因自己這邊末幾次連敗

三場，怒氣甚盛，面對臺下說：「剛才比了好幾場，彼此都差不多。我姓袁的此刻不再教朋友替我拔鬮了；我要親自會會俞鏢頭。我的功夫自然不行，可是我本無心求勝，只是虛心求學。俞鏢頭，咱們比拳、比劍、比鏢。你只要三樣勝我兩樣，我就認小服低，立刻把鏢銀替你代尋回來。現在我要先請教俞鏢頭的……」稍稍一思索，說道：「比拳沒意思，索性我請教俞鏢頭的劍法，劍裡夾鏢，你打我挨，倒直截了當。」

子母神梭武勝文、尚克朗一齊說：「好！我們都想瞻仰瞻仰二位的兵刃和暗器。」俞劍平說：「這個……」賠笑對子母神梭說：「武莊主，剛才講的是以武會友，十場為定。」

飛豹子大聲道：「不錯，我知道，我這是破例的。但是俞鏢頭，別位朋友就見一百場，也不如你我過三招乾脆。你不必多說，我姓袁的千里迢迢奔來，為的是什麼？俞鏢頭，請上！」又回頭吆喝道：「喂，過來！」

袁門弟子熊季遂忙走上臺；飛豹子立刻甩衣，露出一身短裝，手裡仍拿著那根鐵桿煙袋。俞氏弟子左夢雲也忙捧劍上來，要給師父遞劍。跛子胡振業和肖國英守備嘀咕了一陣，胡跛子突然甩衣上臺。俞夫人丁雲秀此時立在臺根，很著急地駐足望著臺上。肖國英也追上戲臺。

胡跛子跳上戲臺，往袁、俞當中一站，喝道：「袁老二，你不用找俞師兄，俞師兄是山東太極門的掌門戶老師，你一個跳出牆外的弟子，你不配點名挑將。喂！我們南北太極門的師傅們聽著，憑他一個山窪子跳出來的人，敢來找太極俞？姓袁的，我胡老五陪你走一趟！你把我毀在臺上，你再會我們俞老師。你現在不配！」亮出短劍來，跛著一條腿，看定飛豹子，枯黃的眼冒出火色。俞劍平只道胡跛子仍要拚命，方要攔阻，肖國英拉了一把道：「三哥等等，你聽聽胡五哥的。」飛豹子往四面一看，冷笑道：「胡五爺，你要怎麼樣？你還要替人拔鬮麼？」胡跛子冷笑道：「隨便！你小子有種，你就扎死我。你沒有種，五太爺可要扎死你！」

飛豹子鄙薄道：「我袁承烈還沒學會充混混賣味拚命；我也不會跟殘廢比武。胡五爺，請你把刀子收起來吧，不要比比劃畫地嚇人。」

胡跛子連笑數聲，翻身對臺下說：「好！眾位全聽見了麼？我們從前可是師兄弟，是他自己學不好本門武功，是他自己告退走的，他現在又找回本門來算帳。眾位教徒弟、傳功夫，可多留點神。我們丁老師是死了，我不該埋怨他，他實在是眼瞎心也瞎。他教出來的徒弟，臨到末了，就起內訌，摘本門牌匾，還要毀他老師的門婿和愛徒。」

下面刪去了三段400字，因為內容與第七十一章即重複，又有矛盾。 —— 宮以仁注

第五十章
北三河雙雄角鬥技　火雲莊官兵抄後路

　　飛豹子追到十二金錢俞劍平的面前，鬚眉償張，就要動手。俞劍平退無可退，也只得預備接招。俞夫人丁雲秀此時立在臺根，很著急地望著臺上，肖國英也追上戲臺。

　　豹黨全疑心俞鏢頭故意遣派有殘疾的人，拿拚命纏箸飛豹。卻不知胡跛子是要當眾宣布飛豹子的罪狀，可又說不漂亮。胡跛子結結巴巴說完這些話，當時喝道：「姓袁的，接招！」把短劍一抬，照飛豹當胸刺去。

　　飛豹子微微側身讓開，並不拿煙管招架，也不還攻。他手指胡跛子道：「胡五爺，你只管罵我、扎我，我還是要跟俞鏢頭領教。俞鏢頭，你教胡五爺跟我搗亂，你還想找鏢銀不找？」

　　胡跛子單腿一竄，唰的又是一劍；一連三劍，奇快無比。袁飛豹全都閃開了，登時發怒道：「胡五爺，你打算怎麼樣？」

　　胡跛子越怒，第四劍、第五劍，嗖嗖地攻去。

　　飛豹子再忍不住，把鐵煙袋一提道：「咳，胡五爺，你太難了！」胡跛子側頭，又遞進一劍。飛豹子倏地用力把煙袋向外一削，硬碰硬，當的響了一聲。胡跛頓覺虎口微麻，心中越怒，一連又是數劍。飛豹子皺眉一笑，就勢還攻，不再讓招，猛往胡跛子面前一逼。

　　胡跛子微閃，為救全自己的跛腿，單足吃力，往開處一跳，未免跳得遠些。飛豹子喝道：「俞鏢頭，接招！」煙袋管隨身一轉，丟下胡跛子，突打到俞劍平的右側。俞劍平急忙退步，兩手空空；俞門弟子左夢雲忙遞過劍來。見來勢甚猛，左夢雲急劃劍一架，護住師父。

俞劍平道：「夢雲，不得無禮！」忙將劍奪過來，揮手命左夢雲下去；肖守備這時也躍上臺來，拔刀跳在胡跛子前面。豹黨一見，蠢蠢皆動。飛豹子喝道：「你們別動！武莊主，攔住他們。我要一個人，會一會少年時的朋友。俞爺、肖爺、胡爺，你們全來。」豹黨絕不容飛豹獨力應鬥；遼東二老魏松申、王少奎忙掄鋼鞭，拔點穴鐝，紛紛齊上。鏢客這邊不願把單打激成亂戰；俞劍平連喝胡、肖二位，快快下臺。

俞夫人丁雲秀飛身躍上臺，把胡跛子苦苦逼勸下去。俞劍平也把肖守備攔住。雙方證人各堵住臺口，把自己人支使下去。臺上臺下一陣喧亂，旋即沉定，只剩下袁、俞二人。俞夫人退到證人背後，遼東二老也退到證人身後，站在戲臺下場門邊。俞夫人低聲說了一句：「喂！劍平，只過拳，別動兵刃！」

俞劍平眉峰一皺，背身揮手，教丁雲秀不要多言。飛豹子張目一看，冷笑道：「好，只剩俞鏢頭了，請吧！」煙管一提，舉步上前。俞劍平回手插劍，交給左夢雲，賠笑舉手道：「師兄一定要拔扯我，我只能拿雙拳奉陪，我不敢動兵刃。我和師兄是嫡親同門，我不說我兵刃不行；就說了，師兄也必不信，以為我是虛偽。可是，論情論理，我們怎好動刀？」束手一站，等候發拳。

飛豹子舉著鐵煙袋，搖頭道：「我不會把拳。俞鏢頭想拿太極拳贏我，未免取巧。我只拿這傢伙，給俞鏢頭接招；我也絕不傷人，這還不行麼？」又對左夢雲道：「少鏢頭，請把劍遞給你師父，別客氣！」俞劍平咳了一聲。豹黨證人發話道：「俞鏢頭就不用客氣了。你二位先試兵刃和暗器，隨後願意比拳，再接著比。這也很好，兵刃、暗器和拳法，正好三陣見輸贏。俞鏢頭，請你不要謙辭，趕快發招吧。」飛豹子道：「這話很乾脆，來吧！」一進步，立即開招，鐵煙袋登時照俞劍平面門一點。

俞劍平微微一退，弟子遞劍，他竟不去接。飛豹子往前趕了一步，煙

管一指，照俞劍平胸乳部靈臺穴打去。俞劍平又往旁一閃，連讓三招。

飛豹子大怒道：「好！俞鏢頭不屑指教，這不怨我，我們弟兄告退！」轉身要下戲臺，鏢行證人蘇建明連忙攔勸道：「袁爺，你忙什麼？」

俞夫人丁雲秀也從證人背後走出來，叫道：「袁師兄，你是師兄，劍平他不能不讓個禮，跟您客氣，您還怪他麼？」飛豹子道：「是是，我不知好歹！可是三招一過，俞鏢頭還不用劍，豈不是太瞧不起我袁某了！」

俞劍平雙眼霍霍放光，竟一言不發；接劍一抱，衝飛豹子一揖，又衝臺上證人、臺下群雄一揖；這才發話：「我非退避，無可奈何！師兄一定以劍術逼我獻拙，我只得從命。諸位朋友請原諒我不得已。」十二金錢俞劍平將青鋼劍「懷中抱月」一抱，仍等候敵手發招。

飛豹子把鐵煙袋一舉，虎目一瞪，暗用青龍劍法，趨步發招；「猛虎擺頭」，照俞劍平前胸刺去。劍尖快刺到敵身，又變成點穴鐝，改打俞劍平的穴道。俞劍平略略退步，這才施展開太極十三劍劍法，往外一揮便停。飛豹子早將煙袋收回，「白蛇吐信」又照俞劍平攻來。

俞劍平立刻「左右描掃」，將來招破開，用十三字訣，黏、連、劈、閃、剁、戳、提、撲、速、耘、抹、撩、刺，把門戶封得很嚴。飛豹子袁振武用青龍劍十字訣，托、摸、撥、點、卷、刁、掛、拆、刺、黏，專取攻勢。兩人由緩而疾，慢慢地過招，慢慢地往一處鬥起來。臺下群豪見雙雄已然會鬥，都提神細看著。有那沒見過俞鏢頭的劍法的，更是仔細旁觀，盯著一招一式。年輕的人見二人打得不快，還以為二人持重不發；學精年長的已看出兩人已拿出十分的精神，一面應敵，一面防身。兩人不僅注意在臺上，還防備著臺下萬一的不測，以及旁觀人的放冷箭。幾招過去漸漸展開功夫。

子母神梭武勝文對遼東二老說：「袁大哥真不含糊，今天一定掙得回面子來。」馬氏雙雄對童冠英說：「俞三哥吃虧不了，你瞧夠多穩多準！」

童冠英道：「你再看看夠多狠吧！」果然，俞劍平應招很穩，讓招很謙；可是力量發出去，決無點到為止、用力落空之處。

飛豹子連試數招，軒眉一昂，唰的一退步，展開了另一套劍法。「猛虎入洞」，突刺下盤；用擊、刺、格、洗四字訣的第四字，揮煙袋一掃。俞劍平輕輕順劍往下一蓋，忽往上一翻，不救下盤，卻揮劍用「白虎攪尾」一格飛豹的鐵煙袋；立刻「魚跳龍門」，往開處一退。

袁飛豹跟蹤而到，「仙人指路」，直點俞鏢頭的後背志堂穴。俞劍平「鷂子翻身」，轉身發劍，用太極十三劍的黏字訣，往飛豹子右腿上一點，說道：「師兄看招！」飛豹子道：「不勞指教！」往回一帶兵刃，「鳳凰單展翅」，往左邊瞄準，展「小魁星式」，「燕子入巢」、「靈貓捕鼠」，連發兩招，緊跟著用「等魚式」，展「左右挑簾」，猛挑對手的兩肋。俞劍平忙用「巡風撣塵」，略架一招，抽身而退。飛豹子「忽星趕月」、「青龍探爪」，又將煙袋一伸。十二金錢俞劍平「野馬跳澗」又一躲，勒馬式一收，用「指南針」還擊一劍。突然間袁飛豹又把招數一變，改用六合劍，緊緊迫來。俞劍平不動聲色，仍用太極劍法，黏、連、劈、閃、躲、戳、提、撲、速、耘、抹、撩、刺，一招一式沉著應戰。飛豹子袁振武把一根鐵煙袋桿使得呼呼風響，以為俞劍平有意鏖戰，便也狠打穩走，一步不放鬆，可也不急於求勝。心裡說：「耗一耗吧，先比一比氣力，也教俞老三嘗嘗。」可是為欲驚動俞氏夫妻，他一退一進，又換了一套劍法；片刻之間，竟連用了青龍劍、六合劍、八仙劍、峨嵋劍、青萍劍、三才劍、白猿劍、九天玄女劍，計共八套劍法，他偏不用太極門的十三劍。

有時進招得便，就將煙管一伸，暫當點穴鐝用，或當做判官筆，真個運用得神出鬼沒。

臺上臺下，鏢行諸友，豹黨群豪，眾目睽睽，都盯著臺上的雙雄。各各關切著自己人，暗防著對方的人。究其實這都是多慮，誰也不肯施詭

計，挾詐求勝，貽笑方家。

　　袁、俞雙雄，進攻退守，連鬥了二十餘招。飛豹子的鐵煙管，不拘一格，變化無方，融合了各門各派的劍法，猛攻俞鏢頭的太極劍。忽然猛刺來，不容招架，突又撤回；忽然發這招，未等送到，半途又改施別的招，力量既猛，手法又快，目力尤其穩準。

　　俞劍平凝神應戰、欲制先機，乍交手竟測不透飛豹子的來招。飛豹子的煙袋若不發出來，便揣不透他要奔何處；等到招式發出，又迅若飆風，再來應付，已嫌遲誤。俞劍平起初本打算只守不攻，現在已覺得這辦不到。袁師兄武功精純，已入化境，若一味讓招，顯然不利；若要救敗，只可迎攻。再打算以逸待勞，以守為攻，對別人還行，對袁師兄顯然做不到了。

　　飛豹子招數儘管猛，可是半點不慌；儘管欺身進攻，可是身邊不留可乘之隙，果應了那句話：「善者不來，來者不善！」不但俞鏢頭這樣想，臺下鏢客也已看出。跛子胡振業更急得叫嚷：「俞三哥，可讓才讓，不可讓就趁早還招啊！別自找虧吃，跌倒了，可是自己爬呀！」肖國英守備忙道：「俞師兄連這點還不懂麼？五哥你沉住氣。」

　　果然俞劍平遇上一個險招，被飛豹子揮動煙管，合身一衝，不由往旁閃動了半步；才要還招，飛豹子唰唰唰硬砍實鑿，一連三下，硬磕俞劍平。俞劍平抽劍避實，不跟飛豹子硬碰；登時被逼得連退出兩步，方才展開手腳。臺下登時一陣大嘩，豹黨歡聲雷動；鏢行發出咤叱之聲。

　　豹黨一個老人搖頭對子母神梭說：「這不見得是姓俞的不濟。我們袁大哥連換了八套劍法，忽前忽後的攻擊。你看人家上盤紋風不動，下盤腳步一點沒亂。剛才雖然往後倒退，可是一點沒有漏招。」子母神梭道：「十二金錢到底名不虛傳！」

　　俞夫人丁雲秀也大大吃驚。袁二師兄竟不知從何處學來這些劍法？最

可怪的是連走十幾招，竟沒有偷用太極十三劍半招。豹頭虎目，凝神進撲，屢次猛衝上來，銳不可當。難為他偌大年紀，六十來歲；更難為自己的丈夫，怎麼竟會舉重若輕地招架來，竟十分如法。所慮者是功夫能抵得住，不知氣力能否持久！

霹靂手童冠英對夏氏三傑道：「太極十三劍以黏連取勝。你看俞三爺用起劍法，好像不很吃力似的；其實他很用力了。你看飛豹子亂撲亂搶，好像把內力發泄無餘；其實他外表出力很猛，骨子裡還留著後勁呢！」又搖頭道：「俞三爺若是耗久了，怕不是飛豹子的對手。」馬氏雙雄道：「不然，不然，你老往後看吧。我們俞大哥有名的是後勁長。」

袁、俞在臺上拼鬥。臺下各宗各派的武師，紛紛議論。有的說袁飛豹可操勝券；有的說俞三勝可壓倒飛豹。各觀一點，各看一步。雖然這些老武師個個都是老法眼，竟也看不透徹。袁、俞二人的功夫，均到了精純的地步。飛豹子顯然是把各家劍技的精蘊，冶為一爐。俞劍平顯然是恪守本門心得，不雜他派法門。

俞劍平一面動手，一面想：「要打一個不傷體面，又能對袁師兄稍讓一步，這可是真難！」俞劍平深知袁師兄的能力，現在他的打算，是要掩己之短，避敵之長；用己之長，攻敵之短。袁師兄的武功已到精純的地步，他的唯一短處就是年紀稍大，自己比他小著三歲。俞劍平認準這一點，與飛豹子苦苦地周旋。他只求暗暗壓制他一下，再明明輸給他一招，當場示敗，再退而求鏢。當下連鬥數十合，不分勝負。袁飛豹一面顧敵，一面也在仔細審視俞鏢頭的氣魄與劍招。飛豹子屢用各派劍法，來試俞劍平。俞氏執定太極劍法來應付，精熟無比，居然應付裕如，內中毫不摻雜他派的劍招。俞劍平的太極劍，已與三十年前不相同，這必是自己負怒出師後，太極丁另將祕訣傳授給他了。

飛豹子把一支鐵煙袋倒提著，往來突擊。俞劍平力封門戶，不讓得

手。飛豹子奮力猛撲，接連也打進去數招，意思是要硬碰硬，考考俞劍平的臂力。可是不論他發招如何變幻不測，要想碰俞劍平的劍刃，竟不可得。

俞鏢頭劍是一塊精鋼，但是運用起來，宛如皮鞭掛麵條那麼軟，任憑你用多大猛力，也砸不出劍嘯的聲響來。俞劍平的劍竟捉摸不著，打擊不上。俞劍平不止有內勁，他的兩眼朗若雙星，顧盼竟這麼快。他的眼、手、劍，和全身身法，和下盤步法聯成一氣；如同這把劍已經變成俞劍平的一肢體，如同從俞劍平身上生出來一隻長手，又如長蛇吐出來的舌。明明是三尺二寸長一把銳劍，居然有軟有硬；有時煙桿打到，他竟會疾接疾擋，猛退猛縮，緩緩地一黏，把鐵煙袋桿的直力硬勁化解開；再往外一拖，軟軟地拖出，狠狠地蕩去，使得鐵煙袋的大力置於無用之地。這是太極十三劍的唯一祕要。俞劍平居然把它神化；好像閉著眼也會應敵黏敵，閉著眼也會攻敵自救。

飛豹子用盡各招，未能得手，覺得求勝漸難。同時他未免「賊人膽虛」，還慮著鏢行群雄另有不測的舉動。飛豹子料敵量力，心知以兵刃壓倒太極十三劍，恐怕不易。飛豹子頓時想在兵刃交鬥之下，兼用暗器。飛豹子的暗器是鐵菩提子，但是他的本意並不想用鐵菩提打勝俞劍平。俞劍平既以拳、劍、鏢三絕擅長，既以錢鏢善攻穴道成名，那他必是善打善接。飛豹子苦苦精練的乃是「夜接錢鏢」，他打算誘引俞劍平，發錢鏢來打自己。

他又一攻一退，唰的往圍外一跳，也不知用了一個什麼暗號，豹黨證人立刻過來說：「二位兵刃俱各高明，不必再比了。我們要請俞鏢頭把那久負盛名的十二金錢鏢施展出來，給我們開開眼界。」飛豹子也舉起煙桿喝道：「俞鏢頭，我要請教請教你的暗器！」一指胸膛，教俞劍平照這裡打。

俞劍平抬眼一看，閃身一退。日前在鬼門關夜戰，已足證明自己的十二金錢鏢不能傷飛豹分毫。今天當面再打，又在白晝，萬無獲勝之理。俞劍平乘勢抱拳拱手先向證人說：「笑話，笑話，我的暗器更是丟人！」轉對豹子道：「師兄，小弟薄技不過如此，已經遵命獻醜了，我們就此為止吧。」

豹黨證人尚克朗細看飛豹子的神色，精力依然瀰漫，毫無疲容；啞聲道：「俞鏢頭不要謙讓，你的三絕技，才試了一種，你們二位接著走暗器啊！教我們也瞻仰瞻仰。」說話聲中，飛豹子早已抬手，叫道：「俞鏢頭，你吝教，我來獻醜！」倏翻身，唰的打出一粒鐵菩提子。

俞劍平凝立不動，眼看這一粒鐵菩提子直如一條白線，奔自己咽喉打來，他就微微側臉，鐵菩提掠空打過去了。嗖的一聲，飛豹子又打出一粒；俞劍平又一閃，飛豹子直撲過來，身隨彈進，鐵煙桿也撲面打到。俞劍平疾劍招架，兩人又打到一處。

這一回再鬥，是兵刃夾暗器。飛豹子連發鐵菩提，鐵煙袋也乘隙進攻。俞劍平連閃連退。鏢客大嚷：「怎麼不發鏢？」俞鏢頭仍不發暗器。鐵菩提子圍著他身體上下飛馳，打得空中嗤嗤發響。臺上臺下各各提神，只恐流彈誤傷。飛豹子的暗器竟不知有多少。人影亂晃，鐵彈連發，鐵煙袋也亂晃。人們只看見俞鏢頭左閃右躲。

霹靂手童冠英獨到這時，方才籲出一口氣道：「俞爺真行，真難為他！」忽然情形一變，飛豹子往開處一竄；俞劍平也往開處一竄。臺下沒看清，臺上證人已看見俞鏢頭讓過六七招之後，已然探肘發鏢。飛豹子恰恰掄煙管桿打到，俞劍平外跨一步，抽劍一揮，就勢劍交左手，右手捻起一枚錢鏢，非為擊敵，只是阻攻。只見他右手扣定一枚錢鏢，大指、中指平端一捻，錚的一聲輕嘯，未見使力，暗器突然出手。果然見飛豹子應招往後一閃，煙袋鍋往前一扣，噹的一聲，錢鏢墜地。飛豹子的攻勢頓破；

俞劍平已然轉退為守。

飛豹子厲聲喝道：「好！」這邊立刻錚的又一聲，同時那邊也唰的一響。兩響相觸，又噹啷一下，一粒鐵菩提，一枚金錢鏢，同時往回一爆，掉在臺上了。袁、俞二人一齊側身，一齊凝眸，注視敵人的右手。寶劍和煙管一交一退，跟著錚錚、唰唰，掠空交錯，臺上的銅錢和鐵球亂滾；武林雙雄此退彼進，各各展開暗器的襲擊。臺上證人急忙退騰地方，躲得遠遠的，怕的是錢鏢、鐵菩提崩撞到頭上。

袁、俞二人倏分倏合，只一分，暗器便出了手。錢鏢到處，直指穴道；菩提子到處也直指穴道。兩人隨著暗器伺隙進攻。臺上臺下的人仔細打量二人的手法；俞劍平發鏢的姿勢穩而有力；飛豹子的鐵菩提，發出來很準，似乎力量未必勻。但飛豹子竟能揮動煙管；扣接俞劍平的錢鏢，只聽得鏘然一聲，一枚錢鏢已被取去；俞劍平似不能接取飛豹子的鐵菩提。兩兩相比，正是難分優劣。

俞夫人丁雲秀暗捏一把汗，到此固知自己的丈夫，論技功火候，均不至於敗；但此鬥有如賭博，誰也保不定會沒有意外的閃失。丁雲秀很盼有人勸開，又恐勸開後，討不出鏢銀；正是雙眸凝注，心緒沸騰，打不定主意。胡跛子和肖守備也躍躍欲試，打算借二人相持不下，再來強攔強勸。

那一邊子母神梭武勝文在旁觀戰，不禁心中折服。怪不得飛豹子膽敢劫鏢，與江北鏢行挑隙，如今果然身手矯捷。武勝文可也存著「久賭必輸」的心，私與遼東二老王少奎、魏松申商計：「怎麼樣，袁二哥一定要搶勝招，方才罷手麼？」三人擬議不決，魏松申以為飛豹子未必壓倒俞劍平。那王少奎說道：「你放心吧，我們袁二哥還有絕招沒施展呢！姓俞的不行，你再往下看。再耗這麼幾十招，姓俞的就不是對手了。」

但時機突變，雙方的中證未及商量到止爭的話，突由西南如飛地奔來兩匹馬，轉瞬已迫近鬥場。在廟外，原有鏢行、豹黨分設的巡風人物，望

見來騎，一齊上前查看。鏢客正要攔詰來人，豹黨已經辨認出來，忙道：「這是我們的人。」來騎跑得塵汗披頤，滿面驚惶，乃是賀元昆武勝文莊主的管家，另外還有一人。

豹黨迎住，連問何事？賀元昆張目四望，不遑回答，慌忙下馬，一直往廟前戲臺奔闖。巡風鏢客暗撥一人，也跟蹤過來。

賀元昆一陣狂風地找到子母神梭，喘息拭汗，叫了一聲：「莊主！」子母神梭與遼東二老，察言觀色，一齊動問。賀元昆氣急敗壞道：「不好了，莊主！」低聲說出幾句話，已經喘不成聲。那另一人也斷續插言：「他們圍了莊子，找咱們要人！」二老急問：「現在怎樣了？」答道：「動起手來了，轉眼就要抄過來。」子母神梭大駭，忙把賀元昆二人拖住，喝道：「噤聲！」

他拖引二人，直入內殿，到無人處，急急盤問細情。遼東二老也倏然變色，跟蹌跟了過來。同時鏢客當中也聽見動靜，你告我，我告你，是：「豹黨那邊來了兩個騎馬的人，神情很急！」

子母神梭在內殿，抓住賀元昆，一迭聲問：「你快說，到底來了多少人？他們怎麼說的？咱們怎麼答對的？」賀元昆道：「咳，莊主，哪裡容得問話答話呀！他們大隊一來到，突然就把莊子包圍起來。我來時，我們的人關了莊門，在更道上和他們對付。他們已經調起大砲！」

一聽「大砲」二字，子母神梭耳畔轟的一聲，道：「好！滿完！他們真個的就不問青紅皂白！」賀元昆按住胸口，原原本本把事情說出來。

就在此時，火雲莊突有一隊官兵開到，老遠地亮開了隊，把村子緊緊包圍，對著前後莊口，各架起四支「大抬桿」，還有一尊土砲。到底也不知從哪裡泄漏了消息，官兵口口聲聲要進莊剿豹。

遼東二老匆匆聽罷，狠狠一頓足道：「糟！我們就知道要連累武大哥。

武大哥放心，我弟兄惹的，我弟兄出頭。我叫我們袁二哥去。我們束手歸案，不管怎麼著，也不教武大哥為友燒身！」王、魏二老如飛地奔出內殿，撲到戲臺交鬥場。子母神梭一時心亂，未及攔阻。賀元昆道：「莊主，你瞧！」用手一指王、魏二老的背影。子母神梭頓足道：「好好好！」立刻滿面熱汗直流。

賀元昆告訴他：「我們的人一面對付，一面已經從道地撤退了。官兵別隊不久也要搜到這邊來。莊主，為朋友也有分寸，你老此刻看活一點。」子母神梭不答，把長衫一撕，抓起兵刃和暗器，暗器就是他那幾副子母梭。

當此時，雙雄還在臺上比鬥。遼東二老如飛地奔到人叢中，急急關照同黨。同黨大駭，各抄兵刃，二老道：「且慢，你們沉住了氣，你們聽我吩咐。」囑罷，轉身就走。他們來到臺前，大聲疾呼：「臺上先別打，等一等！喂，袁二哥，我有話！」袁、俞二人都覺得情形有異。臺下的呼聲如在人叢中投擲駭浪。袁、俞二人不由停手，各往後一竄。俞劍平退到自己證人的身後，尋視敵情，忙問何事？鏢行證人夏建侯和夜遊神蘇建明也在詫異，答不出所以然來，只指著遼東二老說：「不知道他們又弄什麼把戲？」

飛豹子袁振武退到自己證人身後，也眼望臺下，詢問：「什麼事？是鏢行弄什麼意外把戲了？」豹黨證人尚克朗瞪著眼，發出沙啞的聲音道：「好像聽說……」話未說完，遼東二老從人叢中，往臺上跑。臺下鏢客連忙截住，剛說：「朋友，這不又亂了？咱們不比拳的，誰也別上臺。」遼東二老罵道：「放你娘的屁！你們這群東西，一點江湖義氣也不講。明說好聽的，暗施奸計，給我躲開！」把鏢客罵了個白瞪眼，糊裡糊塗，不知所云。遼東二老就要用武力奪路上臺。

那飛豹子還在臺上張望，忽然一陣驚風撲來，子母神梭武勝文突從後

臺奔出。他由內殿繞過後臺，他已將長衫馬褂刮地一把撕碎，露出短裝，金剛般的偉軀一晃，把他的兵刃、暗器抓起來。賀元昆跟在後面，還在細告詳情。子母神梭已無心再聽，虎似的吼一聲，箭似的搶上櫃臺。

子母神梭已搶到舊戲臺上，尋見俞劍平，大罵道：「姓俞的，你不是朋友！你們師兄弟爭強比武，我不過給你們引見。你明面上冠冕堂皇，你暗下毒手！你講的是以武會友，不許勾結官面，你竟支使官兵來抄我的家！我與你何冤何仇，你陰狠毒壞……」

子母神梭氣急敗壞，抗聲厲語。飛豹子駭然恍悟，猛然一把，抓住了子母神梭問道：「是真的麼？他們真敢胡幹，不顧江湖道？」子母神梭武勝文兩眼圓睜罵道：「就是現在，淮安府整隊的標兵把火雲莊包圍了！好俞劍平，你……」一撥飛豹子的手，往俞劍平這邊搶，叫道：「我姓武的跟他幹！」這一句話是回答飛豹子。右手一探囊，掏出了子母雙梭，要拿雙梭對付俞劍平。

當此時臺上雙方證人俱都聽明，人人惶恐。就是夜遊神蘇建明和夏建侯，也不禁動容。他們縱知俞劍平素日的為人，不致有這樣事，可是眼下火雲莊正在被剿。蘇、夏二老不禁回顧俞鏢頭，發出驚訝：「這是怎麼回事？」哪裡曉得俞劍平也是一怔，俞夫人丁雲秀也是一怔，不禁口出詫聲道：「呀，唔？」

豹黨更不用說，憤怒勝過了驚惶。證人尚克朗發出哦哦呀呀的語聲，扭頭看俞鏢頭，蹺著腳看臺外曠野，厲聲說：「俞鏢頭，這怎麼講？」豹黨一齊暴怒。遼東二老王少奎和魏松申已祕命三熊遍告同伴，急急地佈置；還想登臺私告飛豹，也用陰謀報復，暗算這明比武、暗報官、違規失義的鏢客。但現在，子母神梭已公然喝破，這便只須「明幹」了。

火雲莊既已告警，這古廟相距不過三十里。飛豹子袁振武此時怒火騰胸，既悔且恨。遼東二老前曾勸他留神，不要累害了朋友。飛豹子只是搖

頭而笑，以為：「我料俞振綱還不至於這樣洩氣。」而現在，竟不出二老所料。官兵圍莊，直等於飛豹子料事無知，嫁禍給良友。飛豹子轟的一下，面目變色，赤紅臉變得發紫，更一轉，變成死灰色。一側身，他雙手拉住子母神梭武勝文。子母神梭剛把神梭取出。飛豹子吃吃地叫道：「武賢弟，我一萬個對不起你！武賢弟，我一定要對得起你！」飛豹子感情衝動，對子母神梭有無窮的歉疚，苦於無辭表白。

飛豹子說了這兩句，子母神梭哪裡聽得進去？武勝文對俞劍平戟手一指，惡狠狠盯一眼，右手揚起來；在俞劍平面前，隔著證人，他一探身，唰的一聲響，子母金梭一大一小，一輕一重。這神梭發出來時，後發者到得快，前發者到得遲。大梭凌空嘯響，先發而緩進，專惑亂敵目；小梭只嗤的一聲響，破空急馳，奔向俞劍平的咽喉。

俞鏢頭急閃，險些中梭，忙叫道：「武莊主，且慢！」剛要開言，遼東二老突然奪路，從後臺奔到櫃檯，並不找俞劍平動手，直對臺口大聲喊嚷：「朋友，諸位，咱們是比武來的！現在不能比了。姓俞的明面充好漢，在這裡比拳；暗中違約勾結官兵，硬抄人家武莊主的家。人家武莊主與飛豹子有何干？與鏢銀有何干？人家給朋友引見引見，就惹火燒身？姓俞的，你瞧武莊主人家有家有業，你就吃柿子，專抓有把柄的捏。姓俞的，你真光棍！諸位朋友，你們也有向燈的，也有向火的，好漢抬不過一個理字。我們可要對不起了。這不是我們無理；你再想要鏢銀，姓俞的，咱們不用比拳，咱們白刀子進去，紅刀子出來！喂，朋友，抄傢伙吧！」二老說完，亮兵刃，齊奔俞劍平。

子母神梭武勝文一梭未中，立刻亮子母鴛鴦鉞，也奔俞劍平。飛豹子也大發武怒，厲聲喝道：「俞劍平，你教我對不起人，你原來這麼陰險！師妹，你可聽明白，不是我不念舊，是你丈夫不顧江湖義氣，使的招太毒！」一字一釘地說，把雙膀一晃，似全身憑空加高，把鐵煙袋一插，大

喝：「季遂，拿我的兵器來！」

　　三熊熊季遂立刻遞上一支鉤形劍。這劍飛豹子不遇強敵，不肯輕用。鉤形劍掠空一送，飛豹子抄在手中，回頭對子母神梭說：「賢弟，你隨我來，咱們闖出去，趕緊救你府上的人！」子母神梭怒吼道：「回去做什麼？還用咱們回去，人家一會兒就抄我們來！他們不是派幾個捕快前來要人，他們是大隊官兵。咱們現在就是找姓俞的算帳！」他揮動雙鉞，撲奔俞劍平。

　　飛豹子喝道：「好！賢弟，咱們專找姓俞的！」豹黨齊聲喊：「打！」飛豹子立刻把二尺六寸長的鉤形利劍往上一揮，探步照俞劍平刺去。子母神梭一擺鴛鴦鉞，先一步攻來；遼東二老更從兩側剪到；俞劍平立刻被袁、武、王、魏四人團圍夾攻。

第五十一章
官兵驟圍剿豹黨喪膽　炮攻火雲莊神梭傾巢

　　十二金錢俞劍平始詫終悟，已料透此中曲折，亟欲聲說這官兵不是自己透信勾來的。但刀劍無眼，更不容他開口辯白，只得提劍自衛。鏢行證人蘇建明、夏建侯，忙橫身來掩護。但證人手中都無兵刃。飛豹子諸人的鉤劍、雙鉞、點穴鑱、豹尾鞭，森如密林，迅如電火攻到。

　　俞劍平叫了一聲：「師兄且慢！」嗖的一聲，豹尾鞭突然先到；飛豹子同時抄後路，繞到俞劍平背後。俞夫人丁雲秀看得清楚，救夫心切，忙飛身上臺，劈面與飛豹子相遇；竟展開了空手入白刃的功夫，橫身截住飛豹子，銳聲叫道：「師兄慢動手，我有話！」這時哪容說話？俞夫人忙道：「那官兵我們情實不知道，你師弟不是那樣人。我敢保他。」

　　飛豹子冷笑道：「你敢保他，誰敢保武莊主的家？誰敢保官兵不來抄拿我！師妹閃開，對不起，我只衝他一人說話。」唰的一展劍，斜取俞劍平。丁雲秀忙橫身一遮。飛豹子不由軒眉，唰的又一展劍，照丁雲秀頭頂劈下。

　　丁雲秀大怒道：「好！」忙一閃身，又一縱身，竟拖著長裙，動手鬥豹。

　　但是飛豹子並非真砍，這麼一晃，早收招改式；從斜刺裡，仍衝俞劍平攻來。俞劍平亮劍招架，連叫：「師兄，師兄，你容我問一問！」鏢行證人也喊：「武莊主、袁二爺！你請住手，這關係著武林義氣。請你容我們查究一下，江湖上自有公道！」

　　臺上臺下亂成一團糟，哪裡容得人分辯？但見人影亂竄亂叫。鏢行群

雄還在七言八語，互相詢問，唯豹黨先一步得知火雲莊有警。豹黨互相關照，一傳兩，兩傳三；由二老授意，絕不任意尋毆，不與鏢客瞎打；只火速結聚在一處，直衝戲臺撲來。

豹黨按理說應該逃走，他們竟不走；反要包圍戲臺，似跟俞鏢頭拚命。鏢客不容他們登臺群鬥一人，紛紛橫身過來阻截，竟猜不透他們要以攻為退。黑鷹程岳、沒影兒魏廉，首先大呼弛緩。老輩鏢客仍想評理訊情，直等於妄想。見豹黨都動了兵刃，也拔出兵器來，護友防身，只守不鬥。只聽東一處，西一處，一片聲嚷：「別打，別打，怎的，怎的？」這一片空喊，卻不邀而同，各有趨就；豹黨聚在左，鏢行聚在右。並因變出意外，人心難測。

這其間只有智囊姜羽沖、馬氏雙雄、夏氏三傑這些人，敢信官兵剿武宅，與俞劍平無干。但仍納悶，不曉得官兵由何處得信。但是別的鏢客，知俞不深，料事不透，也不免怦然動疑，以為俞、胡二鏢頭，「也許明面鬥劍討鏢，暗中報官捕盜。」因此，雖亂到這樣，仍有人互相打聽。「怎的怎的」的探詢聲和「別打別打」的勸阻聲，連成一片。

鐵牌手胡孟剛一見此情，已知大事成空，討鏢絕望，瞪眼大嚷道：「這是豈有此理？我們憑什麼勾結官兵？你們那是放屁！你們又想變卦耍賴！請問官兵在哪裡？空口誣賴人，誰信！」把長衣一甩，把雙鐵牌舉起，一直奔戲臺來找飛豹子拚命；登時在臺下被豹黨許應麟截住，兩人動手。

那飛豹子、子母神梭武勝文，把俞劍平圍在破戲臺上，各動了刀劍，把雙方空著手的證人夾在當中。飛豹子口口聲聲逼俞一同下臺，去到林邊空場決一死戰。飛豹子其實意在以攻為退，要借拚命，奪路一走；可也未嘗不想臨走時，把俞鏢頭傷了。子母神梭卻真想拚命，如一團烈火，猛撲到俞劍平面前，將一對子母鴛鴦鉞一展，欺身硬上。

這子母鴛鴦鉞，是一對短兵刃，長不到一尺，形如牛角交叉，一柄兩

刃，一短一長。柄有把手，刃形如鐮刀，運用起來，勾挑刺扎，滿是進手招，用的是「一寸短，一寸強」的口訣，尤善剪人的兵刃。

那飛豹子也將鉤形劍遞上，俞劍平且支吾且退，喊道：「二位住手，你容我問一聲！」鏢客證人見俞劍平只是招架，由夏建侯與夜遊神蘇建明，慌忙各展徒手，橫在當中幫助。豹黨證人立刻也徒手攔住夏、蘇二人。俞夫人丁雲秀見狀知危，急急從門人手中抽取短劍，去了長裙，擁身上前。弟子左夢雲相隨在旁相護。

子母神梭武勝文將一對鴛鴦鉞照俞劍平急遞，左手護身，右手照俞劍平的劍上搭去。才一接觸，連發六七招，銳不可當。俞劍平不容他進身，展劍側步，照武勝文肋下點去。飛豹子的鉤形劍又到，斜剪俞劍平的手臂。王、魏二老的點穴鐝和單鞭也打來。俞劍平出招神速，卻也不能獨鬥四個強敵，也就是一輾轉之間，往後連連退閃。俞夫人丁雲秀奮搶到飛豹子面前，斥道：「袁師兄，你太不對了！你不用跟他打，你跟我打。你連教我們說一句話的空也不容？」俞夫人掩住俞劍平的右面，飛豹子並不回答，退身繞到左邊，狠狠一衝，逼得俞劍平閃身一躲。飛豹子大叫：「武賢弟，快上！」武勝文跟上一步來，竟敵住丁雲秀。飛豹子邀住俞劍平，拚命猛鬥起來。臺上太擠，飛豹子大喝道：「咱們往平地拼去！」奮力一攻，與武勝文催邀俞劍平下臺決鬥。臺下姜羽沖忙道：「截住他，不要教他走！」

飛豹子與子母神梭各展身手，猛攻俞劍平；俞劍平雖抵擋不住。但是武勝文連下毒手，飛豹子也連下毒手，總沒把俞氏夫妻打倒。忽然間，聽得西南方隱隱發出轟隆隆的聲音，紛鬥中全沒人理會，飛豹子卻立刻聽出來了。

飛豹子一面動手，一面傾耳聽、張眼望，他正是等著聽這響聲。飛豹子待此聲一作，臉色一變，知道再不能久戀，喝一聲：「武賢弟，快跟我

來。識時務者是豪傑，我們跟他有日子算帳哩！」狠狠往前一衝，猛擊俞劍平，意思是騰出空來，催武勝文走。

子母神梭哪裡肯走，一味要傷了俞劍平，方才甘心。遼東二老預有佈置，向手下豹黨招呼一聲，立刻有一個中年壯士奔上來，伺隙向豹黨證人不知說了一句什麼。證人尚克朗立刻明白，忙費了很大的事，把子母神梭攔住。子母神梭傾身一看，那壯士和尚克朗疾通暗號；子母神梭立刻變計，與尚克朗奪路往臺下跳去。臨行喝道：「姓俞的，我不能跟你善罷甘休，你等著我！」

豹黨與鏢客本已激成群鬥，此刻紛紛移動，似要離開戲臺空場，撲奔廟門。只有飛豹子與遼東二老尚在臺上，左右突擊；死鬥俞氏夫妻。那豹黨證人尚克朗竟與子母神梭率眾奪路，奔向廟外。鏢客馬氏雙雄道：「不好，豹子要走！」忙搶過來攔劫，卻不料智囊姜羽沖已經先一步趕到，橫身把子母神梭一擋。子母神梭唰的一揚手，一對金梭出手，照姜羽沖打來。

姜羽沖揮劍一閃，子母神梭的雙梭本是一快一慢，打出來，又是先發者後到，雙梭看似對著智囊瞄準，梭打半途，會走弧形的路線。恰巧馬氏雙雄馬贊潮奔來，於是金梭斜轉，急閃不及；嗤的一聲打在肩頭，傷雖不重，鮮血直流。子母神梭罵道：「教你嘗嘗！」竟抽身退入廟內，鏢客沒有截住。馬氏雙雄的馬贊源一見手足負傷，勃然大怒，揮鞭奔向子母神梭。鏢客奎金牛金文穆喊道：「留神豹子，留神豹子！」眾鏢客忙來堵截戲臺。戲臺本是四通八達，四十幾個鏢客想牽制豹黨，實在力量不夠。豹黨人數既多，又很有步驟，竟由遼東三熊率領群隊，把住了廟門入口，接應臺上的同伴。圍滿戲臺根的幾乎儘是豹黨。

飛豹子展鉤形劍連下毒手，俱被俞劍平架住；遼東二老從旁斜攻，又被俞夫人和弟子左夢雲，護住了俞劍平左側，也未能攻進。鐵牌手胡孟

剛、黑鷹程岳先後搶攻戲臺，被豹黨阻住了，上不去。雙方刀劍一接，立生變化，當時情勢很緊。飛豹子總想用兵刃，給俞劍平留下一兩道傷，可是辦不到。俞劍平想說話，更不容開口。豹黨想發暗器，無奈臺上仇友亂竄，實難下手。

那飛豹子怒吼如雷，鉤形劍上下揮舞，到底傷不了俞劍平。耳聽西南隆隆之聲又起，便不肯戀戰；他猛然照俞劍平刺去一劍，劍鉤直找敵人手腕。俞劍平急展太極劍，貼鉤劍一黏，飛豹子猛又進欺一步。

俞夫人大駭，急仗劍來救。遼東二老乘隙來攻俞劍平，喝一聲：「看傢伙！」俞劍平唰的一劍，照胖老人王少奎上盤刺去；順手一抹，又還了瘦老人魏松申一劍。俞夫人用短劍托架飛豹子的鉤形劍，喝道：「袁師兄！」一聲未喝罷，鐵牌手胡孟剛、黑鷹程岳、沒影兒魏廉從側面先後搶上戲臺；同時後面也跟上來幾個豹黨。

豹黨侯敬綽弟兄和沙金鵬的徒弟周金鶴等，不聽三熊的約束，不肯奪路一走，個個銜忿提刀衝出。飛豹子大喝一聲：「喂，別來！」把手一揮，與遼東二老突然撤退，掠空一躍，由戲臺左角跳下平地。鐵牌手胡孟剛、黑鷹程岳、沒影兒魏廉，同聲大吼，可惜一步來遲。三人剛剛上臺，豹子已跳下臺去。

鐵牌手胡孟剛焦急萬狀，衝俞劍平亂嚷道：「打呀，別客氣，不成了！」他又橫身一跳，從戲臺二番跳落平地。鐵掌黑鷹與沒影兒也張皇往下跳。胡孟剛首與侯氏弟兄相遇，唰的打來一陣暗器雨。胡孟剛獅子擺頭急閃，剛剛閃開；飛豹子毫不留情，翻身一揚手，胡孟剛哎呀一聲，中了一粒鐵菩提。俞夫人喝道：「好袁師兄！」對俞劍平叫道：「快快，不能教袁師兄走！」把手一捻，錚的一聲響，發出兩隻金錢鏢，一個豹黨也失聲敗退。飛豹子惡狠狠看了一眼，切齒叫道：「好！」竟一長身，用力一抖手，相隔五六丈，居然打出數粒鐵菩提，越過仇友的頭頂，如飛地分奔俞

劍平上盤。俞劍平變色張目，躲開頭一陣暗器，不管續發的暗器，奮身迎著往下跳；蜻蜓點水，趕到胡孟剛面前。胡孟剛似負傷猛獸一樣，不顧肩傷，掄鐵牌，依然是奔向飛豹子。俞夫人跟在後面，一齊向飛豹子闖來。飛豹子躍身迎敵，催侯氏弟兄快走。侯氏弟兄怪喝一聲，翻身奪路。

　　鏢客這一邊，鐵掌黑鷹、沒影兒魏廉緊迫著侯氏弟兄，且鬥且走，繞著空地亂轉。太極門師弟胡跛子和肖守備各亮兵刃，從人叢衝出，助俞鬥豹。飛豹子擺出拚命架勢，有誰算誰。當下，如電火般地與遼東二老結在一處，互相掩護著，鐵菩提揚手飛擲俞、胡二鏢頭。

　　智囊姜羽沖結集鏢客，與松江三傑、馬氏雙雄各擺兵刃，襲奪廟門，一起阻截飛豹子的退路。夜遊神蘇建明、霹靂手童冠英，率領門人，奔抄後廟門，料到豹黨不落荒走，反退入廟中，必在廟中另有把戲。於是互相招呼一聲，眾鏢客一聚一散，分兩處與豹黨相鬥，一在廟後，一在廟前。

　　飛豹子連下毒手，用鐵菩提子打人。鏢客連有數人負傷。

　　立刻惹惱了蛇焰箭岳俊超，把他那藍蛇煙火箭發出來，照豹黨打去。登時有數人，中箭發火，倒地打滾；將火壓滅，竟敗進廟內。廟內還有幾個鏢客，已被豹黨堵在殿內，一攻一守，堵門而鬥。同時，也有幾個豹黨被鏢客圍在戲臺旁，也在輾轉突圍而戰。

　　飛豹子吼叫一聲，奮身過來，破圍而入，把自己的人接應出來，鏢客竟阻擋不住。胡跛子瞪眼對肖守備說：「我弟兄不能不賣一手！」各擺兵刃，攻到豹子背後。相隔尚遠，飛豹子發出兩粒鐵菩提子，分擊二友。俞劍平大喊道：「袁師兄！」忙捻金錢鏢，嗆然一響，一對金錢脫手，把鐵菩提子打落在地。

　　丁雲秀俞夫人也掏出金錢鏢，比試著未肯發出，銳聲叫道：「袁師兄，你不能這樣，我們沒有勾結官廳，你不能藉口一走。胡鏢頭的鏢銀到底給不給？」喊聲中，早有一撥鏢客翻身來擋飛豹。飛豹子東攻一頭，西攻一

頭；忽然用鉤劍，忽然用暗器，往返衝突，似乎還不肯走。振通鏢局的眾鏢師雙鞭宋海鵬、單拐戴永清、追風蔡正、紫金剛陳振邦，由鏢頭鐵牌手胡孟剛率領；他事不管，捨生忘死，專盯飛豹，以防他奪路逃走。

飛豹子的暗器一發一個準，一打一個著。鏢客不怕受傷，依然苦盯不退。俞氏夫妻與弟子左夢雲，忙各展金錢鏢，專打飛豹子的暗器。原是飛豹子破錢鏢，現在反是錢鏢破鐵菩提。

鐵牌手胡孟剛喊道：「飛豹子，你不是英雄！你誣賴人。你給鏢不給？」飛豹子大罵：「你們做的好圈套，你還問我！」

奮力照鐵牌手一劍，鐵牌手揮牌一磕；飛豹子陡轉身，把從背後掩來施暗算的追風蔡正一劍刺倒。

俞夫人丁雲秀很著急，叫道：「劍平，劍平！豁出去吧！你還不快上？」俞夫人提短劍，臨身奔到飛豹子前面。俞門弟子左夢雲在左在右，保護師娘。俞劍平提劍輕輕一竄，也撲到飛豹子身旁。豹子切齒冷笑，揮劍來鬥。

當此時，子母神梭被豹黨強拖苦勸，早就住了手，把大殿內負傷的同伴引出來，由遼東二老相伴掩護，火速地往外奪路。鏢客堵門而鬥，豹黨二老竟與子母神梭亂發暗器，牽住了鏢客，使負傷的人另從邊處退走。他們還有捷徑，鏢客沒有堵住，忙忙地繞道來追。沙門弟子拚命斷後，且戰且走。

飛豹子在廟前拚命，環顧左右，似已曉得同伴已退。他情知鏢客注意的是自己，故此橫身戀戰。啞巴尚克朗也提兵刃，奔過來與飛豹駢肩拒敵。西川八臂郁敬恆、侯敬綽二人，記恨著墜齒之仇，專奔漢陽郝穎先。郝穎先用點穴鑛與二人戰。二人志在雪恥拚命。郝穎先竟似支持不住，且打且退。

西南面隆隆之聲越響越真。豹黨倏鬥倏退，忽然吹起呼哨，都聚在一處。他們預有佈置，倏然地亂穿竹林，奔廟東而去。鏢客大恚，絕不放他們走。夏氏三傑、馬氏雙雄率十數青年，立刻去窮追子母神梭等。智囊姜羽沖、霹靂手童冠英、夜遊神蘇建明等，從西頭搜廟，把自己人引出來。於是智囊姜羽沖急加指揮，分扼要路口，想把豹子的逃路截住。

飛豹子一面打，一面走。俞氏夫妻緊綴不放，連聲喊叫師兄。飛豹子環顧冷笑，重翻身，竟與俞氏夫妻抵面而鬥。遼東三熊的熊伯達、熊季達、顧夢熊突然奔到，衝飛豹子一喊，於是飛豹子立刻仗劍一衝。

鏢客叫道：「豹子要跑！」果然是挨到時候了，飛豹子喝一聲走，竟與尚克朗突圍猛竄；覓定鏢客稍弱的一方，奮力撲來。眾鏢客叫道：「留神！」飛豹子一暗器打倒了少年壯士孟震洋。遼東三熊從鏢客後面發暗器，鏢客急閃身，也發暗器打豹。飛豹子長笑一聲，飛身急竄，與啞巴尚克朗全都突圍而出。

鏢客大怒，喝道：「你還想走！」唰的一陣暗器聲，俞氏夫妻各發金錢，岳俊超發蛇焰箭。只見飛豹伏身一閃，好像往前一栽，鉤形劍也往後一掃，叮噹響了一聲；飛豹子竟然一挺身，驟然一回手，還打出數粒鐵菩提子。

就在這剎那間，眾鏢客人人爭先，又趕上前把豹子圍住。豹子目露凶光，往開處一竄，急抬手，鐵菩提連發；容得鏢客微退，他翻身又走。鏢客不捨，俞劍平夫妻一齊叫道：「袁師兄，請你不要走！」緊緊綴豹，毫不放鬆。豹子奮發武怒，揮劍如狂風掃落葉，竟與俞氏夫妻死拼。俞氏夫妻沉著應戰，似乎不肯下毒手又似乎要活擒他。豹子越發惱恨，由大怒轉而酷笑，他張眼四望，蹈虛奪路。在他身前身後，還有十幾個豹黨。

於是迤邐而戰，豹子奔東，鏢客東擋；豹子奔西，鏢客西擋。豹黨人數本比鏢客多，現遼東二老已將子母神梭等送走。大批人離開了飛豹，所

以現在只剩十幾個豹黨，分明要吃虧。

　　但是飛豹子悍然不顧，竟敢橫劍斷後。啞巴尚克朗提刀掩護，也無懼色。十數人左突右衝，漸聚在一處，迤邐往西退走。西邊竹林當前，忽然間，聽得竹林內驟雨似的一陣亂響，飛豹子軒眉叫道：「姓俞的，你敢再追？」

　　眾鏢客喝道：「你不能走！」奮勇追來。飛豹子卻引大眾，穿入竹林。眾鏢客防有暗算，稍稍落後。竹林中僅僅發出幾支弩箭，便見竹葉簌簌地發響，人似穿林往西逃去。眾鏢客忙繞林追抄，林後竟有一道小溪，本有竹橋，已被拆斷，另搭著浮橋。豹黨竟一個個蹈板跳溪而過。鏢客也想跳溪追趕，稍一瞻顧，飛豹子竟先一步得登彼岸，把跳板撤到對岸，將自己的人聚到一處，翩然往西面退去。智囊姜羽沖叫道：「快截住，快堵西面，西面是洪澤湖！」

　　俞劍平夫妻和夏氏三雄等也都看出豹黨且戰且退，似有一定路線，大家努力地往前追，想把退路剪斷，但是竟辦不到。

　　又轉過一道竹林，前面白茫茫一片，已到北三河交錯之處。一道道淺溪淺灘，崎嶇阻礙，時時有冷箭從竹林發出；並且竹橋已拆，浮橋已撤，只有輕功飛縱術超卓的能夠掠溪飛渡；飛縱術稍遜的人，立刻被截住一半。夏氏三雄與俞氏夫妻分二路追截。好容易迫近豹蹤，突然見北三河上游，一條白線似的飛奔來一夥人，遠遠吹起呼哨。鐵牌手叫道：「不好！」

　　說時遲，那時快！這一夥約有六七十人，倏然阻林斷路，竟全是弓弩、暗器，把鏢客擋住。飛豹子止步回頭罵道：「俞劍平，我跟你一輩子沒完！」

　　俞劍平一行愕然注視，率領這一群短衣壯士給飛豹打接應的，竟是那個凌雲燕和白娘子凌霄燕姊弟二人。白娘子引眾拒敵，用強弩、利箭照鏢客攢射。雄娘子接引豹黨，順河邊急走。河邊預先泊著幾隻船，這凌雲燕

與豹黨陸續上了船。然後由那白娘子一聲呼哨，也收隊跳上了船，徑往洪澤湖開去。

鏢客紛紛繞道趕到，胡跛子和肖守備嚷道：「不好，要跑！」有的鏢客要洇水追趕，俞劍平道：「使不得！」鐵牌手胡孟剛大叫道：「姜五哥，咱們的船呢？」智囊姜羽沖從左翼抄到河邊，左右一望，向大家招呼道：「快順著河邊追，咱們埋伏的船藏在洪澤湖裡邊了！」

眾鏢客除負傷的稍稍落後，餘眾立刻緊追下去。豹黨那邊，白娘子指揮水手，船行甚速；鏢客腳程快的，就有的趕上了船。

船上立刻放箭。十二金錢俞劍平夫妻率俞門弟子也已趕到。黑鷹程岳、左夢雲一齊高叫：「袁師伯留步！」飛豹子、子母神梭武勝文與雄娘子凌雲燕推開窗，手指俞劍平道：「俞鏢頭，你的假面具全揭開了！還叫什麼師兄、師伯？」

飛豹子把一支箭一折兩段，叫道：「俞鏢頭，你不仁，我不義！你再叫我師兄，你就是罵我畜生！你我現在是死對頭，不要再裝樣子！」將折箭照俞劍平投去。武勝文更怒罵道：「俞劍平，我與你何冤何仇，你把我賣了！」

俞劍平欲辯無從。胡孟剛替他還罵：「官兵不是我們勾結的。你們硬誣賴我們，你們好借端一走。姓袁的，我姓胡的跟你有何仇何怨，你害得我傾家敗產，子、侄入獄？」

轉眼間，豹黨之船馳向湖去。鏢客追蹤急趕，智囊姜羽沖忙叫大眾跟著他走；湖口東面果然有兩艘船停泊，相距還有半里，鏢客蜂擁上船，駕舟追躡。豹黨六十餘眾，加上凌雲雙燕的部下四十餘人，已達百人以上。這百餘人駕四艘快艇，先後如飛地向洪澤湖遁去。鏢客共駕兩艘船，拚命追趕。豹黨的船極快，鏢行的水手駕船術不行；又加上繞了半里路，一共相差便是一里多；因此不大工夫便落後二三里。鐵牌手胡孟剛急得怪叫：「快追呀！快追呀！怎麼我們就忘了這一手，怎麼就不堵飛豹子的逃

路？」話風有點抱怨智囊佈置不周。

俞劍平抓住他的手，說道：「二弟，不要急，要沒有佈置，咱們哪來的船？」胡孟剛道：「追不上，怎麼好！」智囊姜羽沖笑道：「你別著急。」忙對青年鏢客說：「你們幫著划船。」立時過來幾個青年，加緊划槳。這兩艘船也就箭似的追上去了。

但是，豹黨一開初行船極速，雙方越趕距離越遠；在大湖波上，破浪追逐，瞬間走出一二十里。忽然間，鏢客的船越趕越快，豹黨的船卻越逃越慢。鐵牌手胡孟剛心頭一鬆，大叫道：「好了，好了！再有一里地，就追上了！」

十二金錢俞劍平眼望前面白茫茫的湖波，心情很鎮定。今見要追上豹黨，他忽然顧慮起來，忙與智囊姜羽沖說道：「姜五哥，你來看，前面的船是划不動了，還是故意放慢？」

姜羽沖、蘇建明、九頭獅子殷懷亮、霹靂手童冠英、夏氏三傑、霍氏昆仲、馬氏雙雄一開初窮追尚遠，都很喜歡；此刻迫近，也都有點嘀咕。一個個放目察看四周；前面白浪接天，時現沙洲，一片片淺灘草澤，交互掩錯，正不知豹黨奪路而逃，是胸有成竹，還是倉促避禍，還是怕官兵由火雲莊跟蹤前來追捕他們？

還有火雲莊被圍這件事，鏢客只聽豹黨這樣怒罵，究竟此事是真是假，不知是豹黨藉口賴辭，還是官兵真個聞訊前來打岔？在剛才苦鬥時，人們都不暇探問，此刻首由三江夜遊神蘇建明向俞劍平詢問：「俞賢弟，剛才飛豹子說火雲莊被官兵圍抄，到底是怎麼回事？是哪一路的官兵？」俞劍平皺眉長嘆道：「連蘇大哥都這麼猜疑，我真是有口難辯了！我情實一點不知道。我既講定和袁師兄較技討鏢，我焉能暗中勾通官兵？豈不亂了江湖道的規矩？我們袁師兄的脾氣，我很知道，好好地按著武林道走，還怕他翻臉，我還敢耍別的見識麼？豈為貽笑大方？蘇大哥，你可以問問

姜五爺、胡二爺，我們幾個人始終沒有離開過。」

又轉問胡、肖二友道：「二位師弟，我可不該問，莫非是你看著不憤，暗中知會官面了麼？」

胡跛子把眼一瞪，肖守備連忙笑道：「沒有！三哥放心，我們就要這麼辦，總得先跟三哥商量好了。這回官兵抄火雲莊，只怕不是事實，我們不是在火雲莊留下人了麼？」

胡孟剛道：「姜五爺已留下人了。可是的，要真是有官兵抄莊，我們的人怎麼不來送信？哼，我看準是飛豹子扯謊。」

姜羽沖搖頭道：「不過，剛才察言觀色，子母神梭確是神色慘變；飛豹子也是怒中帶懼。」漢陽打穴名家郝穎先道：「抄莊之事必然不假。我們的人沒有趕來報信，就怕他們幫助官兵，指點攻勢，那就教飛豹子越發抓住理了。這事也怪，官兵倒怎麼得著的消息呢？」

十二金錢俞劍平搓手道：「我們其實瞞得很嚴，官面上一點不曉得。就是官府派來的捕快，這兩天直打聽，也教我拿面子拘，拿銀子買，也跟我們順了吧。他們也說，按江湖道討鏢，比報官拿賊起贓還有把握。我也教李尚桐賢弟、阮佩韋賢弟暗中盯著兩個捕快。二捕快確沒有報官，真不知官兵從哪方面得到線索？只是他們這一剿匪不要緊，袁師兄更不與我甘休，這可是……唉！」

胡孟剛見俞劍平著急，他越發著急，提高嗓音問眾人，是哪位知會官面了？連問數聲，眾人誰也沒有這麼辦。智囊姜羽沖道：「胡二哥不必問了，就問出來，也沒有用。」

夏氏三雄道：「過去的事不用後悔了，現在且顧眼前的。我們快追，這不就追上了？追上他，咱們就抓破臉，跟他們打。今天一定要把鏢銀討出來。」

胡孟剛一聽這話，方才高興。他眼望豹黨的船越追越近，一面拭汗，一面又提起雙牌；他身上挨了一鐵菩提子，卻一點也不介意。

　　智囊姜羽沖忽然說道：「我們現在不是追，只是綴，我們只能跟住了他們，認準他們的巢穴，現在不能跟他們打。」胡孟剛回頭道：「唔，那是怎的呢？」

　　姜羽沖目視前舟，微笑不答。前面豹黨的船，也有人探頭往後面望。武林中人目力都好，遙望隔船人的面貌，眉目都很清楚；這人正是那個雄娘子凌雲燕。他和一個白衣女子並肩而立。那白衣女子正是白娘子凌霄燕。

　　此時俞夫人丁雲秀坐在船上，雙眉緊鎖，很是煩惱，對沒影兒魏廉說：「想不到袁師兄翻臉無情，鬧到這樣。他們的船一勁往西走，莫非要把我們引入虎口麼？魏賢侄，你可知這洪澤湖有成幫的綠林沒有？這個凌雲燕是湖中潛伏的綠林麼？」

　　魏廉道：「凌雲燕的底細，小侄不知。這洪澤湖內中島上，有紅鬍子薛兆的一竿子人窩藏在那裡，不過薛兆老舵主實是熟人。」

　　俞夫人道：「我知道，薛老舵主跟你三叔也認識，我聽說此人不是已經退休洗手了麼？這一回，要是薛老暗助著子母神梭和我們袁師兄，我們可是身臨險地了。我說，喂，劍平，我們直往前綴，到底使得麼？你看袁師兄的船，一開頭逃得很慌；此刻越劃越慢，好像有點不在乎，有恃無恐似的。你問問姜五爺，咱們到底打算怎麼樣？我們是不是請會水的朋友預備預備？」

　　俞劍平未及答言，霹靂手童冠英笑道：「俞大嫂真是足智多謀！智囊姜五爺，你聽見了沒有？」姜羽沖道：「你看！」用手一指，只見青松道人、孟震洋、霍氏雙雄、宋海鵬、戴永清全走進船艙了。姜羽沖道：「他們幾位換好衣服，自然要顯顯身手的。」俞夫人道：「我謝謝諸位，請諸位

受累！」跟著嘆息一聲道：「劍平，你看，將來的結局，要落到什麼地步？官兵抄莊如是真事，袁師兄惱恨他的朋友被累傾家，必然遷怒到你我身上。我真的不知以後會鬧成什麼局面呢。」胡孟剛也把雙掌一拍道：「我算倒血霉。這二十萬兩鏢銀，一輩子也討不出來了！」

胡、肖二友忙勸道：「師姐何必著急？胡鏢頭也無須擔憂，姓袁的既然這麼無情，他不是猜疑我們勾結官兵麼，索性我們報官，搜湖剿匪就是了！」

單臂朱大椿尋問智囊姜羽沖和義成鏢頭竇煥如：「現在我們可是深入虎口。他們的船直往裡鑽，難保沒有別意。肖老爺的話很有理。我們就是不報官，也該預留退步；萬一我們追進去，若是受了包圍，誰救我們呢？我們也該派一個人，回寶應縣預備援手才對。軍師爺，你預備沒有？」

智囊姜羽沖道：「沿路都有我們的伏線。我告訴他們了，如一見比拳生變，立刻往回報。就是火雲莊，我們也派人手去了。」

智囊的佈置確很周到，並不是一味猛追，沿路全都留下傳信的人了。不過，豹黨遁入湖中的事，乃是變起不測；現在奮起直追，已經顧不得先探道後追趕了；故此鏢行群雄覺著全軍蹈險，實是危招。只是水路不比陸路，除了駕船直追，實無他策。夜遊神蘇建明堅勸十二金錢俞劍平夫妻，把兩隻船的人，分為前鋒、後隨兩隊，一隊在前急趕，一隊在後策應，並勸俞氏夫妻斷後。蘇老自告奮勇，要搶頭陣。那青松道人至此也振袂而起。對眾人說：「貧道不才，願意在前面替俞鏢頭緊綴豹蹤。不論他上天入地，我絕不能把他追丟了。」

當下兩隻船上的人都搶前陣。俞氏夫妻和胡孟剛幾個當事人，都在前船上。眾人勸他到後船上去，俞劍平道：「我深感諸位熱誠，不過我已經在這船上坐了，我們不要再調換了。」反倒吩咐弟子和青年鏢客，取出食物和清水來，勸大家趕快趁這工夫進食，稍歇過一會兒，還得力鬥。大家

依言，且食且談。

　　眾鏢客正在議論時，只見前面那四隻豹黨之船，本走江心，此刻忽然斜趨堤岸。這裡並不是洪澤湖的主湖，只是湖岔子的淺灘。秋天湖水暴漲時，也可以水深數丈，變成一片汪洋巨浸。駕船而駛，隨處可走。若在伏汛以前，又值苦旱，這一片湖灘便成東一堆、西一片的沙洲沙灘，葦塘大澤，隨地皆有；所以洪澤湖才有這「洪澤」之名。在淺灘沙洲中間，處處有寬窄不等的河床，泡在淺水中，何處深，何處淺，全看不出來。行船者稍一不慎，誤入沙灘，必致擱淺；就是誤入河床，也照樣上當。這必須熟練的水手，悉知洪澤湖的地勢，方能通行無阻。

　　那豹黨的船一路逃走，竟調轉船頭，冒險改趨支岔，船也越走越慢。眾鏢客引目一望，這一帶湖岸高低起伏，亂草叢生，曠無人跡，岸上也沒有農田；揣摸形勢，恐怕已近盜窟。單按地勢看，此地正是水寇出沒最合適的地段。眾鏢客互相照顧，預備進關虎口。船上的水手卻忽然驚喜起來，對鏢客們說道：「眾位達官爺，這可好了，他們跑不了！」

　　鐵牌手胡孟剛忙道：「這話怎麼講？」水手道：「他們走進死路了。這條江岔子，緊接著洪澤湖，可是這裡地勢高，江水全流到那邊東岔子去了。這裡再往前走，頂淺的水，人都可以淌過去；不過不能淌，因為是沙泥底，一下去就陷沒到脖頸，你老看，他們的船直往這裡鑽，一會兒就走不動了。老爺們準備拿活的吧。你老可留神；他們走不過去，回頭來拚命。」水手之言確鑿近情。鏢客群雄人人大喜，各整兵刃，各托暗器；淨等豹船前行遇阻，回帆奪路時，大家便與他死鬥。還有會泅水的鏢客，也準備下水拿人。夜遊神蘇建明、九頭獅子殷懷亮，更囑青年鏢客，預防豹黨暗遣水寇，不明攻而暗襲，從水底來鑿船。會水的鏢客依然戒備，目注著水波和前面的敵船。

第五十一章

官兵驟圍剿豹黨喪膽

炮攻火雲莊神梭傾巢

第五十二章
凌雲雙燕援豹傳柬　鏢行群雄深夜求援

　　眾鏢客聚精會神，眼盯著豹黨的船。九股煙喬茂向宋海鵬嘮叨：「宋爺，你水上的功夫很出風頭，你怎麼不下水，過去鑿他們的船呢？憑宋爺你一個人的力量，把豹子的四隻船，全給鑿毀了，於是乎豹子落湖，宋鏢頭立奇功。我說的怎麼樣？」

　　九股煙的話，似乎是出主意，又似乎是挖苦人。雙鞭宋海鵬把九股煙盯了一眼，說道：「我謝謝九爺的指教。你不是也會狗刨麼？勞你駕，咱爺倆走一趟！」說著一指波心，道：「水很淺，走吧？」

　　九股煙一吐舌頭，宋海鵬轉對戴永清說：「戴四哥，咱們就下去，也教喬師傅心上痛快痛快。」兩個人全站起來，要往下跳。忽被黑鷹程岳聽見，忙攔住二人，大聲說：「師父、胡老叔，宋師傅、戴師傅現在要下水水戰，使得使不得？」蘇建明道：「咳，喬九爺，你口下留情吧。宋爺、戴爺，你二位別忙；你先等一等，我們得聽軍師的口令。吚，你們二位快看，他們要怎麼樣？」

　　當此時，那豹船的白娘子凌霄燕、雄娘子凌雲燕一雙璧人，忽從船艙出來，各捧著兵刃，立在船頭，眼望岸上，一陣風吹過來，似聽雙燕說了幾句什麼話；那飛豹子袁振武、子母神梭武勝文以及二老三熊，紛紛從艙中出現，唯有負傷的震遼東沙金鵬沒有露面。

　　飛豹子與凌雲燕似有所言，旋見白娘子、雄娘子各取一支呼哨，含在口邊，吱吱地一陣狂嘯，似有所關照。鏢客忙尋岸上，只見斷岸叢草亂生，河床甚矮，竟望不見岸上到底有何動靜。青松道人道：「待我來。」一

面催船急駛；自己徑走到桅杆前，右手單把一提，左手單把一換，嗤嗤嗤，攀上桅杆頂。

智囊姜羽沖在那一艘船上，也攀桅升頂；凝眸望了望，半晌不見動靜，只見一隻豹船忽然落後。智囊遙對青松道人說：「青師傅，沒有什麼埋伏吧？可是他們不能不知道此處是死路。他們既明知是死路，為什麼偏要這麼走，我們⋯⋯」說時一滑手，唰的落下來。青松道人也在桅上，唰然一墜，唰的又上去。原來有兩支短弩箭從落後的那隻豹船上遠遠打到，縱然遠攻無力，卻也不能不躲。

智囊姜羽沖冷笑道：「飛豹子不願意我們登高。」青松道人道：「我偏要看看。」弩箭連發數下，青松道人在桅上撲打閃躲，始終不下。鏢客群雄一齊嘩贊，有的人見豹船放冷箭，也要還擊他，俞劍平道：「師兄，何必慪這個氣，快下來吧！」俞劍平也攔住眾人，勸其不必還手。因為相距太遠，放箭徒勞無功。

這時一陣風過處，聽見豹船上也有人喝彩道：「好身法，好老道！」青松這才一笑，把身形一側，頭上腳下，唰的下來。穿著他一身道袍，毫不覺累贅。青松道人走到俞劍平身邊，舉手一揚，竟接了七支短箭。這箭全是由豹黨船窗縫射出來的。

青松問眾人：「可知是誰放的？」全說：「是一個年輕人，不是豹子。」青松道：「難為他手勁不小。」

落後的豹船又緊划數下，彼此的船又相隔數箭地。曠野聲沉，一陣風過處，才聽見彼此的話聲。武師們目力好，望見飛豹子拉著子母神梭的手，與他喁喁對談。忽然間，飛豹子向岸邊一望，又往鏢客這邊一望，桀桀地大笑起來，跟著高聲叫道：「俞劍平，俞劍平，姓袁的要告辭了！你有本領，儘管來追，儘管來攻湖！」

似聞豹船喝出一聲口號，四隻船順著江汊子，一味往斜刺裡開，竟似

要開到淺灘上。智囊姜羽沖首先發出驚訝之聲,告訴大家留神。鏢客一齊凝眸。此處河床道邊,寬有六七丈者,窄有三四丈者。豹黨擇了一處最窄的河床,把船開到沙灘。白娘子吱地吹了一聲口哨,四隻船一字排開,列成浮橋,阻住了河床;眼見有十幾個豹黨「撲冬撲冬」跳下水去。船上的人也七手八腳,往下投擲連串的草捆。又從船內,搭出長長窄窄的竹筏木板,眼見他們很神速地把草捆墊沙灘,用板筏架草捆,轉瞬做成兩道浮橋。雄娘子一聲呼哨,首先引領飛豹子、子母神梭十數人踏草橋登岸。隨後豹黨眾人也陸續舍舟上陸。眨眼間,豹黨四隻大船成了空船,並且眼見四隻船吃水已淺,往上漂起來。

　　十二金錢俞劍平、鐵牌手胡孟剛、智囊姜羽沖與鏢行群雄看得清清楚楚,忙說道:「不好,他們真要這麼逃走!」那幾個青年鏢客叫道:「不要緊,我們過去奪船拆橋!」俞劍平道:「使不得!」孟震洋、戴永清、宋海鵬等,早已掠波下投,泅入水中;卻是水淺得很,人在水底,歷歷看得分明。船上的鏢客一齊用力,要趕過去把船靠近豹船,就可以借船為排渡。

　　但未容鏢客的船迫近,也未容泅水的過去奪船,那豹黨的四隻大船,忽然從艙中冒出濃煙;一霎時,捲出烈焰,燒成四團大火。水中鏢客全都退回,從水底浮出頭來看望。船上的鏢客也都大驚,急忙把船駁回來,恐被烈火延燒。這一把火阻斷了追兵;豹黨發火的船居然在水中搖搖曳曳,做一字排開,塞住江面。而且暗中分明似有人在船底推動,直往鏢客的船奔衝。船勢來得雖慢,卻也怕它延燒過來。

　　智囊姜羽沖忙喝命撥船倒退,越快越好。鐵牌手胡孟剛急得亂叫:「我們就眼看著把他們放走麼?人家的人會在水中推船,我們的人就不會在水底截住麼?」遂大聲向下水的鏢客喊嚷;下水的鏢客果然不待招呼,已泅水過去,竟欲奪舟救火。

　　十二金錢俞劍平早看見飛豹子一行登岸以後,已然亮出弓箭。忙向孟

震洋大喊道：「快不要過去，趕快回來。我們不會從這邊上岸堵截麼？」

飛豹子袁振武、子母神梭武勝文，此時已然紛紛登岸，沒入林中。岸上只剩下白娘子凌霄燕、雄娘子凌雲燕。這雙凌燕子率領部下，用強弩斷後，結成隊伍，忽散忽聚，聲勢很迅速整齊。泅水的鏢客還想與豹黨泅水行舟的人，截舟水鬥；但水中的豹黨並不肯戰，也不再推船；把火燒的船推到分際，立刻泅水退回去，在焚舟的上游一齊露面。白娘子吆喝一聲，泅水豹黨立刻游到浮橋邊，紛紛上岸。臨到末後一人上了岸，岸上人立刻曳動繩索，把浮橋跳板，連抬帶曳，一齊抬上岸邊，也放火燒了。

泅水鏢客孟震洋、宋海鵬、戴永清等從水底潛渡，繞過了焚舟之處，也搶到上風，探出頭來。目睹此情，互相傳呼著，就要展身手奪浮橋、搶堤岸。剛剛往這一邊浮，凌雲燕一聲狂笑，把胡哨吹響。岸上弩箭手奔過來，唰的一排箭，照水底水面攢射過去。孟震洋等急忙划水躲避，浮到稍遠處，探頭觀望。眼看著敵人拆橋、放火、整隊，不慌不忙，收拾俐落；又一聲呼哨，白娘子、雄娘子帶隊撤入林中。孟震洋氣得無法可施，回望焚舟，仍是烈焰熊熊；再回看鏢船，竟也在想法，要從別處攏岸。沒影兒站在船上，連連催促。孟震洋一行只得泅水回轉。

俞劍平容得泅水的人退回，立刻催水手划舟往回走。已問明水手，豹黨登岸處是一座淺灘沙洲，實難停碇攏岸。但是這沙洲並不大，要趕緊往迴繞，也許從別處登陸，可以追得上。俞劍平與智囊姜羽沖力促大家協力，火速行船。

眾鏢客眼望兩岸，岸上儘是白茫茫的浮沙淺灘，情知沒有下腳處；人既不能登，船更挨不上邊。有的人仍覺不甘心，要施展「登萍渡水」的功夫，先遣數人，掠灘上岸，冒險一試；也學著豹黨那樣，割草墊灘，引渡餘眾。三江夜遊神蘇建明首先發話，向單臂朱大椿說道：「朱四爺，咱們弟兄試一試，怎麼樣？省得往迴繞，越繞越遠越晚了。」

單臂朱大椿面有難色，搔著頭轉問孟震洋道：「孟爺、宋爺，你們幾位是洇水的行家，你看這沙灘，能夠對付著滑走不能？」飛狐孟震洋、宋海鵬、戴永清端詳沙灘，說道：「灘太軟，片又不大，輕功高的人也許能夠掠過去。只是你老看，這裡最淺的還有三四丈，沙灘又比土岸矮著好幾尺，踏著軟灘躥高，怕不好冒險吧？」

　　蘇建明不服老，邀著朱大椿、青松道人，要分一半人，掠沙飛渡。蘇老對俞劍平說：「俞賢弟是頭腦人，可以不冒這個險；我們哥幾位先試試。」

　　這時候，船還是加緊往回趲行。俞劍平忙攔阻蘇老：「老大哥，這決使不得，千萬不要上去。」蘇老笑道：「你怕我陷在沙裡頭麼？」

　　俞劍平道：「那倒不會，我知老哥輕功絕頂，必能上岸。但是你得留神，登了岸還許上當。我們袁師兄，就能這麼好好地走了麼？他在岸上還許有埋伏。我們的人會青萍渡水的並不多，上了岸，人便落了單；算來我們的人能運輕功渡灘的，就只有六七人。他們焉肯容我們上岸割草，接引大眾？」他堅決地攔勸蘇老持重吃穩。智囊姜羽沖也說：「眼看就繞到登岸的地方了，蘇老前輩姑且候一候吧。」

　　蘇老到底不服，立在船幫上，用一枚蝗石，試往沙灘上一拋，嗤的一聲，蝗石掠灘面而過，帶起泥漿來；果然看出灘面太軟，不能立足，不能借力。他這才仰面吁氣道：「豹子這傢伙詭計多端，單擇了這麼一個絕戶地方做脫身處，難鬥極了！」

　　大家動手，船行極速，用不了半個時辰，已駛到登渡處。

　　一條汲道，上搭跳板。大家把船駛轉，往跳板旁邊攏靠過去。距跳板還有一丈多，便不能行船了，只好將船泊住。鏢行群雄道：「我們往板上跳吧。」三江夜遊神蘇建明道：「別忙，我先試試。」他立在船頭，相了相形勢，立刻俯身輕輕一竄，輕輕拔高，輕輕落下，恰落在跳板上。腳只一

點，嗖地上了岸。這跳板很結實，居然穩穩噹噹，盡人都可落腳。

蘇建明又搶到岸邊高處，登高往四面一望，這才向眾人招手道：「上吧，沒有埋伏。」說話時，朱大椿、青松道人、夏氏三雄，早已陸續跳上來了。

這跳板確是居民的汲道；豹黨在此並未設伏。其實豹黨這一走，也是變出不測。他們的本意，並沒有打算退入洪澤湖，偏偏發生意外，官兵聞耗，火雲莊被剿。子母神梭武勝文為友受累，竟致覆巢；這才激怒了飛豹子，料到武氏住宅一被圍攻，馬腳已露，決計不能回救；這才倉促變計，強勸子母神梭同往歧路上退去。幸而這一條退路，是事前防備萬一，加緊準備的。當時一共準備三條退路，如今擇取這一條水路。

但是鏢客大舉而來，志在借此一會，務必討回鏢銀，他們焉肯空空放過？且此事既被官兵知道，再想私了，已不可能。更料知火雲莊一變，豹子銜怒，今後已寇讎，鏢行也就不存求和之意，索性苦追不捨，以期到底尋出結果。豹黨鏢行兩方面實逼處此，越來越壞。飛豹子率黨拔身一走，若只憑己力，怕也逃不脫。幸而雄娘子凌雲燕失招負愧，奔了回去；白娘子凌霄燕，大舉來援，這才雙方湊巧，把子母神梭引入沙洲，由沙洲退往別處。

這些情形，在豹黨自覺手忙腳亂，頗感狼狽。在鏢行自然並不知情，還以為豹黨佈置周密，處處都有退路；他們既由沙洲遁入湖中，深恐他們在湖內擺佈什麼陷阱。因此，鏢行追趕之際，稍涉顧忌。等到鏢客繞道上了沙洲，豹黨早已退得無影無蹤了。

眾鏢客立刻在沙洲上分撥列隊，要前後策應著，火速窮追下去。智囊姜羽沖忙尋了一株大樹，先登高一望，把長葫蘆似的一座小小沙洲，前後情勢匆匆看明。然後他請大眾稍待，先問水手，後向眾人說：「我望見北邊似有帆影，恐怕豹黨又已易陸而航。我們不能跟在他們身後，一味後

趕；我們應當分撥追抄，可是橫抄的人必須會水。並且湖中是不是有豹黨臨時現設的伏樁，他們是否還會藏著大幫的人，我們現在全不知道。可是機會稍縱即逝，我們又不能不追。諸位高朋，小弟的意思，要請大家協力，分水旱兩路，入湖窮搜。我們卻是不免要涉險。」

大家哄然讚道：「好！我們應當這樣追。我們不怕險，我們為朋友義氣來的，怕險誰還會來呢？軍師，我們誰走水路，誰走旱路？」當下立刻分路。大家都認為豹黨走得儘管快，此刻也未必離開沙洲，故此只請幾位武林前輩，率領熟洪澤、知地勢的人和全數會水的鏢客，重複登舟，火速地掠湖而去。雖說此舉志在追豹，也等於探道。唯有沙洲這塊地方，由俞、胡、姜等大批的人趕來。

當下，水陸並進，急往前追。在船上只留下三兩個鏢客，守護著受傷的無明和尚諸人。十二金錢俞劍平以下，都不顧勞累，也不怕洲上居民驚訝，一個個拔步趲行，急搜下去。洲本不大，只有六七家漁戶和數處看青的村舍。洲心一片片青紗帳，轉望皆綠。

眾鏢客先趕到豹黨登岸處，往灘邊一望，遺蹟猶在，人早沒了影。又折回北頭，分明看見北岸上，有泊舟的小碼頭；舟既可泊，當然豹黨可由此處逃走了。大家立在岸頭，遙望水面，一片汪洋，微見帆影，東一片，西一片，正不知哪一處是豹黨逃走之船。俞劍平、胡孟剛一齊望洋興嘆，恨恨不已。更回望洲心，青紗帳掩映處，似有炊煙，可是看情形，這裡絕不像大盜盤踞之所。這地方太小，且只有北和南東三處出入口，巨盜實不能在此割據稱雄。

大家悵望良久，不顧勞乏，只得往裡搜；先找到土民，試一打聽。果然此處只是水田漁區，常日很太平，並無匪人出沒。再打聽剛才可有逃走的一百多人，從此沒過；據土民回答說：「剛才確有一大批爭碼頭的人，也不知是在哪裡械鬥來著，剛才倒是奔上此洲。看樣子，人數很多，個個

鴉雀無聲，急走不休；又好像是打群架，剛亮隊，還沒有交手似的。我們不敢湊近了看，怕惹出麻煩。後來他們就貼湖邊走了。」

鏢客忙問：「你們看見西湖岔，船上失火沒有？」土民答說：「看是看見起火冒煙了，可是誰也沒敢過去看。有一個年輕漁人剛跑過去，就被打群架的人硬給擋回來；拿刀動槍的，誰也不敢看了。」據此問答，確知豹黨果然是路過此地，並非借地安窯。智囊姜羽沖說道：「不用打聽了，我們趕快地打水路追吧。」

鏢行大眾火速地退回，且退且搜尋兩旁。忽有一個短衣男子，在樹林後一探頭，又縮進去；縮進去，又探出頭來，情形很蹊蹺。好幾個青年鏢客大喝一聲，持刀撲過去。沒影兒頭一個趕到，就要往前猛撲。只見那人連連搖手，似無敵意，同時上眼下眼地打量眾人；眾鏢客豁剌地將那人圍住。沒影兒魏廉、蛇焰箭岳俊超喝問道：「你是幹什麼的？」這人年約三十多歲，衣衫襤破，分明是窮苦的漁夫，鏢客衝來得凶，嚇得這人縮成刺猬，連聲說道：「我是老百姓，我是漁船上的。你們諸位老爺可是鏢行達官麼？」沒影兒喝道：「抬起手來，讓爺們搜搜。」

這人答道：「你老不用搜，我身上有一錠銀子、一封信。這信是給鏢行老爺們的。銀子是我的。」說時，從衣襟下取出一張汙穢的信條來。另有一錠銀子，他卻緊握在手中不釋，對沒影兒說：「這個字條兒，剛才有一位碼頭上的蔡頭兒，親手交給我的，教我當面遞給海州開鏢局子的胡二爺。」

此時眾鏢客都走過來，已聽見此人的答話。鐵牌手胡孟剛道：「我就姓胡，是誰給我的信？」紙條兒早由沒影兒魏廉搶出，自己先看一眼，忙遞給俞、胡二位鏢頭。

胡孟剛最急躁，忙問漁人：「是什麼樣的人，給你的這封信？什麼長相？」口裡問，眼不閒，早將紙條抓過來，展開疾讀。草草一閱，頓足叫

罵道：「好豹子，他真就倒打一耙！到底是誰把消息透給官兵的呢？教豹子可捉住訶了！」胡鏢頭如瘋了似的，兩眼通紅，不知要咬誰好。

十二金錢俞劍平接過紙條，見眾人都湊過來看，把漁人遣開，低聲唸誦道：「胡鏢頭，我與足下無冤無仇；北三河一會，本可當日了結。詎奈俞某違約失信，明來較技，暗下辣手；膽敢勾串官兵，陷害幫場之人。我友無端被累，所受池魚之殃，恐較足下更甚！足下不過失鏢，吾友則已破家傾巢，吾何以對我友耶！胡鏢頭，此非我無信，汝勿怨我，請質問令友。並煩尊口，轉告令友，今後天長地久，大仇已結，誓所必報。我若不能復興吾友已毀之家業，我若不能為彼雪恨復仇，我誓不與俞某並立於天地之間。別唉，胡鏢頭！請告俞某，從今以後，江南北，山東西，若有大案掀起，即是區區不才報答十二金錢名鏢頭妙計鴻施之計也。」

那信下款沒有留名，照樣只畫著一隻「插翅豹子」，塗抹得亂七八糟。看文筆字體，竟非豹子親筆，不知是何人替他寫的。這只是一張毛頭紙，揉搓成一團了，倒確是剛寫的。

還有第二頁，字跡較少，也無署名，下款畫著一支大鵬，文稱：「無明師傅臺鑒，拜領高拳。可惜用暗算，不是英雄。今生不能便休，不出一年，當圖後會。」下款只押一個「鵬」字。

接著後面，另有一種筆跡，也寫了一堆話，上說：「俞鏢頭，不才洗手歸農，賊腔未改。何幸名鏢頭不棄草茅，驚動官軍，破我別巢。我今迫不得已，鋌而走險，又恢復當年舊營生矣。我敬謝俞鏢頭之成全，圖報有日，言長紙短。」下畫雙鴛鴦鉞和一對梭，正是子母神梭的外號。還有「凌雲雙燕」的小印，也鈐在紙尾上，可是什麼話也沒說，只有「請了」兩個字。

俞劍平看完這些留柬，竟有四人之多，不禁怒火上騰，轉成苦笑，對大家說：「好，我就知必落到這步棋。諸位，我夠多冤，官兵剿火雲莊，

咱們至今誰也不知道是怎麼一回事。他們硬按在我頭上，說我勾結官兵，真是跳到黃河也洗不清！」

霹靂手童冠英道：「那是脫不掉的了，也難免他們有此一想，眼睜睜官兵把火雲莊圍上了，他們不賴我們，可賴誰呢？現在算是抓破了臉，無可挽救了。我們趕緊快打正經主意，索性我們就請兵清鄉，跟他們死幹。」

胡孟剛道：「不管後來怎麼樣，咱們先管現在的。我們趕快上船，趕快追！」大家又把漁夫叫來，盤問了半晌。漁夫只說是一個年輕人，給了他這封信，還給了五兩銀子，別的事全不知道。倒是看見大批的持短刃的人了，可是他們走得很快，又下卡子，阻止居民窺探，所以他們的詳情，一點也說不出來，這話和剛才那個土民一樣。鏢客聽了，立刻奔到岸邊，登舟起錨，徑往洪澤湖駛去。

俞夫人丁雲秀在船上留守，和幾個青年鏢客，持劍衛護受傷的無明和尚。見了面，迎問俞劍平：「沒有趕上吧？可出痕跡沒有？」

童冠英笑道：「嫂夫人料事如神，這焉能追得上？只得了豹子四個人留下的幾張字條。他們四撥算是連在一起，要專心和我們江南鏢行作對了。」俞夫人道：「哪四撥人呢？洲上還有埋伏不成麼？」

俞劍平道：「他們只在洲上換舟登陸，再由旱路改水路，把咱們甩下罷了。洲上沒有黨羽，現在是袁師兄跟子母神梭、震遼東沙金鵬和什麼凌雲雙燕，四派歸一，更要跟我們過不去了。他們把剿莊的事，算在我們的帳上。他們說還要在江南江北掀起大案，給我們栽贓搗亂呢！」

俞夫人驚道：「哎呀！這可得想法子，我們可以先一步向官府報案。」

肖國英守備道：「這事交給小弟，我們可以就近請兵。」大家紛紛議論著，船已悠悠到達沙島前面。不但沒有尋著飛豹子的船，連鏢客綴下去的

第一艘船也沒有碰見。大家饑渴難支，雖有乾糧，僧多粥少，一個個眼望湖面，目追往來帆影，心中十分焦灼。由北三河奔洪澤湖，乃是逆流而上，船行很慢；往來的船連檣結帆，並不算少，可是東來的多，往西去的較少。偏有幾艘在前面行駛，大家便駕船拚命跟追；及至相距不遠，看出不像豹船，便一陣氣沮。如此數次，眼看天色漸晚，必須挪岸。

智囊姜羽沖和夜遊神蘇建明，問俞、胡二人：「這不能再往前追了。」胡孟剛仍不死心，說道：「他們前腳走，我們後腳追，我不信會追沒了影？」

俞劍平見眾人皆有疲色，嘆了一口氣道：「又是水路，又是旱路，歧中有歧。我們袁師兄又在事先就有佈置；追不上才是意中事，追得上倒稀奇了。胡二弟，你知道我們袁師兄在船中擺著什麼陣勢麼？萬一追上他，敵眾我寡，又快天黑了，我們還怕入了圈套。我們現在索性上岸投店吧。」

大家把船泊到附近小碼頭上，地名叫星子壩，立刻分覓店房，洗臉進食。幾個年長的鏢客商量著，一面派人折回寶應鏢局，調請幫手；一面打算按江湖道，求請洪澤湖的大豪紅鬍子薛兆相助。此人在洪澤湖，包攬水陸碼頭、車船、腳行，手底下有許多打手和門徒，很可以借重。並且他久居洪澤湖，地理也熟，聯絡官紳也好，可稱人傑地靈。

這個主意，人人都以為然。肖守備和白倫彥店主，都主張跟豹子無須講面子，應該立即報官請兵搜湖剿匪。並說機會稍縱即逝，須趕快辦理。這樣辦法，鏢行群雄有多半不願意，認為丟人，也怕沒什麼用。倒是圍剿火雲莊之事既屬實情，官軍拿不到要犯，勢必要追趕下來；恐怕不出今晚明早，官兵必要趕到此處。那時候，鏢客忙著搜鏢，官軍忙著剿匪，官私同辦一件聯手的事，最易引起枝節，鬧出誤會，至少也難免互相掣肘，泄漏機關。這件事必須趁官軍未到，迎頭先去疏通一下。

俞劍平自然把這件事託付肖守備。

肖守備當即應允，臉上不無疑難之色，因為直到此時，剿莊官軍究有多少兵，帶兵官是何人，甚至是漕鏢，還是撫鏢；是練營，還是綠營，目下全未探出，簡直無法迎頭求見。還有火雲莊附近，本有少數鏢客，在藥王廟中算是留守，實是暗窺武莊主的動靜。現在火雲莊被剿，僅從豹黨口中喝出，鏢客自己人至今仍未趕來送信。大家對此不勝嘀咕，而且漸漸起了疑慮，生怕留守人遇著不測。

當時仍由軍師智囊姜羽沖分派，請年輕的鏢客時光庭、李尚桐兩人，火速結伴，坐小船仍順北三河往回裡走。先到決鬥之處；在那借寓的民宅中，原來還有幾個留守的人和二十多匹駿馬。就請李、時二青年，先到借寓處，轉煩留守的人回寶應送信邀助。至於李、時二人，可以改走旱路，把那二十幾匹駿馬帶到這星子壩店裡來。

李、時二人應聲而起，立即駕小船出發。他倆剛走，在北三河留守的鏢客，已將那二十多匹馬改由陸路送來。他們已得知大眾追豹入湖，便自作主張，一路訪問著；尋到此間，李、時二人竟撲了空。幸喜留守的人很心細，還留下一個趟子手和一匹馬，跟房東也留下話。李、時一到，略一尋思，教這趟子手回寶應送信，李、時二人便又往回走。

這邊碼頭上是俞劍平等大眾，因投店已晚，各店客滿；人數較多，一店不能容，就分住在兩店，兩店又隔在兩條街上。俞、胡、姜等住在一處，俞夫人丁雲秀另闢一室；馬氏雙雄引著一些青年鏢客，住在另一處。飯罷喫茶，大家精神又是一振。決鬥的時候，這些人並沒有怎樣交手，只在截豹時，拼了一陣；現在一路窮追，耗時過久，大家未免饑渴焦急。此刻飽餐痛飲，大家又紛紛地出主意，此時不到二更，這些鏢客在店裡哪能坐得住，這個藉口要出去涼爽涼爽，那個藉口要上街買東西，有的說近處有朋友，要去看看。

這時候，鐵牌手胡孟剛屢跌之後，嗒然若喪。平素頂數他嗓門高，現在頂數他沒有話；只有唉聲嘆氣，喃喃地罵街，也不管豹子是俞劍平的何人了。倒是振通鏢客沈明誼、戴永清、宋海鵬等，很替鏢頭招待諸友，向受傷的人道勞。九股煙喬茂只搔頭皮，衝著鏢客們打聽：「我說，你在這湖裡頭，有熟人沒有？」

岳俊超聽了，只微微一笑。追風蔡正就接一聲：「我們的朋友只在岸上有，倒是喬師傅的朋友，許是在水裡頭住吧？」喬九煙把眼一擠道：「嗬嗬嗬！您別挑字眼，我問的是真的，哪個王八蛋才冤人哪！」戴永清笑道：「我們喬師傅最有口才，善會挖苦人。」

他們在鬥口；胡孟剛聽不入，也沒心思勸阻，站起來走到店院中了。院中月影迷離，很有人納涼喫茶。胡孟剛走來走去，獨自沉吟。沈明誼忙跟了出來，暗陪著鏢頭。

俞夫人丁雲秀獨住在一室，此時還未歇息，有她兩位師弟跛子胡振業和肖守備，以及門下弟子左夢雲、盟侄沒影兒魏廉等，相陪共談。俞夫人對左夢雲說：「你去請你師父來；或者你徑直告訴你師父，請他和姜五爺商量一下，還是趕快找紅鬍子薛兆去吧。這湖太大，我們人少，是搜岸上，是搜湖中？實在調派不開。再說……」面對胡、肖道：「再說你看袁師兄那意思，跟我夫妻成了仇人了。這件事情的結局，真不堪設想。」

左夢雲應聲出去，胡跛子對丁雲秀道：「師姐，你趁早慫恿三哥，就教肖九弟報官吧，這事絕不能夠善了。」俞夫人浩然長嘆道：「真真想不到，三十年同門至好，反顏成仇。我看袁師兄比從前更狠更辣了！」

胡跛子嗤道：「他辣，哼！早晚教他嘗嘗。我說九爺，咱們得替三哥三嫂想辦法。就憑咱們在江北，人傑地靈，還能教他遠來的和尚給較短了不成？」

肖守備捋著微鬚，端坐思索：自己的假期已迫，應該怎麼幫掌門師兄

一下？其實報官正是正辦，師兄、師姐意思猶豫，不以為然，該怎麼辦呢？肖守備想借端把胡跛子邀到外面；可是身未動，俞夫人已猜出來了；忙攔道：「五弟、九弟，我謝謝你們的主意。可是你稍等一等，聽你三哥的招呼好不好？為了尋鏢免生誤會，咱們報官托託人情，是可以的，你們可千萬別私下里請兵剿匪。你三哥請來的朋友，全是些江湖上的武夫，不曉得官面排場，內中又有綠林中的人。五弟、九弟，絕不能不顧慮這一點。」

鏢行群雄全都七言八語議論，十二金錢俞劍平在船上，已與智囊姜羽沖商定辦法，此刻向眾人逐一道謝道勞。末後便由智囊姜羽沖發話：「諸位前輩，諸位仁兄，剛才我們已然商量過了，這湖地面遼闊，岸上湖心全不易搜訪。俞大哥本打算明天備禮去拜訪紅鬍子薛兆。可是轉念一想，稍緩一步，恐怕訪斷了線索。現在我們的馬已然來到，我們此刻就去拜客。諸位在店中千萬小心，此地是紅鬍子薛兆的天下，又有地方巡檢、水師營、綠營駐防。你別看豹子率領大眾可以任意橫行，我們當鏢客的若是三五成群，乘夜亂走，就許碰在釘子上。咱們的人個個雄糾糾的，又帶著兵刃；碰見了紅鬍子手下人，就許疑心咱們是來奪碼頭，闖字號。碰見了官人，見咱們人數多，他們把我們當作打群架的；倒可以把頭一扭，把眼一閉，回頭再來尋落子。若遇見三五個人，他們可就要辦案。這種道理，諸位一定明白，我這是多說，不過給諸位提一個醒罷了。」

青年鏢客聽到這裡，哈哈笑道：「這個我們懂得，請放心吧。我們絕不會惹出枝節。不過天氣太熱，我們空著手出去遛遛，絕不帶兵刃，也不會跟碼頭人物生事。官兵查街，我們絕不閃躲，也不硬頂，您只管望安。姜五爺吩咐這話，你現在就動身拜客麼？這位紅鬍子薛老英雄莫非住在此地麼？」

智囊姜羽沖微微一笑，真是光棍一點就透，不勞煩說。他遂與俞劍平

穿上長衣，邀同發愁嘆氣的鐵牌手胡孟剛，外偕黑鷹程岳、金槍沈明誼，共計五人。俞劍平把夜遊神蘇建明、霹靂手童冠英、夏氏三傑、馬氏雙雄以及青松道人、無明和尚都囑咐了數語；無非煩他們約束青年，不要涉險，不要滋事。然後由那剛送到的二十多匹駿馬中，選出五匹，備上鞍韉，立即出發，奔紅鬍子薛兆的寓所而來。

第五十二章　凌雲雙燕援豹傳柬　鏢行群雄深夜求援

第五十三章
洪澤湖薛兆二番創業　紅鬍子懷舊智尋故劍

這紅鬍子薛兆起初本是綠林人物，是川寇羅思才的舊部，專在川邊打劫出塞的行商。等到清兵征討金川時，大經略張廣泗招降土寇，以做嚮導，羅思才就率部歸順清營。大經略札委招降的參將杜鈞聲為翼長，把匪部編為三營；又將鄉勇兩營撥入，就派羅思才為五營統領。那撥人的鄉勇，由兩個精幹的營官率領，明為羅思才部屬，暗中實是監視人。

大小金川之戰，清兵苦戰奪攻碉堡，始勝後敗；大經略也革職拿問，主帥換了別人，那杜鈞聲也被降調。只有羅思才這三營匪部，新換翼長，調上前線，經過一場苦戰，傷亡了一多半；羅思才折了一隻手臂，到底把敵兵打退，攻戰了險要之地。他們不明白當時的兵制，自覺建立奇功，盼望厚賞。等到事定之後，大官封爵，小官晉級，群卒也想高升一步；哪知忽然傳說官家要裁汰老弱，遣兵歸農。

那時候，紅鬍子薛兆正在壯年，已有五品軍功，率領著一百多人。他眼光很銳，在同夥中已露頭角，頗得羅思才的倚重。等羅思才衝鋒受傷，失去一臂；薛兆竟捨生忘死，把羅思才救回。羅思才既落殘廢，在官場已站不住腳；薛兆剛聽見裁兵的謠傳，就跟羅統帶私下商量：「我們不如早走一步吧。現在旗營、綠營、鄉勇，聚了這些兵，朝廷的兵制有定額。我看鄉勇到底必不免一裁，就是改編成綠營，也得編遣一下；我們又跟團練不同。以小弟之見，莫如趁機會，人人還在盼望升官發財，我們就急流勇退，另想辦法。」

羅思才還有些疑惑，經薛兆反覆譬說，方才歇了升官的心。兩人各遞稟「掛號」（清兵以掛號為請短假，以告退為請長假），一個說覓地療傷，

一個說回籍葬母。稟帖遞上去，立刻批准了。兩人向舊屬話別，略示愁意，竟遠走高飛了。

果然不久，廷諭寄到，頒賞裁兵。這些游勇身無一技之長，游手好閒已慣，既不能拿恩賞做資本當小販，又不能回鄉扛鋤耙。各領到半年恩賞，竟隨手賭光花淨，又變成空手人了。這些人免不得口出怨言，呼朋引類，重入山林。結果，在大戰之後，游勇滋變，又鬧起匪氛。官府重費了一番討伐，很有些老軍伍沒得好結果。那倖免剿誅的，就是不變為賭棍，也必變為混混，總而言之，全難落好。

紅鬍子薛兆早看到這一步，不但自己脫出，還把老大哥牽引出來；事後把個羅思才佩服得五體投地，十分感激。羅思才身落殘疾，無事可做；幸而他埋藏了許多財寶，等到事定，掘挖出來，要分給薛兆一半。薛兆不肯受，兩人就合夥做起買賣來。不過兩個人全是拿刀槍的手，乍改商販，當然失敗；營運數年，兩人又變成窮光棍了。窮極無聊，兩人又打算重整舊業，可是早又混傷了心。恰巧此時有大商販，由內地運貨，往西南雲貴走；為防備路劫，就邀請鏢客戶行，也有的常年養著護貨的打手。這羅思才和薛兆既弄得兩手空空，不得已，就幹起這種行業。

二人專持武技，護送行販，由兩湖護送到雲貴。再帶雲貴土貨到兩湖，往返貿易，大獲其利。二人心中生氣，人家就幹得好，自己就辦不成；替人出力，人家就發財；自己親自辦，就要虧本。卻不知他二人大手大腳，又不懂商情，如何能賺錢？可是財東見二人很盡心力，也就多分給他二人股份，也給他們代辦一點貨。積少成多，兩人又富裕了，兩人便想起娶老婆來。這一娶老婆，兩人十多年的交情竟致破裂。

折臂羅思才，聲望大，認識人多；薛兆的武功好、智力高，兩人相濟相成，才有今日。既娶賢妻，女人家不免要看這兩位密友到底誰倚靠誰。比較之下，各覺自己男人吃虧。女人家不免在耳畔嘀咕，兩人交情眼看要

破裂；突然又出一件事故，事情驟變。折臂羅思才年將望五，又有殘廢；娶妻年輕，就未免懷疑多妒，怕戴綠頭巾。偏偏他這位太太卻放誕自喜。

忽然因一件事情他犯了疑，他天天記掛著捉姦；又嫌丟人，又恐靠不住；因此在事先，也沒有告訴薛兆，獨自一個人暗暗鼓搗，把真情瞞了個嚴實。

紅鬍子薛兆這人年紀輕，眼力準，倒不怕烏龜。這天晚間，紅鬍子薛兆與他妻子已在床上睡了，突然聽見彈窗之聲。

江湖上的人耳音很強，立刻坐起，側耳再聽，竟是老大哥羅思才發出的暗號。薛兆十分詫異，暗想自從入伍，久脫賊皮，舊案絕不會重提。那麼羅思才夜來叩門，有何急事？忍不住問道：「是大哥麼？」外面答道：「是我，你快開門。」問道：「什麼事？」答道：「你快開門吧。」

薛兆披衣急起，他的妻子也驚醒了，欠身問道：「你做啥？」薛兆斥道：「別言語！大哥來找我，一定有事，你快起來。」薛兆起來開門，把羅思才迎入。挑亮燈光，看出羅思才面色慘黃，眉橫殺氣。這瞞不過行家，他已經殺了人，臉上有凶氣籠罩，衣上左半身沾有血跡；他手中還提著一把刀，血槽依然有血。薛兆大駭，忙問：「大哥，你怎麼了？」羅思才頓足道：「我把她殺了！」薛兆摸不著頭腦，問道：「你把誰殺了？」答道：「我把他倆。」問道：「誰倆？」頓足道：「我的內人和她爹。」薛兆道：「哎喲……為什麼？」羅思才道：「你快收拾跟我走！」薛兆仍要叩問真相，又讓客就座；羅思才哪裡坐得下來，只在屋中轉磨。薛兆之妻已然披衣起來，聽見了這事，嚇得藏在屋中，沒敢露面。薛兆強把羅思才按在椅子上，一迭聲問道：「你到底為什麼殺她父女倆？」

羅思才道：「你你你別問了，回頭我告訴你。我說的是現在，兩個死人屍首應該怎麼辦？老弟，你得幫我一把，把這兩個屍首先埋了再說。」

薛兆連忙進屋穿襪，薛兆之妻就下死力攔住他，不教他走。說：「你

怎麼替兇手埋屍呢？」薛兆瞪眼說道：「你不用管！」薛兆竟跟羅思才來到羅寓，果然血淋淋兩具沒頭屍，橫陳在內屋慘淡燈光之下，屋裡院內都是血；羅思才這才說來誤殺之故。

這一事乃是羅思才誤捉姦，把他的妻子和岳父，當作夜半幽會的姦夫淫婦殺了。可是這也事出有因，羅妻之父本窮，才肯把自己嬌滴滴的女兒嫁給一個年逾四旬的營棍子，外鄉折臂漢。這老叟起初常來借貸，來得太勤，招得羅思才不悅；羅犯起了江湖脾氣，大罵老丈人，不准再進門。這個老人性又好賭，每逢沒辦法，還是不斷來找女兒。既不敢明來，就偷偷摸摸地來求幫助；這便引起跟他年紀差不到七歲的嬌客生疑含妒。羅思才性情大暴，當然既敢罵岳父，當然對他妻也數落一頓。究竟老夫少妻，他還很疼愛這個少婦。可是中年娶妻，對太太百般溺愛，單只怕一樣，就是當烏龜。自罵丈人之後，又過了數月，羅思才見家具時有遺失，牆隅有人腳印。他留心暗察，冷言詢妻；見他妻變顏變色，似乎可疑。他就不動聲色暗打主意。

不幸這一天，羅思才佯做外出，夜間暗地回來，在寓所附近潛察暗伺。一連數日，曾見他妻出去串門子，他恨得切齒。又一次，見有一人在他門口路過，仰望門楣，他又恨得牙根痛。到了出事這一夜，他眼見有一個人穿一身短衣，低頭掩面在門口一巡，走到牆隅，似要跳牆而入，羅思才氣得雙眸冒火。旋見這短衣人居然在牆根鼓搗一回，竟然攀牆而入；咕咚一聲，跳進羅寓。羅思才立刻跟蹤，在房頂一探身，一俯腰，眼見這短衣人奔他臥室的房門去了，耳聽他妻在屋中有聲，眼見屋門響。

羅思才怒火萬丈，立刻抖手一鏢，把短衣人打倒，立即割頭；然後持刀踢門，如一陣狂風，撲入內屋。他妻已聽見外面有動靜，半赤著身子，正在下床。她似已揣知她那沒出息的父親暗借之不足了，又來暗偷了。她就嘆了一口氣，把私房摸了一把，正要下床。不料一陣驚風撲入，連看都

沒看清，被一把匕首刺著要害，當時便已殞命，血淋淋倒在地上。羅思才手辣刀速，把這個不幸的女人糊裡糊塗殺了，割下頭來，就把男屍舁入院內；又把男女兩顆頭拴在一處。他還想捉姦要雙，到官自首。

　　他提著人頭，第一，先要認認這姦夫是誰。他記得他妻常到對門鄰家串門。對門鄰家有個年輕小子似乎不道地，直眉瞪眼總喜看女人，管他妻叫嬸子，可是兩眼卻直勾勾地看他妻的腳；他的妻似乎不介意，居然似乎願意聽。羅思才心想，這爬牆的男子定是這人。他就點著燈，就燈光一照，這才曉得不對。這顆男人頭分明有鬚，乃是個老頭，不是那混帳小子。羅思才詫異之下，再低頭細看，鬚髮血液模糊之下，這有鬚人頭乃是他的岳丈；女人的頭當然是他的妻。他這才大吃一驚，失聲一叫；他這才知道誤捉姦了，太也莽痴了。可是人死不能復生！

　　羅思才是強盜出身，殺人不眨眼。但是他殺人越貨，出征戮敵，死多少人，他一點不動心。如今冤殺了同衾妻子，他立刻渾身顫抖，受著良心的懲治；他害怕起來，糊塗起來。他竟丟下人頭，往外面跑，連屋中燈都未熄滅。一口氣跑到街上，受涼風一吹，神智稍微清爽，他就一直找了薛兆來。他如今一籌莫展。

　　羅思才嗒然若喪，把這事告訴薛兆，求薛兆想法。薛兆呸地吐他一臉唾沫，罵道：「你怎麼這麼渾？捉姦也不看看人的模樣，就下毒手？你怎麼也不先跟我商量商量？」羅思才無可辯，只有作揖，道：「老弟，我沒主意了，我索性投案吧！」

　　紅鬍子薛兆不搭理他，忙將男屍移入內室，就燈影下細察。好！這老丈人身上竟有小偷的竊具，這無恥的老人居然來偷女兒女婿。但不管怎樣，若換一個人，還能架詞說是捉姦；這已死的男女分明是父女，自首只是找死。薛兆皺眉苦想，咳了一聲；如今救命只有一計。只可把兩具死屍先埋藏了，把內外血跡塗淨，第二步再打算別的。

羅妻家中只這一個無恥之父，此外並無他人，這便沒有苦主。薛兆不遑再責羅思才，就趕緊在屋內起磚刨坑，把兩具死屍深深埋入墊平。然後洗滅院內外的血跡，細檢全屋全院和牆外；都做得毫無破綻，方才命羅思才倒鎖房門，把羅思才帶回自家，預備略看風色，打發他離開此地。這樣似乎可以沒事了。不意薛兆之妻聽出緣故來，今見自己丈夫，把一個殺人兇手留在自家，這如何使得了！而且女人膽小，看見羅思才眉頭上帶有殺氣，又看見自己的丈夫臉上，也帶著一種難以形容的猥相。她這女人嚇得不敢再勸，連大氣都不敢出了。

薛妻只是尋常婦女，既如此膽小，似不至生變。偏偏薛妻之父是個刀筆吏，專吃葷食的黑墨嘴。等到他的女兒託詞回娘家，可就免不了父女之親，說及此事，何況她還害怕？這女人意思之間，要煩他父親設法催勸丈夫，與羅思才斷交，把羅思才攆走。女人家的打算未嘗不對，而且她很謹慎，很有向夫之道。但是她父聽了，起初毛髮聳了聳，繼而眼珠一轉，他要借此生財。

這個老人與那個老人臭味截然不同；那個老人是短衣幫，這個老人是長衫朋友；可是其食髓之情一般無二。不然的話誰肯把少艾的女兒嫁給異鄉光棍？無非是貪圖財禮罷了。這個老人很驚訝地聽完，囑咐女兒：「千萬嘴嚴，這不是鬧著玩的，一個弄不好，就有性命之憂。」他又加細地打聽女兒：「這姓羅的跟姑爺到底是什麼交情？他的家道比你們家如何？也有個上萬的家富、成千的進帳麼？」然後又問殺人捉姦的細情。

這女人忘了她丈夫的告誡，以為最近者莫過夫妻，最親者莫過父女。瞞別人則可，瞞自己的父母，有什麼用？何況自己正沒主意，本為要主意，才細告娘家父母。她就舉其所知，細細告訴了他的父親。

這老人把一切細情打聽在腹內，嚇唬女兒：「千萬別泄漏，一教別人知道，可不得了。你別忙，我去勸勸姑爺，教他把那姓羅的好好送走；你

們兩口子就可以好好過日子了。我說的對不對呢？」他女兒道：「敢情那麼好呢。你老不知道，這姓羅的一臉凶氣，每天我給他送飯，只一挨近他，我就哆嗦。」

父女議罷，這老頭子又細細推敲了一晚，次日果然帶一包禮物看望姑爺來。寒暄、探問，漸漸說到正題；要替姑爺除害，要出首殺人兇犯！……口氣很厲害，呈稿也寫好，比比劃劃，做給姑爺看。他的用意，究竟是敲姑爺的朋友羅思才，還是敲姑爺本人，也很難捉摸。他的話卻是一片大義，要替朝廷維持治安，要替人間除掉惡棍，要替屈死的冤魂報仇雪怨，並且還要替姑爺、女兒除去株連的禍患。滿是大仁大義，口縫中微微透露這麼一點小意思：「得錢便完。」他卻不識得紅鬍子薛兆的脾氣。

薛兆乍聽顏色一變，登時又把驚詫之情止住；和老丈人此諷彼試，對付了好半天。老丈人一連站起數次，被他攔住幾次。老丈人一臉的救苦救難：「你夫妻是安善良民，哪裡見過這個！你們無非是怕他，再不然，是怕打官司受連累。你可不曉得蜂螫入懷，解衣去趕。一個殺人兇手找到你頭上來，你要躲也躲不成，你越怕事越壞。咱們得跟他硬頂，用好言哄住他，不要受他的威嚇。你在這裡，我給你去辦，官面上我有的是朋友，管保你夫妻受不了大連累。……你不要再顧交情了，我也曉得你跟姓羅的交情很深，可是朝廷的王法咱們得遵，咱們不能以私交滅大義。」

這老人非常難纏，幾次將薛兆激得要翻臉，可是薛兆終於嚥下去。薛兆分明看出來意，不見得定要出首，無非是詐財。

薛兆到底明知上當，勉賠笑臉來上當，千恩萬謝，自掏腰包，拿出五百兩銀子。

這老人一見十封大銀錠，眼珠子幾乎跳出眼眶外。薛兆一伸手攔道：「且慢，老爺子，你聽我說，這姓羅的當年救過我的性命。……」這自然是藉口，其實是薛兆救了羅思才。「他如今殺人犯罪，我也救不了他，可是

我不能教他在我家被捕。你老既然是在官面上有朋友，我就拜託你了。這五百兩銀子要是能把大事化小，小事化無，我就甘心認頭。萬一還嫌少，那麼我和姓羅的全認命了。他殺人，他償命；我窩藏兇手，我願打官司。你老先把你的女兒接回，我們情甘願意，自找倒楣。你老先把這呈稿給我，銀子你不妨先拿去，試著辦辦看。若是一定要姓羅的本人前去歸案，到了那時，我們再看。不過，你老可要明白，我這位羅朋友是個什麼人物，不要看錯了人才好，並且他已然不在此處了。你可以問你令媛。」

這老人滿口答應了，把五百兩銀子帶走。他的打算，這事很有油水，便須慢慢地擠。一下子擠猛了，難免擠炸。哪知道這麼剛一擠，就擠炸了！

薛兆抓了一個空，找到羅思才藏匿之處，對羅思才說：「大哥，我可是護不住你了。你那女人本是好女人，你把她殺了；我這女人卻真不是東西，她唆使她爹來嚇唬我。我這老丈人恐怕比你的老丈人更可惡，他要從我身上發財。我看大哥可以先躲一步，留我在這裡，跟他們對付著看。」

羅思才不是平常老百姓，不等薛兆說完詳情，也不等說出辦法，他就立刻雙眉一挑，哈哈一笑，道：「好！我走！我絕不累害了老弟的家室之好。我早知弟妹膽小害怕，婦道人家當然不願在家裡窩藏一個兇手。老弟的岳丈人呢，當然也要保護姑爺。」

薛兆遞給他銀子，勸他立刻投奔某處某人，勸他不要回家，恐怕老刀筆暗中報官，在那裡等候臥底。又告訴他：「不出半月，我必找了你去，那時再商長遠之計。目前之事，卻是太緊急，恐有不測。」

羅思才笑著接了銀子，拔腿就走。薛兆指定教他潛伏某處，他竟口頭答應，實際沒肯去。薛兆本欲略觀風色，只要不生枝節，便找羅思才去。哪知迫不及待，剛剛到了五天頭上，突然發生盜殺巨案。老刀筆之家進去一賊，把老刀筆的頭割去。當夜在薛兆家中，也突從外面擲進好幾塊石

子。薛兆奔出一看，在月影之下，階石之上，擺著「蝗石陣」，暗示著「地危勿入」，「時迫速逃」的意思。擲石之人早已不見了。

薛兆很機警，心知有變，急忙追出去。他暫不歸家，到次日竟探悉老刀筆之家遇盜被害。薛兆立刻省悟，一徑找一地方，暫行潛藏。直到入夜，方才試探著回家一看。他自遭岳家訛詐，早已有準備。在暗地埋藏了一包珍物金銀，此刻立即挖出來。帶在身邊；另備一把小刀，就用它護身；像做賊似的，到自家一看。他的妻已然不在家，只有女傭人在廚房，屋中凌亂，似有變故。他欲見妻子一面，此刻已不可得。他嘆恨一聲，竟帶了錢，棄家出走。薛兆要追上折臂羅思才。羅思才竟不知已逃往何地。薛兆料到自己的妻子，必將殺父之仇疑到自己身上，那麼自己也就摘落不開。然而因此一出走，又弄到無家可歸。可是此事傳在江湖上，都說薛兆為人有義氣，夠朋友。

最後，有洞庭湖的會幫，把紅鬍子薛兆邀入，不久很為倚重。等到洪澤湖爭碼頭事起，薛兆與同夥前來幫奪碼頭，一戰而勝，再戰又勝；不久，升為副頭目。又不久，當了頭腦人物。紅鬍子薛兆二番創業，聲望漸高，在洪澤湖立下穩固的基業。人在得意時，往往顧唸到舊情，因此想起了斷臂羅思才，便託人設法查他下落，竟一時沒訪出頭緒。這個斷臂漢本有殘疾，似乎易找，可是他竟會走沒了影。薛兆又派二徒弟焦國強回到故居，密訪他那年輕的妻子，今日究竟作何生活，是否已經改嫁？他記得自己臨棄家出走時，他妻已有四個多月的身孕；他還要打聽打聽，臨盆之後是男是女？是否養活？如果沒死，料此時也有六七歲。他還希望把自己的骨肉尋回，不能教小孩子隨娘改嫁，管別人叫爹。

他又想此事過錯，一半在老岳丈身上，一半在羅思才身上，本來和自己無干，在他夫妻倆身上更是渺不相關。只是命案已出，自己涉嫌很重，不得不出來躲躲。現在時過境遷，料也無妨，如果他妻未嫁，他還想覆水

重收。他遂命二徒弟帶了錢，專誠去打聽；去了一個多月，輾轉訪求，才知他妻果然未曾嫁人。可是一提到薛兆，因他走得太怪，躲得無蹤，由不得引起岳家的猜疑來。這女人說起來就切齒痛恨。認為她的生父慘死非命，必是羅思才和薛兆二人通同設謀加害的。若不然，人不虧心，何必避嫌？這女人再猜不到薛兆與羅思才當時已經各犯心思，這女人咬定死人之事，薛兆必然知情。這也是當然的，放在誰身上，也難免有此一疑。多虧薛兆這回遣人尋妻，預留著退步，派去的這個焦國強也是一把好手，很能見機生情，東說西說，還不曾把實情說破，只拿寒暄話點逗幾句，已經引得這女人流淚不止，恨罵不休。她對徒弟說：「客人你聽見過麼，做女婿的會跟外人勾結，謀害他的岳父，這是人麼？這還有點夫妻的情腸麼？」

這個女人卻真給薛兆生了個男孩，如今已經六七歲了。這女人自經慘變、喪父之後，丈夫又逃，她便痛哭著搬到母家，與老母內弟到官衙申冤告狀。兩件慘案俱發，官府自然要緝拿羅思才，至於薛兆當然也脫不過。這案子始終未能破獲。這個女人等到生產之後，就守著無父孤兒，隨著內弟苦度日月。後來老母去世，母家不能寄居，她就另立門戶；倚仗還有些資財，好生支持著，放帳餬口，兼做活計，居然把孩子拉拔大了。現在她依然度著像寡婦似的生活。

焦國強忽然來訪，這女人勾起舊日苦情，不由罵道：「姓薛的一點夫妻情腸也沒有，他護庇土匪朋友，把先父害死，這個情理太難容。我縱然是個沒有能為的女人，我只要知道姓薛的下落，我必定到官出首。他和姓羅的是一對強盜，全不是好東西，剮了也不多。」焦國強坐在客位上，老老實實地聽，他眼見這位師娘如此痛恨，吐了吐舌頭，把實話全嚥回去。只委婉設詞，留下五十兩銀子，對師娘說：「我也算是薛師傅的徒弟，他可是沒教過我。我們老人家運貨，曾經請過薛師傅押運過貨。我這次來，是想請他老給我們護院，既然你老不知道他的下落，也就算了。這裡是

五十兩銀子的聘禮，別看老師沒在家，我也應該孝敬師母的。」銀子掏出來，這女人起初不受。焦國強說：「我這小師弟我得見見。這銀子就算給師弟買書的吧。」一定請師母留下，站起來要走。

這女人很詭，五十兩銀子捨不得不收，可是要見他的兒子，她到底不肯引見。說是：「這孩子給人家學徒去了，窮家苦業，哪能教他在家裡玩？」這小孩子據她說才七歲，七歲的小孩就會學徒，顯見是假話了。

焦國強告辭出來，還是想認一認這個師弟。他想了個招兒，居然從鄰居口中，探出此子的乳名，叫做薛時茂，他設法偷偷見了一面。這孩子是個很胖很黑的小子，看外表似乎很茁壯。看罷，又逗引著說了幾句話，這才回來覆命。

紅鬍子薛兆聽見故妻健在，尚未改嫁，又給自己生了一子，且已能挾書上學了。他心中說不出的感慨，既心痛又悲傷，聽徒弟細說原委，他不由罵了一句：「這女人也不是好女人，天生是刀筆的丫頭，真有個狠勁兒，她還想告我？好老婆，媽拉個蛋的。可是的，我的小子，我不能平白給她。我得弄回來，這是我的種，可不能隨便跟著她，管別人叫爹。我得想法子，女人的事靠不住，人家守寡到半輩子，還有改嫁跟人跑了的呢！」徒弟笑道：「老師這可能是想錯了。師母這人我看很有骨氣，人家守了這些年，焉能忽然改嫁？你老別看她說氣話，我看你老一回去，準能破鏡重圓。」

薛兆想了想，總是不肯輕離，對徒弟說：「我不能為一個女人，就一去好幾百里，她又記恨殺父之仇；我又不愛見她。你們誰給我想法子，把那孩子給我誘出來。」手下的朋友也笑道：「夫妻沒有隔夜之仇。我想大嫂既不肯嫁人，當然惦記著大哥。大哥索性親去一趟，保管把她娘兒倆全接來了。」

薛兆依然猶豫，過了半個月，到底重遣兩個徒弟，帶數百兩銀子，

到他故妻那裡，一面送錢，一面接眷。「萬一這女人不肯來，你們就想法子，把孩子弄來，我還要教訓教訓他，教他將來好接我的攤子。」兩名徒弟依言前往，果然不出薛兆所料，這女人鐵石心似的，只不肯來。任憑徒弟如何勸說，又聲揚現在薛兆已然混闊了，他老依然記唸著家眷，師母不要辜負了師父的盛意。

這女人道：「我不告他，就是好事。你們回去吧，煩你們告訴他，這輩子別想見面了。」徒弟見不是話，忙又改口：「師母既不願意去，在這邊住也是一樣。可是師父人老思子，他老的意思，是打發我們接師母。師母不能來，可以把小師弟接了過去，教老師看上一眼，他心下也高興。」這女人勃然變色，說道：「不行，你們原來是給你師父領孩子來了，告訴你們叫他等著吧，等我改嫁後，他再來領孩子；再不然，等我死後。」把放在桌上的銀子，全摔在地上了。

這女人不愧是刀筆之女，見事又快又辣；若不然，她也不會獨撐門戶了。兩個徒弟全都紅了臉，可也不由得暗暗佩服：這位師娘軟硬不吃，真跟師父是一對。徒弟忙站起來，好好勸慰。這女人過了一會兒，也轉嗔為喜，拿出主婦面孔，來敷衍客人；可是到底不放孩子。徒弟無法可施，只得依著老師的話，改用誘拐的方法，要把小師弟盜走。只是這師母很詭，防備很嚴；小孩也不傻，竟不上當。

兩個徒弟去了多日，不能得手。越在附近徘徊得久，越引得師母留神。後來索性弄明了，師母把徒弟的陰謀揭穿。兩個光棍居然鬥不過這一個女人，徒弟當場挨撅，強賠笑臉，向師母再下說辭：「師母你是明白人，我們師父實在想孩子，才打發我們來。你老只把孩子送去，教他看一眼，哪怕你再帶回來呢？你得想想，我們師父現在是發財了，立了根基，這才有接家眷的心。你老一定不肯去，我們師父歲數很大了，有朝一日，一口氣上不來，這份家當平白送給外人，你那孩子可就摸不著了。你老何不打

發師弟承受家產去，你別慪氣，你得替師弟打算。他小小的孩子，跟了我們去，立刻變成了家財萬貫的闊財主少爺。師母你再思再想。」

這師母聽了，忽然堆笑，旋又哼了一聲，道：「我明白，謝謝你二位。姓薛的也許發了財，管保是橫財。我的兒子，我就叫他討飯，我也不教他承受光棍的產業，訛人、詐人、偷人、搶人的家產。」

徒弟相視吐舌，只得告辭，剛站起來，又坐下道：「師母，還有一節，我師父是發財的人了，他至今還是老光棍，別說另娶，連個小老婆也沒有。你不肯把孩子還他，他盼子心切，他要是一賭氣，納寵延嗣。你那時候再替師弟想想：明明正枝正葉，反倒在一旁看著；是小老婆養活的孩子，反倒成了大少爺，承受家當……」

這師母更聽不慣小老婆三字，一聽這話，大罵起來：「你告訴姓薛的去吧，他只管娶小老婆。他只要娶小老婆，我立刻就改嫁……」徒弟笑道：「師母偌大年紀了，別說笑話了。」師母罵道：「哪個王八蛋才說笑話。我老了，就沒人要了麼？沒人要，我不會倒貼養漢？」

這女人早已不是初嫁薛兆時那樣了。這七八年守活寡，獨撐危局，已將她磨煉成潑辣剛烈的人。她若沒有剛性，絕不會替父親申冤，把自己男人告了。自從薛兆派人接眷，她就暗自尋思，早將全局從頭到尾盤算了七八個過。她不是不為兒子日後打算，她心中老有一塊疑團，覺得她父之死，薛必知情；薛之發財，並非正業。

她存了這樣的念頭，又因自己多年來苦度歲月，也積存下一筆錢，數目雖小，也夠助她兒子自立的了。她預備孩子大了，開個買賣，母子平平安安過這一世。她早無破鏡重圓之心了。因為她父一死，薛兆立刻棄家一跑，任何人也要懷疑的。

當下這女人瞪著眼，威嚇二人道：「我的話說盡了，咱們今天客客氣氣的。趕明天我再見您二位在這裡徘徊，我可對不住。……」說著從床蓆

下抽出一把菜刀，往桌上一拍，她要拚命。兩個徒弟牽於師母的名義，飽受了一頓奚落，只得垂頭喪氣，跑回去報知師父；又對師兄弟們講：「怪不得咱們師父夠勁頭，連咱們這位師娘，別看是尋常女人，居然夠屬害的，不亞如粉面夜叉。我們兩個大小夥子，簡直栽在師娘腳下了。」

紅鬍子薛兆二番聽了回報，搔頭罵道：「這娘兒們，我倒看不透她，她還有這兩手，大概是你們屎蛋吧？」又道：「她不給我孩子，我得思索思索她，娘賣皮的，看看誰行？」口頭這樣說，他心中也不禁佩服，真個的越發激動伉儷之思了。既然哄不出來，又買不動，嚇不倒，薛兆立刻想出另一種辦法。擇一日安閒，他率領幾個小徒弟，親自去了一趟。他先到近處，投拜同幫；同幫老大問他何故遠出？他笑說：「接家眷來了。」可是言下求同夥幫忙，給他預備車船等物，還要蒙藥薰香。

同幫老大很覺詫異，等到問出實情，禁不住笑了起來。嘲笑薛兆：「難為大哥怎麼想來，這主意打的不壞。大嫂不肯走，不妨硬架。」跟著拍手打掌笑道：「老大哥，我再教給你一個好法。嫂夫人跟你多年久曠，別看她嘴強心硬，有的地方不能要強。喂，你索性把大嫂薰過去，可別全薰過去，只教她迷迷糊糊的，你就乾脆跑到自己家來一個採花。把大嫂服侍痛快了，她一定要從你的，我說怎麼樣？這法子妙不妙？」這話說得薛兆也不由臉一紅，他正是打的這個主意，被同夥衝口說破了。

他當下笑道：「你別損人了！」同夥道：「我說的是真的，嫂夫人跟你久別勝新婚，你只勾動她的凡心，管保她好好地上了車。她自然乖乖地跟你走。」

薛兆大笑道：「你把我損透了。你別說閒話，我問你，你得給我預備車船，到底行不行？車上的把式、船上的水手，都得要用咱們本幫的弟兄才好。你不曉得，我那內人是個刀筆的女兒，刁鑽極了。我怕她半路上喊叫殺人了，教官面聽見，又生枝節。這必得上上下下全是自己人。說是

說，笑是笑，老大哥，你可得早早給我安排好了。」

同夥老大自然慨諾。於是紅鬍子薛兆暗作準備，先領著徒弟，到他妻子的住處，圍著院子前後加以窺測。第二步，就擇了一天的夜晚，薛兆親率四個徒弟，乘暗襲入己宅，真個的和採花賊一樣。徒弟們忍不住嗤嗤地暗笑，薛兆也忍笑不禁，笑著罵徒弟：「噤聲！」

薛兆的女人獨守空房，居然很有停機訓子的模樣，一吃了晚飯，便挑燈做活，和七歲的兒子在一個桌上。小孩子就燈下讀書，她就運針走線，給人做外活。薛兆先遣兩個徒弟入內，拿著薰香和撥門的小刀等物。這薰香是同夥老大借給的，同夥老大暗開玩笑，把薰香中暗摻了些鼻煙，力量未免不足。薛兆師徒哪裡曉得，直耗到二更以後，女人帶了兒子上床安歇，把燈也吹熄了。

過了一會兒，聽聲息似已熟睡，徒弟抽身出來，向師父暗打招呼，請師父自己用薰香。薛兆笑斥了一聲，徒弟這才點著薰香，煽起煙來，吹入屋內。約有半頓飯時，聽裡面打噴嚏，徒弟們知道居然把師娘薰過去了。這才又一打招呼，薛兆從房上飄然而下；來到屋前，側耳一聽，又將薰香吹了一陣，然後撬門入室，就用火摺子點亮了屋中的燈。

薛兆持燈低頭，見這個女人風韻猶存，不過三十二三歲，比薛兆小著十多歲，面龐略見黃瘦，似乎帶出寡婦相，此外似與七八年前無異。她此刻擁衾而臥，七歲的兒子傍著她；她眉尖微皺，顯見生活不如意，在父死夫逃之後，飽受憂患挫折了。當年的嬌態，在沉睡中也已消失不見。

薛兆更低頭看小孩子，兩手伸出衾外，圓胖臉，黑眉毛，黃頭髮，活脫是自己的模樣。薛兆照看完了兒子，又照看他的妻子，聽呼吸之聲，知道已中了薰香。薛兆不覺得也大動凡心，低罵了一聲，遂一吹哨，要把徒弟叫入。兩個徒弟偏偏隱在院內，替師父巡風，連叫數聲，不肯進來。薛兆忙出來，笑罵道：「你們怎麼不進來，也太混帳啊！」兩個徒弟這才答

應。薛兆終命兩個徒弟，進了屋內，把小孩連被一捲，立刻背走。只剩下小孩的母親一個人在床上，這四個徒弟居然全要走開。薛兆喝住兩個徒弟，教他二人仍在房上巡風，然後自己一個人重新入室，第一步先吹了燈。

薛兆之妻、孩子的母親，在床上擁衾而睡，睡得很熟。雖然中了蒙藥，可是這藥早已摻了假，力量當然很小。薛兆居然摸著黑，湊到床邊，剛要脫鞋，忽想不對。黑影中不辨面目，也許藥力不濟，被他妻子錯認了人。薛兆忙又下了地，重新點亮了燈。又走到門口，往外一探頭，怕的是徒弟偷聽窗戶，他然後回手閂上門。

紅鬍子薛兆是老江湖了，究竟也有點椒椒然。他情不自禁，先往床上看了一眼，他的妻微有鼻息，一動也不動。薛兆立刻就一點也不客氣，就升堂入室，登陳蕃之榻，作入幕之賓；將脖頸一搬，略施溫存，權行霸術。他妻像死屍似的隨他擺佈，可是薰香力薄，孤衾易驚；這女人睡夢中突然驚醒。這女人自從父死夫逃，守了活寡，早存了自衛的戒心，在她床下有一把菜刀，在她枕畔還有一把剪刀。

這女人突然驚叫，驀地亂推亂抓，竟被她摸著剪刀，照薛兆劈面就刺。面面相對，不能回手，不能施力，這剪刀被薛兆格架在臂外，持刀的手被壓在肘下。薛兆早防備意外，可是她也早防備意外，薛兆的手被她咬傷，臉被抓破。她的剪刀被奪出，拋在地上；薛兆連忙地低聲叫他妻的小名。當薛兆出走時，兒子還沒有生，自然不能指子稱母。他就一迭聲叫道：「小招，小招！是我，我是薛兆！」他妻的小名叫招弟。

但是，他妻此時驚愧駭恥交迸，只當是強盜入室，哪裡聽得出口音來？而且她兩眼大睜，其實還未睡醒，她也認不出是誰。她只知道這是一個野男子，被他得了便宜去。她瘋了似的要拚命。她是一個小矮個女人，她破出死力來，口咬，手抓，腳踹。薛兆居然應付不暇，受了好幾處傷。

起初他低叫，末後竟大聲嚷罵起來：「小招，小招，你他娘的，別咬！你看看我是誰？哎呀！你鬆手，你撒嘴……哎呀，哎呀！你看看我是誰？」他的太太倒一聲不響，沒有喊殺人，也沒有喊救命；薛兆倒怪叫起來。房上徒弟沒聽見，院中的徒弟聽見了，忙奔到窗前，只聽屋裡「噼裡嘭隆」響作一片。他的師父和師娘在床上亂滾亂打。跟著房上的徒弟也跳下來，兩個徒弟偷聽不足，竟撒破窗紙偷看，兩個徒弟全笑得打跌；可是竟忘了奔入拆解，情實也不好意思進去攔勸。

紅鬍子薛兆志在破鏡重圓，胳臂上已被咬傷一大塊，未忍下毒手。這女人咬住薛兆的胳臂，任薛兆呼喊拆奪；她狠極了，居然不作聲，不鬆口。薛兆實在忍不住疼痛，忙用辣手，一托他妻的咽喉，狠狠扣喉一托，施「黃鴛托脖」。他妻不覺鬆了嘴，又伸手抓搔薛兆的臉。薛兆無法，突然捋住了他妻子的手腕，就勢一摔。在床上不得用力，竟沒有摔出去。這女人像雌虎似的又撲過來。薛兆被迫連叫「小招」，兩個人在床上又滾成一團，撞得床吱吱格格亂響，靠床的桌上擺著的瓷器也叮叮噹噹摔落好些。這女人豁上性命，不依不饒，沒完沒散。薛兆把她一推，她仰面跌在床上，半截身子落在床下。薛兆這時從床上站起來，把衣服理好。哪知這女子好像是摔昏了，其實依然要拚命；又被她撈著席下那把菜刀，她爬起來，掄刀就砍薛兆的腿。薛兆正站在床上，卻幸燈光輝煌，一看刀到，吃了一驚；也就顧不了許多，忙展開拳技，一側身，突然飛起一腿，當的一下，把刀踢飛。女人大叫一聲，持刀之手受了重傷。武力不敵，她這才大聲喊叫：「殺人了，有強盜！」

薛兆一迭聲地罵：「小招，是我，你娘的別嚷！你看看我是誰！」這女人充耳不聞，依然怪叫。兩個徒弟實在不能坐視，萬般無奈，明知人家是兩口子，一個師父，一個師娘，沒有徒弟橫加參與之理。到此也只得彈窗推門，連叫：「師娘，師娘，你老別嚷！那是我師父，你別打了，你快穿

上衣服，我們好進去。」兩個人且說且著急，一使力，門扇喳的一聲，被推裂了一條大縫子。

這女人轉身一看，到此方悟，又低頭一看，駭呼一聲，連滾帶爬上了床，拿被來亂掩一氣。倒惹得紅鬍子薛兆哈哈大笑，一跳下地，過去開門。兩個徒弟一擁而入，給師娘請安，替師父道歉請情。這女人一隻手臂被踢得奇重，頭時驚急，也沒覺出疼痛，只一聲不響，忙忙地穿上衣服。薛兆跳下地來，把燈移到床邊，忙忙地先將剪刀藏起來；這才對他妻說道：「喂，小招……」當著徒弟不好再叫小名了，改口道：「我說喂，你真夠可以。你倒看看我是誰，你怎麼就動刀？你回過頭來，你仔細看看，是我，是我回來了。」賠笑站在他妻身旁，好像替娘子做肉屏風，好教他妻穿衣服。

徒弟們進來了，只遠遠地站著，七言八語幫師父說話。這女人擁衾穿衣，好好歹歹地登上褲衣，把眼揉了又揉，側眼凝視薛兆。「果然是他小子回來了！」她又往四面偷看，還有兩個生人，內有一個就是上次誘拐她兒子來的那個光棍。她明白過來，又盯了薛兆一眼，縱然久別，面貌未改，她認出來了。她忽然把嘴唇一咬，恨罵道：「好！你這東西，原來是你！賊骨頭，賊眉鼠眼的不學好！你剛才那是幹什麼？你這小子天生賊胚子，跟你自己的老婆也來這個。不用說，你在外頭玩這把戲玩慣了，不知道多少女人毀在你手裡呢！」兩個徒弟一聽要糟，這位師娘心思一歪，歪到這上頭了。兩人相對無計，看這塊爛泥，師父怎麼糊弄。這女人又說道：「不行，你給我滾！你跟你自己的妻子施這個，你跟別的娘兒們也一定這樣。我不能跟採花賊，你給我快滾！你……」嗓子越說聲音越大，似乎要大嚷。

薛兆左一躬，右一揖，滿臉賠笑道：「娘子你也鬧夠了，你別往歪處想。我現在發了財，要接你娘兒倆上那邊享福去。我怕你戀著老家不肯

去，所以才偷偷地進來哄你。」娘子罵道：「放你娘的屁！你那麼樣地哄我，你一聲不響，硬闖進來，跟我動手動腳！」這女人居然拉下臉來，挑明了說，一點也不害臊似的。其實她此時滿臉通紅，早已羞愧難堪，她口頭上依然倔強。

兩個徒弟進來的不是時候了；可是徒弟不進來，師娘必然還嚷。薛兆倒背手，往後揮他兩人出去，二人悄悄地退出門外。薛兆看住了他妻的兩隻手，提防她再動手動刀；身子卻直往前湊，靠著妻子身邊坐下，再好言相哄。兩個徒弟退在門外，貼在窗前，替師父巡風望。這小院鬧得不算不凶，幸虧是獨院無鄰，又在深夜，居然沒有驚動四鄰。兩個徒弟齜牙咧嘴，暗說：「師娘好厲害，看師父怎麼要又吧。」側耳傾聽，師娘還是高一聲低一聲地罵。紅鬍子薛兆道：「得了，娘子別罵了。我現在發財了，我沒有忘了你，我派了兩次人接你享福去。如今我又親自來請你，你消消火吧！外頭有車，咱們走吧！」師娘啐罵道：「你這東西不用哄老娘。你有無窮的富貴，老娘偏不去享。老娘與你仇深似海，你趁早留著話，打點閻王爺去吧！你這東西太毒，一點夫妻情腸沒有。你跟姓羅的通同作弊，害了我爹。我問你我們老爺子到底是死在誰手裡，你說！」

薛兆連忙辯解：「那自然是老羅幹的。實對你說，我就為了岳父的事，才追了姓羅的去；一追追出百十里，也沒有捉住他。你想，他跟我從前是朋友，我再也想不到他會殺害朋友的親戚，而且還是長親。你的父親，你自然骨肉關心；我的岳父，我就會忘了不成？咱們是夫妻，和姓羅的不過是朋友。他犯了殺人罪，我可以護庇他；他害了我的岳父，我還能饒恕他麼？我是要追上他，把他活擒住，教他給岳父抵償。不想沒追上，半路上聽說舅爺連我也告了，我才嚇得不敢回來。姓羅的害得我夫妻失和，傾家蕩產，我恨不得吃了他。你怎麼反咬我和姓羅的通同作弊呢？你太屈我的心了！我敢對你起誓……」

二徒聽到這裡，屋內咕咚一聲，他們的老師給師娘跪下了，居然對燈發誓：「殺老丈人的不是我，我也不知道。我要是跟姓羅的通同作弊，幫著殺老丈人，教我活著當一輩子王八，死後再接著當。」

這樣的起誓，勾得薛娘子也忍俊不禁，「嗤」的一聲笑了。拿腳踢薛兆道：「好東西，你是起誓，你是罵街？你別忙，老娘也想開了，總有一天，教你嚐嚐活王八。」這工夫緩過去了，薛娘子手臂灼痛起來；一陣掙扎，渾身也痠疼，連骨頭都發酸。恨得她罵道：「你小子夠多狠！你看看你踢得我手腕子都要斷了。」薛兆順坡而上，笑著站起來，道：「我看看，我給你吹吹吧。」又把腦袋送過去，迎著燈亮晃給薛娘子看，說道：「你也看看我的臉，讓你抓得稀爛八糟。你們老娘們就是會搔臉，跟貓似的。我的胳臂也教你咬掉一塊肉……」

話沒容說完，刮的一聲脆響。薛娘子好不溜撒，一揚手，一個耳光正扇在紅鬍子薛兆的赤紅臉上。薛兆道：「好打，好打！打完了這邊不算，還有那邊呢！勞你駕，一邊一個。」又把左腮送上來。薛兆滿不在乎，一心要誘走這一妻一子。

薛娘子竟被鬧得磨不開，這隻手揚起來，打不下去了，劈面啐道：「老沒正經的東西，想不到你是這麼一塊貨！我怨那死去的爹，不瞑眼，毀了我一輩子。什麼人不能嫁，偏偏嫁了一個活土匪，死不要臉的東西。」說著又當地啐了一口。薛兆越發大笑起來。

兩人越說越不帶氣，話聲越來越低，兩個徒弟反而後悔剛才冒昧進屋，多此一舉……果然師父的主意不錯，「夫妻沒有隔夜之仇」，師父這兩個耳光沒有白挨。兩個徒弟是這麼想，殊不知薛娘子雖然復心和好，仍無意同歸。她心中仍有疑慮，猜不透薛兆今日作何生涯。二徒弟估量時候不早，就要進去，催師娘上車。

不知怎麼一來，又說翻了。突然聽師娘嗷嘮一聲大叫道：「哎喲，我

的孩子呢？我的孩子呢？」像瘋了似的，往床上一尋。孩子早教薛兆那兩個徒弟盜走了。因為蒙藥中摻了鼻煙，減了麻醉力量，這小孩子被背到半路上，便漸漸甦醒；還沒到同幫家中，小孩子便大哭大鬧。這工夫在同幫老大家中，也正撒潑打滾，鬧得不成樣子，和現時他的娘一樣。

薛娘子全副心神都在這一個嬌兒身上，嬌兒不見，她立刻又翻了臉。薛兆正挨著她坐著，本已快和好了。現在動了她的心肝；她立刻張眼四尋，尋之不見，立刻伸手一抓。薛兆早提防著，看事不好，忙用胳臂一擋。薛娘子往床裡一栽，她立刻一滾身，探手一撈，只撈著一個枕頭；拿這枕頭，照薛兆劈面砸去。薛兆登時又跳起來了。兩個徒弟沒聽出所以然，看情形都知要糟。師娘一迭聲地叫：「你還我的孩子，你還我的孩子！」

孩子早就丟了。薛娘子孤衾獨宿，突遭丈夫夜襲，一時驚愧忘情；直到薛兆講起攜子一同北上的話來，她方才想起。屋中鬧翻了天，小孩子怎麼會沒醒？急急地一看，方才省悟；剛才孩子睡覺的窩兒，被孩子他爹占了去。孩子的窩早已沒有孩子了。她登時急怒，孩子就是她的命。她的後半輩子全依靠這個孩子了。這不用說，她丈夫兩次派人明拐，今次親來夜偷，目的也全是衝著孩子而來。

旁的話好說，要教孩子離開娘，簡直不行！薛娘子竟又跳下床，衝薛兆撲來；可是勁頭已差、銳氣似消。剛才她錯當是野男子，為了全貞保節，豁出死命來拼，故此銳不可當。如今被薛兆踢了一下，覺得她丈夫果然是個把式匠；乾綱一振，自己不是敵手。而且舊日女子即講三從四德，一向是怯著丈夫；況且這個丈夫不是尋常人，是耍刀把的傢伙。剛才她鬧得那麼猛，此刻竟不能再接再厲。

薛娘子一跳下床，撲勢很猛，來勢實慢。被薛兆輕輕一閃，快快一拿，把兩手捉住，就勢一抱，給穩穩地抱到床上。她無可奈何，又要大

喊；復被薛兆輕輕一按，把嘴給掩住了。然後藹聲哄說道：「小招，你又要發瘋！孩子，你只管放心，此刻早走出五六里地了。你老老實實跟我走，母子照樣可以見面。不然的話，娘子，我可對不起你；我甩袖子一走，你們娘倆一輩子，再也別想見面了。」

薛娘子的弱點被抓住了，再強硬不起來，就縱聲哭泣，且哭且罵，要死要活：「姓薛的，你在我們娘們身上缺德吧！我的爹教你的朋友生生給害了；我的孩子又教你們師徒生生拐走。你想盡法子算計我，孩子就是我的命，你竟要我的命。剩下我一個孤鬼，我也不活著了。那不是刀麼？你索性殺了我吧！」

薛兆笑道：「我不殺你。你剛才可是真砍我。」薛娘子哭道：「你不殺我，你就走吧！閃下我一個人，我也不要孩子了。你是我前世的冤家，我是命裡該當，你給我走吧！」她口氣中似要尋死。

第五十四章
俞三勝偕友訪薛兆　眾鏢師撒網搜豹蹤

　　紅鬍子薛兆見她真個動了心，哭成淚人一樣，不由動起憐惜之情。他忙側身安慰道：「你這不是傻了，我不是只要孩子不要大人，我是連你一塊接。我怕你戀著故鄉不肯走，所以把孩子先抱走。這孩子你親生自養的，也是我親生自養的。我也偌大年紀了，人老思子，我焉能不疼？那孩子跟著爹跟著娘，都是一樣的。在你這裡，不過是窮疼；在我那裡，他就是闊少爺了。我告訴你，我幾次三番打發人來，就為的是接大人、接孩子，孩子、大人我全都要。你快起來，收拾收拾。我都預備好了，巷外停著車呢。你快跟我走，管保你母子見面。不但你母子見面，在我也是父子相逢，夫妻重圓。咱們三口人，現在就算是大團圓。你不用胡思亂想瞎猜疑了。我現在混得很好，你跟我走，到那裡一看，就知我不冤你了。咱們有福要同享，我不能一個人享。那邊現成的新房子、新家具，現雇的丫頭老媽子一大群。你一到家，你就是大奶奶，你還戀著故土做什麼？」

　　薛娘子仍然嗚咽道：「你做的事太絕了，我可得信呀！你誆我娘倆，我知道你現在是當強盜，還是耍胳臂當老百姓呢？你們全不是好人！你說得好聽，你們專講究闖江湖，拿刀動槍，為非作歹。」

　　薛兆笑道：「我拿刀動槍，你可是拿刀動剪子，還不是一樣嗎？得了，別哭了。你只一去，包你母子團圓；你要是不去，你想想吧，剩你一個人在這裡，我們父子可就享福去了。」

　　薛娘子哭道：「不行，你得還我孩子。任憑你怎麼說，我也不跟你去。」說著用手推薛兆道：「你們把我的孩子藏到哪裡去了？你快給我。」

薛兆道：「不給！不但孩子不給，連你大人我還要呢。別麻煩了，趁早上車吧。」

薛娘子似乎覺得動硬的不行，她就拿出女人的本領來。站起來，哭泣著，往屋中尋找，尋了一圈，似無所得。轉轉身來，衝薛兆叫道：「你把我的剪子藏到哪裡去了？快給我。」

薛兆早已自笑存之，拿眼睛盯著她，笑道：「你還要剪子扎我麼？對不起，我怕！」

薛娘子道：「扎你幹什麼？我扎我自己！孩子就是我的命根子；你把我的孩子抱走了，你索性要了我的命吧。你不給我剪子，你掏出你的刀子來，給我一下子痛快的。」她把脖頸伸得長長的，遞到紅鬍子薛兆面前；薛兆笑著，反要摸嘴巴，施溫存。薛娘子無計可施，狠了一聲，罵道：「我是命裡該當沒兒子，你把我孩子弄走，看這樣子，一定不還我了，我也不要了。」她面向窗外，對徒弟們說：「我算毀在你們爺們手裡了，你們請吧！只剩下我一個人，你們反正得教我安生了吧。」

說到這裡，她連孩子也不要了，還是不肯跟薛兆走。她自然是口頭上如此說，她心中作如何打算，紅鬍子薛兆一時也猜不透。可是薛兆在當時離家出走，固然可以棄妻子如敝屣；此刻看見他妻子面目清瘦，孤衾獨守，居然把孩子扶養大了，他心中自甚感動。見他妻連孩子也不要了，他越發不忍。真個的，娘子未動凡心，他倒動了伉儷之情。他遂又向太太花說柳說，一定勸她跟己同赴洪澤湖碼頭。夫妻倆直折騰了半夜，兩個徒弟在當院聽窗根，太覺不像話；又看出此事非今夜所能解決，兩人一聲不響，溜回去了。

恰巧此時薛兆之子小鬧，正在薛兆同幫家中哭鬧。二徒回去，同幫老大笑得拍掌打跌地問：「你們老師跟你師母怎麼樣了？那薰香裡，教我給摻了些鼻煙，估量著大生效力了吧？」二徒笑道：「好嘛，師叔！你老這

一招真損，我們師父的臉都教師母抓了。現在我們師母還是不肯跟老師回去，你老有什麼好的主意沒有？」

這同幫老大一指鼻梁道：「有何難哉？就憑我這兩片嘴，準保把她一個老娘們說上轎。上次有一個寡婦，不肯改嫁，我老人家一陣哄勸……」說著大笑起來，道：「何況這又不是勸你師娘改嫁別人，還是嫁你師父，我就不信勸不走她。」同幫老大是個半瓢子，立刻要看笑話；自告奮勇，穿長衫，要一直找了去做說客。命大家慰哄著那正在哭鬧的小薛，並逗他說：「小侄兒，別哭了，我去接你娘去。回頭準把你娘和你爹爹一塊接來。好小子，你乖乖地等著吧！」

同幫老大笑嘻嘻地命二徒引路，一直尋了下去。不一時，來到薛娘子家門口。同幫老大用手一推街門，沒有推開，眼珠一轉，問那兩個徒弟道：「你們哥倆臨走時，關門沒有？」二徒會心一笑道：「哪可怎能倒上閂？」兩人溜出來時，不過將門扇倒帶，門扇原是虛掩著，這工夫可是推不開了。裡面早已加閂緊扃。老大對二徒越發嘻嘻哈哈地調笑道：「好了，你師娘跟你師父這工夫一準團圓了。」

說著，同幫老大掄起拳頭，蓬蓬哄哄一陣砸門。半晌，才聽紅鬍子薛兆含嗔帶笑地跑出來，且行且罵道：「你們這兩個東西抽什麼風？教四鄰聽見，什麼樣子？」

同幫老大在門外一晃腦袋，立刻接聲道：「老哥別罵！是小弟我，給大哥道喜來了。」跟著嘩啦的一聲，薛兆從裡面開了門閂。同幫老大噔噔地往裡跑，拉著薛兆的手說：「大哥，我得見見這位會咬人的大嫂子。……喂，大嫂！您老好！你老才睡麼？」

薛兆果然是掩襟倒屜出來的，隨著同幫老大往屋裡走，笑罵二徒道：「什麼咬人不咬人的，你這兩個東西，加枝添葉，你們倒會改你師父了。」隨著大聲叫了一聲道：「我說喂，來了朋友了。」這分明是通暗號，越發招

得同幫老大笑聲不住，直往裡面闖。

四個人上了臺階，屋中燈光明亮，薛娘子慌慌張張由床下地，把被褥一掀。同幫老大先盯了薛娘子一眼，隨後打躬作揖問好：「大嫂子，我給你老稟安了。大嫂子，今天破鏡重圓，大喜事價，我得賀賀。可是的，大喜事價，大嫂怎麼還哭得兩眼通紅？我們大哥欺負你老了吧？不要緊，他要欺負大嫂，我教小巴狗咬他！」

儘管老大肆惡謔，薛娘子消瘦的兩腮微起紅雲，反倒拿出主婦的譜來，讓座問姓。薛兆看著太太的神氣，唯恐她再翻臉，忙衝老大遞眼色。同幫老大毫不介意，仍然賊眉鼠眼，端詳人家兩口子的神氣；又驗看床帳，簡直一臉的淘氣。

薛兆笑著極力用話打岔。薛娘子退坐在一邊。老大對二徒說：「怎麼樣，用不著我勸不是。你們倆怕師娘、師父拼了命，立逼我來說和，我說用不著，你們還不信。」二徒站在旁邊，忙道：「師叔說笑話。弟子擔當不起。」

老大道：「什麼擔當不起，我難道不是你二人催來的麼？」他硬給二徒安上責任了。他為人很詭，一見薛娘子一聲不響，似乎不對勁，便改口道：「大哥，大嫂，你們二位商量好了沒有？打算在哪天動身呢？」

薛兆道：「這裡也得略微收拾收拾，打算後天動身。明天就請老弟費心，給看一乘轎、一艘船。」薛娘子還是一聲不言語。

同幫老大故意引逗道：「好吧，那是一句話，明天準給大哥大嫂預備好就是。可是有一樣，今天怎麼辦？大哥大嫂只顧敘舊，你可不知道我那小侄子，您那小寶寶，這工夫在我家裡可就鬧翻天了。依我看，大嫂不用在這裡上轎，索性到我舍下去吧。你那令郎，這時候只是要找娘。」

薛兆忙揮手禁他勿語，薛娘子果然忍不住出了聲：「不行！那小孩子

長這麼大，沒有離開過我。你教他們給我送回來吧。」

薛兆好容易才把娘子對付好，瞪了老大一眼，恨他多口。

薛娘子重得丈夫，暫忘兒子，如今又盯住要兒子。老大自悔失言，忙打圓盤，薛兆剛才說門口停著車，乃是哄娘子的話，此時老大忙叫來一輛，折中辦理，把薛氏夫妻全接到他家，薛娘子這才不鬧了。於是連日收拾，夫妻雙雙同到洪澤湖碼頭。紅鬍子薛兆的同幫朋友和地面上有勢力的人，知道他們破鏡重圓，給他大為慶賀，也和新婚差不多，送禮物、送戲，熱鬧了三天。

薛娘子總疑心薛兆幹的不是正業，此日一看，方才安心，前嫌既釋，好好過起日子來。小薛也延師學武修文，儼然是要子繼父業。在紅鬍子重圓破鏡之後不久，洪澤湖突起了奪碼頭的械鬥，又到了英雄用武之時。

鐵舵幫的下江首領趙七松，受人密約，率眾來拜訪薛二爺。跟著遞過約單，明討好處。紅鬍子薛兆闖江湖，看出趙七松不大易與，就說場面話，自己年老，早想退休：「既有好朋友來訪，足見看得起我。來吧，老弟，我這攤子，你就索性接了去吧！」趙七松是個精悍的矮子，粗如石墩，猛如莽牛。卻也識得場面話，忙道：「小弟不敢，小弟實是仰望威名，請二師傅當面指教。」

薛兆見脫不開，就又再進說辭。說來說去，漸漸揭開真面目，趙七松要看真章，薛兆又退了一步，索性說四六分成，趙七松不幹。薛兆又說出二五對分，趙七松說不行；竟提出倒四六來，他要橫插一腿，坐享六成。薛兆哈哈一笑，說道：「好吧！朋友攏道吧，小弟擎著。」

登時械鬥開始。紅鬍子薛兆身為四方大長，身先士卒，早把性命看成兒戲。雙方死鬥兩場，勝負難分，不能了事。趙七松就提出惡毒的決鬥方法來，要攏油鍋、架刀山，問問薛二爺幹不幹？薛兆立刻答應：「小弟早想著還是這麼辦，直截了當！」

兩邊的人忙著預備。把熱油鍋燒得鼎沸，把兩串錢用鐵絲穿了，投入油鍋；兩邊對比著，派人探油鍋撈錢。探鍋的人手只一下去，立刻灼焦，這人就殘廢了。趙七松手下頗有狠小子，薛兆的徒弟連有七個人舒爪探沸，敵方也有七個人奉陪。

看的人慘不忍睹，當事人面色慘白，還在那裡大笑充好漢。連毀了十四隻胳臂，探油鍋仍不能取勝，中證人攔住雙方。趙七松依然不退。

紅鬍子薛兆黃焦焦的鬍鬚立刻一炸，說：「好朋友！夠味，還是咱們哥倆來吧。」他要親自下場了。

手下人預備刀山。紅鬍子薛兆打量對方。這趙七松像個油簍似的肥而矮，便揣想他的武功，該屬何派。想好，命人架好了刀山圈，自己將黃髮辮一盤，長衫一甩，小衣服也脫了，緊一緊褲帶。赤膊向趙七松一拱手道：「七爺，小弟有僭了。」嗖地從刀圈中鑽過，身上沒傷，舉止輕捷；回頭來便打量趙七松：「七爺，怎麼樣？」趙七松哈哈笑道：「這一招可不易，小弟胡亂試一下。」也脫了衣服，一挺身，鑽刀圈跳出去，身上也沒一點傷。

薛兆一看，忙又改換笨功夫，擺出石鎖、石墩；這趙七松居然也能舞弄兩下。薛兆急急地又換軟功夫，軟功夫也沒有壓倒趙七松。趙七松這傢伙居然點到哪裡，做到哪裡。來者不善，善者不來！薛兆一切齒，拿出末後一著來。喊徒弟搬來長方木板，板上釘著鐵釘，密如麻林，釘短刃尖。把這釘板鋪在地上，另一頭放一張小桌，桌上一桶水，兩把刀，擺弄好了。

趙七松愕然不解。

薛兆看了趙七松一眼，心沉住了氣；走過來，抱拳說道：「七爺，小弟先僭了。」走過去，吸一口氣，赤身往釘板上一躺，就地十八滾；脊背著釘，兩手護兩腹，只一翻滾渾身登時被釘子扎得千瘡百孔，滾身跳起

來，孔破處滋滋地往外冒血球。薛兆哈哈大笑，跑過去，到水桶邊，親將一桶水提起，咕嘟嘟喝了下去。然後抄起單刀，嗖嗖地砍了一趟六合刀。然後當的一下，把刀攢在地上，叫道：「朋友，請！」

趙七松吃了一驚，這一招從來沒見過。受了傷，不能喝這些冷水；喝了水，不能帶傷耍刀；可是人家點出道來，不能不走。回顧同夥，看神氣沒有一人敢接茬。趙七松把辮子一盤，突然狂笑起來說道：「眾位，在下可沒見過這一手；我既然來了，也得捨命陪君子。好不好，別見笑！」遂也往釘板上一栽，翻了一個滾，登時也渾身千瘡百孔，往外冒血。也走到水桶邊，提起一喝，登時攢眉，原來是半桶辣椒水。一狠心，也喝了半桶水，也提刀一耍，勉強砍了半趟刀，停招笑道：「這刀法在下不行，改日再會。」竟率領同夥，匆匆退去。

紅鬍子的部下，見首領獲勝，對方不辭就走，登時喝道：「朋友，沒有這麼走的，站住！」齊亮出傢伙，要扣留趙七松；薛兆連忙喝住。徒弟們和弟兄們察看薛兆的神氣，已然不好，立刻不追究對方，忙辦善後。將薛兆扶上暖轎，飛送回家，連同別的受傷人，趕緊的延醫診治。已死的人們具棺成殮，厚恤遺族。薛兆很快養好了傷。這場慘烈無比的決鬥，偏偏教薛娘子趕上，連炸七個人的事已然轟動當時。薛娘子初來享受這碗飯，只覺得闊綽舒服，享用過於世家，倒也安之若素了。不承望她的丈夫還是沒脫本行，還是玩這一套；長袍馬褂穿得整齊，打起架來，還是光膀子，豁個兒拚命。薛娘子起心眼裡嫌惡；等到伺候病人傷痊，她就說：「這碗飯我吃不消化！」她就要走。

薛兆不教她走，她索性提明：「我沒有大造化，天生守寡的命。你一定教我來享受，你就依我兩條道。」薛兆忙說：「好辦，不是才兩條道麼？什麼道？」薛娘子立刻說出來，第一勸丈夫立刻洗手；第二，不准把這衣鉢傳給兒子，教兒子專上學讀書，不再練武。薛兆想了想，這也很有理，

遂又敷衍了半年，暗中物色替人。恰有第四個徒弟近日連擋風雨，口才和膽量都有，心路也快，就是對人稍差。第三徒頗有人緣，可是辦事兒總遲一步。

挑來挑去，薛兆把事業漸漸交與這兩個人分掌。過了兩三年，很覺妥當，薛兆這才聲明退休。在洪澤湖南岸鐵板橋地方，收買了兩處民宅，重加修建，做了自己的別墅。地方上羨慕他有財有勢有人力，懼怕他半強梁半慷慨，全都尊敬他一聲「薛二爺！」薛兆儼然成了地方上的士紳，輕易不再動刀把子了。

薛娘子到了這時，方才安心。至於碼頭上的買賣，經這二十年的經營，有兩處船幫、三處腳行，歸薛幫統轄。

水旱兩路本是打通一氣的，沒人來奪碼頭就照常營業，和尋常商人無異。另外還有幾處賭局、兩家戲館、一家飯鋪和兩家大店、一家堆棧，也都有薛兆的股份，人股、財股不等；彷彿地面上像這類營業，沒有薛二爺的胳臂架著，就站不穩當。薛二爺官私兩面全有朋友，內中有本幫上一輩給拉攏的，也有薛兆自己聯絡的。

今日的薛兆可以說一帆風順，聲勢大張，在洪澤湖南岸，夠得上稱霸一方；和北岸的顧昭年，把洪澤湖水旱的出產，幾乎完全包攬在二人手中。兩個人起初也曾爭奪過。後經好友和解，二人反倒互相關照著，成了莫逆之交。薛兆在鐵板橋退居兩年多，風平浪靜。他也快六十歲了。

這些事都是舊話。現在，十二金錢俞劍平率鏢行群雄，追逐飛豹子袁振武和子母神梭武勝文，由北三河直趨到洪澤湖東岔；被凌雲燕半路划舟來援；又焚舟斷路，忽水忽陸，曲折奔竄，到底沒把飛豹子追上。

俞劍平見天色已晚，這洪澤湖方圓足夠七百多里，一望無涯，孤舟難尋，只得領大家宿店。自己與鐵牌手胡孟剛、霹靂手童冠英、智囊姜羽沖，策馬備禮來訪紅鬍子薛兆。要倚靠薛兆在此地人傑地靈，替他們設法

尋豹蹤。俞劍平一行先找到碼頭上泰成棧內，跟棧中人打聽了一回，方知薛兆業已退休，他的家離碼頭還有十一二里地。若一徑找了去，如今天色已晚，按江湖道的規矩說，固然不相干；若按住戶人家講，遠客夜臨，似乎失禮。

泰成棧的掌櫃說道：「俞大爺不用為難，現有薛二太爺的四弟子倪天運倪四爺，就在隔壁。目下幫裡的事全由倪四爺、鮑三爺主持，你老若是有事，跟這兩位談，也是一樣。薛二太爺打由前年，就不很問事了。」掌櫃的且說且站起來，俞劍平等只得跟著去。

他們到隔壁一看，原來是一家大賭局。門開處，一股熱氣撲鼻。六月天氣，許多赤膊的人圍著賭案，大呼小叫地豪賭。

那位倪四爺是個矮而瘦的漢子，約有四十來歲；正在櫃房和兩個閒人談話，拿扇子往桌上啪啪地打，且打且罵，好像正議論什麼事。那兩個閒人只說好話：「這不怪他，四爺別生氣。」

倪天運罵道：「說什麼也不行！你告訴他去，趁早把原贓吐出來，彼此面子好看。怎麼一點面子也沒有，自己人倒跟自己人過不去！」

正嚷得熱鬧，抬頭看見泰成棧掌櫃；眼光一掃，看見了俞、胡、童、姜諸人。這倪四爺立刻住口，重用眼光一掃量，回手抓起小褂，往身上一披，說道：「嗬！吳掌櫃，不忙麼？這幾位是……」

吳掌櫃忙道：「四爺，這四位是來拜訪老當家的。這一位就是江寧府鏢局總鏢頭俞……」還沒說完，倪天運立刻大聲道：「喝！四位達官爺，我一瞧就瞧出來了。在下倪天運，家師薛兆，您這是從哪裡來？咱們裡邊坐！」

吳掌櫃把四張名帖遞到倪天運手內，倪天運頭一張便看見俞劍平的電影，一迭聲叫道：「您原來是俞老鏢頭，我可失眼了。您大概是胡老鏢

頭，您大概……」他居然把俞、胡、童、姜全猜對了。他手忙腳亂地一路張羅，把四位鏢客請到內櫃房；又請四位寬衣，自己又將長衫披上；又命小夥計打熱毛巾、斟茶。禮貌很熱烈，熱烈之中似乎透出做作來。這就是倪天運做人稍差的地方，由謙虛流入虛聲假氣了。

霹靂手童冠英有些看不慣說道：「倪爺請不要招待，我和令師是多少年的老朋友了。我們此來，有一點小事要麻煩他。」

倪天運道：「哦，是是！我知道您是家師的老朋友。你有事情，晚輩應當效勞。家師現時不在這裡，你有話吩咐小侄也一樣。」

童冠英正色道：「對不住，我們專程來拜訪令師，還有些別的話要跟他祕商。」

十二金錢俞劍平和智囊姜羽沖聽童冠英的話太嫌刺耳，急忙打岔，把來意略表了一表，又委婉周旋了一場。

這倪天運早知師父跟這四人的交情，遂衝著俞劍平說道：「俞老前輩、胡老前輩！上次您二位發的信，小侄這邊也見到了。我們也囑過同幫，遇事留意，可惜沒訪出一點頭緒。現在您既然把飛豹子追到洪澤湖裡來，這很好辦；小侄立刻吩咐他們細細。這洪澤湖一向由我們敝幫和北岸的顧昭年顧四爺兩邊平分占據著。從來無風無浪，只有上年，有個叫什麼水耗子的，打算在這裡拔衝，教我們給趕走了。近來簡直說，水旱線上的朋友，還沒有好意思來打擾的。我想這飛豹子也無非鬥敗被追，迷無可逃，臨時竄到這邊罷了，恐怕在附近未必準有伏椿。」

智囊姜羽沖道：「那個凌雲燕，你老兄可知他在近處有黨羽沒有？」

倪天運笑道：「不怕諸位見笑，凌雲燕這個名字很生，從前我就沒聽說過。你老既想打聽他們，你老等著，我這就教他們來。」

倪天運走到外面，似去叫人；童冠英很不痛快，對俞、胡說：「咱們

還是找他師父。」說話時，倪天運同著三師兄葉天樞進來。這葉天樞倒很懇切，以前輩之禮對待俞、胡。俞、胡俱說要面見薛兆。葉天樞道：「家師退休已經兩年多，可是渴念老友。您四位來了，他老一定歡迎。您四位不嫌勞累，小侄可以陪您走一趟。家師的私宅離此處足夠十一二里地呢。」

俞、胡想了想，還是面見薛兆；遂煩葉天樞陪伴，策馬一直奔鐵板橋而來。到了薛宅，時已夜半。六七匹馬在門口一鬧，未容葉天樞叩門，薛宅司閽便已聽見，忙即開門。由葉天樞引領，把四位鏢客讓入客廳。

紅鬍子薛兆想不到俞、胡二人會半夜來訪，他在自己靜室中，早已睡下了。司閽持帖進入，薛兆一看，說道：「哎呀，這老哥倆上次失鏢，托我代找過，又怎麼會今天得閒，跑到這裡來？莫非鏢銀還沒有下落？」立刻披衣起來；幸喜薛娘子沒有知道。薛兆連衣鈕都沒有扣好，便奔出來。

此時葉天樞正在客廳陪著俞、胡等人。俞、胡、童、姜等看見薛兆居然有這大勢派，客廳內擺設得很闊綽；胡孟剛頭一個心生感慨。人家也是耍胳臂的，自己也是；人家究會功成身退，坐享尊榮。正自想著，聽紅鬍子薛兆在院中大聲道：「四位老哥，有什麼邀會，湊到一塊了？」一挑簾走進來。

智囊姜羽沖跟薛兆是初會，細一打量，是薛兆披衣倒屣而來。果然不愧叫紅鬍子，頦下生著很濃的一把黃髯，眉棱高聳，氣勢雄偉。雖逾五十歲，一點不露老態，只看表面，十分粗豪，哪知他跟他妻還有那麼一段復水姻緣。薛兆很懇切地與鏢行四友握手寒暄。看到桌上堆的禮物，就叫道：「好嘛，這是誰出的主意，還拿我當外人？買這些東西做什麼？」一面說話，一面遜座。吩咐把客廳中的燈燭全點著了，照得內外通明。

這時管事的先生已知主人有遠客到，忙起來張羅，打洗臉水、泡茶，拿出許多芭蕉扇遞給來客。一霎時，客廳中忽忽扇扇，全是扇子搖晃了。

薛兆容來客洗完臉，立逼著寬衣服，脫光膀子。他說道：「天氣熱，大哥，索性涼爽涼爽吧。」命小廝給客人打扇，又叫人到後面取果盤，備宵夜。他自己張羅著，信手將俞、胡送來的禮物蒲包打開，見有水果，笑道：「好好，天正熱，咱們吃！」紅鬍子薛兆另有一種作風，顯得豪放不羈。管事先生命人開了車門，把客人的馬牽到馬號。悄悄問鏢行趟子手，從哪裡來的？還往別處去不？正問著，薛兆把來客安住了，立刻來到外面，對管事先生說：「現在什麼時候了？」答道：「子正三刻。」薛兆道：「客人遠來，住店不方便。蔡先生，你教他們快快把西書房騰出來，再騰幾份鋪板。俞鏢頭帶來的人，就煩你招呼吧。」囑罷，回到客廳，對俞、胡二友說道：「外面叫菜不行了，小地方，太偏僻！我教他們在家裡的廚房，好歹弄點吃食，四位老哥別笑話。」薛兆殷殷地張羅。俞、童二友素知他的為人，倒也不理會。智囊姜羽沖暗暗點頭，莫怪他能成事，的確有與眾不同之處。

鐵牌手胡孟剛首先發話道：「薛老兄臺，你不要客氣，彼此都是熟人。現在我們深夜前來打擾，正有一點急事奉求。」薛兆道：「噢，是什麼急事？」胡孟剛道：「唉！還有別的事麼？左不過尋鏢，我們現在把劫鏢的點子追到洪澤湖裡頭來了。這沒有別的，老大哥得幫我們一把。」又道：「薛大哥你猜怎麼著？這個劫鏢的就是飛豹子！」

薛兆驚訝道：「你們沒有把鏢尋回麼？這不都快兩個月了。飛豹子又是何如人也？沒聽說過啊！」胡孟剛心急搶話，他的話別人又驟聽不懂。

童冠英忙插言道：「薛大哥隱居自得，大概外面的情形一點也不曉得；這位飛豹子姓袁叫袁振武；原來是俞大哥當年的師兄。是他爭長妒能，退出師門，唧恨三十年，現在才出頭搗亂。由打半月內，我們湊了許多人，方才訪出飛豹子的形跡來由；跟他講定，在北三河比拳賭鏢。被我們連贏數陣，飛豹子眼看要認輸。不意橫插一槓子，比得正熱鬧的時候，官兵忽

來剿匪。飛豹子借端撒賴，甩手一跑，一直跑入洪澤湖。還有火雲莊的子母神梭武勝文，也跟豹黨結成一氣；又有一個青年女裝的飛賊，叫什麼凌雲燕的，也勾結在一處。現在他們三個人一夥，越發的如虎生翼，出沒難以捉摸了。我們一直追他們，他們忽水忽旱，亂躲亂竄。薛大哥請想，你們這洪澤湖方圓足夠七百里，地方太大了，又是水旱夾雜，實在不易根尋。我們縱然根尋，也怕吃虧上當。我們就想到老兄身上，老兄久霸洪澤湖，可說是人傑地靈，手底下又有許多朋友。此地當真有匪人出沒，你老兄一定不能容他。他們果真在此地潛安祕窟，老兄也必事先有所耳聞。我們專誠來訪，想煩老兄，代為根尋，也是一舉手之勞。現在，我們把前後經過細情全盤奉告。我再冒問一聲，這個飛豹子，大概薛仁兄一定不認識他了；這個武勝文和凌雲燕，你老兄可跟他熟識麼？」

薛兆聽罷愕然，搔首說道：「武勝文這個人，我倒見過。這個凌雲燕，還是上年，我彷彿聽誰說過。怎麼著劫鏢的人會是俞大爺的師兄了，你不是老大麼？」又道：「你們老哥四個遠道來找我，一定事情緊急。我自從退休，外面的消息很沉寂。連你們在北三河大舉決鬥，我也是直到昨天，才聽人說起。我這裡正要派人邀你們幾位。」

俞、胡聞言也覺愕然，想不到今天決鬥，人家昨天就知道了。如此看來，紅鬍子的聲勢確乎不小，求他幫忙，必不失望。胡孟剛立刻面露喜色。薛兆接著說道：「他們既然竄到洪澤湖，不管他是借道，還是潛藏，還是另有投托，我全不知。這就是咱們自己的事，我幫個小忙。等我想想……」

薛兆尋思了一回，僕人已將夜肴擺上。薛兆道：「我們先吃。」眾人只感煩渴，倒不覺餓，但有冰鎮的水果、好酒，就隨意用來解熱，且吃且談。薛兆早將主意打好，說道：「我洪澤湖方圓七百里，就屬我和顧四爺分管。」

胡孟剛心急，忍不住說：「薛二哥，我的話可太冒失，你要有法子，還是急不如快，今晚就辦。他們可是一蹭就又溜了。」

俞劍平笑道：「薛二哥，我們胡賢弟窘極了，你別見笑。他的家眷還在州衙押著呢。」

薛兆忙道：「一定就辦。只要飛豹子、武勝文和什麼凌雲燕，跟北岸的顧昭年沒有干涉，我小弟一定幫忙，把他們三人的下落全挖出來，那時再請諸位看著辦。」

胡孟剛大喜道：「我先謝謝！」俞劍平、姜羽沖卻不由皺了眉。薛兆先問明飛豹子一行人的相貌、年齡，立刻站起來，說道：「我立刻吩咐他們，教他們大搜一下。」

紅鬍子薛兆到隔壁吩咐徒弟，和葉天樞低議片刻，葉天樞立刻騎馬翻回碼頭，大召同幫，祕密傳令。限在明天午後，要得到初報。

這裡，紅鬍子竟把四位鏢客款留在家，他也不回宅內，特在書房聯榻夜話，各敘舊情。這書房很大，原有高榻，更支板床，五個老頭兒聚在一處。黑鷹程岳與趟子手另由帳房先生邀到外面客廳安榻。

姜羽沖看這個書房，居然擺著二十四史、十三經、三通考，好些大部頭的經史，都用檀櫃錦篋裝著，可是書本嶄新，書架積塵，彷彿沒人動過。另有幾部水滸傳、三國演義、隋唐全傳堆在書架上，頗有手澤，想見書房主人是看過的。霹靂手童冠英和薛兆較熟，信手把二十四史的木匣打開。上面真是絹面絲訂的精本，下面剩了空匣，內中有寶盒、牙牌，還有一把匕首。童冠英忍不住哈哈地大笑起來。

薛兆也笑道：「我是個俗物，我連斗大的字只認識三升。你別看我這裡擺著玩意兒，那跟帽桶、香爐是一樣，擺著好看罷了。我最近得了一部什麼唐伯虎的水火圖，有人說不是唐伯虎，是仇十洲。管他百虎、十洲的

呢！只是那些精光的人物太不像樣子，唸書的人一口一個子云詩曰，一肚子男男女女。教我太太看見了，給燒了。人家說值好幾百兩銀子呢！」薛兆還想附庸風雅，俞、胡一心要找鏢銀。童冠英說道：「老兄，我問問你。你怎麼會發這麼大財？我知道我們俞仁兄苦創了二三十年，至多只趁三萬兩萬。你怎麼只十七八年工夫，會鋪展這一大片片？我說，你都做了多少損陰喪德的事？」

薛兆大笑道：「損陰喪德不會發財；就是發了財，來得容易，丟得也模糊。不瞞四位仁兄，我小弟發財的祕訣，就是不怕死，拿著死的心腸來活。結果，越作死，越不會死；越貪生，反倒難免傾生。我小弟實對四位說，我老早就看破紅塵；多活兩年，又有什麼趣味？少活兩年，倒是少受兩年奔波勞碌。我這麼想，事事全看開了。無論創事業，交朋友，我都願意吃虧，不肯多占便宜。我可不是傻，吃傻虧的人都是糊塗蟲，一準倒運；人家不想傾他，也要傾他了；那就因為他傻，他不知好歹。我小弟不然，我吃虧吃在明處。我從來不藏奸，不耍滑頭，我把人家的事當自己的事一樣看。辦壞了，我也不後悔；辦成了，我也不太高興。對朋友有真心，也有假意；看事做事，從來不耍花招，不肯欺騙人，所以人家也不肯欺騙我。人家騙我，我也看得出來，想得開。老兄，你要問我怎麼發財，我就是這樣辦，一點兒高招也沒有。」

童冠英點頭道：「我明白了！我們俞仁兄一生吃虧的地方就是對友太熱，看事太認真。我們薛仁兄就不然了，想不到你會這麼達觀。」姜羽沖道：「薛兄可說是視不勝猶勝，視成猶敗，視死如生，足見高明！」

俞劍平微笑著說：「薛二哥還有這麼曠達的高見，竟不像江湖人物，可比隱逸一流了。」可是人們口頭上的話，未必就是實情。薛兆的話很高，人品不見得準高。老實說，薛兆的成就，多一半還是撞運氣。此外，便是他有人緣，敢死，有狠勁。和飛豹子袁振武很有些地方相像；並且他

在地方上所做的事業，也介在良民與強暴之間，可說是不清不濁的人物。飛豹子在遼東長白山，也是為富一方的大豪，也會一樣地招賭分贓。

薛兆捫著黃鬚，自述以往得意之事。末後，又歸到飛豹子劫鏢的話上，薛兆大包大攬，願代尋鏢。可是有一樣，俞劍平早已聽出口風，薛兆和北岸的顧昭年平分春色，割據洪澤的水旱運賬，兩人對兵不鬥。萬一飛豹子一流，竟投到顧昭年那邊去，紅鬍子薛兆就不便出頭了。到了次日，紅鬍子薛兆陪著四位鏢客，回轉碼頭聽信。內宅出來人，問老爺子上哪裡去？薛兆說：「這不是來了遠客麼？陪他們進鎮，吃吃玩玩去。」薛娘子監視得緊；薛兆隱瞞得更嚴。當天上午，幫友們紛紛傳來祕信：昨天有人確見有大批短打的人，駕著大小四隻船，似乎過路模樣，斜穿洪澤湖往西而去。揣摩時候，恐還沒有渡過洪澤湖西岸，因為橫斷這湖，總得一天半的工夫。

薛兆聽罷點頭，說道：「好嘛，真有人跑到我的眼皮底下來了。」跟著又有人報說：北岸的顧昭年幫內，昨天確有生客來訪，人數不多，也沒認清面目。又說當天夜間，便見顧昭年把自用的船開出兩艘，全是空載，已經迎投東岸而去，不曉得要做什麼？

紅鬍子薛兆愕然，對徒弟說：「這些情形，我們不必詳告鏢行，我們先探探底細。」遂遣一個能言善辯的幫友，拿著薛兆的名帖，前往拜訪顧昭年。仍命人駕快艇，往東西兩岸搜尋下去，把飛豹子、武勝文的面貌一一詳告眾人。眾人領命，急馳而去。胡孟剛要請派鏢客做眼線。薛兆笑道：「那倒用不著。」反倒要把店裡的鏢客全接到櫃上來，預備大擺盛宴，好好款待。又把俞夫人丁雲秀接來，由女徒陪宴，並且說：「只要飛豹子沒走，你就交給小弟辦好了。」

俞、胡不放心，遜謝道：「人太多，太叨擾了。」仍遣鏢客從旱路向外踏訪，並給鄰近鏢行同業送信，煩他們代為留神，只將水路囑咐了薛兆。

大家加緊地忙，就在這一天，火雲莊的臥底鏢客，急匆匆逐步追來，

給俞劍平、胡孟剛來送信。這剿辦火雲莊的官兵，竟是淮海鎮總兵派來的，還會同著淮安府標兵和海州的捕快。

領兵官是一位游擊將軍，得有大府檄調。不知從哪裡探出來消息，得悉上月在范公堤，劫奪二十萬鹽帑的巨匪，現已竄入寶應湖、洪澤湖一帶。大府特此密下札諭，檄調鎮標，會合水師營，前來剿匪、緝賊。這水陸兵捕居然探出飛豹子的綽號來，並且已經勘知大盜飛豹子刻下潛藏在火雲莊附近。鎮標、府標兩邊共派出二百多名兵丁，在當時可算是大舉，並不算拿賊，儼然是清鄉剿匪的派頭了。

官軍一開到寶應縣，便力守機密；大兵屯在僻處，並不進城。寶應縣官在事先也奉到密諭，辦理糧臺，府縣得力的捕快改裝祕勘，竟影影綽綽勘出飛豹子現時大概隱藏在火雲莊子母神梭武勝文家中。據探確有數十個長工，不時有生客來投，顯見不是良民的舉動。捕快密報委員，委員密報官兵，立刻悄悄進兵。這子母神梭本與地面很有聯絡，也算是地面士紳；可是劫鏢大盜竟在他家，縣官已為他擔著失察大盜的重罪。密札一到，已嚇得縣官親自傳集捕快，嚴加告誡，怕他們洩底，特地嚴告：「劫鏢的飛豹子在不在，我不管；要是跑了武勝文，我可是要你們的命。你們就是私自賄放走的。」

於是，官兵與捕快驟然掩到火雲莊。這帶兵的游擊將軍很是個幹員，他把標兵藏在僻鄉，只在夜間進兵；又命一部分兵改裝成小販、佃農，在附近鉤稽賊蹤。鏢行這時跟豹黨正在暗鬥，偏偏這一來，鏢行把改裝的官兵當作了豹黨，豹黨也把官兵當作了鏢行；兩下錯疑，官兵越發得手。就在豹黨與鏢行決鬥的日子，官兵已然開到附近。忽見有大批的人在火雲莊出沒，這位游擊將軍說道：「不好，賊人大概得著風聲了！」原定乘夜掩襲進莊，如今來不及了；游擊將軍親自率領本標兵，便與府標兵同時進發，把火雲莊遠遠圍住。

第五十五章
飛豹子歹心銜毒嫁禍　陸錦標無意巧截密信

那官軍似潮水般猝然掩到火雲莊，把全堡團團包圍住；子母神梭本人還在北三河，家中留人不多。幸而莊前後下著卡子，巡風望，官軍大隊一亮，莊中登時得訊。

管家賀元昆慌忙報知舅爺謝同亮；謝同亮大駭，趕緊應付。第一步先曳起護莊壕的木橋；第二步把前後莊門掩閉上鎖；第三步遣賀元昆趁官兵未到，火速飛馬奔出，給子母神梭送信；第四步派管帳先生長袍馬褂，登上更道，和官軍答話。跟著火速地打定了棄家逃走的主意，打開道地，命人保護姊姊，攜帶細軟，先一步脫走。

子母神梭窩藏飛豹，他妻子和妻弟早斷定有今日，如今悔不可追，擇緊要物件，該帶的帶，該燒的燒；遣走全部女眷。這舅爺便率護院打手，在堡內火速佈置，陰作抵禦之策；非敢抗官，為的是擋上一陣，好容家眾逃跑；更堆積火種，檢點違禁之物，萬不得已，就縱火燒莊。謝同亮二目如燈，滿臉大汗，竄前竄後地奔忙。

那管帳先生，也是子母神梭的死黨，站在更道上，借堆口護身，探出頭來，下望官軍，假裝不懂，詰問來意：「你們是幹什麼的？青天白日包圍村莊，你們要幹什麼？」明明望見官軍旗幟，故意懵懵懂懂；他說，官軍也能假冒。縣裡的捕快夾在眾中，此時也變了神氣，搶出來大聲吆喝：「呔，縣太爺駕到，快教你們莊主出來接見！」縣令、縣尉和委員、游擊將軍，都在陣後，策馬督隊；只由捕快和這小兵官先鋒當壕呼喊，催令立刻鋪橋開莊：「縣太爺這是來清鄉！」

管帳先生瞠目支吾，漸漸搪塞不開。先鋒官變顏呼叱道：「訪聞大盜飛豹子，現時窩藏在你們火雲莊附近；本標奉命清鄉，快快開門！你們莊主避不出面，你們又落橋關門，你們要造反麼？」

管帳先生忙道：「你老爺貴姓？你們真是鎮標麼？」群卒喝道：「你瞎了眼不成！還不開門，該當何罪？」紛亂聲中，官軍已然佈陣架炮，正堵堡門，安下四支抬槍，一尊火炮，鎮標火炮手要放未放。縣官還怕誤傷良民；官兵步步逼緊，已然劍拔弩張。由先鋒督率，就要搶攻土堡；卻依然威嚇著，催堡中開門。管帳先生急出一頭汗，回望堡內，仍恐沒有預備好，忙叫道：「真是老爺們到了，我們一定開門。請稍候候，敝莊主這就出見，他正穿靴子呢。」話還未了，堡中忽浮起一道濃煙。舅爺謝同亮容得姊姊逃走，立刻焚燬違禁諸物。火煙一起，官兵大嘩；游擊將軍策馬掠隊，來到陣前一看，將令旗一擺，吩咐一個字：「攻！」先鋒得令，拔刀指揮；群卒越土壕，搶堡牆；大砲轟隆一聲，先發了一聲空炮，震得堡牆簌簌墜土。

管帳先生連連擺手說：「這就開門，拿鑰匙去了，老爺們稍等等！」不意日光下，更道堆口後，已露出火槍口；刀光矛影，映日發亮，也被官軍看得清清楚楚。先鋒官立刻認定堡門一隅，喝令部卒：「搶！」同時一指火炮，喝一聲：「放！」

火炮裝上砲彈，拉開火門，群卒已攻過壕溝。堡中陡然投下矢石。官軍大叫：「火雲莊拒捕了！」火炮登時連發了三炮；「轟隆，轟隆！」堡上的望臺立刻塌下一角。

官兵奮勇攻莊，管帳先生倏然退下，換上兩個短衣壯士，是子母神梭的死友，竟領護院打手，據堡牆更道，和官兵對抗。殺聲大振，大罵官軍全是土匪，膽敢攻莊。

兩邊一上一下，一拒一守。官軍放箭，護院投石；官軍開炮，護院放

火槍。火槍不敵大砲，官兵打開一道堡牆，從破缺突入。圍牆上的鄉丁、壯士急打一聲暗號，抄近道撤到武勝文宅中，立刻登更道再行防守。

官兵跟蹤追到，一面分兵搜莊；一面由一員守備親自督隊，把宅子也包圍起來。裡面還是抵抗，膽大妄為已極；游擊將軍發怒，懸賞奪牆，以為這一下，把匪窟堵住，飛豹子也一定跑不掉。

突然宅中起了火。縣官、委員和游擊將軍，越發證實，武勝文必非良民。宅內賀元昆和舅爺，率家中人已先一步陸續逃走；只留下武勝文兩個死友，守宅斷後。武家犯禁之物極多，全聚在佛樓，付之一炬，這樣就可以銷贓掩跡。那佛樓正是道地的入口，屋焚樓塌，餘燼熊熊冒煙，正掩住隧道。子母神梭宅中老弱逃得一個不剩，只留下斷後的死友還在拚命。

官兵步步逼緊，攻入武宅。武家斷後之人眾寡不敵，全宅頓破。官軍長驅而入，宅中只剩空房。各處搜捕，只擒住三四個本村佃戶。那兩個斷後的死友，竟在鄰院房上搜獲。宅中器物翻得很亂，各處冒煙。

游擊將軍與委員督兵救火，一面由守備、把總到莊中各處，搜緝嫌疑犯。把火撲滅之後，就在武宅拘審四鄰。武勝文的兩個死友，神情模樣，顯與農民不同，而且身上負傷。經人指認，「這是武莊主的朋友。」委員遂嚴加訊問。兩個死友忽然心一動，當官問到黨羽時，他就供說：「藥王廟還有朋友。我們不是歹人，我們不過好武罷了。」拒捕之事，抵賴不承認，說是誤會。他們把官軍當作股匪，故此抵抗。

官兵據供，急撥人到藥王廟。這藥王廟正是鏢客留守之處。哪知官兵趕到一搜，鏢客已先一步覺察，不知何時離廟他去了。官兵撲了空，又審問武勝文的下落，輾轉嚴訊，竟究出武勝文現在北三河的確訊。游擊將軍立刻把犯人交給委員和縣官，自己率兵，往北三河一帶，拉開撥子，排搜著追緝下來。

藥王廟的鏢客因身臨異地，時時刻刻防備飛豹子和武勝文的暗算，所

以倍加小心。當官兵來剿莊時，他們正藏在暗處，監視武勝文來來往往的人。他們瞥見數十名化裝的生客，繞道分奔火雲莊。鏢客就聳然詫異，互相警告道：「飛豹子許是又邀人來了。」官兵攻莊，鏢客十分惶惑。直等到官兵留少數搜莊，大隊出緝；鏢客便設法刺探。這一刺探，險些吃了掛誤官司。鏢客看出不妙，這才耗過緊急時候，抽空拔身，也往北三河，給俞劍平送信。一路上躲著官兵，以防誤會。故此遲到了一步。

官軍剿豹，空打破火雲莊，毫無所得。當下，藥王廟留守的鏢客且繞道，且掃聽，且來追尋俞、胡諸鏢頭的蹤跡。直趕到洪澤湖南岸碼頭，才得在紅鬍子薛兆的鐵錨幫公所內，和俞劍平相會。

俞劍平聞耗詫然嘆道：「咳，這事越發糟了！不知武勝文的家全剿了沒有？他的家眷究竟有多少人被官兵拘捕？」四個留守鏢客實不得其詳。俞、胡二人躊躇道：「想法子掃聽掃聽才好。不曉得我們比武賭鏢的事，官兵探出來沒有？」

義成鏢店的總鏢頭竇煥如道：「這事好辦，縣裡的縣尉和小弟認識，我們托他打聽打聽。」紅鬍子薛兆在旁聽聲，插言道：「那麼一來，竇爺還得回寶應縣，莫如由我這邊託人探探吧。其實官兵剿他們的匪，我們尋我們的鏢，我想不致掣肘吧。」

薛兆這話只是勸慰俞、胡而已。官兵剿匪，和鏢客尋鏢，全都是衝飛豹子、武勝文兩人來的。一官一私，一按公事辦，一依江湖道走，哪能不牽掣牴觸？頭一樣，武勝文因此傾家，當然疑心鏢客賣底，把種種怨恨都放在俞、胡身上了。飛豹子因自己私事，連累了好友武勝文，對俞劍平，正是前仇未了，新怨又加。起初不過想窘辱俞劍平，此時恨不得跟俞劍平拚命。

紅鬍子薛兆、竇煥如和俞劍平自己，各自託人掃聽火雲莊的案情；一面大舉搜湖，勘尋豹蹤。

鬧到第三天上，官兵先鋒隊已到洪澤湖，淮海鎮游擊將軍旋即帶領全隊二百多名官兵，盤搜著也趕來。一到湖上，立刻札知洪澤湖水師緝私營，一體令緝逃匪。官兵行軍比鏢客尋鏢慢得多，可是二百多官兵齊到，向各處征船征車，地方官自然來找薛兆；薛兆登時得信。

　　那洪澤湖的水師營，不過五六十人，有四艘快艇，名為緝私，實與當地紳董，及顧、薛二豪互相結納。水師營的管帶已然吃飽餵肥。那淮海鎮乃是海口久練之師，紀律嚴明。鏢客想探他的剿匪實績，竟而一點也訪不出來。末後還是薛兆人傑地靈，由水師營的管帶口中，鉤出消息。

　　緝私營管帶一奉檄調，說是有匪竄入他的汛地，教他率艇截剿；他就嚇了一跳。當天便暗暗給南北兩岸的船幫首領送去祕信，反倒邀船幫給他幫忙；又打聽船幫，近日水上是否太平？紅鬍子薛兆由此得了線索，忙轉告俞、胡。那洪澤湖邊的驛丞，也忙忙地給官軍備辦軍糧運輸等事，跟薛兆再三接頭；從這裡也撈著官軍的動靜。

　　淮海鎮標兵到達第四日，淮安府的府標兵也開到，水師營的老營也開到，並開來幾艘戰船，名為堵截逃匪，實似會師圍攻。直等到各路官兵會齊，這才分水旱兩路，開始往洪澤湖搜去。紅鬍子薛兆，和北岸的顧昭年，也被帶兵官傳了去，由地方官陪著。大府委員和游擊將軍召見薛、顧，請地方士紳幫忙；又打聽洪澤湖近日梟匪、水寇是否斂跡？可有大幫匪人由他處竄入此地？

　　顧、薛二人袍套靴帽地見了官，回稟了，旋即退了下來。

　　顧昭年一把將薛兆拉住，說道：「老大哥。我請你到舍下談談去。……有點小事跟您商量。」薛兆心中明白，忙道：「好極了。可是，咱們能在近處找個小酒館談談，好不好？」顧昭年道：「好，我這裡有一個朋友。」薛兆忙搶著說：「我的盟弟老謝就在近處，咱們上他家談談，就便擾他一頓飯。」顧昭年笑了。兩人竟投謝某家中，屏人密談。

　　顧昭年比薛兆年歲小，長身瘦頰，通眉大眼，像個文墨人；哪知他手下率領皖北好幾百船幫。他為人很機警，看外表似比薛兆高，可是辦出事來，總比薛兆差一招。獨有這一次，他倒比薛兆顯出機靈來了。

　　顧昭年道：「老大哥，您昨天打發人找小弟，小弟已把心腹話全告訴他了。我和這個點子，素不相識，我只認得他罷了。」拿手一比，做成投梭之狀，意指子母神梭武勝文。顧昭年跟著說：「他們只是過路，找我借船。我事先不知何事，哪能不借給？現在他們早擦著湖邊，走到遠下去了。這裡面曲折太多，公說公有理，婆說婆有理。現時您宅中候信的那位俞某，我也早已慕名。若據小弟看，你我弟兄莫如全不得罪，全給他一個袖手不管。袖手旁觀固然不像話，可是水往平處端，也只有這一著。他們師兄弟鬧彆扭，教他們鬧去；咱們弟兄往後長著呢，犯不上淌爛泥。」

　　薛兆道：「這話怎麼講？他們鬧到咱們家門口了，咱們能夠裝聾作啞麼？」顧昭年道：「不裝聾作啞，又該如何？現在大兵又追上來了，已經驚動官面。我們就想為朋友私了結，也不能夠。」

　　薛兆道：「著哇，在下就是這個意思，官兵已經尋上來，我們趁機給他們私下了了，比較好進說辭，這是一。再說，我們能看著他們驚動官府，往盜案上問去麼？這事情已經鬧大，弄不好，官老爺嘴一歪，匪案就變成叛逆案子。真個的，你我弟兄還怕盜案牽連不成？倒是他們當事人，吃不住這麼大的罪名。我們為朋友，大事應該化小，小事化無。」

　　顧昭年嘆道：「老大哥心腸熱，你是不怕事了；可是大哥再想想，如今大兵雲集，我們怎給他們私了？」遂又將自己的意思密說了一番；薛兆聽了，也不覺面有難色。

　　顧昭年道：「您再想他們全是武林人物，腿腳很快，官兵沒來，他們早得信了；官兵一到，他們早走得沒影了。我們就想給兩家拉和，也碰不上頭。碰上頭，還怕官兵搗亂。所以小弟我勸大哥設法把鏢行勸勸，把他

們對付走了，離開洪澤湖，他們愛上哪裡去，就上哪裡去，反而沒有咱弟兄的事了。」薛兆笑道：「老弟，你太滑了。」顧昭年笑道：「不滑，又該如何呢？」

兩人嘀咕了整個下晚，這才吃完飯告別。薛兆一路細想，顧昭年大概是因官兵追來，不敢掩護飛豹子和武勝文了。自然，據他口氣來揣度，飛豹子、武勝文二人，此時必已遠走高飛。那麼，自己當真袖手，不給鏢客幫忙，傳出去恐教這裡人笑話自己滑。他暗想：「顧昭年有顧昭年的打算，我何必學他？他顧昭年已然宣言不管了；我自己倒可以出力幫鏢客一下。」

薛兆打好主意，回轉碼頭，正要找俞、胡二鏢頭商量。那俞、胡諸人所邀的朋友，這幾天也逐漸都聚攏來；在寶應縣留守的人也都趕到，立刻人數增加，聲勢大振。就是官兵的底細，火雲莊被剿的情形，以及飛豹子逃竄的去向，經大家分頭緊搜密訪，也已獲得大概的線索。薛兆一回來，俞、胡、姜、童諸人立刻來見，面向薛兆借船借人。

薛兆道：「怎麼樣，實底已經訪出來了麼？」俞、胡道：「剛才聽鏢行朋友說，飛豹子一行已然離湖投北而去。我們打算立刻追趕。」

薛兆道：「你們可訪出詳細地名沒有？」俞、胡道：「還沒有，洪澤湖地方太大，我們不過只得著一點影子罷了。不知官兵也探出他們的去向沒有？」薛兆笑道：「大概沒有吧。他們正預備明天大舉搜湖盤岸。不過我倒從老顧口中，套出一點消息來。真假難說，你們幾位斟酌。」

俞、胡二人忙道：「有消息請說。」薛兆道：「聽顧昭年的口氣，子母神梭武勝文一行，大概真找他借船了。不過只借了兩隻船，恐怕是專給武勝文的家人用的。那個飛豹子和凌雲雙燕，他們早已連夜遁走，約莫方向，多半是逆流而上，奔宿遷徐州一帶去了。不知這話是真是假。可是窺探官軍的動靜，他們極力徵調船隻，打聽北路，恐怕也要往北搜。賊人的

蹤跡，官軍大概也有耳聞。再說那個雄娘子凌雲燕，不正是在淮北盤踞麼？」

俞劍平、胡孟剛聽了，面面相覷。想劫鏢大眾竟會逆流北上，實出情理之外。逆流逃走，腳程必慢。飛豹子、子母神梭全是老江湖，似不會作這樣拙算。可是他們也不會南下，因為官軍正打南來，並沒碰上。揣情度理，飛豹子應該往東西兩邊逃竄才是。可是據鏢行自己訪來的，和薛兆告知的消息，豹黨竟真個逆流北上了。

俞、胡大眾，個個灰心喪氣。一方海州勒限催賠的信，一天比一天緊；而豹黨蹤跡得而復失。如今又驚動了官軍，辦事愈加掣肘。若教官軍捉住逃賊，起獲原贓，鏢客的臉面簡直到了沒法收拾的地步了。但是現在這丟臉的情形，已然擺在面前；胡孟剛尤其窘得要命，幾乎要自戕。

俞劍平提起精神來，一面勸慰胡孟剛，一面趕緊想辦法。他與智囊急急議定，即刻登程追趕。官軍既然徵調船隻，估量什九要走水路；鏢客便改走旱路。把鏢行群雄分為六撥三路，以前下卡子的人，也全撤回，改做後路。立刻按「山」字形，渡過洪澤湖，直往淮北追趕下去。

唯有丁雲秀夫人乃是女眷，胡跛子是有殘疾的人，肖守備是官身子，他們隨同逐豹尋贓，多有不便。這幾人就同黃先生先一步返回寶應縣聽候動靜。

紅鬍子薛兆只做了一會兒子居停主人，未得幫忙效勞，自覺說不下去；便命四個徒弟，率二三十位會水善駕舟的人物，也加入尋鏢大幫內，一來做嚮導，二來通航運。

一群鏢客或騎或步，火速北行。俞劍平、胡孟剛、姜羽沖等，仍居於中路。左一路是夜遊神蘇建明為首，右一路是霹靂手童冠英為首，各率了一二十人，直尋出一百幾十里地。官兵在後面佈置什麼，還沒有登程。鏢客一路急馳，一路打聽，賊蹤仍然乍明乍昧。到第二天夜間住店，已入宿

遷縣界，地名牛角灣；俞、胡二人和姜羽沖都翻覆不眠……

突然聽見外面馬蹄聲，驚破長夜。姜羽沖翻身跳起道：「不對，這馬蹄是奔這邊來的，恐怕是尋咱們的人。」

胡孟剛哭喪著臉道：「也許是驛差，哪有那麼巧事呢？」又過了一會兒，蹄聲漸近，已入街裡；跟著聽見砸店門，打聽人。十二金錢俞劍平仍在店床上，閉目而坐，屏息納氣，默運內功；可也不由得心氣浮動。傾耳聽來，隱聞外面說道：「喂，這裡有保鏢的住店沒有？」聽店夥答道：「這裡沒有鏢車。」又問：「有鏢客住沒有？」店夥答道：「也沒有，店裡沒空了。客官另投別家吧。」

胡孟剛道：「不對，真許是找我們的。」因為他們宿店時，沒有自承是鏢客。胡孟剛忙開屋門，姜羽沖忙說：「胡二哥且慢，等我去看看。」

還沒容他們去看，那鐵掌黑鷹程岳早已在別屋聽見，先一步趕到店門。外面的騎馬人正要改尋別家，被黑鷹程岳喚住，問了一聲：「你找誰？」兩方抵面，不由哎呀一聲，道：「是你！」來的是兩個人，一個是右路尋鏢人追風蔡正，這不足怪。

那旁邊還站著一個人，竟是初出尋鏢，在漣水驛宿店，半路失蹤的俞門四弟子楊玉虎。俞門四弟子楊玉虎和六師弟江紹傑，同時被俞劍平的老友黑砂掌陸錦標誘走。俞劍平於月前率友偕徒，趕奔范公堤失事之處，當夜在漣水驛商議分路；他的老朋友黑砂掌陸錦標獨出己見，要匹馬單槍，自擔一路，當時被俞劍平攔住。

陸錦標為人好事，就鼓惑俞門弟子，獨擔一路；結果，楊、江兩個小孩受他慫恿，趁五更跟他一塊跑了。一去至今無耗。這期間俞劍平很是著急。因楊、江二徒都是富家子弟，千里獻贄從師，怕有不測，無法向其家長交代。但因尋鏢，比尋人更急，又料二徒隨陸錦標，或無閃失，就顧不得了，卻也時時懸繫。

現在，楊玉虎突然回來，又居然尋到這裡；程岳心一動，失聲喊了一聲。借燈影一看，楊玉虎形容憔悴，可是滿面喜色。未容程岳來問，搶先叫道：「哦，是師哥！」忙即請安道：「師父呢，在店中麼？教我好找，若不是您答聲，又錯過去了。這店家真可惡！」店夥就在旁邊，說道：「您瞧，您又不說找誰。」

楊玉虎無暇跟他頂嘴，扯著大師兄程岳，就往店中走。程岳詰問黑砂掌現在何處，楊玉虎還沒有回答，鐵牌手胡孟剛已經開門出來，一迭聲問：「是誰找鏢行？」

追風蔡正在黑影中，忙道：「老鏢頭，是我。是俞鏢頭門下的楊四師傅找到我，是我陪著他來的。」

鐵牌手胡孟剛滿盼失鏢之事續有佳音，哪知只是失蹤的人回來罷了。不由又把一團熱望壓了下去，哼道：「是誰，是楊玉虎麼？江紹傑他們呢？」楊玉虎忙答了一聲道：「老叔，是我。」且答且行，抵面行禮，問道：「我師父呢？」

鐵牌手料事不透，殊不知這失蹤之人，正帶來失鏢的確信。楊玉虎隨著鐵牌手胡孟剛匆匆往屋裡走。屋中人全都聽出聲來，姜羽沖已走到門口，俞劍平已然下床，把燈剔亮，老練的心強往下按，只淡淡地問道：「是玉虎麼？你們這些孩子真會跑！你們上哪裡去了？我在這裡呢。」就一轉身，眼望門口。

楊玉虎搶上一步，給師父叩頭，轉身又給姜羽沖行禮，再給胡孟剛行禮。然後喜孜孜叫了一聲，他怕師父當著人責備他私逃之罪，立刻說：「師父，胡老叔，我給您道喜，咱們丟的那二十萬鹽鏢有了下落了。好了，咱們趕快去，伸手就把它取出來，可得快。」

這一句話，在場的人聽來，恍如驚雷；十二金錢俞劍平也不由全身一震。可是胡孟剛還當是說從別處勘得豹蹤呢，喪聲喪氣地說道：「我們也

得著下落了，都見過面了，可是他們又跑了。現在我們這不是又重追重綴麼？」

智囊姜羽沖把楊玉虎從上到下打量幾眼，忙催胡孟剛坐下，「咱們先聽聽玉虎的消息，你先別打岔。」

楊玉虎忙道：「師父！」又轉臉向胡孟剛道：「老叔！您猜鏢銀現在哪裡？原來連地方都沒動，還在范公堤西北⋯⋯埋著呢。我陸四叔⋯⋯」

說到這地方，鐵牌手突然叫起來，道：「什麼？在哪裡埋著？」

十二金錢俞劍平喝道：「噤聲！」再沉不住氣，急一指門窗，搶一步到門口一看，命程岳出去巡風，便返身掩門。

俞劍平一拉楊玉虎的手，把他拖到離窗遠處，往木床上並肩而坐，低聲道：「你從頭到尾，仔細說，小聲說！你跟你陸四叔，這一個多月，到底上哪裡去了？你們準知道鏢銀沒走麼？你且平心靜氣，仔細告訴我。」

姜羽沖、胡孟剛全湊過來。又把夏氏三傑、馬氏雙雄等要人都找來。楊玉虎瘦臉冒汗，胡孟剛忙給他斟來一杯水。

楊玉虎搖頭道：「我不渴，我也不累。」這才說道：「師父，這一票現銀二十萬的鹽鏢，被這群蠻不講理的惡賊把它劫走之後⋯⋯」馬氏雙雄忙道：「劫鏢的就是你從前的師伯飛豹子袁振武，莫非你還不知道嗎？」

果然楊玉虎很詫異道：「是我師伯麼？我跟陸四叔只探出劫鏢的賊是塞外寒邊圍來的！倒是叫飛豹子，姓袁，從前跟師父有碴，怎麼還是您的師兄，我的師伯？」俞劍平道：「你不用問了，你快說吧，到底鏢銀現在何處？」

楊玉虎道：「鏢銀現在□□□。」用極低的聲音，說出這三個字的地名，只末尾輕輕道出一個「湖」字。

俞、胡、姜忙問：「沒有離地方麼？」

楊玉虎道：「沒有。他們劫了鏢，想是因為全是現銀，沒有往遠處運，就近埋在了□□□。適逢湊巧，被陸四叔訪出來。您猜怎麼樣？陸四叔不是有一個大兒子，在十幾歲的時候，因為父親要娶後娘，他一怒離家出走了麼？現在他和陸四叔父子重逢了，是他泄的底，他當時正跟凌雲燕打交道。」

俞劍平恍然大悟道：「哎呀，不錯，你八師弟是陸四爺的次子，本是繼室所生，他的長子叫陸什麼，……陸嗣源。哦，是了，是了。陸嗣源竟跟凌雲燕那個男扮女裝的青年怪物打交道，真是出人意料。可是鏢銀全沒出境，你陸四叔怎麼不動手起贓？莫非有人監守著？你陸四叔現時又在哪裡？他怎麼不來？莫非他還在盯著了麼？」

楊玉虎道：「正是。不過陸四叔只由他兒子口中得了一點線索。真正的實跡，乃是陸四叔無心巧遇，得著劫鏢人的兩封密信。」

俞、胡、姜一齊問道：「信在哪裡？怎麼得到的？」

楊玉虎道：「信早教陸四叔扣留下了。他打發我來，就是催師父趕快去起贓，遲了恐怕別生變化，更怕飛豹子又改主意。師父能夠現時就走才好。」

胡孟剛到此大喜，忙問：「到底信上說些什麼？豹黨打算怎麼樣？可是要移贓他去麼？」

楊玉虎道：「陸四叔得的密信，沒給我們看，連他怎麼得的信，也都不肯說。他拿著當寶貝。連他兒子都不肯告訴。問他，他只說是賊人埋贓之地已然訪得，埋贓的地圖也被他獲到，催我快來請師父去。」馬氏雙雄道：「黑砂掌一向就是這麼鬼鬼祟祟的。那地圖也沒有給你看麼？」楊玉虎道：「沒有。師父，我們今晚能動身麼？」

俞劍平和姜羽沖商量，姜羽沖也主張立刻動身。胡孟剛連受打擊，心

氣甚餒，說道：「萬一又是謊信，豈不糟糕。」

楊玉虎忙道：「消息絕不會假。」俞劍平笑了，對胡孟剛道：「二弟，你得揣情度理。黑砂掌一去月餘，若是毫無所得，他就夾著尾巴溜回家了。」轉身衝門叫道：「程岳，程岳！」

黑鷹程岳應聲進來，俞劍平道：「你快請大家起來，我們立刻就要奔寶應縣。」把密信略告程岳。程岳大喜，忙去叫眾人。夏氏三傑攔住道：「且慢，我們三路人全奔寶應縣麼？」俞劍平點頭稱是。俞又問：「玉虎，他們埋贓之處，是在湖內，還是在湖外？守贓的人多不多？」玉虎答道：「大概不多，可以說沒人看守。埋贓的準地方，陸四叔也沒有告訴我。」蘇建明吸了一口涼氣道：「這事未免玄虛吧！」

俞劍平低頭尋思道：「玄虛也得去。不過我們大眾一擁而去，似乎不妥。而且我們三路人全已散開，如今突然收回，改往回去，把豹黨逃蹤放棄不追，他們必然動疑。我們真得留一些人，假追假訪，混亂他們的注意才是。」

馬氏雙雄道：「大哥主意真妙，正該這樣。」俞劍平遂又與姜羽沖等斟酌誰去誰留。所有三路追緝賊蹤的鏢行，東路已與陸錦標相遇；那西路原人不動，仍教他們散開了到各處去訪。

中路的人只帶走一半，留下一半另推首領，照常往北搜尋，教豹黨測不透。卻暗囑能手，設法祕密抽身回來，以備起贓萬一動武。紅鬍子薛兆派來的幫手，也都留在此路。仍密告中路的首領，此番行止，不必守機密，越虛張聲勢越好。

計定，命程岳暗將應去的人喚醒，略告大意，立即登程。

就留下追風蔡正，給各路首領送信。

這頭一撥只十個人，全都騎著馬，一路急趕，未到五更，便趕出百十

里地，投店打棧，給牲口上料，人也歇息一會兒。

遂又往下趕，旋即來到寶應縣城。

入城到鏢局，義成鏢局的管帳先生迎出來道：「二位老鏢頭回來了，事情怎麼樣？聽說不大順手，諸位這是從哪兒來？我們寶鏢頭沒回來麼？方才我們剛收下一封信，是給您的。」末句話是對俞劍平說的。俞劍平道：「先生多辛苦了。是哪位給我的信？」

管帳先生由帳桌裡把信找出來，遞給俞鏢頭，道：「送信的人說是海州趙鏢頭帶來的。」

俞劍平急急地將信拆開，竟不是鏢行催問之信，也非豹黨挑戰之書。這封信很怪，劈頭一句就是「府臺大人」，乃是一封告密書。

府臺大人鈞鑒：具書人小民無名氏，小民不幸陷身綠林，苟延殘喘，無非劫富濟貧，不敢戕害良民。今有海州鏢行，奉鹽道札諭，押運鹽帑二十萬，明為保鏢，暗通巨盜，所以鏢行中途，無端被劫，乃鏢客勾結綠林之所為也，明眼人一見可知。小民亦是綠林，但劫奪官帑，罪同叛逆；小民不得已，畏罪出首。彼等劫鏢，目無王法，小民不敢過問；今從無意中訪獲彼等陰謀。據聞該鏢行與當地綠林，祕密勾結，已將該所劫之大批鏢銀，埋藏於□□□，並在附近撥人潛守。一俟時過境遷，鏢行即與綠林偕往起贓，共同分肥矣。彼等自以密計陰謀，無人識破，故看守人寥寥無多。往來傳信，均有暗號，以金錢鏢旗為憑，見旗提贓，設計甚巧。今幸小民萬般設法，竊得金錢鏢旗一桿，另繪埋贓地圖一紙，隨稟獻呈鈞座，請大人火速派員持旗前往，按圖起贓，舉手可得。唯時機緊迫，望大人萬勿遲疑，請派員迅往一試。若稍延緩，恐彼等運贓出境，則鏢銀永無完案之日矣。小民只在贖罪，此心皇天可表，若有虛言，天誅地滅。

看到此處，恰滿三頁半，下半頁撕去了。埋贓地名三個字也被挖去，教人看了乾著急，不知署名人是誰，不知埋贓地何在。翻檢信封筒，所說

的地圖只是一張白紙，所說的鏢旗也沒附帶在函外。信皮寫的是「專呈胡孟剛鏢頭臺啟」，下款「自海州雙友鏢局發」。

俞劍平、胡孟剛全都惶駭，這分明是一封嫁禍告密的黑信，寄給府衙的，不知怎得會投到這裡？這究竟是什麼人弄的把戲？是仇，是友呢？是威嚇，是警告？是抄本，是原信？眾人齊問那管帳先生。據說是兩天前，午飯後在櫃臺上發現的。

俞劍平出了一頭冷汗，連說：「不對，不對！這必是袁師兄和我作對，真信必已投到府衙……可是他這樣一來，抄個副本嚇唬我，豈不自露馬腳？」

智囊姜羽沖瞪目尋思，忙把楊玉虎叫過來道：「玉虎，你來看一看！」楊玉虎擠過來，念了一遍道：「呀，這許是陸四叔半途獲得的那封信吧？」

一言道破，大家擁過來，十幾雙眼睛全盯在三頁半信紙上。信中所講，「以金錢鏢旗為憑」，信外附上金錢鏢旗。俞劍平越想越危懼，想不到飛豹子劫去此物，竟這麼用來栽贓加害自己！

此時俞夫人丁雲秀和胡、肖二友已先一步到寶應，住在店中，也被鏢局請來。大家共同尋繹這封黑信，俞夫人也變色道：「袁師兄倒跟我們結仇了！」胡跛子罵道：「結仇就結仇，怕什麼？」肖守備道：「三哥三嫂放心，他的陷害計無效，這封信當真是他寫的，我們可以先一步報官備案，就不怕他反噬了。」胡跛子道：「對！還是九弟有高招，這封信要好好留著，這信就是老大憑據，三哥可以拿這個洗刷誣害。」智囊在旁聽著，默默點頭；對俞、胡說道：「這信，哼，恐怕得問陸四爺！」

智囊猜對了，這封信確是黑砂掌陸錦標看見過的那一封，確是飛豹子幹的把戲。

飛豹子袁振武手腕狠辣，此刻把俞劍平恨入骨髓。他不怨自己設謀之

疏，更不信官兵訪盜緝賊，也自會獲得線索。他一味痛恨鏢行群雄違約背信，明面定期較技賭鏢；不該暗地勾結官軍，嫁禍給好友子母神梭武勝文。他連累了武勝文，致使傾家敗產，他認為這是俞劍平違犯了武林成規。

飛豹子夜渡洪澤湖，棄舟登陸，又棄陸登舟，輾轉退下去，退到預定地方；立即由凌雲燕姊弟幫助，設計應付官軍的追緝；同時派人接救子母神梭的家眷。

子母神梭武勝文之妻謝娘子，當日收拾細軟，逃出重圍，在她的胞弟謝同亮妥密護持之下，一氣逃到洪澤湖。尋找北岸的大豪顧昭年，借來快艇，絕蹤飛逃。直到第二天，和子母神梭相遇。謝娘子很動怒，一定要找飛豹子談談，訴一訴委屈。

謝娘子對武勝文說：「我得謝謝袁大哥。我們隱遁了這些年，平風無浪，這場禍事可是袁大哥給我們找來的。我勸你，你不聽；現在怎麼樣？你那兩位盟弟也教官軍拿去了。你跟這位袁大爺，究竟有什麼交情？我得見見他，請教請教他，我們往後可怎麼過？」

子母神梭之妻謝娘子，也是綠林世家。她父是有名巨盜，她的胞弟謝同亮跟武勝文同夥。她雖然沒有什麼武功，卻也吃過綠林飯，嘗過綠林風險。如今偌大一份家業，被一個生朋友飛豹子只用一月工夫，害得片瓦無存。她自然心疼。她並不深知子母神梭欠過豹子的情，她只覺得為友傾家，過於捨己殉人了，她免不了嘮叨。

子母神梭一肚子怒氣，聽了妻子的怨言；把眼一瞪道：「你老娘兒們家，要寒磣我是不是？我靠朋友掙來的家當，我為朋友把它揚淨了，我不心疼；你鬧什麼？」內弟謝同亮把謝娘子說好說歹勸住。

飛豹子袁振武是飽經世故的人，早已想到此節；對武勝文說：「我太對不住賢弟了。教弟妹涉險，我真難過。我簡直沒臉見弟妹，你替我說好

著點。至於火雲莊，搭救失陷的人，你全交給我。」

飛豹子躲著謝娘子，真個不敢見面。卻與武勝文、凌雲燕，三方聚在一處，第一步先安插武勝文的家眷。武勝文很講面子，倒安慰飛豹子，不必介意：「我們交情過的多，咱們弟兄是一碼事。」凌雲燕道：「諸位一時找不著合適的落腳處，請先到我們那裡去吧。」於是，在洪澤湖北岸只停得一停，他們趕緊分批改裝，繞道趨奔到凌雲燕的伏巢。

飛豹子更與手下三熊二老等人密議：「這事已然驚動官府，官軍已然出剿清鄉。我們鬥私不鬥官，俞劍平和鏢行是我們的死對頭，我們不能輕饒他，我們下一步該當怎麼樣？」遼東二老提出高招：「應該把二十萬鏢銀獻給官軍，教鏢行栽死跟鬥；我們索性反打一耙，就告發鏢行跟我們原本通氣。官方若信，教鏢行打誤官司去，我們可以出氣了。官方就是不信，我們把鏢銀一獻，官軍自然要起贓慶功。就是不收隊，也得緩一步；他們無論如何，得把鏢銀運回海州。緩過一步，把官軍誘回去，我們再從別一方面起孤丁，再掀風波。咱們跟江北鏢行這一輩子沒完！」

凌雲燕姊弟嘻嘻地笑了，說道：「這招真歹毒，袁老前輩、武莊主以為如何？」

飛豹子虎目連翻，也覺得此計不甚光明，轉眼看武勝文。

武勝文懷著傾家之恨，對鏢行怨毒已深，但求泄憤，什麼都不顧；切齒道：「他既不信，我就不仁。」飛豹子便一拍案說道：「對！管他呢！」又看大家。大家都恨鏢客賣底勾兵，一齊說：「他們不顧江湖信義，我們又怎麼樣呢？眼睜睜武莊主教他們害得無家可歸！」

武勝文不願聽「無家可歸」四字，說道：「我還不至於無家可歸，我有三個巢穴呢。我明天就教我內弟把內人送到江西去。」飛豹子忙道：「武賢弟是有辦法的人，我們現在就這樣辦下去。」

飛豹子教大熊代筆，寫下三封信，請大家傳觀。然後交手下人重抄一遍，立刻發出去。一封信給淮安府，一封信給鏢行俞劍平、胡孟剛等，一封信通知守贓的人。

飛豹子埋贓之所，很為隱蔽，果然沒有運到遠處，只在劫鏢場所范公堤的東北七十里外，埋在射陽湖中。

三方協商，計策已定，飛豹子立刻撤退。一方設計搭救武勝文手下失陷的那兩個要緊人，一方和手下二老三熊一齊出動。凌雲燕姊弟和子母神梭武勝文郎舅（內弟謝同亮），也都負怒銜仇，誓與鏢行作對。官軍這一剿匪，無形中給鏢行增加了成倍的仇敵。這是飛豹子那一方面的情形。

第五十六章
黑砂掌挾幼勘鏢銀　兩少年助師摸實底

那另一方面，黑砂掌陸錦標自在漣水驛，誘走俞門兩弟子楊玉虎和江紹傑，連夜騎馬飛奔，往東撲下去。他自信朋友如此多，眼界如此寬，憑自己的能力，要訪盜贓，有何難事？況且鏢行訪盜，綠林同道難免不顧慮。自己目下是一個事外人，從前又是個中人，附近有的是朋友。總可以假裝沒事人，於無意閒談中，套弄出真情實底。綠林人關照著自己舊日的交情，必不會把自己看成奸細。心想：「他們有什麼話，不肯告訴鏢行，總肯告訴我。」

陸錦標打算得倒好，哪知一訪，滿不是這回事。二十萬鹽鏢突然被劫，到今日已然轟動江北江南。綠林中人都知事關國帑，風波甚險。個個也都派下踩盤子小夥計，極力刺探這劫鏢的，到底是道裡哪一家？怎麼惹這大禍害？就是外路綠林，新上跳板的合字，似乎也不至於如此犯渾。況且這又不像遠路同道幹的，因為路遠了，這些現銀必運不出去。這些附近的綠林道，更刺探鏢行的行止和官府的動靜。同時他們江北綠林也各起戒心：「人家劫鏢的冒險吞了這口肥肉，一定要從此洗手改行，再不會接著往下幹了。我們本是局外人，須要留神六扇門（指官府）抓不著茄子，倒找葫蘆出氣。我們犯不上替人頂缸，趁早避避風聲吧。」「城門失火，殃及池魚。」當黑砂掌出頭獨訪鏢銀之時，正是江北綠林談虎變色，力行斂跡之時。這一個軟釘子，教他碰上了。

黑砂掌陸錦標記得落馬湖、鐵牛臺、沙屯、楊柳行、土壩、松林圍，這些地方全是綠林朋友出沒之區。他就帶著這俞門弟子，假裝師徒訪藝，按部就班，去拜山投帖。把楊玉虎、江紹傑都囑咐好了，還備辦了一些刀

槍棍棒，丸散膏丹，令外行人一看，是爺兒三個賣野藥的把式匠；讓行家一看，也可以猜出他們是化裝遊學。再不然，就是闖江湖的，各人提一個小行囊，又有三匹馬，倒真像跑馬戲的江湖人物。只可惜一樣，短一兩個女子。黑砂掌對楊玉虎、江紹傑說：「咱們三個光棍漢，未免差些。最好是我裝一個老江湖，你倆一個裝男的，一個裝女的，像小兩口。咱們那麼一打扮，打聽什麼事，就容易多了。」

俞門弟子全都臉一紅，道：「四叔，難為你怎麼想來。」江紹傑更詭，對楊玉虎說：「四哥，你長得俊，你裝女人吧！你裝張耀英，我裝張耀宗，咱們算是姊弟二人。」楊玉虎笑罵道：「胡說，你歲數小，長得更漂亮，你裝女的吧，咱們算是兄妹。四叔，你看我們六師弟，人家都說他男人女相。我說，回頭咱們就買胭脂粉去，再買兩件女人衣服，管保江師弟打扮出來，比女孩子還標緻，可惜一樣，兩隻大腳，四叔有主意沒有？」

黑砂掌哈哈一笑道：「有主意。你哥倆只要商量好了，回頭我管保把你們打扮成一個大姑娘，外帶還是兩隻小腳。你們可得先學女人走路，還要學女人說話。」江紹傑道：「四叔就給四師哥買吧，他會學女人走路。可是他不會裝女人說話。四叔，您一定會，您裝一個樣子，我們四哥好學您呀。」黑砂掌哈哈大笑，說道：「你們別忙，現在還用不著。等到了時候，該裝扮女人，你倆可不許推讓。你們小哥倆全夠俊的，到了時候，你們二人抽籤抓鬮，誰抓著，誰就裝女人，不許推託。」楊玉虎道：「就算我們裝女人，四叔您也得裝一個老婆婆呀。」黑砂掌一捋下頦道：「我呀，⋯⋯你們只不嫌寒磣，我就裝。可有一樣，我臉上這些毛毛，可怎麼辦呢？」江紹傑把頭一晃道：「有招，我這裡有拔毛膏。」

黑砂掌滿臉的絡腮鬍，他居然說：「你們別瞧我這樣，我若裝起女人來，我準會扭。若是有人叫咱們賣藝，我還真會登大皮缸。」

爺三個胡扯一頓，照樣去辦正事，頭一步先投沙屯。沙屯地方有旱路

綠林韓德利在那裡盤踞。黑砂掌引著俞門二徒潛尋了去。俞門兩弟子，向在俞劍平手下都很嚴肅規矩。如今和黑砂掌搭伴，黑砂掌人雖半老，興味不老，好開玩笑，好說當年舊話，好說自己丟臉洩氣的事，把兩個少年勾引得興高采烈。一路上說到尋鏢之事，黑砂掌又大包大攬，兩少年越發欣喜，自以為一舉定可成功，跟著這位陸四叔，更可以增廣見聞。黑砂掌把武林道的詭祕忌戒都說出來，二弟子很覺得聞所未聞。卻不知俞門設教之法，藝不成，絕不告訴外面的事情。

但是陸錦標儘管說得天花亂墜，走了一程子，在路上按理說，應該有把風的嘍囉；可是林邊地隅，竟沒有什麼眼生的人。黑砂掌索性引領兩個少年，直進沙屯韓德利的密窰。入窰內，渾如空城，不想韓德利已然遷場，窰中只剩下幾個看攤的小夥計。這幾個看攤的一見黑砂掌來訪，沒等他問，反而迎著頭說道：「嗬，陸四爺，老沒出來，怎麼今日這麼閒在？您這是怎麼了，您沒聽見外面風聲麼？」

黑砂掌陸錦標道：「外面有什麼風聲，我倒沒聽說。」看攤的人拍著屁股說：「嗬，近來風聲緊急了。你老洗手多年，如今大概是又想玩票，可是現在玩不得了。」又一人說：「也不知是哪位新上跳板的，惹了個大禍，把二十萬鹽鏢劫了。有人說是鐵牌手胡孟剛保的，有人說內中也有十二金錢俞三勝的旗子，如今府裡縣裡連省裡都派出查緝的人來了。咱們江北的綠林道，凡是人多的，窰老的，聲勢稍大的，全都怕吃掛落，躲的躲，搬的搬，連我們瓢把子，也怕惹火燒身，最近也挪了挪窩。駱馬湖七達子，更來得小心，他把他那一竿子人全送到魯南去了。陸四爺是老江湖了，您的耳目一定比我們靈，可知這個劫鏢的主兒到底是哪一位？怎麼這麼膽大？還有失鏢的主，到底是胡孟剛，還是俞劍平？昨天我們聽說十二金錢俞劍平已然出來了。」

這傢伙還想嘮叨，黑砂掌已然聽不下去，衝著俞門兩個徒弟啞然失笑

道：「好，如今說來，我們爺三個出來得不巧了。我本打算帶著我這兩個徒弟，出來歷練歷練，倒是真不想拾掇買賣；不過有一搭無一搭，撞撞彩罷了。若照諸位這麼說，還是先避一避好。」看攤的道：「對！您怎麼也得躲過這半年。官面上的事向來有前勁，沒後勁。你聽著哪一天發下海捕文書了，也就快擱起來了。現在不成，正在勁頭上呢，咱們何必找麻煩。」又問黑砂掌：「可知道鏢行近來的動靜不？」又問：「可知道這劫鏢的從哪裡冒出來的不？」

黑砂掌本為訪查，反被查問，肚子裡忍不住暗笑，用話敷衍了一陣，又盤桓了半天，立刻告辭。出得窯外，衝著二弟子大笑，跟著搔搔頭，又轉奔到鐵牛臺。到了鐵牛臺，照方吃炒肉。偌大的一竿子人，只剩下幾個老弟兄。那位大寨主申老道和他的壓寨夫人白眼觀音，已將部下暗搬到海濱，跟鼓浪嶼的海盜臨時合夥。他們兩口子留在老窯，居然做起隱士，閉門不出，已有十幾天了。可是他們的耳目，比韓德利那一夥還靈，已然訪出十二金錢俞劍平出山尋鏢。劫鏢的人留下插翅豹子的外號，他也曉得了。並且也曉得這夥劫鏢的人物，全不是伏地綠林，全都是塞外口音。大概劫鏢非為圖財，實為修怨。因此申老道心中有了準根，倒不怕鏢行來登門，只提防官人來找秧子。

申老道見了黑砂掌，就說道：「嗬，陸四哥，好久沒見了，您這是夜貓子進宅，沒事不來。你是受誰之托吧？我先告訴你實話，那二十萬鹽鏢是外碼頭幹的，可給咱們落地戶添了麻煩了。我小弟眼下是閉門思過，正提防禍從天降哩。」

黑砂掌道：「你別胡扯！你說了半天，我一點也不摸頭。我如今是帶著我這兩個徒弟，打算尋找金士釗老人，給他小哥倆帶帶路，見見世面。你鬧了半天，劈頭就給我這一串話，到底怎麼講？」申老道笑道：「我是賊人膽虛。不過，這不能，你住在鷹游嶺，跟十二金錢正搭街坊。他丟了

鏢，出來找鏢，你不能不知道。」

黑砂掌道：「嘿嘿，我就真不知道麼。我的老窩倒是在鷹游嶺，可是
這六七年，我沒在家，淨在江西混了。這裡的事一點不摸頭。剛才你說
的，到底是什麼事？」申老道說：「你真不知道麼？好，聽我仔細道來。」
申老道正在一字一板地講拔旗劫鏢的話，楊玉虎和江紹傑聽得不耐煩，便
伸頭探腦。

忽見窗外人影一晃，一個身材高大的女人推門進來，後面還跟著一
人。這女人正是白眼觀音，進了門，也不管客人，就衝申老道叫道：「你
還在家裡瞎扯，你知道李起隆他們出錯了麼？不教你跟他們合夥，你偏要
合夥，上了人家的當！」那一個男子也匆匆向黑砂掌打一招呼，便對申老
道說：「當家的，你出來，我跟你說幾句話。」

申老道先向黑砂掌道歉，旋即出去，對妻子說：「這是鷹游嶺的陸四
爺，不是外人。你來陪著說話。」白眼觀音還是那麼待答不理的。

黑砂掌扯開喉嚨叫道：「嗬，大嫂子，您發了福，不認得小弟了吧？想
當年大嫂跟我們前頭那位大哥，在漕子營受困，一連四天沒吃飯，又在樹
上趴了兩天；那時候若不是小弟趕到，替你們打一個岔，把官兵引走……」

當面揭起根子來，白眼觀音一張銀盆大臉登時通紅，眼皮一動，改嗔
為喜道：「哎呀，我當是誰呢，原來是你。您不是黑砂掌陸四爺麼？我真
真認不得您了。您那時候黑惇惇的，光嘴巴沒有鬍子，怎麼現在成了刺猬
了？」白眼觀音一屁股坐在下首椅子上和黑砂掌大笑大談起來，又張羅吃
的，張羅喝的，前倨後恭，比申老道還親熱。又問俞門二弟子，「這是哪
位？是您的兒子麼？」黑砂掌道：「不是，是我的兩個徒弟。」這女人敞笑
道：「我說又白又俊的不像呢。哎呀……」說時白眼觀音目視黑砂掌，良久
道：「我說陸四爺，您有幾個兒子？」黑砂掌道：「你哎呀什麼，我有兩個
兒子，全在家呢！」白眼觀音道：「此外，您沒有饒頭麼？」

黑砂掌道：「這怎麼講？大嫂子拖油瓶改嫁老道，我沒有啊。」這女人臉紅一笑，搔著頭道：「我在淮安府遇見一個人，約莫二十多歲，跟你年輕時一模一樣。我當時幾乎叫出聲來，後來一想，才覺著年紀不對。可是那年輕人也偏巧姓陸，也吃綠林飯，你說怪不怪？你的大兒子今年多大了？」黑砂掌道：「他大概二十……二十七八歲吧。」白眼觀音說這話，黑砂掌也沒介意，只認為她是沒話找話，閒取笑打岔罷了。他再也想不到，白眼觀音的這一句話倒是真話。

黑砂掌心中有事，便繞著彎子，來套問白眼觀音。白眼觀音這女人也是老江湖，問了半晌，問不出一點什麼來。白眼觀音一面陪陸錦標瞎扯，一面拿眼睛打量楊、江二弟子。楊、江二弟子坐在下首聽著，也摸不清這女人前倨後恭，害的什麼病。

黑砂掌心眼多，閱歷富，卻已料到他們此刻必是出了什麼岔，正在焦心，所以不顧搭理人。想到這裡，事不干己，在此又打聽不出什麼。黑砂掌胡扯一陣，便要告辭。

白眼觀音和申老道一體款留，可是虛聲假笑，神色不屬。黑砂掌賭氣站起來，說道：「你們兩口子蠍蠍螫螫的，怕我吃了你，是不是？」叫著二弟子道：「咱爺們走，別教人家拿咱們當漢奸！」正是天上不知哪塊雲彩有雨，黑砂掌若能多坐一會兒，便可獲得意外的奇逢。他哪裡夢想得到呢！

飛豹子劫鏢之後，急渡射陽湖，把鏢銀埋在湖中，留人潛守。留守贓銀的人，力斂形跡，終不能瞞過行家的眼。首先，留守人的模樣、口音，就顯得眼生。這些留守人，被申老道的部下小夥計窺出可疑來，兩下里誤會，都把對方當了鷹爪眼線。如今申老道已得到部下的密報，正在派人暗綴暗窺；並且他的大部人馬已經下海，與海盜暫行合夥。他怕航海的部下，不知情況貿然歸來，被鷹爪咬上。當黑砂掌來訪之時，正當申老道一面設法暗綴守贓的賊黨，一面派人追趕部下送信。

黑砂掌陸錦標萬想不到會有這等事。只認為申老道的部下本是旱盜，今與海盜合夥，想必吃了虧，所以發急。既與訪鏢不相干，他就引著俞門兩弟子，離開申老道，徑去尋找金士釗。鐵牛臺的金士釗，與他盜不同，是坐地分贓的土豪，專結交綠林，替他們銷贓。他銷贓的手法很妙，手下用著一些巧匠和造假銀子、造假古董的高手。巨贓到手，必保留半年以上；準看出沒有風險，再交巧匠改裝改造，運到遠處去賣。他表面上在外埠開著當鋪，其實全是專銷巨贓之所。金士釗是個穿長袍的大盜，外表一點也看不出。因為他談吐風雅，很像個博古鑒賞家、古董鋪的大掌櫃。

　　十數年前，淮陽大盜飛白鼠盜取了鹽商的一尊金佛，高如七歲孩童，雕鑄得栩栩欲活，也是送到金士釗處，給銷改的。

　　不想鹽商憑勢力，花錢重聘，把江南名捕快鮑老舍請出來。鮑老舍不知用何手段，把飛白鼠制伏，一定要原贓圓回。飛白鼠無計可施，重找金士釗，可是那尊金佛早變成金首飾了。飛白鼠說：「原贓不能圓回，我只可原犯去投首了。」實逼處此，金士釗這才說：「你別急，你給我七天限。」七天限太長，改為五天。剛剛到四天，金士釗就把那尊金佛繳出來了；款式與前一樣，色澤份量也同，就是放在水裡，測驗比重，也和真金無異。飛白鼠拿著交給鮑老舍，鮑老舍交給鹽商，會集古董家、收藏家、金店、首飾樓，一同勘驗，確是原物。這件案子就銷案了。

　　飛白鼠很義氣，原贓既已退回，那麼自己從金士釗手裡所得的錢，應該退還。飛白鼠便將五百兩銀子交給金士釗道：「金二哥多抱委屈吧。我現在手頭只有這幾兩銀子，其餘不足之數，容我著後補付。」

　　金士釗笑道：「老弟，你傻了！我只拿五十兩銀子，做他們孩子們的工夫錢吧。」只從銀包取了兩錠，把那四百五十兩全退給飛白鼠。飛白鼠眼珠一轉道：「哦，這個……！但是，鮑老舍是個人物。咱們不能教人家栽呀！」

金士釗笑道：「你放心，誰也栽不了。你是不曉得，那個行貨子是空心的，我臨銷毀時，早套下蠟模子來，我就防備這一著。全靠著空心變成實心，才能不走樣。他們若想知道真假，非得熔化了，不然，不會知道的。」在金士釗手下合作的假造匠，頗懂得比重的道理。他知道真金與銅的重量和外面體積不同。但這金佛當中有塊空心，把空心變成實心，外包金皮，內換赤銅，居然用贋鼎瞞過了鹽商。

這金士釗就是這樣一個人物。他不但與竊盜勾結，又與吏胥交通，耳目既靈，手腕很高，穩吃穩拿，故此在鐵牛臺隱居多年，沒有犯案。他有兩個盟弟，分在省會地方，替他開著當鋪、古玩鋪，鐵牛臺就像是古玩鋪的作坊。他不但替賊銷贓，更兼造假古董。他為人敢做敢當，交遊很廣，所以黑砂掌登門來找他。到了鐵牛臺金宅，門口四棵大槐樹，石階石臺，峻宇高牆。黑漆大門，綠屏門寫著：「齋莊中正」，儼然是紳董之家。

黑砂掌拍門而叫，出來了管家，通名索帖，很有官樣。黑砂掌說：「我沒有電影，你告訴金二爺，就說鷹游嶺的黑砂掌陸錦標，帶著兩個徒弟，登門來拜。你快去，不要拿眼珠子翻人。」管家其實是金士釗手下的小夥計，急忙進去通報。旋即奔出來，說一聲：「您請！」就前頭引路，進大門，走二門，開客廳門，黑砂掌從鼻孔哼了一口氣。

剛到客廳門口，主人從上房走出來，四十七八歲，綢衫雲履，眉目清秀，頷下一縷微髯，遠遠抱拳道：「喃，真是陸四爺，陸四哥，失迎，失迎。您不是隱遁了麼？這二位是誰？」相偕到客廳落座，黑砂掌一對大眼，骨碌碌東張西望，鼻孔也亂嗅。金士釗笑道：「四哥喝茶，你看什麼？小地方，破房子，簡陋得很。」黑砂掌笑道：「房子很講究！就是有點氣味。」金士釗笑道：「沒有氣味呀，我是個俗人，就是不喜歡養花草。這膽瓶的花是他們給插的，許是朽了吧。喂，我說，你把它拔下來。」管家斟完茶，把瓶花端了出去。

四顧無人，黑砂掌笑道：「不是花味，我聞著這屋裡別看很講究，可惜有點賊味。」金士釗一指黑砂掌的嘴，說道：「喂！」黑砂掌會意，眼望窗外，不言語了。

金士釗忙湊過來，搖著灑金扇笑道：「四爺的嘴，還是那麼吊兒郎當的，你可不曉得現在是什麼年頭？」黑砂掌道：「現在年頭不壞呀，彼此大發財源，還算賴麼？……」

金士釗目露懇求之意道：「別說了，四爺，您不知道，這個月風聲緊得很。你沒聽說麼，海州的鐵牌手，江寧的十二金錢，兩位名鏢頭，合保一筆鹽鏢，一共這個數。」黑砂掌道：「兩萬？」

金士釗低聲道：「什麼兩萬，二十萬哩，全是現銀。在范公堤，竟教外江人物給剪了去。前幾天我聽說，十二金錢邀出許多人來，向各處托情打探。我們櫃上雖然也收些小道貨，可是現銀子整個元寶，又不是貨品，又不是首飾，我怎會知道？俞大爺、胡二爺託了一位姓白的向我掃問，最近有沒有來熔化大堆元寶的？我們櫃上據實答覆了，自然是說沒有。」

金士釗接著道：「回頭我聽見信，連忙趕去，跟他們敘談了一會兒，答應下替他們幫忙，他們就走了。這是六七天前的話。數目太大，又是鹽帑，外面鬧騰得很緊，陸四爺今天突然光臨，不知有何貴幹？要是沒有要緊事，我勸你避一避，先聽一聽風聲。聽說我們縣裡，也見著清鄉緝匪、查拿宵小的密札了。咱們幹的固然是買賣，可也不能不算是宵小。現在官廳上正在查拿宵小。」說罷笑了。

黑砂掌到此不禁搔頭吐舌，各處全都這樣談虎變色，要訪賊蹤，可怎麼下手？反後悔自己不該單人獨出，隨著大幫，也可以無榮無辱。如今若沒有出手的成效，拿什麼臉回去見俞、胡二位？

黑砂掌臉上露出一點窘色。金士釗登時看出，忙將身子又往前一湊，附耳說道：「怎麼。四爺知道這事麼？您要是覺得不好下臺，小弟還可以

幫忙。俞鏢頭跟我也有數面之緣，胡鏢頭更是熟人，我小弟可以出頭打合，給你們兩家一了。」

黑砂掌依然搔頭道：「您等等，讓我想想。我這也是替朋友幫忙，不過托我探風色罷了；這麼大的責任，我還是有點擔不起來。這不是咱哥倆的事，你想我能那麼愣麼？得了，您聽我的信吧。」

黑砂掌站起來告辭。金士釗抓住不放，硬要留飯留榻。黑砂掌堅絕不應。金士釗還想攔住他，要向他打聽這二十萬鹽鏢的下落，「到底是誰幹的呢？四哥，你只管告訴我，我絕不洩露，我對你起誓。」

黑砂掌掙脫了手，大笑著出來了。俞門兩弟子也忍俊不禁，嘴不敢敞笑，鼻孔嗤嗤地直響。金士釗弄得迷迷糊糊，臨送到門口，還說：「到底這件事……」黑砂掌早已邁開大步走遠了。帶著二徒，直走出半里地，回顧無人，黑砂掌放聲大笑道：「這小子，他還想從我嘴裡釣魚！他倒夠乖的。可惜陸四爺也不比他傻。」

黑砂掌與二徒扳鞍上了馬，算計著還有數處可去，可是未免有點氣餒了。黑砂掌臉上漸漸透露窘容。俞門二弟子楊玉虎和江紹傑全是小精豆子，如何看不出來？兩個人以目示意，齊向黑砂掌發言：「四叔，怎麼樣？您要訪不出來，咱們爺三個莫如回去吧，省得我們挨師父的罵。」

兩個青年拿話擠黑砂掌。黑砂掌陸錦標瞪著兩眼，咧嘴笑道：「好小子，剛剛幾天，你們就膩煩了。你們別灰心，你等著，大爺有的是招。」

當天不另訪友，策馬趲行，來到沙塢，徑帶二徒投店。黑砂掌和俞劍平不同，俞鏢頭越遇難題，越發鎮靜；陸錦標卻是沉不住氣，他沉不住氣，卻不是低頭發呆，反倒大唱大嘯。你只聽他高唱崑腔，他必是有為難的事窩在心裡了。

這一天晚上，黑砂掌不但唱了一段醉打山門，還扭了半出小放牛；臨

睡時，他又來了一段老梆子腔。照前日的例，與兩徒胡扯了一頓，說道：「小子們，睡吧。明天我們要出遠門，我領你們找一個朋友。」二徒道：「又去拜客麼？」黑砂掌笑道：「不是拜客，你倆只聽我說，早早地睡，早早地起！」

兩個青年本打算私同陸四叔出來，可以見見世面，試試武功。訪著劫鏢的賊，他倆還預備著小試身手，把插翅豹子打服。正是初生犢兒不怕虎，可惜現在白跑了好幾天，見不著虎或豹，僅僅碰了幾個軟釘子。兩個少年大失所望，咕噥著吹熄燈也睡了。

睡到三更以後，楊玉虎突然覺得耳朵眼冒涼氣，迷夢中漫不自覺，掄手掌啪地打了一下，立刻覺得手腕被人抓住。忙翻身一看，客窗明燈煌煌，黑砂掌一身短打，背插短刀，把手指比在唇上。楊玉虎受過武林訓練，立刻一聲不言語，從床上起來。低聲訊問：「四叔，要上哪裡去？」黑砂掌答道：「你別問，跟我走。留著紹傑，給咱們看攤。」因為店中還有他們的三匹馬，所以把江紹傑留下；也嫌他年紀太小，恐其武功不夠。

楊玉虎收拾俐落，帶了兵刃，又問陸錦標：「我們怎麼走？」陸錦標一指後窗格，楊玉虎過去一推，黑砂掌微微一笑；這窗戶早經黑砂掌鼓搗好了，不但早已啟開，還有一根筷子半支著。兩人收拾要走，陸錦標低聲道：「且慢，得給他留一句話。」楊玉虎低顧江紹傑，江紹傑倚包代枕，側身閉目，睡得正香。陸錦標從百寶囊裡取出筆墨紙札，草草寫了兩句話：「我們片刻即回，你千萬不要走開。」

楊玉虎問道：「這是做什麼？」黑砂掌笑而不答，拿這紙條，走到床前，用小刀釘在木柱上極易見到的地方。低頭來親自驗看江紹傑，江紹傑一隻手臂蒙著臉，看不見眼。聽了聽呼吸，陸錦標有些遲疑。終於不管他，輕輕啟窗，令楊玉虎跳出去，自己隨後也跳出去。

兩人一直馳奔沙塢，楊玉虎忍不住且跑且問：「四叔，到底咱們上哪

裡去？」陸錦標道：「你不用管，到了地方，你看我的眼色行事。」楊玉虎笑道：「我可不是夜貓眼，漆黑的天，您的眼色我看不出來呀。」黑砂掌道：「糊塗蟲，你當是大爺衝你飛眼麼？到了地方，你只注意我的舉動，看我的手勢。」

楊玉虎不肯含糊，笑道：「不行，四叔，您得告訴明白我，我才好跟您打下手。若不然，弄擰了，弄砸了，可是笑話。」

黑砂掌道：「好小子，打破砂鍋問到底。其實也沒別的，咱們明訪數次，一點眉目沒有，白落得打草驚蛇。如今我要改計而行，咱們來個暗探。離這裡不遠，有一個武林同道，我打算偷偷去淌他，帶著你，不過教你巡風。」楊玉虎點頭道：「這麼著倒也好，您一聲不言語，低頭直跑，我當您訪出下落，前去討鏢呢。」黑砂掌道：「好小子，你倒會挖苦我！」楊玉虎不由也笑了。

展眼跑出數里，黑砂掌放緩腳步，楊玉虎看前面黑乎乎一片，問道：「快到地方了麼？」黑砂掌道：「早著呢。」楊玉虎又道：「我們臨出來的時候，真沒想到這麼難訪。不知我老師他們大撥的人，如今是否已有所獲？」黑砂掌陸錦標道：「保管他們比我們還難。他們是當事人，明面出頭，不用他張嘴，人家就知道來意了。預備瞞他們的，一定先把詞編好了。你瞧吧，小子，準是咱爺們先成功。」楊玉虎笑道：「就憑四叔您一個人，那當然了。」黑砂掌笑罵道：「你這小子說話帶刺。」楊玉虎道：「我可不敢奚落您，這十來天把我蹓怕了。家師出頭明訪，您說不容易得真情；可是跟家師是朋友幫忙的，也就開誠布公答應幫忙了。像您這樣，只探探人家的口氣，不吐真意，我看倒不好辦。」黑砂掌道：「你狗大年紀，懂得什麼？我們現在不是要暗訪麼？別說了，快到了。」

黑砂掌帶楊玉虎加緊趲行，夜走荒徑，穿林拂木，奔馳十數里，到了地頭。前有一道小河擋路，走到河邊一尋，糟了，沒有橋梁，沒有擺渡。

循河而行，黑影中倒有一隻小船，恰停在對岸，在這邊也不能利用。黑砂掌退回來重尋，且尋且說：「他們一定是把橋拆了。」殊不知此處有一座小橋，白天搭上，夜晚撤去。

黑砂掌找著了設橋之處，又看了看說：「還好，還有橋柱子，小子，你渡得過去麼？」楊玉虎說道：「四叔，您背我過去吧，我哪裡會登萍渡水？」黑砂掌道：「別裝傻了，這麼粗的柱子，這麼窄的空子，你還走不過去。」楊玉虎道：「我還沒有出師，我哪會這一套本事。」

黑砂掌道：「好小子，你跟我玩這一套！我不管你了，愛過來，不過來！」遂一聳身，腳踏橋柱，騰越過去，連頭也不回，往前就走。楊玉虎急得口發「噓噓」之聲，請黑砂掌稍待，也就一聳身，渡過了小河。

楊玉虎追上黑砂掌，抱怨道：「四叔真行，半路上竟要甩我。若遇上點子，您許把我賣了呢。」黑砂掌罵道：「你跟你師父是一個傳授，真滑就是了。走吧，將入虎窟，不要嘮叨了。」他們又往前行，黑壓壓一片濃影，黑砂掌陸錦標命楊玉虎緊隨在自己肩後，一左一右，雁行斜進。忽然若有所見，轉身一扯楊玉虎，兩人分往旁邊一竄，退到路旁樹後。停了一會兒，沒有聽出異響來，也沒有看出異樣來，可是兩人竟不敢再在大路上走。俯著腰，從田禾壟中，慢慢前進。只走了一里多路，楊玉虎覺得比剛才那十六七里地還累。前行一段路，地勢忽然開展，遙望前面似有屋宇莊院之狀，只是昏暗無有火光。

黑砂掌暗扯楊玉虎一把，意思是教他留神，現在已到地方了。黑砂掌預備要進探這一所田莊。

黑砂掌命楊玉虎學著自己的樣，像狗似的穿旁路，匍匐前進。大寬轉，讓開正面，漸挪漸近，到了莊院一望之外，停住了腳。陸錦標縱目四尋，擇一棵大樹，他命楊玉虎在樹下巡視，專防正路。自己立刻攀樹而上，往莊院內望。目光所及，還是黑乎乎一片。但在行家眼中，暗中辨光

識形，居然窺出堡院的格局，中有院落數層，當有民房幾家。看罷下來，已認明自己要進窺的院落所在之處；揣摩形勢，該從莊後繞奔西邊，由西邊入探莊院，比較著出入便利。

黑砂掌立刻引領楊玉虎，繞道往前走。楊玉虎低聲問道：「您要去的地方，就是這裡麼？」黑砂掌低聲道：「別言語，跟我走，你自己可別亂鑽。」一步一探，行行且行行，逐漸迫近了莊院。轉過北面，直迫近西牆，小心在意。借物掩形，不留一點動靜，也不留一點形跡。找到合適的地方，恰是院落的一隅。黑砂掌向楊玉虎一指牆，自己立刻聳身躍上去。楊玉虎立刻往旁退閃，一俯腰，也躥上牆。兩人相隔兩三丈。黑砂掌貼伏在牆上，只露出頭，急急往下看。楊玉虎到底不在行，把上半身全都露出，還要在牆上站起來直腰。黑砂掌側臉看見，急急向他揮手。楊玉虎忙又俯下腰去。

楊玉虎以為黑砂掌要往院內跳，哪知不是。黑砂掌看了又看，忽又躥到偏北面，似乎默默中對於下地落腳處有所選擇。

楊玉虎不很明白，只覺院內通通漆黑，像是富農的後場院。既然無人，何處不可下跳。

本來預定的是楊玉虎巡風，現在他竟不願爬牆裝狗，一歪身，頭一個搶下去了；黑砂掌攔阻，已然無及，只得跟蹤也輕飄飄地跳下去，口發低噓，命楊止步。

楊玉虎一步一探，直往前走；聞聲回頭，方要問話，就在這時，突然聽見破空之聲。黑砂掌道：「不好！」裡面人已經覺察。

楊玉虎頓知己誤，轉身竄到黑砂掌旁邊，張皇低問：「怎麼回事？」黑砂掌道：「你這小子，假機靈壞了！」

第五十七章
陸嗣源黑夜剪徑遇父　地頭蛇暗潛覓銀露跡

　　跟著這破空之聲，又發出一聲，院中高處突然有了燈光。就在黑砂掌繞著前進，時時躲避的地方，出現了兩條人影。楊玉虎到此心中發慌，忙回手要抽劍，又低叫：「四叔，您瞧這邊！」黑砂掌笑道：「小子，你再看那邊，你再看那面。小子，你知道咱們落入重圍了麼？」楊玉虎後悔不迭，心想：「這該應敵，否則就該撤步。」

　　再看黑砂掌陸錦標滿不介意，反倒摘下小包袱，找出長衫來；把兵刃也解下，交給楊玉虎；並催楊玉虎斂劍入鞘。兩人在平地上鼓搗，但聞院中破空之聲，連發響箭。跟著挑出燈竿，從角落裡前後走出十幾個，遠遠把二人圍住，可是這些人全不出聲。

　　轉眼間，聽見一片關門開門聲，又有三四人出來，奔到黑砂掌面前，相隔數丈。黑砂掌急急遞話。來人也喝問了幾句話。楊玉虎聽不懂。那三四個人互相說了幾句話，便出來一人，奔回直通內院的門口，仍把門掩上。黑砂掌居然跟那包圍他的三人閒扯，問這個，問那個。三個人態度傲兀，不愛搭理。旋聽見開門聲，從門中透出明晃晃的燈光，數人持提燈，一人空手走出來，叫道：「是鷹游嶺的陸四爺麼？」黑砂掌向對面三人說：「您聽，準沒錯，這不是蒙人的事。……來的可是潘青山潘大哥麼？」

　　燈光先到，陸、楊二人全形畢現。出來的那人趨行數步，與黑砂掌拉手，大笑道：「我想準是你，不料果然，咱們哥們老沒見了，請裡面坐吧。這一位青年是您什麼人？穿短打，帶兵刃，很精神哪。」黑砂掌道：「是小徒，喂，過來見過你潘大叔。」楊玉虎不摸頭腦，只得上前作了個揖。

　　這個潘青山對手下人說：「這是老朋友，你們哥幾個照應著點。」語中意味似乎不好，楊玉虎也聽出來了。潘青山竟把黑砂掌二人讓到內堂。內堂明燈輝煌，不似偷窺時那麼黑了，院子內外也都掛著燈。

　　賓主坐定，獻茶寒暄，楊玉虎也被讓坐在側首。這時候在燈光下，相形之間，眾人全是長衫，獨他一身短打。黑砂掌盯他一眼，衝他一笑，又一摸臉；楊玉虎自知鑄了大錯，搭訕著也笑了。潘青山笑道：「好麼，陸四爺，哥們多年沒見，一見就來這個。你們師徒二人擠眼歪嘴，這玩什麼把戲？要算計我麼？我這裡近幾年一不犯法，二不作案。任憑什麼人，白天黑夜都可以來。」

　　潘青山說著站起身，走到外面，向手下人吩咐了幾句話。未容黑砂掌自行辯解，外面就蜂擁進十幾個人。

　　黑砂掌很乖覺，立刻知道潘青山的用意，忙站起來，向眾人一揖到地，連連說道：「小弟我該打該罰，實在對不住眾位。眾位想必是今晚上值夜班的。我本無意偷來訪友，只因我這小徒不知天多高，地多厚，是我要警誡警誡他。教他在前頭走，我在後面跟，好讓他明白明白世面的艱難；別自覺不錯似的，來到外面，一步也走不開。可是這一來，我把小徒警誡了，未免教眾位面子上下不去。我再給眾老哥賠個禮！」作了一揖，又作了一個羅圈揖。潘青山立刻大笑道：「好個陸四爺，真夠老辣的。我的意思跟您正好一樣，他們十幾個人也是自覺不錯似的。晚上值班，大大咧咧，總以為就是一隻鳥、一條狗，也鑽不進來。現在，哪知陸四爺帶著徒弟，直走進院裡，他們還不知道。我也是教他們認識認識，教他們從此以後，別自以為了不得。」說罷，潘青山命眾人向黑砂掌謝謝「指教」之德，這才揮手命眾退去。黑砂掌又一捫臉，說道：「我這臉是橡皮的，倒不怕相好的暗損我。」說著縱聲大笑。

　　兩個老朋友全都軒然大笑，其實鉤心鬥角，暗挑起節骨眼。亂過一

陣，黑砂掌命楊玉虎上前拜見主人，說道：「徒弟過來，這是你潘叔父。」

楊玉虎連忙施禮，被主人攔住。他暗端詳此人，身材高大，滿腮虯髯，臉比黑砂掌還黑，腮比黑砂掌還多毛。這人是在楊劉行潛伏的江湖魁首，名叫潘青山。這小村儼如他的城堡一樣。

潘青山對楊玉虎道：「你是陸四爺的高足，真真好極了。你們老師真會教學生，肯下這大苦心。老弟，你將來一定能夠出人頭地，請坐下吧。」潘青山又轉向黑砂掌道：「四哥，你我弟兄不說假話。你黑夜臨門，必非無故，你還有別的事沒有？」

黑砂掌笑道：「你還是當年那樣，砸砂鍋要砸到底。我自然有點事和你商量。第一句話我先問你，你們這裡消停不消停？合字和六扇門有什麼動靜沒有？附近的合字都還有誰？第二句我再問你，你耳朵夠長夠靈，聽見什麼稀罕事沒有？咱們江北一帶，可有眼生的人物竄進來沒有？咱們是老爺們了，你不要裝蒜，老老實實告訴我。」

潘青山道：「這個……你打聽這個，有什麼意思？」黑砂掌道：「自然有點意思，要不然，我還不會半夜砸你的門來呢。」

潘青山笑道：「那就請你把來意明說出來。我就一是一，二是二，有問必答。」

黑砂掌把大指一挑道：「老兄弟，有你這麼一說，我索性全告訴你。你可聽見二十萬鹽鏢在范公堤被劫的話嗎？不幸我有一個朋友，吃了掛落。我不能不替他想一個偷梁換柱的法子，好出脫他，所以我才麻煩你來。你在本地，人傑地靈，你告訴我實信。我還得求你搬人幫忙。」

潘青山還沒聽完，把頭搖成撥浪鼓似的道：「不知道，不知道，我當是什麼事，原來是范公堤劫鏢那一案哪。按說這一案現在都鬧翻了天，可是我也正在納悶。因為劫鏢的是外路人，憑空給咱們江北找了麻煩。我也

正要掃聽這劫鏢的主兒的實底，只是摸不著一點稜角。」說到這裡，又笑道：「四爺別瞪眼，我不是推心淨，我真不摸頭；不過看在老朋友份上，我可以指示給你一條明路。」

黑砂掌放下面孔，忙道：「潘二爺費心吧。」潘青山把椅子挪了挪，附耳低聲，向黑砂掌說了一番話，然後囑道：「我告訴你了，你可別說是我說的。」黑砂掌眼睛一轉道：「那可不一定，他們要盤問我，我就說潘青山主使我來的。」潘青山道：「好，你沒過橋，就要賣道。說笑是說笑，你陸四爺千萬別給我玩皮子。」

黑砂掌大笑道：「你的話只要可靠，我就不露出你來。你騙了我，回頭再算帳。」隨即站起，外窺夜色道：「我這就告辭。我們再見！」

潘青山立刻吩咐手下人，挑燈引路，仍有人跑出去，現搭木橋。黑砂掌攜楊玉虎，走出村外。潘青山直送到橋邊，這才告別。

黑砂掌和楊玉虎急急趨至大路，然後回望小村，似乎無人跟綴，這才吁了一口氣，數說楊玉虎：「你這小子，害得我弄巧成拙，本想暗探，弄成明訪。完了，我們快回去吧。」楊玉虎含愧支吾說：「這都怨四叔不先明白告訴我。」

兩人且說且走，穿入叢林。黑砂掌還是抱怨楊玉虎。楊玉虎賠笑認錯，道：「好在沒耽誤事，您跟這位潘爺又是老朋友，也沒得罪人。」黑砂掌咄道：「怎麼沒耽誤事？」楊玉虎道：「剛才潘爺跟您咬了回耳朵，您連連說好，您不是得著好消息了。咱們沒白來，您還瞞著我做什麼？」黑砂掌失笑道：「他那是裝模作樣，跟我瞎扯；他什麼也沒告訴我，送空頭人情罷了。你這孩子簡直假機靈！」

且說且行，將次穿出林外，突然聽見隔林那邊，遠遠有奔逐毆鬥之聲，又聽一人喊道：「看鏢！」黑砂掌和楊玉虎不禁愕然，一齊止步。

黑砂掌和楊玉虎倚林側耳，確是隔林出了爭鬥。時當午夜，非盜案，即兇殺，忙繞過林去，尋看究竟。林那邊竟是四五個人影，追趕一個孤行客。這孤行客也似行家，且鬥且奪路狂奔，正向林這邊逃來。背後那四個人分散開急追。有兩個人斜趨叢林，要剪斷逃人的去路；其餘兩個人仍在背後綴。這斜堵的兩人，內中有一個腳程很快，居然斜趨疾馳，先一步趕到林路。

那奔逃的孤行客形勢危急，在背後的追者也已趕到，似乎一揚手，發出一支暗器。黑影中，只見那逃人側身一閃，還想旁竄，卻已來不及，頓時被後邊的人趕上。那後來人往前一探，金刃劈風，照身後便砍。孤行客又急急一閃身，亮出兵刃來，前堵的第二人又到，登時又把孤行客圍在核心。刀兵亂響，人影亂竄，又苦鬥起來。

追兵似乎定要捉拿孤行客，只抽出三人來包圍；那先奔到林邊的追兵竟不過去截鬥，依然橫刃當林，看意思是唯恐逃者穿林而走。逃者依然且戰且走，可是迤邐而鬥；好像力盡技拙，已然走不脫了。

當此時，楊玉虎在暗影中看了個大概，忙低問黑砂掌：「這是怎麼回事？可是剪徑的賊，竟拿孤行客麼？」黑砂掌道：「別言語，你等我調侃問問他們。」

黑砂掌往前湊，正要調侃，楊玉虎看出逃者勢力孤危，恨不得立即奔出去相救。黑砂掌往前湊，他也慌不迭地往前湊。然一轉身，沒看見楊玉虎，恰與黑砂掌，面面相對。

黑砂掌把手一舉，剛叫了一聲：「合字。」這追兵陡然一揚手，打出暗器。黑砂掌猝出意外，急急閃身，登時大怒，罵了一聲：「混蛋！」忙也掏出暗器，照這追兵打去。哪知這時候，楊玉虎的金錢鏢也正出手；這追兵腹背受敵，又當昏夜，剛剛閃過這邊，竟躲不開那邊，登時負傷倒地。雖然倒地，掙身欲起，便立刻口發呼哨，向同伴告警。

黑砂掌大怒，趕過去一看，重將那人踢倒，先解除兵刃，次喝令楊玉虎：「快捆上他！」匆匆提入林中，顧不得審問，叔侄二人搶著出戰。黑砂掌一擺兵刃，大聲喊喝道：「好一群狗黨，你們都是幹什麼的？怎麼回事，你們全給我住手！」

黑砂掌一喊，那邊圍攻的情形早已轉變。圍攻的人已經聞警，知道林中有埋伏，忙分出兩人，奔來迎敵黑砂掌，搭救自己人。那被圍的孤行客，登時手腳鬆動，面前只剩一人和他對敵。同時也聽出黑砂掌的喊聲，忙即回答：「四叔，是我，這是一夥路劫。您快把他們拿住。」

楊玉虎哎呀了一聲，忙道：「四叔，這是我們六弟。」黑砂掌道：「少說話，打傢伙！」遂不再問，一齊動手。這被圍的孤行客正是留在店中的江紹傑。三下夾攻，三個夜行人漸漸不支。黑砂掌一口刀就對付兩個，楊、江二人合力對付一個；三個夜行人連忙調侃：「相好的，是合字，是鷹爪？」黑砂掌道：「是管閒事的祖宗。」一路猛攻。三個夜行人且抵抗且問：「朋友，別罵街，你留個萬兒！」黑砂掌道：「你留個萬兒！」

夜行人已知遇見勁敵，不得不認輸，遂叫了一聲：「好，我們那一位可是交給你們了。相好的，咱們後會有期！」說罷，三人呼哨一聲，立刻撥頭狂奔。

黑砂掌罵道：「你們不是勾兵，就是暗中綴我。爺爺不上你們的當。小子，追東西，一個也別留！」

黑砂掌催同楊、江二弟子，川字形緊綴下去，唯江紹傑累得呼呼直喘。直趕出半里路，夜行人照樣要鑽樹林。黑砂掌冷笑道：「朋友，你先等等！」向楊、江示意，唰的發出一陣暗器雨。三個夜行人中又有一個倒地，其餘二人投入林中不見了。

楊玉虎、江紹傑過去，把受傷之賊活擒捆好。江紹傑此時幾乎酥軟了，竟要坐下歇歇。黑砂掌衝他直笑，警告他：「好小子，教你看家，你

不在店裡睡覺，偏出來現眼！喘得這個樣。大爺再不搭救你，小命準完。起來吧，這個地方歇不得，我們得走出一段路去。」江紹傑勉強起來說：「走就走，好嗎，四師哥，四叔甩我，我沒法子，怎麼四哥也想甩我？」他還有一番抱怨話，黑砂掌道：「別嘮叨了，快離開這地方。」楊玉虎道：「可是咱們捉住這一個，還有樹林裡捆著的那一個，該怎麼辦呢？」

　　黑砂掌又狠又壞，他打算只從現在這個人取口供，那一個被捆在林中的，是死是活他全不管了。當下命楊、江二弟子，牽著這個夜行人，自己用刀尖在後督著，把夜行人直帶出半里外。找一個隱避地方停住，命楊玉虎巡風，略問了江紹傑幾句，便來詰問這個夜行人。

　　江紹傑果然在店中半夜醒轉，發現黑砂掌和楊師兄不見，立刻穿衣追出來。一路亂尋，誤走歧途，在一股岔路上，緊挨水邊，遇見這幾個夜行人，鬼鬼祟祟，似有所為。黑影中望不清楚，江紹傑還疑心是黑砂掌遇上熟人，貿然往上一湊，剛打一聲呼哨，被人發現了。這幾人毫不客氣，要扣留江紹傑。江紹傑初出犢兒，抽刀便砍，登時打起來。眾寡不敵，人家要包圍他。他很乖覺，奪路急跑。這幾人窮追不捨，江紹傑且戰且走，逃到林邊，方才遇救。江紹傑說罷，轉向被擒的人：「你們在那小河溝子旁邊，鼓搗什麼？我喊了一聲，也不犯歹，你們為什麼定要追殺我？」

　　那夜行人冷笑不答，對黑砂掌說：「朋友，聽你的口氣，你是老江湖了，要殺要剮，要釋放，要送官，一聽尊便。你們又不是鷹爪，問我做什麼？又有什麼用？」

　　黑砂掌道：「你怎麼看我不是辦案的？」那人冷笑不語。黑砂掌端詳此人的身量，倒是個壯漢，聽話聲也正在少年。便問：「朋友，你貴姓？你是哪條線上的？你別拿我當六扇門，咱們就算同道。你把實話告訴我，我好放了你。」夜行人道：「放不放在你，至於實話，對不住，你逼我說出來的實話，你肯信，我還不肯說呢。再說朋友你要是栽了，你願意留名麼？」

黑砂掌道：「好傢伙，你這小子口氣倒夠味，不用說，你也是名門之徒了。」江紹傑道：「四叔，您別這麼問，這麼越問越問不出來。」掄起刀把，狠狠打了幾下。這一打，那夜行人嘻嘻地冷笑，往地上一躺道：「朋友，你們這舉動，滿不是江湖道。你給我來個痛快的吧。」再問就連聲也不出了。這夜行人的派頭，引起黑砂掌的高興來，連說：「夠朋友，夠朋友！」可是這夜行人這股勁，更引起江紹傑的反感，因為剛才他不過一探頭，便被他們窮追亂砍。幹鏢行的和做綠林的，天然是兩個做派。江紹傑還是要苦打取供。黑砂掌陸錦標把他攔住，說道：「你先別打他，等我來問吧。」

黑砂掌在黑影中，衝那人問了幾句，那人躺在地上，依然不答。黑砂掌笑了起來，忙摸索身上，取出火摺子，用手一晃，可惜隔時太久，火摺子晃不著了。便問楊、江二徒，身上可有？楊、江說：「我師父不教我們帶這個。您要火摺子做什麼？」黑砂掌搖頭不答，忽然說道：「有了！」忙扶起夜行人，細搜身畔，果然從這人的百寶囊中取出一支竹筒，內有火摺。用手連晃，發出火光來。黑砂掌就拿火摺，照看這夜行人的面貌。這夜行人還在地下坐著，見火光立刻低下頭。黑砂掌看了又看，忽然疑訝道：「唔？」

楊玉虎、江紹傑，借這火光，看出這夜行人年約二十多歲，非常精壯，圓臉大眼，穿一身短裝，此刻也抬頭掃了三人一眼，仍舊垂頭不語。黑砂掌遲疑道：「朋友，我好好地請教你，你貴姓？你是哪裡人？你到底是不是合字？」江紹傑道：「你們剛才聚著好些人，那是做什麼？」

那人半晌才說：「對不住，我若是落在仇人手裡，就痛痛快快，把我殺了。若是落在六扇門手裡，咱們公堂上再畫供，這時候問也白問。我若是落在合字手上呢，你們這舉動，全不對勁，我還是不答。」

楊玉虎笑道：「好硬的一棵菜，你就當我們是合字。」那人道：「是合

字，就不該這樣問我。」江紹傑罵道：「這樣問你，還是好的呢。」調轉劍背，又要動手。黑砂掌忙又攔住道：「別打，別打，我再細細瞧問。」

黑砂掌又把火摺子晃亮，直送到那人面前，左看右看，遠瞥近盯，活像相新媳婦，招得那人恚怒。

忽然，黑砂掌說道：「我說喂，你到底姓什麼？你可是姓陸麼？」那人似乎一震，抬頭望了一眼，復又低頭不答。

黑砂掌再忍不住，把一個火摺子舉著看，眼看全點完，又把自己的火摺點著，歪著頭死盯那夜行人，夜行人越發低下頭去。但是楊、江也起了詫異，也跟著細看，看完又看黑砂掌。

黑砂掌與這夜行人年紀懸殊，卻全是圓臉，圓眼。黑砂掌有一臉絡腮鬍，這人下頦也是青漆漆的。楊玉虎首先大驚道：「四叔，你看見麼？這人跟你可是一個模樣！」

黑砂掌立刻叫道：「你不是小福子麼？你是我的兒子！」那人罵道：「我是你的祖宗！」可是罵出這一句，不由睜開了眼，這才借火摺子，細看對方。

這一看，夜行人哎呀一聲，不覺得站起身來，問道：「您您您貴姓？」

黑砂掌失聲道：「好小子，你連你爹也認不得了。」楊、江二弟子驚詫萬狀，一齊代說道：「這位是鷹游嶺的黑砂掌陸老英雄。朋友，你到底貴姓？」

那人不等聽完，撲登地跪下，叫道：「爹爹，爹爹，我就是小福子！」

黑砂掌大聲道：「好小子，你會罵我，你不是我祖宗了？」那人羞慚無地，楊、江二徒於驚疑中忙替夜行人解了縛。這個人正是十餘年前，因為父娶後母，一怒離家的陸嗣源，也就是黑砂掌陸錦標的長子，乃是黑砂掌前妻蔡白桃所生。

黑砂掌本是綠林之豪，他與蔡白桃當年活躍在江湖上，偷盜搶掠，無所不為。蔡白桃更比他屬害，故此多結怨仇。不久，蔡白桃生了陸嗣源。陸嗣源剛剛六歲，蔡白桃又懷了孕。

正值黑砂掌遠出，仇人尋上門來，蔡白桃束腰提刀，與仇人苦鬥，結果兩敗俱傷，雖得手誅敵人，自己也傷胎而死。遺下陸嗣源，黑砂掌把他送到一個同門師妹家中，代為撫養。

黑砂掌自己獨身一人，去搜尋仇人的黨羽，報仇之後，悼亡灰心，洗手退出綠林之後，回轉故鄉，又遷到別處，做起良民來。隨後鰥居無聊，就續娶了繼室張氏。

這張氏乃是良家女子，她的叔叔是個做買賣的。有一年販貨，行在中途遇盜，被黑砂掌無意中遇見；用幾句話，把圍上來的強盜說走。張某為此感激，結成朋友。那時黑砂掌自稱是鏢客，恰巧張某家中有個年逾花信的侄女，既訂婚就死了未過門的女婿，在叔叔家寄居。後來便許配給黑砂掌，作為繼室。

這時，黑砂掌的長子陸嗣源，已經還家；他不贊成父親續娶。後母在前門下轎，他竟從後門溜走。從此父子生離，一晃多年，黑砂掌也多方尋找，迄無下落。後來繼室給陸錦標生了一個次子，取名陸嗣清，就是十二金錢俞劍平新收的末一個徒弟。這張氏嫁後不久，旋發覺其夫出身綠林，但因木已成舟，心中懊喪，也無可奈何；只是哭鬧著，逼黑砂掌洗手。但黑砂掌早已洗手了，張氏又逼他移居，和綠林朋友脫離。

這是以往的事了，現在黑砂掌代友尋鏢，竟在意外，和失蹤已久的兒子骨肉重逢。

黑砂掌十分驚喜，把跪在地上的陸嗣源扯起來。兩人對面，看了又看。十多年的久別，父子面貌全改。這青年已沒有當年的孩子氣了；黑砂掌滿臉髭鬚，不似當年。可是父子面貌的輪廓，大致還看得出來。尤其是

圓頭頂，圓眼睛，南人偏生北相，乍看便覺父子酷肖。

這青年夜行人陸嗣源悲喜交集道：「爹爹，你老這些年上哪裡去了？我曾到老家找您，都說你老攜家遠走了。你老現在何處？」黑砂掌道：「好小子，自從你這個娘剛一進門，你就一溜走了。你只顧想念你的死娘，你連你的活爹也不要了！這十多年，你往哪裡闖蕩去了？」

骨肉闊別十多年，一言難盡，父子全說此地非講話之所，黑砂掌要率子同回店房。陸嗣源道：「且慢，還有你老人家剛才捉住的我那一位同伴，你老把他捆在哪裡了？您得把他先放了，我好同您走。若不然，我去把他邀來吧？那人並不是外人，乃是我的盟弟高麟章。」

黑砂掌骨肉重聚，年老戀子，把兒子拍拍摸摸，不忍暫離。陸嗣源要翻回去，親釋盟弟；黑砂掌說：「那又得折回一里地，何必費這事？可以教這師弟，把他放走。玉虎，你和紹傑辛苦一趟。你別對那人說實話，只說彼此是熟人。你把他解開一放，你二人再趕緊回來。」

黑砂掌又對陸嗣源說：「小子，你這盟弟八成是你的同行吧？不用說，你現在又幹起咱們的老事業了？你是和人結夥，還是單人獨闖？你們的瓢把子是哪位？」陸嗣源道：「你老容我到下處細講吧。」

當下，黑砂掌與失蹤又重逢的愛子先一步走。楊玉虎和江紹傑二人自去林中，釋縛放人，略述數語，然後匆匆折回。四個人先後腳回轉店房，時已黎明。

在店房中燈光下父子對面，看老的更老，小的不小。爺倆都很動情，悲喜交集。黑砂掌先看了看陸嗣源剛才受的傷，不過是浮傷，稍一包紮便得。跟著便問陸嗣源，這十幾年的情況，和目下所作所為。

陸嗣源這才細訴以往，果然他已身入綠林了。他手下也率領著十幾個人，乃是一處大寨的小竿子頭。大寨主身死之後，全夥分裂，他最近竟和

蛇頭塢的夏永南兩幫合成了一幫。夏永南是大舵主，陸嗣源是二舵主。他們現在正在祕有所為。

父子二人各訴近情，追說往跡，旋又折到眼前的事。陸嗣源便問家中現在的人口。黑砂掌告訴他：「你現在的這個繼母，人很不錯。多虧她規矩著我，我如今早已脫開綠林了，積了些錢，我在鷹游嶺，買了一些山田。你想咱們爺們哪會拿鋤把子？全是你這繼母替我操持。我在家裡享起清福來了。你這繼母還給你生了一個弟弟，今年也十四了。我最近把他送到十二金錢俞三勝那裡學藝去了。你這繼母樣樣都好，也夠賢惠，就是不喜歡咱爺們幹綠林。想不到你這孩子也走了你爹的舊轍了。你現在成了家沒有？」

陸嗣源聽他父盛誇繼母之德，他是不肯贊一詞的；聽說有了弟弟，倒也喜歡。他父追問他娶親沒有，他就搖頭說道：「沒有，還沒有呢。」

黑砂掌笑道：「沒有才好。你若成了家，你現在幹的是這個營生，你的妻子自然也是這裡頭的人了，將來他們婆媳實在不好共處。你也不小了，你今年二十幾了。今天你我父子重逢，你就洗了手吧。跟著我回家，我先給你娶個媳婦，回頭你願在家中照應田地，你就在家裡一待。你若是耐不了鄉農生活，現在我有的是鏢行朋友，我把你薦到鏢局。你別再吃綠林飯了。」

黑砂掌陸錦標說了許多話，卻不問他兒子是否同意。但是陸嗣源和他的夥幫，刻下正著手做一件大事。他父親的意思，立刻要帶著他走，他實不能拔腿。他在江湖上也有小小地位，就算洗手，也得有個交代；況且現在他正是欲罷不能。他又素知他父親的脾氣，對兒女很溺愛，卻不喜小孩子違背他的話。這本是做父母的常情。

黑砂掌陳芝麻爛穀子地講了許多話，又告訴陸嗣源：「我現在正忙，正缺少一個合字上領道的。如今有了你，好極了。你把近處的綠林道全告

訴我，我要挨著找他們去。」

　　陸嗣源聽他父親的意思，現在就要帶著自己走，不由心中著急。黑砂掌好像不理會兒子的心情和面上神色，便要由店中動身，教陸嗣源跟著走。陸嗣源忙道：「你老人家找綠林做什麼？你老不是洗手了麼？您此刻打算上哪裡去？」黑砂掌道：「現在我還沒有準地方。我正要問你，近處綠林道最有勢力的，都還有誰？」

　　陸嗣源隨便舉出幾個綠林人物來，內中就有黑砂掌去過的。黑砂掌道：「這些地方，我全去過了。你的堆子窯在哪裡？莫如我到你們窯上看看。你們的大當家夏永南，我還沒有見過呢。」

　　黑砂掌還是火炭似的脾氣，說走就走。陸嗣源遲疑不肯就去，反問黑砂掌道：「你老到底有什麼事，要歷訪綠林？」黑砂掌看了他一眼，不悅道：「你倒審問我麼？我倒要問問你，你這孩子這麼直打倒退，你有什麼心思？可是的，你們剛才鼓搗什麼了？莫非你們是正在作案麼？」

　　陸嗣源起始不肯直說。黑砂掌越盯越緊，末後面帶怒容道：「我看你人大心大，你不是我的兒子了。你肚裡有事，你瞞著我！看你這意思，把我拋開才好，是不是？」陸嗣源惶恐道：「你老別著急，兒子情實是正有事。你老教我跟您走，我不是不願意，您總得容我把事情撕羅開了啊。」黑砂掌道：「到底是什麼冤魂纏著你的腿，連你爹都不要了？」

　　陸嗣源窘得臉通紅，萬分無奈道：「我是正同著夥伴，幫助朋友做一件事。因為這件事做成了，有幾萬油水可以分到我們手裡。兒子的意思，我們已然佈置了好幾天，眼前就水到渠成。我恨不得發了這筆外財再走。也可以拿著這錢孝順你老。」黑砂掌立刻動容道：「幾萬？」陸嗣源道：「有五六萬。」黑砂掌忙道：「是一共五六萬，還是你一個人分得五六萬？」陸嗣源道：「一共有二十萬呢，我們這一股，可以獨分五六萬。……」

　　黑砂掌不等聽完，立刻跳起來，抓住他兒子的手，一迭聲動問：「是

二十萬麼？是怎麼個來路，你快說！」陸嗣源吃了一驚，把頭一低，立刻支吾道：「詳情我也說不清。這是我們大當家經手的。」黑砂掌大怒，斥道：「好小子，你不知道你是賊羔子麼？你不知你爹是個老賊麼？你還跟我搗鬼？你小子把招子放亮了，老老實實告訴我，若不然，我把你送官，當臭賊辦！你這東西跟你爹還玩花招！」

　　黑砂掌越說越怒，瞪著圓眼，要動手打人似的。楊玉虎、江紹傑連忙過來勸解。陸嗣源無可奈何，只得吐實。果然不出所料，這外財二十萬，正是那二十萬鏢銀！

第五十八章
暗索豹斑盤湖搜祕　父子聯手踩探漁村

陸嗣源等輾轉從綠林道，探知新有外來綠林，叫做什麼插翅豹子，因為報仇找場，特來跟鏢行作對，把二十萬鹽鏢掃數劫走。事情鬧大，這插翅豹子已與當地綠林勾結，把這筆巨贓隱埋起來了。

夏永南、陸嗣源他們這一夥，正惱這外路綠林，膽大妄為，做如此重案，以致影響了他們伏地戶的生意。他們也和鏢行一樣，合字相逢，互相刺探：「這作案的豹子到底是哪裡來的？現在奔哪裡去了？二十萬鏢銀，他們都弄到什麼地方去了？」這時候，官捕、鏢行四出尋緝。群賊人人斂跡；人人遷怒到豹子身上。

不想豹子獨力難支，即與當地綠林勾結，頭一個便是子母神梭武勝文，第二個又有凌雲燕姊弟二人。那子母神梭武勝文祕密地傳下綠林箭，給豹子做了窩主，又給豹子轉邀朋友。這一來，逗上筍了；子母神梭暗遣手下，遊說牛角灣的蔡九。蔡九大概是不願跟人瞎跑，也不願替人頂缸，聽說是當時一口謝絕了。但是這消息過了些日子，無意中，竟漏給夏永南。夏永南這才曉得劫鏢的豹子，是子母神梭的朋友，但還不知道真姓實名。

夏永南又對陸嗣源說起。陸嗣源立時靈機一動，對夏永南說：「大哥認識武四爺麼？」夏永南說：「慕名，沒見過面。」陸嗣源道：「那麼，你跟這豹子更不認識了？」夏永南笑道：「我前幾天不是還問你了麼？」

陸嗣源立刻眼光閃閃地說：「好了！大哥，你想發財不想？」夏永南忙問：「這話怎麼講？」陸嗣源屏退部下，把趁火打劫的主意說出來；要窺

機挖包，轉劫飛豹。夏永南道：「這個，就是狼叼來，狗銜去。主意真好，只是，這不犯了江湖大忌了麼？」

陸嗣源道：「不然，您並沒有受誰的託付，您也不認識劫鏢的豹。再說，這只豹子是外來的和尚。他這一舉，是找江南鏢行算帳，可也是把咱們江北綠林沒放在眼裡。水大漫不過橋，他把咱弟兄越過去了。大哥，我們可以動動他！」

夏永南眼珠亂轉，二十萬鏢銀非同小可，如果弄到手，與夥伴一分，從此後半輩子不憂衣食了。可以遠走高飛，退出江湖，改行做一個好百姓。

夏永南又轉念一想，連連搖頭道：「他們埋贓的地點，你可知道麼？」陸嗣源道：「我們可以推算，可以刺探。反正他們沒有運贓遠出。我們可以由今天起，祕密地盯住他們這兩處：一處是武勝文，一處是凌雲燕。」

夏永南點點頭，又搖頭。他總以為這是沒影的事，人家藏銀之所，局外人萬難探出。況且武勝文有家，凌雲燕有窯，贓銀必有機密地方。就是探出來，也偷摸不著。難道還能硬搶硬奪，尋著了燕子巢，豹子窯，真格的硬打進去不成？夏永南左思右想，以為太難。

殊不知陸嗣源早已胸有成竹，他從另一人口中，訪得射陽湖附近，忽來生人。又聽說凌雲燕的三舵主飛鈴王玲，無緣無故曾在射陽湖兩次露面，全都化裝改扮，力避人知，更不斷訪問當地的合字，鬼鬼祟祟，豈能無故？當下，陸嗣源把自己的所聞所見，告訴給夏永南，並且說：「他們是在范公堤作案，由范公堤奔武勝文的火雲莊，恰好得走射陽湖。我想，這劫鏢的豹子，現在一定就在射陽湖一帶潛跡。我們先搜搜他，如果見著他，就拿出江湖的規矩來，見一面，分一半。這地方是咱們的地界。他上咱們地界作案，不打招呼，就是他不對。」

陸嗣源拿出尋豹奔贓的主意，把夏永南說動。正是初生犢兒不怕虎，

他竟不管這豹子好惹不好惹。在夏永南想：「反正現在沒事，你願意趁渾水撈魚，你就撈去。可有一樣，千萬別弄一身腥。」

陸嗣源說：「大哥放心，或硬或軟，我是看勢做事。我如果尋著豹子，一定先拿話點他。我就算是江北綠林道公推出來的人，找他要落地錢。他若不給，……大哥你想，他不敢不給，他總得怕咱們賣了他。」

夏永南這才放心道：「你不打算硬奪，只要硬討，這還罷了；不過硬討不如軟拍。你只要真得著豹蹤，嘿，這二十萬，就分不到一半，也可以要個八萬六萬的。咱弟兄發個小財。」

夏永南這才遣兵調將，交陸嗣源率領，要在射陽湖、寶應湖，直通火雲莊的這一帶，搜尋劫鏢大盜飛豹子的潛蹤。凡事從外面摸，自然不易；若從裡面翻，就事半功倍了。陸嗣源等正是近水樓臺。但是結局卻出意外，本為尋飛豹，敲竹槓，向他討落地稅。他們竟無意中發現了飛豹子的埋贓之所。

飛豹子本人沒在射陽湖。他的黨羽和武勝文、凌雲燕的黨羽，全都聚精會神在對付那名震江南的十二金錢俞三勝；只留下少數副手在射陽湖看守贓銀，竟被陸嗣源的夥伴發現了。陸嗣源本不知豹黨埋贓何處，更不認得這飛豹子本人。他連日率部下好手，暗中潛綴，第一步是要先認出豹黨的頭腦人物來，並且找出他們的確實落腳地點，然後就挑選硬手，徑去登門投刺，以地主之權，向外來客明討好處。

但替飛豹子守贓的人，也非庸庸之輩，他們的行蹤極其飄忽。陸嗣源和手下的夥伴，費了全副精力，晝伏夜搜，夜伏晝訪，僅僅獲得他們潛身之所的大略方向，好像是隱居在射陽湖畔；可是只見生人入，不見生人出。

陸嗣源心中暴躁，有一次好容易遇見一個形跡可疑的人，他連忙潛綴下去。哪知此人竟是附近江湖道金士釗的盟弟。金士釗的盟弟飛白鼠，獨

自一人也在近處鬼鬼祟祟。兩人剛一對盤，全都掩藏不迭。

陸嗣源還當是金士釗跟豹子有勾結，殊不料金士釗的心思，正跟他一樣。兩下裡各不打招呼，全想找這外路合字，討取落地錢，全怕同行知道。兩邊的人竟弄得互相躲避起來。也互相猜疑起來。你猜他是豹黨，他猜你是豹黨。

陸嗣源此時正是一方避著金士釗的盟弟，一方又潛綴金士釗的盟弟，另一方還在加緊尋豹。

當這時，黑砂掌陸錦標可就親率俞門二弟子，從當腰橫插上來了。陸嗣源費了很大的事，剛捉著一條線索，正自黑夜率黨，暗加摸索。恰在此時，父子動手，黑砂掌把自己失蹤已久的兒子活擒住。父子就在店中敘舊述往，到底黑砂掌把陸嗣源的實話擠出來了。

楊玉虎、江紹傑二少年一齊大喜，聽陸嗣源略略說罷他眼前的所作所為，二人立刻說：「好了，四叔，您瞧這不是有頭緒了！……」

黑砂掌忙攔道：「少說話，我們爺們的事，你別打岔。」陸錦標雖然這樣說，滿面露出得意，向楊、江二人暗遞過眼色。

楊、江二人登時會意；知道陸四叔要耍手腕，對待自己的兒子，要軋槓子似的擠出實話來。

陸嗣源轉向黑砂掌：「你老人家這麼忙，到底想做什麼？您那事要是能緩，您只容我幾天空，我就交代俐落了。那時我跟您上哪裡去都行。」黑砂掌笑道：「好小子，我的事比你的事更要緊，更吃重。我再告訴你一句實話吧，咱們父子別看十多年沒見面，現在骨肉重逢，居然走到一條路上來了。你不用作難了，你辦的事，就是我辦的事，咱們爺倆合夥吧。」

黑砂掌陸錦標扣住陸嗣源不放，就在店房，從頭套問他們大當家夏永南同子母神梭武勝文、凌雲燕等人的交情，究竟如何？到底子母神梭和凌

雲燕，與劫鏢的豹子有何等深交？金士釗和飛白鼠意欲何為？都細細問了一遍。

據陸嗣源說，夏永南和子母神梭武勝文只是慕名；跟凌雲燕是素不相識，還有些瞧不起，因為那江湖傳言，凌雲燕乃是新出手的綠林，慣好裝男做女。至於劫鏢的豹子，究竟跟凌雲燕、子母神梭有何交情，陸嗣源也是局外人，當然也說不明白。至於金士釗，志在半腰撈魚，已然顯而易見。

黑砂掌問罷，默想一會兒，現在已知夏永南和豹黨渺不相涉。夏永南既想算計豹黨，那麼試著找了他去，兩下里也許可以合手一辦。黑砂掌抬頭看了陸嗣源一眼，見他很拘束地坐在下首，臉上露出為難之象。遂湊過去，一拍兒子的肩膀道：「小子，你別犯心思，你聽我說。」

黑砂掌仔細斟酌之後，這才把自己的密謀告訴自己的兒子，說道：「小子，我勸你趁今天也改邪歸正吧。你爹在綠林混了這些年，很經過大風大險。這個營生實在不是人幹的。你想想你的親娘吧，功夫夠多好，又有她的父兄照應，又嫁的是我，可是臨了還是死在仇人暗箭之下。現在你既然尋出這麼一個發財的路數來，你卻不知這一筆財很有險難。告訴你，小子，我也是衝著這二十萬出來的。不過你們打的是轉手挖包、落地討稅的法子，你爹做的卻是尋鏢索贓、給朋友幫忙的事情。我看你還是跟著爹爹混吧。……」

陸嗣源聽了，說道：「你老是奉了官面的告諭，才出來的麼？」黑砂掌笑道：「那倒不是。我若那麼一來，豈不成了狗腿子的眼線了？我這回出山，乃是受好朋友所托，為了咱們江北整個武林道的體面，才肯出頭的。小子，你來幫爹爹辦一辦吧。」陸嗣源還是面有疑難，黑砂掌道：「大概你還是怕對不住你們夥伴，對麼？」陸嗣原點了點頭道：「你老請想，我在窯裡算是二當家的，我帶著十幾個人出來尋生意，竟一去不歸。他們再想不

到我是父子重逢。他們只看見我動手被擒，一定當我是落在六扇門手裡，半途失腳了。他們必然設法搭救我，尋訪我的下落。日後我忽然平安出面，我又隨著您，沒有離開此處，我們的夥伴豈不怪我破壞行規？怎麼出了險，不給窯裡送個信呢？」

黑砂掌道：「你慮的也對。我看此事不跟你們大當家的說開了，也不好辦。索性咱爺倆商量好了。一塊兒見你們夏當家的去吧。」

父子在店內，商量好了話頭。陸錦標久歷江湖，心眼很多，竟預備了虛實兩種措辭。父子二人便去尋找夏永南，那裡果然鬧翻了天。那敗回的夥計報告了陸嗣源中暗箭遭擒。夏永南登時大怒，疑心他是受了豹黨的暗算。跟著在林中被釋的那個副手，也逃了回去，把楊、江二少年的話，照樣學說了。說二當家遇上熟人了，天亮準回來。

夏永南半信半疑，久候不見陸嗣源回來。他越發生氣道：「你們上了人家的當了！好個豹子，捉住我們的人，扣下一個，還放回一個，他這是對我示威！不行，我們得把陸賢弟討回來。」

夏永南很有義氣，立刻整隊出尋，要找豹黨要人要贓。陸嗣源引領他父，剛到界內，便被巡邏的小夥計看見，叫道：「二當家，你遇見什麼了？真是遇見朋友了麼？可把大家急煞了！」

陸嗣源走進窯內，內中只剩下幾個人，全夥都已出去。陸嗣源目視他父道：「你老看，我們這裡是反了不是？」急忙派人，把夏永南尋回。楊、江二少年看了，心中暗服，果然盜亦有道，竟如此義氣。

夏永南拉住陸嗣源的手道：「二弟，你多辛苦了，他們說你遇見朋友，我只不信，當是你……得了，幸喜平安無事，給我引見引見吧。」夏永南一端詳黑砂掌，陸嗣源這才說：「這是家父，這是我的兩位師弟。」夏永南忙深深一揖道：「老前輩，老伯！小子我叫夏永南，我和陸嗣源是盟兄弟，和親骨肉一樣。你老請上！」夏永南要行大禮。陸錦標連忙攔住道：「夏大

哥，快別這樣！小孩子多承領導，我得謝謝！」

　　一陣寒暄，夏寨主吩咐在窯內擺酒。又要引見部下，與黑砂掌相見。黑砂掌心慌，他不願拿真面目示人，當下極力辭謝，也不肯飲酒，連聲說：「夏大哥，你我一見如故，我這回是專心出來尋找小兒的，我已經給他訂了一頭親，人家催娶多次。他這孩子貪戀著和諸位大哥一塊湊熱鬧，連爹娘也不顧，連媳婦也不要，真不像話。夏大哥，我這回來，是給他告假。女家那邊催我們秋後娶，夏大哥，您賞臉，准他回去一趟吧。」夏永南詫然，因為陸嗣源從來沒說過身世，更不知他至今未婚，也不知他是名父之子，私逃出來的。忙道：「既然二弟要成家，我們大家該賀賀。」假是當然准了，還要歡宴送別。

　　陸嗣源忙和夏永南說了一些私話，略提家有繼母，少時私逃的事。夏永南看了黑砂掌一眼，這才說道：「我們備一點薄禮吧，我想老伯也不能不收的。」

　　夏永南備了一些金銀禮物，到底留黑砂掌在窯中小酌一回。宴間，歡飲酣暢，黑砂掌把真話略為提示出來一點。夏永南一聽，卻不願跟鏢行合夥，恐落綠林道的閒言；更怕和官面連手，教同行疑心他賣底。言談之間，略露難色。黑砂掌見話不投機，就此把話嚥住。敷衍了一陣，款留了一天。陸嗣源又背人向大當家說了許多解釋的話，夏永南這才放行。陸嗣源也將自己經手之事，一一交出來。父子二人起身告辭，這才永離大寨，父子同歸了。

　　黑砂掌父子這一合手，事情頓見開展。陸嗣源是當地戶，門路熟；陸錦標卻是資格老，經驗富。父子二人又加上楊、江二青年，就在射陽湖地方，潛伏密搜，漸有眉目。也就在這時，十二金錢俞劍平在鬼門關和飛豹子交了手，跟著在北三河又比了劍；加上官兵聞耗，大舉緝匪，連累得武勝文傾巢喪家。飛豹子這才一怒變臉，要把這筆贓銀暗獻給官府，更借此

消弭官軍的窮追；同時要另掀大案，專跟鏢行作對。

　　黑砂掌父子重逢不久，這飛豹子便敗退下來。與凌雲燕、子母神梭密議之後，決計繪圖獻書，把二十萬鏢銀埋贓的地址，送給淮安府；同時通知官軍，並關照射陽湖看贓的同夥，教他們一見官軍前來掘贓，全撥撤退。倘萬一被鏢行探知機密，飛豹子另備下苛毒的辦法；只要埋贓之處被搜獲，便教守贓同夥把整鞘的鏢銀打開了，拆散了，一塊塊盡數投入湖底！這就是飛豹子的毒計！

　　不料這毒計的底細，竟被黑砂掌父子不費吹灰之力，一舉手撈來。黑砂掌父子，潛藏在蛇子塢附近，命陸嗣源喬裝匿形，仍去暗盯飛白鼠。他自己仍在暗搜豹跡。

　　鋼杵磨繡針。盤旋數日，黑砂掌居然把豹黨守贓的夥計，認準了兩個。這生客穿著老百姓的衣服，外表土頭土腦，毫無可疑，其實他們是子母神梭、凌雲燕的部下，撥來給豹黨做下手的。這兩人白天不露面，一到傍晚，就出來沽酒買肉，樣子是佃戶，花錢很大方，買的吃食足夠平常十幾位吃用的。無意中被黑砂掌看見，覺得離奇，遂唆使楊玉虎、江紹傑上前搭逗。俞門兩個弟子立刻假裝玩鬧，一個前跑，一個後追，從兩個生客身旁跑過，故意把他們的盛酒肉的籃子撞掉在地上。楊玉虎哎呀一聲，撥頭又跑。

　　果然這兩個生客大怒，罵了一句，立刻追擒楊玉虎。兩人身法很快，楊玉虎幾乎跑不開。黑砂掌這才挨身上前，把兩個生客攔住，假裝給他們勸架。兩人無心中罵了一句江湖黑話，黑砂掌已斷定二人必是江湖道了。黑砂掌裝什麼像什麼，此刻扮成鄉下佬，土頭土腦，侉聲侉氣，勸解二人；結果教楊玉虎掏出錢來，賠償了事。兩個生客悻悻而去。黑砂掌忙打手勢，江紹傑立刻溜在前面，假裝閒逛，暗暗跟綴。只走出不多遠，便見二客進了路旁小村。黑砂掌忙繞道綴進小村，隨後楊玉虎也遠遠地盯上

來。此時正在黃昏時候，幾個人挨到天色大黑，留江紹傑町住村口，由黑砂掌率楊玉虎，追探村內。黑砂掌登房，從高處往裡窺看；由楊玉虎進村口，徑走平地。兩人剛剛到村口一半，村中忽吹起一種江湖上的低哨聲，跟著起了犬吠。黑砂掌看此情形，唯恐打草驚蛇，同時心中有了一二分把握，知道自己沒有走眼。忙在屋上伏下身來，招呼楊玉虎留神，一面由房脊後探出半個頭，往裡面望去。這小村只有三五十戶人家，村後臨河，像是小小漁村。就在臨河前面一所茅舍中，忽瞥見三間草房燈光照窗，此刻突然熄滅了燈。又恍惚看見有一人從房內出來，仰面觀天，似乎把手一揚，要發暗號。

黑砂掌陸錦標忙回頭四顧，誠恐暗中有人埋伏。過了半晌，竟沒有動靜，草房中人又進去了。那楊玉虎不管不顧，依直道往前走。黑砂掌情知村中潛藏著行家，不敢再用彈指噓唇的法子，來阻止楊玉虎。索性一溜房檐落到平地，和楊玉虎一前一後，明目張膽地走過去。

直到那草舍門前，看出是六七間小房子，房後正是那條小河。黑砂掌緩緩走過去，時時提防著四面。直繞到房後河岸，又轉回來，再端詳草舍門口。就在此時，從鄰巷房上，突然探出一個人頭似的，一晃又不見了。

黑砂掌暗覺風色不對，把暗器握在手中，以防不測。在村口繞了一圈半，僅僅認準了草舍的門戶，便帶楊玉虎出來。會同江紹傑走出村外，到田野無人處，找一棵大樹，蹲在下面商量。黑砂掌認為這小村實在可疑：「剛才往裡面探看，人家竟在暗中安下巡風的人了。我們剛一進村，人家已經知道。並且他們還是老手，若是個初出茅廬的少年，我們一進去，他們必然出來答話，或者要跟綴我們。哪知我們繞村子轉了一圈，他們防備得似松實嚴，竟不搭理我們。那臨河小村準有毛病，現在所疑問的，是這一夥潛伏在小村的合字，是不是與鏢銀豹黨有關。剛才我們已算打草驚蛇了，我看我們等到白天，把他們打圈看住了，破出兩天工夫，看看他們到

底是幹什麼的，小房中到底有多少人？」

黑砂掌這樣說了，楊、江二弟子全都聽命。三人站起來，商量回店。江紹傑道：「四叔，我們要回店，這裡我們得留一兩個人盯著不？」黑砂掌皺眉道：「要盯，咱們爺三個就得全在這裡盯，只留你們一兩個，我真不放心。」想了想，又道：「不要緊，紹傑，你只藏在這土阜後面，遠遠瞟著，不到四更，我再來替換你。」

江紹傑不肯幹，笑道：「把我盯在這裡，當這份苦差，回頭四叔又帶師哥走了。這一回您該帶著我。」黑砂掌道：「你倒怪詭的，這早晚還能上哪裡去？不過是回店房，睡大炕。玉虎，你就在這裡蹲一更天吧。」玉虎依言，黑砂掌攜江紹傑回店。

過了一時，陸嗣源也回來了，父子交換情報。陸嗣源還是在前日那小堤附近思索。陸嗣源窺見飛白鼠喬裝漁夫，連日在堤上垂釣，夜間又見他駕小船馳入湖塘，在蘆葦紛披中，看似夜漁設置，分明是暗有所尋，暗有所伺。陸嗣源偷盯了半晌，把這情形告訴了黑砂掌。

黑砂掌陸錦標問道：「湖堤附近有沙洲沒有？」陸嗣源回答說：「有，對面就有。」黑砂掌又問：「可看見他們洲上堤上船上，拿燈亮傳遞暗號沒有？」陸嗣源道：「這個……有，有！」

黑砂掌哂然道：「好小子，你別自能，看看咱爺兒們誰在行，誰不在行？我沒有去，我準知道。這裡頭既有飛白鼠從旁窺伺，我們可不能漏了招，讓人家揀了便宜柴火去。」

黑砂掌認為，沙堤、漁村兩邊都不能放鬆。可是他手下就只有一子二徒共四人，不夠分派。一隻手掩不過天，好生為難。陸嗣源意欲轉邀他那盟兄加入。黑砂掌拒絕不要：「多一人，多一個枝節，多一個洩底的漏洞。」斟酌一回，黑砂掌吩咐江紹傑趕緊睡覺，挨到四更、五更之交，再去替換楊玉虎，仍要盯住漁村，看那一出一入的人蹤。卻不要迫近了，不

要露出監視的形跡來。黑砂掌對江紹傑說：「你千萬別弄詭聰明，教豹子黨捉了去，我可沒工夫救你，我也沒有那麼大的本領。」江紹傑笑道：「您別把我太看傻了。」

　　黑砂掌道：「我只要你謹遵將令，你多加小心，管保沒錯。你要明白，那小村的人可是知道咱們窺探他了。」黑砂掌又道：「換回玉虎之後，你也告訴他，不要滿處亂鑽，老實在店房睡大覺，等我回來再說。這裡的店家，我已經跟他扯了一頓謊，說咱們是尋找拐帶婦女的拐子的。你們可要跟我的話對了碴。」叮嚀而又叮嚀，這才不遑休歇，隨同兒子，奔往沙堤，查看飛白鼠的詭祕行蹤，但卻是撲空了，去遲了，湖塘的小漁船已然駛走，沙洲上的燈火已滅。黑砂掌不由搔頭漫罵，叫著陸嗣源繞渡沙洲打圈搜尋。

第五十八章　暗索豹斑盤湖搜祕　父子聯手踩探漁村

第五十九章
黑砂掌調包計換密信　盜信號按圖文測埋贓

這時候，小村中潛藏的人果然已經警覺，知道黑砂掌是來踩探什麼的。不過他們為首的人，自信身上任什麼犯歹的東西都沒有，埋贓之處又距此尚遠，因此並沒把黑砂掌看在眼裡。同時也是因為接到了飛豹子的信，知道十二金錢俞劍平大集鏢行群雄，在北三河與豹子比鬥。當此時，他們還沒有比武，更沒有官兵剿火雲莊，情勢並不那麼緊張。這幾個看贓人，料想黑砂掌四個人，不過是當道地兒上的朋友罷了，再不然就是鷹爪、吃葷飯的；沒想到他們竟是俞劍平的朋友，所以忽略了。

那為首的人說：「教他們來偷看吧！就讓俞劍平本人進來搜搜，我們這裡，連個屁也沒有；他反正不能找咱們要鏢。」說這話、做這樣看法的，正是一豹三熊第三熊，沙河顧夢熊，和凌雲燕手下一個副頭目，名叫霍元桐的。他兩人率領六個同黨，在此地守贓，內中還有子母神梭的盟弟，名叫羅宜朋，最近才派過來的。他們八九人中，真正知道贓銀埋藏之處的，僅僅顧夢熊和豹黨一人。其餘的人全是凌雲燕、子母神梭撥來幫忙的，只曉得埋贓的大概方向罷了。外面還有幾個人，專管傳消息，凡火雲莊和燕巢、豹窟，以及鏢行的動靜，隨時報給顧夢熊知道。

黑砂掌父子潛綴他們，他們已然警覺。他們這些人沒把黑砂掌等看在眼內。黑砂掌陸錦標遇見的那兩個生客，就是他們派出來就近沽酒買肉、採辦糧臺的夥伴。他們在此地借房覓寓，全由飛豹子轉煩子母神梭托情設法；本來早給他們備足食糧，諄囑他們埋頭潛蹤，無事少在街上逛。他們江湖人物久居無事，口饞意懶，不禁要喝酒遣興，賭錢消閒。他們的飯量又大，吃吃喝喝，嫌起不足來。又見行蹤隱祕，似無人注意他們。他們便

推舉了本地口音的兩個同伴，出來添辦糧臺。濱湖多魚，他們都不喜吃魚，把鮮肉、果藕、紹酒買得很多。殊不知在此僻靜漁村，多是漁戶小農，誰也捨不得如此肉食豪飲。

他們的外表沒有惹人打眼，他們的大吃大賭，先招得行家側目了。伏地豪客金士釗，頭一個得到踩盤夥計密報，近幾天蛇頭塢地方，似有合字腿子潛伏。緊跟著陸嗣源父子，也從肉舖酒館，掏得這一條線索。豹黨三熊顧夢熊縱然小心、戒備，縱然晝伏夜不出，可也弄得「唯口興戎」、「禍從口出」了！

好吃好喝好耍，正是豹黨、燕群、子母神梭三撥人的通病公好。委因潛藏一個來月，一無事事，未免得歷久疏忽，膽子越弄越大。起初還到遠處沽酒買肉，後來索性在近處也買起來；他們仍存戒心，今天在這家買，明天準改別家。這法子用來哄瞞不留心的人，未嘗不可。偏偏金士釗、夏永南之流，正在擔心官府清鄉緝盜；今見小小漁村忽寓豪客，他們怎能不動駭疑？既然駭疑，就要試摸。飛白鼠便來調線，陸嗣源也來撈合，不先不後，黑砂掌陸錦標也趕來了！

街頭一碰，雙方就此對盯上。沽酒的二客急忙報告了豹黨，到晚上黑砂掌夜探漁村，已然認準了他們潛伏的民房。黑砂掌做得很小心，潛躡豹黨，略辨方向，並不貿然來搜，只在外邊打圈暗摸稜角；因為他還斷不定這潛伏的豪客，是否豹黨？豹黨卻也趁機觀望，不再出門，要看看這個絡腮鬍子到底是不是鏢行？

這天豹黨守贓的九個人，全隱在草舍內，連那採辦酒肉的人也沒露面。如此對峙，到了次日夜間，豹黨這才有人提議：「我們靜等人家刺探，太不是事，我們也該搜搜他們去。第一，我們總先探探他們的來路。到底是尋鏢的密捕，還是鏢行的走狗，還是不相干的官面，要吃外快。我們把他們的來意認準，該擺迷魂陣，就照這樣擺下去。若看情形不對，還是一

面給頭兒送信，一面想法把他們收拾了。」霍元桐也說：「昨夜他們的確是進了村，只是一走而過，沒敢亂探頭罷了。究竟他們是衝我們來的不是，至今還是料不透。他們究竟有多少人，這也得看明。」

遼東三熊顧夢熊道：「我是不願意輕舉妄動，我們這事沉重太大，不能浮躁。我臨來時，我們家師再三告誡我，說是膽要大，氣要沉得住，千萬不可自起毛骨。我們王師叔還告訴我一個訣竅，看守窖藏的人最容易犯嘀咕，看見生人多瞧他一眼，就起疑心。」他說：「就是真有鷹爪和托線尋上門來，你只敞著門睡大覺！他不會來敲門的。可是點子還沒來，你嚇得撥頭就跑，回窖就忙，那時準壞。王師叔的主意，就是以靜制動。現在真有人摸來了，小弟打算就照家師的主意，盡讓他們進村，只要不敲門，咱就別搭理他；只要他們不上房入院，你就別跟他挑簾動手。我們要守如伏兔，呆若木雞，不知諸位意思怎麼樣？」

燕黨霍元桐、武黨羅宜朋，處在幫忙的地位，聽三熊如此說，便道：「大主意還是顧三哥思索。不過，若據小弟看，來人什九是摸咱們來的。」

那採買糧臺的兩個夥計也說：「昨天露面的，他們是兩三個人。一舉一動全像武林道，絕不是打野食的官面，這一點我哥倆敢保。顧三哥你要仔細揣摩揣摩，他們露面的是兩三個，敢保暗中就沒有人了麼？那十二金錢俞劍平和鐵牌手胡孟剛，就許此刻全都來到，潛藏在近處呢。」旁邊傳信的武黨插言道：「這倒不然，俞、胡二人現在正跟我們武莊主訂約，就在這幾天，要在北三河比武，與袁老英雄見面呢。」

旁邊又有一人發話道：「咱們可得防備人家聲東擊西呀。他們大撥人明著在火雲莊、北三河，或許主事的人暗搜到此處哩。」巡風的人忙說：「這絕不能，小弟巡得很嚴，近幾天沒有大批人上蛇頭塢來的。」

商量的結果，還是再看一兩天，大家暫且不必聲張。只煩子母神梭的

盟弟羅宜朋，化裝飾貌，乘夜溜出，去踩探這突然而來的生客。仍煩巡風的人，小心戒備。有人主張，先給飛豹子送個信去，顧夢熊等全不以為然；一點影子沒有，就喧騰起來，恐怕無益有害。顧夢熊的主意倒很持重，但不料大局就壞在持重上了！

羅宜朋化裝出探，居然找到黑砂掌落宿的客店。向店家繞彎子詢問。店家說：「不錯，有兩個客人，一老一少是一撥，今天早晨走了。聽說他們是替鄉親尋找媳婦。他們老鄉的女人，教人拐走了，托他們出來找。他們一落店，就很問了我們一會兒子：看見一個細高挑、大眼睛、三十多歲的男人沒有？看見一個小腳、大盤頭、二十多歲的女人沒有？現在知道這裡沒有，就全走了。」店家說著笑起來，道：「他們說是替鄉親找老婆，據我們猜，準是那個絡腮鬍子自己的老婆丟了；老夫少妻，不跑等什麼？那傢伙瞪大眼睛打聽，急頭暴臉，唉聲嘆氣。您看吧，十成十是他自己丟了媳婦。」

羅宜朋覺得稀奇，忙又到沿路詢問。真是湊巧，一個開小鋪的，也說有這麼一老一少，是追尋拐帶的。說著也笑起來：「丟了老婆，滿街上問人；沒等人問，自己就說可不是我的老婆，我是給旁人找老婆。那樣子顢頇極了，天生是個王八頭像。」

羅宜朋連問兩三處，異口同音，都說有這麼一個絡腮鬍子，圓眼黑臉，四十多歲的人，逢人打聽小腳、大盤頭女人，順口掃聽近處的路徑和孤廟荒園、堤津野店。看模樣，聽口氣，分明是追躡逃妻。羅宜朋聽了，不由相信，忙回去報告三熊。三熊等半疑。

過了半天，巡風的人也回來報告，蛇頭塢地方不大，遍搜更無眼生之人。只有這一老一少，還有兩個學生模樣的少年，大概是兩碼事。那一老一少懸賞緝逃：「如果仁人君子知其下落，願意謝犒五十串錢。那是鄉親的老婆，我們替他尋人。」

這就對碴了。遍搜漁村，既不再見面生之人，並且有人眼見那虯髯半老漢子和黑面長身少年，追尋拐帶，已然離開此地。異口同聲，有眉有眼，顯見是不相干的人了。豹黨群豪漸漸又放了心。

哪曉得上了黑砂掌一個老當，故意地杜撰這一段「呆漢尋妻」令人發笑的故事。引誘得人人競傳，灌入豹黨之耳；豹黨果然一笑置之了。黑砂掌潛引二徒一子，驟離此地，然後入夜重翻回來。不辭辛苦，不敢宿店，竟在荒林廢宇、竹叢敗棚下，好好歹歹潛伏過晝。一到昏夜，便分頭出來潛搜冥索，手臉上被蚊蟲叮起老大疙瘩，到底認準了三熊的潛伏之穴、常去之處。

可是還有一樣為難，黑砂掌確已勘知這小小漁村隱伏著道上朋友八九人之多，整日玩錢飲酒，無所事事，當然有別的勾當。卻還保不定必與鏢銀有關，也不敢說飛豹子就在此處。黑砂掌又把一子二徒調開，分頭鉤稽；同時還要提防著飛白鼠、夏永南攔腰打岔。人少不夠用，久留無所得，欲走心不甘，黑砂掌急得暴發火眼。

忽然這一天，雲破月來，真相大白。江紹傑眼見一個夜行人，由打火雲莊那條路上，繞奔蛇頭塢而來。臨近漁村，忽發暗號，漁村小舍內驀地走出一人。兩方接頭，低聲密語；一霎時，兩人並肩沿溪而行；一霎時又分開，一個回村舍，一個北上，奔向徐北大道。徐北大道正近燕巢。黑砂掌見狀，忙命兒子陸嗣源，專力盯綴下去，要勘明他的去向。到次日，漁村內外風聲轉緊。楊、江二徒奉命望小村的動靜，在白晝瞥見村中走出數人，散開來往四面道。兩人的行蹤險被撞破；一個嚇得遠遠躲開，一個忙藏入青紗帳，不敢動彈。

直耗到天黑，餓得肚皮叫，村中巡風人撤回去用飯。楊玉虎方得趁此機會，溜回送信，把這情形告訴黑砂掌。黑砂掌道：「他們為什麼掛起緊來？莫非我們把他弄驚了！」陸錦標忙提早接班，親往漁村窺勘。上半夜

沒動靜，只聽見一聲聲狗叫；下半夜村舍中忽遣出數人，繞著全村布卡。隨後便有兩個夜行人奔往西北，折向西南。

黑砂掌到此恍然，他們這是往來傳信。但他們潛伏多日，何故今天才傳信？那就因為近日風聲忽緊。近日風聲何故一天比一天緊？那就因為俞劍平、飛豹子已然見了面，北三河決鬥已然定了期。這一來，火雲莊一帶登時劍拔弩張，小小漁村當然受波及。這一來，袁、俞的決鬥，子母神梭的幫場，凌雲雙燕的助拳，倒間接地助成了黑砂掌的訪鏢！他們各不相謀，彼此並不曉得異途同歸，「相濟相成」。

黑砂掌目送奔影，當時心中很作難。陸嗣源跟綴北行之人，尚未返轉，依然是人少調度不開。陸錦標想了想，沒辦法，留二徒小心監視漁村；他自己騰身而起，箭似的親去追逐這二人。這二人緊裝短褲，果走上火雲莊的大道，卻非直抵火雲莊地界。他們曲折而行，穿湖渡水，忽舟忽陸，緊貼射陽湖、寶應湖，又到達一處小村。這兩人健步飛奔，將到地頭，轉身一望，這才投入村口。

黑砂掌望塵卻步，欲要綴入，怕弄驚了；欲要遠瞟，又怕對方繞影壁，弄丟了線索。仰面看天，驕陽當午，黑砂掌臉上冒汗；忙投入青紗帳。解下小包袱；急急地改裝。他本是鄉下做短工的打扮，只這一改，變成了搖串鈴、走百戶的賣野藥郎中。他備有兩件長衫，一新一舊，一綢一布，如今披上褪了色的布長衫，一步一晃，假裝斯文，走入村邊。

兩個夜行人也都是喬裝，先一步進了村，黑砂掌不敢逼綴。當他鑽禾田、改行裝之時，這兩人早已投入民舍。黑砂掌遲一步趕到，繞村巡視，寥寥三五十戶人家，到底他倆投奔誰家，這就該用江湖上的機智了。挨門審視，揣度形勢，暗暗認定有兩家可疑。陸錦標便在這兩家附近吆喝起來：「頭疼，牙疼，肚子疼，紅白痢疾，小腸疝氣！」怪聲怪調，賣野藥沒有串鈴，話頭裡帶著調侃。這一誘，果然在這兩戶民家中，有一家突然閂開門響。

門閂微響，可是門扇沒開；半推門縫。有人探頭往外偷瞧。黑砂掌眼角一眨，早已看明，更不逗留，抽身便走。出了村口，仍不回頭；道裡人就像背後有眼，已然覺出脊背後有人盯著。黑砂掌故意一鬆手，小包袱墜地；他彎身來拾，藉著低頭折腰之勢，眼往後。這正是自己跟綴的一個。黑砂掌罵道：「娘個蛋，爺們晚上見！」飄然走開了。其實沒有走遠，擇青紗帳外高崗地方，倚樹潛蹲，遠遠瞄住小村的出入路口。

黑砂掌要等到轉瞬天黑，天黑才好辦事。但竟沒到天黑，約莫著只隔過一頓飯時，自己所綴的那兩人，竟從村中徜徉出來。往四下里一望，也鑽入青紗帳；眨眼間，從田地那邊鑽出，已然換了行頭，掩變短裝，也穿上長衫了。兩人並肩而行，再上征途；路程所指，恰和火雲莊相反，也不是往回走，也不是往前奔，走的是歧路。

黑砂掌猶豫起來，忙脫長衫，起身跟綴。綴出不遠，回眸一望，從小村悄悄溜出來另外兩個人，急裝緊褲，提短棒背小包，繞穿青紗帳，從斜刺裡趨向火雲莊大路。

黑砂掌道：「唔！娘個蛋，飛豹子好詭的舉動！」登時恍然，飛豹子公然貫串著射陽、寶應、洪澤三湖，潛設著臨時的驛站。這兩人到，那兩人走，一站一倒換，來往傳遞急報。黑砂掌搔頭吐舌，多虧仔細，才沒上當。立刻抽身回轉，放棄了前綴的二人，一心跟綴這接班的兩個人。

黑砂掌腳下加快，先找到附近小鎮小鋪，買些乾糧，又到人家井邊，尋喝涼水。療飢止渴，立刻斜兜大路，繼續跟綴不捨。這兩人似比前兩人更在行，更擅飛縱功夫，腳程也很可以，只是比較疏忽。先前兩人一面走，一面東張西望，閉口不說話。這兩人一味緊走，毫不顧瞻，有時還喁喁講究。這就因為前兩人中有豹黨，眼下這兩人全是凌雲燕撥來的同夥，一個叫李郁文，一個叫宋田有。態度也就截然不同；那是當事人，這是幫忙跑道的；再加上「藝高人膽大」。黑砂掌自然揣測不出，只覺得古怪罷了。

此行彼綴，一口氣跑出一百多里。這一站比那一站長，而且這二人不走大道，不穿行市鎮，落荒而走，專擇捷徑。當午不打火，入夜不宿店，一味趕程。把黑砂掌遛了個嘀嘀咕咕，唯恐上了當，人家故意往遠處遛他。直到第二天太陽銜山，這才到達了他們私設的站頭，兩人投入另一小村莊。黑砂掌這才說：「罷了！」大概還沒有上當。

這小村莊不是蠶桑之鄉，不是漁村，是田莊，地名叫小舒家園，旁有小樹林。黑砂掌來到村前，恰當飯口，農婦們就場院上，潑水去塵，鋪破席，設矮桌，端飯共吃；東一堆，西一堆，散聚著男男女女。生客遠來，他拿眼珠子盯瞧。黑砂掌深知此情，不願趕在這時候入村。他略一逡巡，又退回去，只遠遠瞟著。

直耗到天黑，未見那兩人出村；自己尋食已飽，這才溜溜躂躂，蹭進村巷。樹下還有納涼的人，正議論闖入村中的生客。側耳聽去，正講的是自己所綴的那兩人，並非說自己。便摸黑挨過去，要聽個所以然；忽然背後噓的一聲響，轉身急尋，吧嗒一響，又落下一塊問路石。

黑砂掌道：「不好！」人家警覺了。閃目四望，人影杳然。暗下決心道：「就是露了餡，我也再啃口！」陸錦標抽身退開，負隅觀望，不想這一石子只是一個疑問記號，投石之人只覺得有生人氣，似乎可疑，還未能斷定準有綴頭。這一下是打草驚蛇，不是尋蛇拔草。

這一來黑砂掌陸錦標有點沉不住氣了，在黑影裡蹲了半個更次，直耗過二更，村民睡覺關門，他這才擁身而出。把小村前街後巷，略略趟了一陣，嗖地躥上民舍。在後巷人家，發現了閃爍的燈光透出紙窗竹籬；這地方似乎可疑，趕緊湊過去。時近三更，像這樣飛檐起壁，私窺民宅，在夜行上最為險難。除了做賊，實無大用。黑砂掌只為單身一人，不得已才出此策。黑砂掌腳下換穿剔邊毛布底鞋，蛇行鹿伏，從人家草舍上慢慢挪動，漸次傍到燈影當窗的這人家。他想溜下平地，尋了過去；卻又持重，

在房上藏好身形，傾耳先聽。突然間，遠在村北大道上，隨風吹來一陣蹄聲，由遠而近，似正由西向東疾馳。

黑砂掌大疑，忙直起腰，遙打一望。一片片青紗帳，一片片濃影，看是看不清，聽卻越聽越真，蹄聲越來越近。黑砂掌道：「唔？」趕忙挪地方，攀伏在房脊後，借房掩形，只露出半個頭，定睛凝視。眨眼間蹄聲忽緩，騎影顯現在村前路邊。此地並非通行要道，單騎夜馳，不能無故。當下，出乎意外，入乎意中，蹄聲嘚嘚，居然投向舒家園田徑小道來了。

黑砂掌暗暗點頭，心說：「有譜！」猜想這匹馬必然投奔有燈亮的村舍。哪知不然，反馳到前巷，距他伏身處還有十七八丈，在一曠院草舍前，騎馬人翻身離鞍；走近門口，舉鞭輕輕叩門。

黑砂掌慌忙地滾向房後檐，伏腰急行，攀牆過垣，也翻到前巷。在鄰舍照樣隱好身形，攏住目光俯察。這草舍沒有燈光，疏疏七八間房，騎馬人行急匆遽，叩門數下，不見應聲，立刻從身上取出石子。啪的一聲，投進院內，打入窗中，又吱地吹了一聲口哨。

石子穿窗，如投駭浪，草舍正房驀地火光一閃，倏然又滅，吱的一聲窗開，嗖地竄出一人來，繞院一晃，就要從前面翻牆。院外叩門的人急急地隔門縫，遞過幾句暗號。同時屋門也開了，出來兩個人，急遽動問：「來的是誰？」穿窗出來的人正是那個宋田有，倉促不暇置答，忙著開街門；那騎馬之客牽著馬韁，進了庭院。屋中燈火也驀然重明。

這騎馬客似帶來驚耗，草舍中人紛紛圍攏，詰問聲、回答聲，嗡成一片。黑砂掌居高臨下，居暗窺明，從側面窺看，騎馬客將到屋門，回手褪解背後的一隻小包。舍中人代為拴馬解鞍，邀入舍內。隔窗而望，人影憧憧，語聲喁喁，一字也聽不出。忽又奔出一人，給馬上料，跟著又上槽，另備上一馬，便急急轉身進了屋。

人全進舍，看不見了。黑砂掌決計冒險一試；從鄰舍後檐騰身而下，

身落平地，急趨後房，躡足來到草舍房根下。這裡瓦房全有後窗，窗小如斗，懸在後檐下。黑砂掌不敢施倒捲簾，忙從百寶囊中，取出雙釘，慢慢用力，插入牆縫。先展眼四望，用壁虎游牆功夫提一口氣，貼牆一拔，腳躡雙釘，手攀窗坎，伸一指微沾唾津，戳穿窗紙，側一目往屋裡張看。

正趕上機會，舍中人十分忙亂，沒人覺察。這騎客帶來了驚人一報：北三河比鬥無結果，官軍來剿，連累了武莊主，害得火雲莊焚宅傾巢。舍中人把一盞燈放在方桌上，四五個男子圍著這燈，騎客渾身塵土，滿臉熱汗；黑砂掌只一打眼，便已斷定，對面兩人便是自己跟綴的李郁文、宋田有。還有兩人，一個像是屋主，形容很瘦；一個是豹黨這段驛站的頭目曹五。

聽動靜，屋內像有許多人，其實寥寥五個，也沒有女眷村婦。屋主人忙著找撢子，打面水，泡茶。騎客似是要緊人物，揮一揮手，拭去臉上汗；眾人圍著他，盯著他的嘴。他唇吻開闔，低聲講說；眾人都瞪直了眼，發出叱吒之聲，帶出震駭之容。騎客把小包放在桌上打開，取出四封信，一個黃布卷。

這騎客指點吩咐道：「宋大哥、李大哥，你帶回這一封，轉告三熊，打點著獻贓抽身。這兩封可教人搔頭，曹五哥，你辛苦一趟，把它轉到前站。務必囑咐前站，妥派膽大心細的夥計，小心在意一遞，可別露出馬腳。這不是鬧著玩的，最好得三兩位合辦，一人巡風，二人投遞，遞出去，趕緊翻回，給頭兒復一個信，好教他們幾位放心。」又對屋主人說：「勞你駕，飲飲我的馬，我還得連夜翻回去。」

騎客手中共有四封信，一封自己留下，一封教宋田有、李郁文帶轉蛇頭塢。最要緊的兩封，竟沒人專送到地頭。這小舒家園的驛站頭目忙道：「四爺，這兩封信，我只送到前站麼？」

騎客答道：「正是，你可以交給葛大麻子。葛大麻子一來膽大心細，

二來懂得六扇門的規矩派頭。做這虎口裡探頭的把戲，非他不可。」

這樣，驛站頭目曹五怫然不悅，隨說道：「葛麻爺前天剛派出去，他至早也得明天過午才能回來。前站沒有人了。我們就死等他麼？」

騎客皺眉道：「沒法子，王、魏二老是這麼再三囑咐的。」曹五奮然道：「事情緩不得吧，與其一勁兒專等他，我看還不如由我一直投送了去。」宋田有也說：「您要是因為一個人，不放心，我可以跟隨曹五爺，一同專辦這件事。回蛇頭塢，有我們李爺足夠了。我們絕不生事，絕不和六扇門照面。何必非等葛大麻子呢？差半天，其實就差對頭六個時辰哩。」

騎客低頭沉吟，敲桌子核計道：「這麼辦，明天過午還不算晚，你們二位姑且候他一候。葛麻子若是過午還不回來，你二位就替他去。」

曹、李二人哼了一聲。騎客忙道：「我可不是瞧不起二位。你二位擔當的事更要緊。宋大哥，你得折回蛇頭塢；你要曉得獻贓更是險事。你的武功很好，何必捨其所長，做這鬥心路、玩眼色的把戲？還有曹五哥，你也有更沉重的擔子。現在咱們頭兒都已退往淮北，咱們這裡的伏線全沒用了；你得給各處卡子送信，教他們預備收。我這裡有一張圖，畫著應退應送的線路地名，你可以看看記下來。現在官軍雲集，鏢行在各處排搜。咱們的人得躲著他們走。曹五哥，這得看你的。」

曹五點了點頭道：「不過這個還可以緩。」騎客道：「那自然，還是送信告密獻地圖緊要。」

騎客把四路投書，大致派定，又將那黃布卷拿在手中，指告眾人道：「這東西是隨著北路這封信的，二位記住了，千萬別弄錯。」曹五道：「這是什麼？」

騎客隨手打開，就燈光一展。黑砂掌一看，不由瞪了眼；這分明是一桿鏢旗；黑漆桿、紅綢底、青色飛火焰、金錢刺繡，環列金錢，分明是

十二金錢鏢旗。

騎客指這金錢鏢旗道：「這旗跟這一封信同遞，別弄擰了。」眾人忙道：「信裡說的是什麼，我們看看行不？」騎客道：「這個，……諸位看了，得跟沒看一樣才行。我們必得照計行事，誰也不要獨出心裁。誰要是掉花招，另要露一手，大轍一錯，咱們可就對不起人了。我們受人之託，忠人之事，教咱們怎麼辦，就得怎麼辦。他們老哥五個認定此時非獻贓不可，咱們就得隨著大流走。」言外的意思，是怕眾人見財起意，不肯獻贓，倘或發書見圖，挖包抵盜，就不夠江湖道了。

眾人對燈起誓，決遵公意。立刻燈影一晃，騎客向屋主要了一根簪，把已封的四封信，輕輕拆開，把那可以傳觀的，與眾傳觀了。至於埋贓密圖，仍扣在信筒內，請大家不必索看。

誰看了，誰倒多擔一份責任。舍中四個人齊看這封告密信，喃喃地罵鏢客：「這群鏢行真不是東西，是怎的明訂決鬥，暗結官兵，把武莊主傾在裡頭，太不夠格了。對，對，這麼獻贓嫁禍，不算咱們狠毒。他既不信，我就不仁，到哪裡也說得過！」

傳觀已畢，騎客對屋主說：「勞駕，有糨糊沒有？」屋主道：「沒有。」宋田有道：「有白面沒有？可以現打點。」屋主道：「白面倒有。」

屋主開面缸，取小勺，就火打漿糊。騎客把已拆開的四封信，重新用糨糊封固。又叮嚀道：「諸位可記住了，千萬別投錯了地方。」原來這四封信全有副封，外面多包著一層，沒標上款地名，所以怕投錯。這時茶已泡好，夜肴也做熟，騎客匆匆吃了些，立即告辭。重囑同伴，多加小心；飛身上馬，投奔他要去的地方。過了一會兒，李郁文打點小包，也頓時步行上路，折回蛇頭塢。五個人走了兩位，屋主一位，還剩二位，把密信、鏢旗打包包好，關門上閂，熄燈上床。曹五和宋田有決計挾書自投，一顯身手，何必苦等葛大麻子？葛大麻子有何本領？兩人商商量量，不很服氣。

又罵了一回俞劍平和鏢行，漸漸瞌睡蟲來到，兩個人呼天扯地，枕包而睡，不覺東方已白。

等到次早辰牌已過，兩人起床，打呵欠，揉眼睛，渾身酸懶似的。催屋主做早飯，吃飽改裝，立刻提包上道投書。卻不知上了大當，包中書信已被人調換了！他二人仍不信葛大麻子比他兩個加在一處還強。他二人上了當，誤了事，到了還不曉得。他們為警報所震撼，沒留神隔垣有耳，附窗有黑砂掌一隻眼睛。

他們走的走了，睡的睡了，窗外窺視的黑砂掌不客氣，抽出火摺子，點著薰香，把薰香吹入草舍。然後現身，撥窗入舍，公然點亮了燈。由宋田有枕下抽出那個小包，掣出那兩封信。就燈影下，公然坐在椅子上，拆封疾讀。讀畢吐舌：「好厲害的豹子！他竟倒打一耙，獻贓給官府，反咬鏢行一口，告發同謀！」黑砂掌眼光四射，心思像旋風一樣，盜書而走是不妥的，豹子還可以再寫。黑砂掌要竄改書辭，而又時有不暇。

他頓時決計：「這兩封信，爺爺應該給他調換一個過！」這兩封信，一封投給淮安府，是獻贓嫁禍的告密書；一封投給胡孟剛，是示威泄憤的公開信。按次第，告密書先發，公開信後投。上款不同，內容迥異。黑砂掌呵呵一笑，偷梁換柱。告密書更附地圖，黑砂掌抽出來，草草過目，疊好、揣在自己身上。從草舍尋取一方白紙，裁得一般大，先納入原信封。信上說到埋贓的地名，匆遽中也用指甲給挖下來。

桌上有現成的糨糊，黑砂掌罵道：「娘個蛋，小子們給爺爺預備得倒齊全！」遂把兩封信辭重讀了一遍，照樣納入封筒。卻將告密書裝入公開信封中，將公開信裝入告密信封中。這一來陰差陽錯，豹黨陰謀頓成虛牝！黑砂掌軒眉一笑，照樣用現成糨糊封好。又提起那桿十二金錢鏢旗，想扣留，轉想不妙；大件易被察覺，恐泄機謀，仍用黃布裹好，和信件打入原包。收拾完畢，直一直腰，閃眼往床頭一掠，盯了三個睡漢一眼。三

個睡漢如同死狗，中了薰香，鼻息咻咻。

黑砂掌做了一個鬼臉，挨過去輕輕給宋田有一個耳光；一搬脖頸，把原包仍塞在睡漢枕下。又作了一個揖，嘲道：「對不起，爺爺走了！」

陸錦標躡足轉身，滿屋搜尋了一回，探驪已然得珠，無物值得回顧；熄滅了燈，輕輕溜出。穿窗進來的，照樣穿窗出去。出了屋，出了院，出了村，立刻一伏腰，如箭脫弦，奔向蛇頭塢，要先一步趕到李郁文前頭。

黑砂掌精神百倍，如肋下生翅，如足底生雲，一點不勞累，果然趕過李郁文，先一步到達射陽湖蛇頭塢。

一到蛇頭塢，黑砂掌急命俞氏二徒楊玉虎、江紹傑，分兩路尋找俞、胡，說是：「豹子埋贓之地已得。」催俞、胡趕快率眾來，「何須逐豹，起贓最直截。」

第六十章
豐林豹變錦標建功　湖底掘寶鏢銀復得

再說黑砂掌陸錦標打發走楊玉虎之後，潛伏在埋贓之地附近，觀察豹黨動靜。這時他發現豹黨守贓之人突然增多，來來往往之人日益頻繁。卻探不清豹黨究竟是什麼意圖。楊玉虎剛走了一天，陸錦標就罵起街來：「楊玉虎這小子慢騰騰的，怎麼還不帶人來？俞劍平這老小子辦事也不痛快！」

黑砂掌心如火燎，唯恐事久生變。他們只有三個人，要晝夜暗暗監視動向，要嚴防豹黨，又要防備當地綠林插手，更怕官兵前來搗亂。人手實在太少，的確分派不過來。陸嗣源、江紹傑勸他：「玉虎才走一天，最快也得三天才能帶領人馬趕回來，您別著急。」黑砂掌心急氣惱，蠻不講理，又罵起兒子和紹傑：「你們兩個小子不頂用，處處讓老子操心！」捎帶著罵楊玉虎廢物，罵俞劍平辦事拖泥帶水。總之，陸錦標擔心功虧一簣，內心煩躁，卻遷怒於他人。黑砂掌連著幾個晚上沒有睡覺，白天也睡不安穩。他心中擱不住事，實在不放心兩個青年，實在不放心鏢銀。自從楊玉虎走後，陸錦標每天晚上總是親自徹夜潛盯埋贓之處，防備發生意外。白天也要藉故遠遠望上幾眼。真是怕什麼，有什麼。在第三天夜晚，黑砂掌就發現十幾個人駕駛兩葉小舟，來到埋贓之處，先用長繩測量，量了半晌，竟有四五個人從船上跳下了水。這一下子，驚得陸錦標頭上立刻出了冷汗。原來那幾個人下水之處，正是贓銀潛藏之所在。黑砂掌獲得賊人埋贓之圖，便按捺不住驚喜，立刻率二青年攜帶長繩，按圖索驥，悄悄摸準了埋贓的地點。

此時黑砂掌睡意頓時全消，仗他輕功高超，急忙悄悄溜到湖邊大樹之後，仔細觀看。這時天空微有星光，船上又有燈火，黑砂掌攏目光細看，

竟然認出幾人，其中就有當地綠林申老道和飛白鼠。黑砂掌心中暗罵：「這兩夥賊羔子真可恨，明面上跟我弄傻裝怕，原來他們也是劫鏢的同夥。」

黑砂掌陸錦標卻不知道，當地綠林本來確實未參與劫鏢、埋贓之事。但在官軍剿火雲莊之後，豹黨怨仇極深，次夜即由遼東二老親臨埋贓之所，指揮黨羽下水拆散鹽課銀鞘，隨後才議定：一方面向官府告密，另一方面也向當地綠林暗暗泄底。

豹黨想讓官府、當地綠林都來起贓，又都不能獲取全贓。總之，他們想把事情攪得越大越亂越好。申老道和金士釧也是剛剛分別得知埋贓地點，兩股盜徒立刻奔赴現場，經過商討，竟然合起夥來，連夜前來勘探。只是遼東二老指揮黨羽拆散銀鞘之時，做得十分機密。彼時黑砂掌正跟綴豹黨送信告密之人，陸嗣源和楊、江二弟子雖潛藏窺探，竟被瞞過不知。

此時，黑砂掌陸錦標在樹後窺視，看不清楚，便輕輕縱上樹梢，登高俯望，把眼珠子都瞪圓了。只見船上那幾個下水的人，下水之後浮出水面喘一口氣，又下水去了。黑砂掌見那夥賊人上上下下多次，仔細觀看，見那些賊人浮上水面時，似乎沒撈著什麼東西。陸錦標心想：「鹽課鞘銀是個大物件，自己不會看不見。」那兩夥賊人整整折騰了一夜，直到天色微明，才悄悄離去。黑砂掌極目眺望，賊人似乎沒帶走什麼東西。

等到眾賊走遠了，黑砂掌才敢動一動，略一活動，這時覺著手腳都麻木了。他在樹上喘息片刻，活動一下手腳，又用目光往四周搜查了一遍，便輕輕跳下樹來。黑砂掌且走且環顧四周，走出不遠，一眼瞥見陸嗣源已經提前走來接班。陸錦標裝作生人，躲開兒子往回走，不料陸嗣源竟迎面過來，走到跟前，對父親悄悄說道：「俞鏢頭來了……」

陸錦標不讓兒子再說下去，只囑咐了一句：「小心盯著，申老道他們也前來起贓了。別大意！」說罷，立刻施展飛縱術趕回潛伏之處。此時，他是不管不顧，竟在凌晨時刻飛奔起來。黑砂掌趕到住處，見門口站著黑

鷹程岳迎候。程岳連忙向前施禮，問安。陸錦標一把抓住程岳，問道：「少來這套虛禮，你師父呢？」俞劍平聞聲出了屋門。黑砂掌甩開程岳，一拉俞劍平，把他拽進了屋。

黑砂掌進屋一瞥，屋中只有六個人：俞劍平、胡孟剛、姜羽沖、楊玉虎、江紹傑，以及另外一個生人。俞劍平未遑開口，陸錦標急問：「怎麼只來這幾個人？」俞劍平忙答道：「大批人馬也來了，在半裡以外埋伏著哩！你捎信，也不說清楚。我不知道你葫蘆裡賣的什麼藥？我沒敢把人馬都拉進村，怕驚擾了敵人。」

黑砂掌這才鬆了一口氣，說道：「你這老小子急死我啦！你再晚來一天，雞也飛了，蛋也打了，我也得上吊了！」胡孟剛更急，忙問：「鏢銀在哪裡？現在能去看看麼？陸四爺，你怎麼掏著的？可靠不可靠？……」胡孟剛直到此時還是半信半疑。他是硬被俞劍平、姜羽沖拉來的。

黑砂掌說道：「飛豹子這小子真詭，可是比我陸四爺還差半截，我略施小計……」俞劍平知道黑砂掌要吹牛賣乖，一伸手緊緊抓住陸錦標道：「老陸，你先別表功，也別賣乖，有給你慶功揚名的時候，……如今你說說鏢銀埋藏地點，豹黨守贓的情況，現在沒工夫聽你說廢話。」

陸錦標哎呀一聲：「你先鬆手，我受不了你的硬爪子。飛豹子把二十萬鏢銀都扔在射陽湖裡了。」胡孟剛立刻發急道：「那麼大的射陽湖，那怎麼撈呀？」這時智囊姜羽沖才顧得上插言：「胡二哥，不要著急，等陸四爺說完。」俞劍平也說：「老陸，你快把埋贓圖拿出來，咱們邊看邊說。」

黑砂掌得意洋洋地從內衣裡掏出兩張紙，把一張圖紙交給俞劍平。忽然想起一事，他對俞、胡、姜等人又說：「不好，飛豹子把埋贓的底也泄給當地綠林了，剛才我還看見申老道、金士釗兩夥賊羔子，圍著埋贓的地方駕舟打撈，咱們得吃快，不然要讓那群野狗叼走了。」

俞劍平急忙接過埋贓地圖，放在小桌上，六個腦袋立刻都圍了上來。

只見這張圖上有幾個村名，還特意畫著幾棵大樹。

除此之外，再沒有別的。從這地圖上，實在看不出埋贓地點。

胡孟剛急了，怔了半晌，叫道：「這有什麼用？……」

姜羽沖微微一笑，剛要說話。俞劍平手更快，二指往陸錦標面門點來。陸錦標急閃，跳起來道：「怎麼又動手動腳？」

俞劍平笑罵道：「陸老四，什麼時候了，你還開玩笑。拿出來！」陸錦標說：「老兄弟，別動手，有話好好說，拿什麼呀？」姜羽沖道：「陸四爺，別藏一手啦，胡二哥都快急死了。把那另一張紙也拿出來吧，我知道，還有一張埋贓說明哩！」

陸錦標笑道：「姜老兄弟，你不愧被人稱作智囊，真有你的！」這才掏出另外一張紙。在這張紙上卻標明了埋贓的準確地點。前一張圖紙上畫著三棵大樹，鏢銀正埋在三棵樹的交叉點上。這張說明，還標寫了鏢銀跟這三棵樹的具體尺寸。胡孟剛急道：「趕快去挖吧！」

姜羽沖略一思忖，說道：「胡二哥，別著急。你看，按照這埋贓地圖，鏢銀正在射陽湖一個湖叉子的水中央。這飛豹子真狠毒，我們得到湖底去撈。」

胡孟剛又道：「那麼我們先去看看，量準地點，……哎呀，在水裡怎麼量呀？」

姜羽沖道：「胡二哥，請放心吧，陸四爺早量過啦。」他用手一指屋中床底下的一堆繩子，接著說：「陸四爺還是有辦法的，他早用長繩子量準了。」轉臉對黑砂掌笑道：「對吧？」陸錦標到此時也不由得佩服智囊的機智、靈敏，點頭稱是。[001]

---

[001]　白羽「原作」細寫了俞、姜等人覓尋埋贓準地點；因為「埋贓說明」是用暗語寫的，以湖邊三棵樹為標誌，寫了幾句數字的順口溜。眾人反覆猜測，才弄清含義；到湖邊湖裡又實地測量，才認準確處。我記不清「暗語」原話，更記不清距三棵樹的具體尺寸，只得略寫。——宮以仁注

姜羽沖又對俞劍平道：「俞大哥，撈鏢銀可是麻煩事。咱們得趕快親自面求薛兆薛老舵主幫忙，向他借人、借船，撈取鏢銀至少需用一二十位水性好的能人。咱們的人還得全力以赴，在鏢銀埋藏處附近保護，防備豹黨前來搗亂。」俞劍平點頭稱是，對姜羽沖道：「還得請你點兵派將！」

姜羽沖先對那面生的人說道：「葉三哥，麻煩你再辛苦一趟，陪俞、胡二位立刻趕回去，面求薛老舵主派兩隻大船，多帶一些水手，最快在晌午飯前趕到埋贓處。」原來這面生的人，正是紅鬍子薛兆的三弟子葉天樞。薛兆很講義氣，特派這個得意弟子一直跟隨鏢行，幫助訪鏢。智囊轉臉對俞、胡說道：「最好敦請薛老舵主親臨坐鎮，應付官私兩面的麻煩事。」姜羽沖又吩咐程岳：「你也得趕回去，務必請你肖九叔也趕來，越快越好。」胡孟剛道：「請肖老爺幹什麼？」

俞劍平苦笑一聲，說道：「我這次算把袁師兄得罪苦了。我還怕袁師兄再挑動官府來搗亂。這就用得著借肖九爺的官勢了。」

姜羽沖暗暗點頭嘆息，接著他派楊玉虎、江紹傑往各處送信，把各路強手迅速集攏到這裡，並先告訴沈明誼鏢師一聲，請他安排諸人的食宿。請蘇、童諸老速來小屋議事。

紅鬍子薛兆在午飯前，便親率兩隻大船、二十多名水手趕來了，還帶來十幾桌酒席，請眾人用餐。黑砂掌、胡孟剛連飯也不想吃，便要帶領陸嗣源、楊玉虎、江紹傑幾個青年，攜帶長繩，再去測量埋贓準確之處。別人勸他們先吃點東西，陸、胡二人各自抓了兩個饅頭，不顧他人，還是不肯入席。俞劍平託付蘇建明、童冠英代為招呼眾鏢師，也只得與姜羽沖跟隨胡、陸前去。

其他鏢客也吃不安穩，匆匆吃了一些，也都奔赴船頭。此時，黑砂掌等已測好地點，戴永清、宋海鵬、孟震洋眾鏢客早已換好衣裳，不等別人說話，跳入水中。紅鬍子薛兆竟帶來二十名水性好的水手，也隨著下水。

最能沉住氣的俞劍平、姜羽沖，此時一言不發，雙眸凝水面，一動不動。胡孟剛和陸錦標卻是把眼珠子都快瞪破了，在船頭東張西望。忽然見一人浮出水面，船上眾人還沒看清此人面貌，這人在水面上深呼一口氣，又沉下水去。

胡孟剛急問俞劍平道：「怎麼回事？這人又沉下去了，是不是水底下有敵人？」俞劍平道：「你再等等看……這是上來換口氣。」

下水的人有二十多，這個上來，那個下去，竟沒有一人奔向大船，看來誰也沒有摸著鏢銀。約莫過了半個多時辰，胡孟剛急了，抓住黑砂掌的手，一迭聲地問道：「陸，陸四爺，你摸準了麼？別再上了當！」

陸錦標剛才指手劃腳，得意之色洋洋，他滿以為馬到成功，戴永清等人一下水，他坐在船頭又輕輕哼起京劇來了；待見到幾個下水的人空著手上來喘氣，他的嘴閉上了，頭上的汗漸漸冒出來了。胡孟剛一問他，他張口結舌，答非所問：「不能啊，不能啊！」

此時俞劍平悄聲問姜羽沖道：「你看怎麼樣？」智囊姜羽沖一直在船頭凝思，聽見俞劍平詢問，忙答道：「再往上游摸摸看。」胡孟剛道：「那是為什麼？」

智囊姜羽沖道：「我估量陸四爺探的消息，不會有誤。我只怕飛豹子把銀鞘子拆開，銀錠子散落在湖底，這裡水流湍急，銀錠被水流一沖，沖到上游去了。」胡孟剛道：「水沖，也是沖到下游，怎麼往上游走？銀子又沒有長腿！」

智囊姜羽沖道：「不然。輕的物件，自然被水一沖，會順流而下。重的物件，像五十兩銀錠，水流沖不動，只能在銀錠前面沖出一個小坑，銀錠滾下小坑，這樣，銀錠一點一點地往上游走。我猜疑飛豹子在火雲莊被剿之後，怒恨已極，決心破壞到底，匆匆派人把銀鞘全部打開。……時間長了，銀錠慢慢往上游去了。」

胡孟剛還是不信，又惱又悲，又想到自盡。俞劍平仔細聽了智囊講的這一番道理，忙道：「有道理！軍師爺，是不是先下令，請各位下水的人先上船歇息一會兒，吃點東西。咱們把船往上游先駛出半里地。」

俞鏢頭又勸胡孟剛道：「別灰心！我是信得過陸四爺的，他是老江湖了，決看不走眼。很可能他跟綴那幾個傳信盜徒的時候，豹黨拆散了銀鞘；也許他們逃走的當天，就下決心扔掉鏢銀，拆開銀鞘，跟咱們作對到底。」

薛兆也說：「姜五爺說的有道理，對這事我有經驗。胡二爺別著急。」

胡孟剛垂頭喪氣，一言不發，他完全沒有信心了，心想：「再等一個時辰吧！再撈不出鏢銀，我就一頭紮下湖去，了卻一生，倒也乾淨。」

眾水手上船歇息、吃飯，大船啟錨前行半里。水手重新下水撈銀。船上眾人越發心焦，胡孟剛更是雙眼緊盯水面，胸中越加絕望，輕生之念復萌。此刻真是度時如年。約莫只過了半頓飯的工夫，距大船約有十數丈遠的水面上，忽有一人浮上水面，只見他出了水面，深深換了一口氣。

胡孟剛更是失望已極，料想這一番換地撈銀，恐怕又成泡影。上水這人卻沒再下水，卻揚起一手，遠遠招呼，似在大叫。船上諸人卻辨不出語意來。胡孟剛精神猛然一振，似絕地逢生，急忙大呼：「開船。」可是大船早已拋錨，大船仍在原地搖盪。俞、姜、薛眾老英雄也為此情景所動，極目遙望水面。但見水中人竟往大船游來。

俞劍平人雖老，眼不花，視力最強，他已看清，游來之人是振通鏢客戴永清。他心中驚喜異常。俞鏢頭忙對胡孟剛道：「胡二弟，別著急，來人是戴永清鏢師，他既然游來，大概總有點眉目。」二人說話時，又見水中浮上幾人，也往大船游來。

片刻間，戴永清已然靠近大船，船上眾人已經看清，他時而高舉一物，時而高呼：「胡鏢頭，鏢銀！」此時聲、形均已十分清晰。胡孟剛伏

身扒在船頭上，要拉戴永清。此時二人相距還有數丈，戴永清似乎越急越游不快。智囊姜羽沖忙命人從船上拋出長繩。薛兆部下水手拋繩很有準頭。戴永清一把抓住長繩，船上兩人一用力，很快把他拉到船邊。幾個青年鏢客立刻七手八腳把戴永清拉上船來。戴永清一邊登船一邊氣喘吁吁地呼叫：「胡鏢頭，胡鏢頭！鏢銀！」他一眼瞥見胡孟剛，一登船奮身一躍，把一隻五十兩的銀錠，遞給胡孟剛。

胡孟剛捧雙手接過銀錠，反覆觀看，口中念道：「鏢銀！鏢銀啊！」熱淚不由簌簌地流了下來。

胡孟剛轉臉尋找俞、姜，連聲問道：「你們看看，這是不是鹽課鏢銀？」

胡鏢頭一眼瞥見黑砂掌，突然撲過去，一把抱住陸錦標，大聲叫道：「陸四爺，我的陸四爺啊！……」他對黑砂掌感恩莫盡，此刻卻說不出一句感謝的話來了。陸錦標也是激動得失去常態，口中只念：「老天爺，阿彌陀佛！」

俞、姜和薛兆諸人見此光景，也都驚喜、感慨不已。俞、姜二人此刻目光還注視湖面，只見一二十位下水的人，紛紛都往大船游來。轉瞬間，眾人遊近船邊，姜羽沖、薛兆忙命人接應，拉上船來。上船的人個個手中都拿著一隻銀錠。贓銀埋藏地點勘探無誤，眾鏢客皆大歡喜。只有俞、姜、薛諸老，心中蒙上一層暗影，銀鞘已被拆散，打撈不易，更不可能撈盡。

姜羽沖顧不得與狂歡的胡、陸敘談，忙悄悄招呼俞、薛二人，說道：「二位老哥，飛豹子太惡毒，把銀鞘拆散，銀錠散落在湖底，像這樣一個一個地打撈，絕對是不行的。薛老舵主有經驗，還得請你不吝賜教。」

紅鬍子薛兆道：「我也想到這一點了。我立刻派人趕製幾十個布兜，每個下水的人用兜子裝上銀錠，每下一次水至少可以撈取十幾塊銀錠。」說罷，立刻叫來葉天樞，教他派人立刻做這件事，限定一個時辰送來。

俞劍平說道：「薛二哥確有辦法，我看請諸位下水的人先上船歇息一下。人的精力總是有限的，現在下水一次最多撈上兩塊，不如先歇歇精神，等布兜做好再下手。這樣給下水的諸位留點精神。」

紅鬍子薛兆確實有些神通，也就是半個時辰，三十個布兜送來了。薛兆立刻招集所屬水手，對眾人說道：「這次承蒙江南武林名家看得起咱們，請咱們幫忙撈取銀錠。你們可得給我做臉，別幹那對不起朋友的事情來。現在我請幾位鏢行朋友驗收，從湖中撈上銀錠，當即交給鏢行驗收的朋友；這麼做，咱們也落得個清白。俞、胡幾位老前輩，都是外場朋友。虧待不了咱們；我也還要另外表示一點小意思，絕不讓大家白忙！」

眾水手齊呼：「這樣辦最好，老舵主放心，我們一定給你老人家掙個整臉！」這一番話，倒說得俞劍平有點不好意思，連忙勸阻。

薛兆悄悄對俞、姜、童三人說：「這話我只對三位講，銀鞘一拆，銀錠散落湖底，無論如何是撈取不出原數了。從俞、姜二位臉色上也能看出，預計到這一點了。我這樣做，一來為了防止個把人貪小便宜，敗壞我的名聲；二來，將來撈出的銀子不夠數，我也落個清白，免得背黑鍋。」俞、姜二人點頭稱是，不由嘆息一陣。童冠英跟薛兆最熟，童老開玩笑地說：「老薛呀！你是又精幹，又滑頭！」說得薛兆哈哈大笑起來。

姜羽沖連忙分派振通鏢局兩位鏢師帶領幾個夥計驗收銀錠。他一眼瞥見胡孟剛和黑砂掌守著銀堆發怔。一切安排妥當，眾人紛紛下水。每人帶著布兜撈銀，果然快得多。下水一次總能帶上十幾錠。頭一天到天色昏黑時，已撈出約有萬兩銀錠。俞、姜深通人情，再三催促水手們上船休息，並備下豐盛酒宴，熱情款待。並一再致謝，囑咐大家早些休息，以便次日繼續撈取。振通鏢師戴永清、宋海鵬因是自家鏢行之事，想要夜戰，也被俞、姜、蘇諸老英雄勸阻。眾水手一直堅持三四個時辰，確實也疲勞不堪。酒足飯飽之後，忙去休息。

俞、姜、薛眾人在飯後忙邀集各重要人物，商議明日怎樣加速打撈。當事人胡孟剛這時喜中帶呆，卻很少說話。黑砂掌陸錦標樂得又有點發起瘋來，淨開玩笑打岔。俞、姜、薛三人卻成了真正的主人。紅鬍子薛兆慨然答應，明晨再派二十名水手參與打撈。俞劍平托蘇建明、紀晉光、童冠英三位老英雄負責，指派眾人保護已撈出的鏢銀。俞、姜、薛三人專司打撈事宜，並請肖國英留在大船上，以備應付官兵干擾。胡孟剛是勞累、急躁過度，又突逢喜變，俞、姜婉言安慰他，讓他看守鏢銀。又請黑砂掌陸錦標率領幾個青年登岸巡哨，因為他認識豹黨和當地綠林一些人物的面目。黑砂掌這時是無可無不可，一聽分派，立刻領命，只說：「多備些好酒佳餚按時送來，我多日勞累，沒喝半口酒，現在該先犒賞犒賞我。正好，我不愛聽你們這些囉哩囉嗦的議論。」

他叫了幾個青年，哼著京戲，立刻登岸去了。

次日黎明，眾鏢客已吃過早飯，薛兆調來的水手也來了。薛兆並準備下大量好酒，以備水手下湖驅寒。現值夏日，凌晨時刻，天氣仍有涼意。一切安排妥當，眾鏢客、水手紛紛下湖。人多勢眾，又有頭一天的經驗，撈取鏢銀進展更快。

晨曦甫升，在船頭桅杆巡風的黑鷹程岳忽然遙望遠處開來兩艘大船，好像兵船。程岳急忙竄下，報告師父。俞劍平聞言大驚，他深知官軍剿匪無能，欺壓良民卻是威風得很。俞劍平早料到飛豹子不敢公開騷擾，當地綠林也不敢再插手自找麻煩，卻只怕官兵干擾。

這時肖國英守備連忙勸慰師兄：「俞三哥，不要著急，我迎頭過去看看。」紅鬍子薛兆也說：「如果是水師營，我跟他們管帶還有點來往，我陪肖老爺一同去。」肖守備忙換上官服，薛兆也穿上長袍，二人帶著幾個隨從，登上薛兆早已備下的小船，迎著兩艘兵船駛去。來船果然是水師營的兵船。肖、薛二人遞上名帖拜見帶兵長官。這帶兵官是個管帶，恰巧與肖

守備是舊相識，他平時又早被薛兆餵肥了。

這管帶昨天半夜接到緊急命令，令他黎明前趕到射陽湖某地起贓，若貽誤時機，以軍令處置。這管帶當時睡得正濃，被馬弁叫起，一見此令，也嚇得一驚。他連夜傳令，集中官兵。那些官兵早已懶散成了習慣，儘管長官著急，待把船開到埋贓之地，已經天色大亮。

肖、薛二人當面對這管帶說明來意，他也面露難色。這管帶道：「我是奉上差所遣，連夜趕來起贓。我不起贓，對上峰怎麼交代呀？肖將軍，您在官場多年，應當諒解我的難處。肖將軍，你我是多年同事，薛老舵主也是很熟的人，我也不能不給二位面子。你們二位得幫助我想出個兩全的辦法來。」這管帶倒不算是十分奸詐的人。他的難處，肖、薛二人也懂得。三人商議很久，才初步商妥，算是官兵和鏢行聯合起贓。

還得由薛兆出面向水師營的上峰花錢疏通，由鏢行向州衙、大府委員托情，講清鏢行已早一日開始撈取鏢銀數萬，再由州、府向水師營咨文說明這一情況。這管帶看著肖、薛的面子，算是做了很大讓步。薛兆當然悄悄向這管帶許了若干好處。

肖守備、薛兆回來對俞、姜等人講了交涉經過。俞劍平心雖不願，但也無可奈何。他知道，幸有肖、薛二位官私兩面出頭，才落得這一結果。官兵來得這麼快，不難預料，當然是飛豹子告了密，幸而官府辦事繁瑣拖拉，延遲了一天工夫，給鏢行留下了說詞的理由。

兩艘兵船陣列湖面，管帶只派出三人到鏢行船上督促、協助；其實鏢行這邊又得派出三人耐心陪客，酒餚招待。俞劍平又得親赴官船，當面致謝。官船光臨，白白地惹出這些麻煩來。

幸而湖底撈銀事宜，由姜羽沖指揮，抓得很緊。夏日晝長，日出到日落，足有七八個時辰，這一天四十多人竟已撈出六七萬兩銀錠。四十多人倒班歇息也十分勞累，俞、姜只得請他們夜間休息。俞、姜二人晚上還要

忙著其他各項雜事，每晚只得和衣歇息一個多時辰。次日清晨又得早起，督促撈銀。原來銀鞘雖然被拆，但還有成堆的銀錠在一起。大堆銀錠都先撈了上來，湖底銀錠越來越零星分散，有人下水一次，摸上半晌，只撈著一兩塊。花了三天半的工夫，總共才撈出十五六萬兩。可是水手們卻更加辛苦。俞、姜很覺得過意不去，紅鬍子反倒勸慰他們：「我已派人到遠處叫水手去了，現在也該到了。我沒有別的本事，多找幾個水手，還能辦得到。」果然從第五天頭上，薛兆又派來二十個水手。人雖多了，撈銀進展還是不快，又撈了兩天，總共還差一萬多兩。

俞劍平心知不可能全部撈出，便與姜、胡二人商議，想從此罷手。紅鬍子薛兆卻極力反對，他說：「怎麼也得超過十九萬兩，不夠這個數，從我這裡就不答應。」

俞、胡二人十分感激，姜羽沖、蘇建明、童冠英等老英雄也真佩服紅鬍子薛兆的為人。又持續了兩天，才算闖過十九萬大關。

俞、胡二人一再主張收兵。胡孟剛直到這時，情態才算安定，他很知足，他自願掏腰包，賠上這一萬兩銀子。俞劍平卻認為，飛豹子劫鏢是衝自己來的，他應該包賠。二人又為這事爭論不休。最後還是姜羽沖等老一輩英雄說了話：「二位不要謙讓了，我們看二位來個二一添作五，一人賠一半。」經眾人再三勸解，俞、胡二人才勉強答應。

鏢行群雄取回鏢銀順便解往江寧，先交代了公事。然後俞、胡二人大謝諸路英雄，這些瑣事不再細說。

（《十二金錢鏢》全書到此告一段落）

後記

　　十二金錢俞劍平、鐵牌手胡孟剛、智囊姜羽沖、俞夫人丁雲秀、胡蕭二友、紅鬍子薛兆、鏢行群雄，既撥雲見日，大舉馳來，按圖索驥，撤水撈贓。而豹黨燕群亦馳至，局外人側目垂涎，思竊一臠，土豪金士釗、獨腳盜飛白鼠、拉撥子夏永南，亦皆橫插一足。於是射陽湖畔，掘贓、護贓、轉挖、旁移，紛試身手，競智爭奇。俞、胡輩縱得披豹一斑，終憾璧之不獲。而豹之膩友紅錦女俠忽傳入關，豹妻韓昭第心燃妒火，亦遽攜女尋夫南下。俞之愛子俞瑾適自石頭城，轉道尋省父母。豹女俞兒，仇家子息，乃當貌相若，玉樹爭輝；冤家聚首，較技而目成心傾。兒女情事，深窘飛豹；豹子頓足大罵，夫妻勃谿。豹姑娘羞憤，險致乳藥玉殞。而丁雲秀、韓昭第、紅錦女俠，徐娘半老，三婦不能爭豔，顧猶然爭閒氣，掀起可笑之波瀾焉。

中華民國三十二年九月十六日初版

此「後記」係白羽生前自撰，刊在《十二金錢鏢》卷十六第八十章後，寫於 1943 年 9 月 16 日。 —— 宮以仁注

整理後記

　　《十二金錢鏢》是白羽武俠小說的成名作、代表作，始刊於 1938 年 2 月天津《庸報》，卷一初版於同年 11 月，由天津書局印行。其後，天津正華出版部先後分十五捲出版單行本，每卷五章，各卷初版年月：卷二，1939 年 3 月；卷三，1939 年 4 月；卷四 1939 年 6 月；卷五，1939 年 8 月；卷六，1939 年 11 月；卷七，1940 年 2 月；卷八，1940 年 6 月；卷九，1940 年 7 月；卷十，1940 年 9 月；卷十一，1940 年 12 月；卷十二，1941 年 10 月；卷十三，1942 年 9 月；卷十四，1942 年 12 月；卷十五，1943 年 8 月；卷十六，1943 年 9 月；至此，十六卷共八十章。1940 年代在天津《天聲報》繼續連載，卷十三、十四、十五封面曾另加副題「豹爪青鋒」。

　　1946 年天津《建國日報》續載最後 5 章，即第八十一至八十五章，更名《豐林豹變記》，約八萬字，但未出版單行本。從 1938 年至 1949 年，共再版 6 次，其中二版、三版 16 卷本由天津正華出版部印行，1948 年 8 月，上海百新書店以「（修訂四版）」之名，出版十二卷本，經白羽作較大修訂，但僅收六十章，全書未完。

　　我社此次出版的《十二金錢鏢》，以 2017 年版為底本，同時參照各種版本作了認真的校訂，第 81 至 85 章從未收入單行本，由於連載的報紙至今未找到，由宮以仁先生根據原作 8 萬字的大意，取其連載原題《豐林豹變記》，憑記憶寫成 1 萬字的故事梗概，以補其缺。

十二金錢鏢——丁門諸徒再聚首，密信湖底撈鏢銀

作　　者：白羽

發 行 人：黃振庭

出 版 者：崧燁文化事業有限公司

發 行 者：崧燁文化事業有限公司

E-mail：sonbookservice@gmail.com

粉 絲 頁：https://www.facebook.com/
　　　　　sonbookss/

網　　址：https://sonbook.net/

地　　址：台北市中正區重慶南路一段六十一號八
　　　　　樓 815 室

Rm. 815, 8F., No.61, Sec. 1, Chongqing S. Rd.,
Zhongzheng Dist., Taipei City 100, Taiwan

電　　話：(02)2370-3310

傳　　真：(02)2388-1990

印　　刷：京峯數位服務有限公司

律師顧問：廣華律師事務所 張珮琦律師

國家圖書館出版品預行編目資料

十二金錢鏢——丁門諸徒再聚首，
密信湖底撈鏢銀 / 白羽 著 . -- 第一
版 . -- 臺北市：崧燁文化事業有限
公司 , 2024.01
面；　公分
POD 版
ISBN 978-626-357-960-6(平裝)
857.9　　112022811

定　　價：399 元

發行日期：2024 年 01 月第一版

◎本書以 POD 印製

Design Assets from Freepik.com

電子書購買

臉書

爽讀 APP